JN306063

二見文庫

すみれの香りに魅せられて

トレイシー・アン・ウォレン／久野郁子＝訳

The Bed And The Bachelor
by
Tracy Anne Warren

すみれの香りに魅せられて

登場人物紹介

セバスチャン・デュモン(アン・グリーンウェイ)	未亡人
ドレーク・バイロン	クライボーン公爵家の四男 数学者。発明家
エドワード(ネッド)	クライボーン公爵。ドレークの長兄
クレア	クライボーン公爵夫人
アヴァ	ドレークの母
ケイド	ドレークの次兄
メグ	ケイドの妻
マロリー	ドレークの妹
アダム	マロリーの夫。グレシャム伯爵
レオポルド(レオ)	ドレークの双子の弟
ローレンス	ドレークの双子の弟
ティエリー	セバスチャンの亡夫
オーギュスト・カルヴィエール	セバスチャンの父
ジュリアン	セバスチャンの弟
リュック	セバスチャンの末弟
ラウル・バシュー	フランス軍のスパイ
リチャード・マニング	サクソン子爵
ヴェリティ	リチャードの娘
ヴァネッサ	ドレークの愛人
トレンブル	ドレークの料理人

1

イングランド、ロンドン
一八一三年四月

ドレーク・バイロン卿はせかせかした足どりで書斎へはいり、白いシルクのハンカチで手についたチョークの粉をはらった。ついさっきまで、最新の定理を定式化する作業に没頭していた。そこへ執事がやってきて、約束の相手が待っているとぼそりと告げたのだ――しかも、もう一時間近くも。

ドレークは机の前にすわっている、帽子をかぶった女性の後ろ姿に目をやった。実用的な紺の服に身を包み、背筋をまっすぐ伸ばしている。これほど長時間待たせたのだから、気を悪くしていてもおかしくない。とはいえ、使用人の生活は待つことの連続でもある。

女中頭としてここで働くつもりなら、こちらの不規則で予測のつかない生活に慣れてもらわなければならない。それから心身がじょうぶで、実験の途中でたまに予期せぬ爆発が起こっても、恐怖のあまり取り乱したりしないことが条件だ。すでにそれが原因で、メイドがふたり以上辞めている。彼女たちは神経が繊細すぎて、爆発音や衝撃音、それにときどき屋敷のなかにただよう刺激臭に耐えられなかったらしい。

母はいまでもドレークの体がいつか爆風で吹き飛ぶのではないかと心配しているが、歳月がたつにつれて母もほかの家族も、ドレークの科学への愛ととっぴな行動を受けいれ、それを変えることをあきらめた。だがさしあたり、母が心配する必要はない。目下、夢中になっているのは、科学的な発明ではなくて理論数学だ。

だが今日の面接に遅れるつもりはなかった。いや、それを言うなら、いままでどんなことにも遅刻する気などなかった。ただ、なにかに没頭すると完全に時間を忘れてしまうのだ。

「お待たせして申し訳ない」ドレークは机の脇をまわって椅子に腰をおろした。「どうしても手が離せない用がありましてね」視線をあげることなく、クルミ材の机にいくつも積みあげられた書類の山をかきまわして、一枚の紙をとりだした。

「ええと――そう――人材紹介所から推薦状を受けとりましたよ、ミセス――グリーンウェイ」ドレークは顔を伏せたまま、書類に目を落とした。「経歴にじっくり目を通す時間がなかったので、口頭で説明してもらえますか。紹介状は持ってますね」

「はい、閣下」女性が優しい澄んだ声で答えた。鳥のさえずりや夏のそよ風、それにどういうわけか、甘いひとときのあとの温かく乱れたシーツを思わせる。「ここにございます」

火照った指先でなでられたように、ドレークの背筋がぞくりとした。視線をあげ、相手の顔を見た。

それまでてっきり、前の女中頭と同じく、ふくよかで母性的な中年女性だと思いこんでいた。ところが目の前にいる女性は、ふくよかでも中年でもなかった。実家の母親を連想させるところもない。というより、ドレークが知っているどんな母親ともちがう。一般的な母親像とは正反対の、ほっそりした体形と若々しい顔立ちをしている。

いったいいくつなのだろうか。ドレークは相手の顔をしげしげとながめた。

ふたたび下を向き、手に持った推薦状に視線を走らせた。

氏名：ミセス・アン・グリーンウェイ
婚姻区分：未亡人
年齢：二十九歳

二十九歳？　この若々しい女性が、自分よりも一歳上だというのか？　推薦状を目にしていなければ、学校を出てからせいぜい四、五年ぐらいだと思っていただろう。だが、人の実年齢を推測するのは不確かな科学だ。顔立ちはというと、古典的な美女でこそないものの、魅力的であることはまちがいない。生気にあふれた女性で、象牙のような白い肌に、高くすべすべした頬が摘みたてのアンズに似たやわらかな色彩を添えている。卵形の輪郭に長いまつ毛、ウイスキーを思わせる金色の瞳、すっと通った鼻筋。ばら色の唇は、キスを誘うためだけに造られたようだ。

だがなによりドレークの目を引いたのは、帽子からのぞくきっちり結わえられた髪だった。濃褐色から温かみのある赤、さらに淡い金色まで、さまざまな秋色が入り交じっている。銀色の筋も目立ち、それ自体が貴金属のように輝いていた。

白髪が出はじめているらしい。

やはりほんとうに二十九歳なのだ。

「必要事項はすべて記載されていると思います」女性は涼やかな声で言った。体を前に乗りだし、紺の手袋をした華奢《きゃしゃ》な手でクリーム色の上質な羊皮紙を差しだした。

ドレークは一瞬ためらったのち、羊皮紙の紹介状を受けとり、開いて読みはじめた。

「ずいぶん高い評価を受けていますね。なるほど、最後に働いていたのは、スコットランドのアーマデールに住むドナルド家か。よく知らない町だな。どこにあるんです？」

「スカイ島の北端です」

「ほう。それで、そこを辞めた理由は？」

女性はかすかに表情を曇らせた。「その……雇い主のご一家がアメリカへ移住することになったんです。最近では、多くのスコットランド人がアメリカへ渡っていますわ。でもわたしは、おともする気がございませんでした」

「あなた自身、スコットランド人ではないようだ」ドレークは尋ねるというより、断言に近い口調で言った。「発音からするとイングランド人ですね。出身はおそらく湖水地方でしょう」

それに驚くほど洗練された話しかただ、とドレークは思った。なにも知らなければ、少なくともジェントリ階級に属する相手だと思っていただろう。だが上級の使用人は自分自身を高めてよりよい仕事の機会を得るため、発音のくせを直して生まれ故郷の訛《なま》りを消そうと努力するものだ。

女性は驚いたように片方の眉をあげた。「ええ、そのとおりですわ」

「なぜスコットランドへ？　どうして故郷からそれほど遠い場所で働いていたんですか」

女性はうつむいて自分の手を見つめた。「閣下がなさったように、ドナルド家も求人広告を出していらっしゃいました。夫が亡くなってから、わたしには環境の変化が必要でしたの。結婚する以前にも、最初はメイドとして、それから侍女として名家にお仕えしておりました。将来のことを考えると、女中頭の仕事が有望だと思いましたので」

ドレークはうなずき、ふたたび推薦状に目を落とした。「お子さんはいないんですね」

「ええ、おりません」

「ロンドンになじめますか。北部の村からはかけ離れた大都会ですよ」ドレークはいったんことばを切った。「それにわたしは独身者で、ここはあなたがこれまで働いてきたような屋敷とはまったくちがう。わたしに妻はなく、この先も娶《めと》る予定はない。時間に縛られず、勝手気ままに暮らしています。仕事部屋に一週間こもることもあれば、急に友人を招いてパーティを開くと言いだすこともある。ここで働くつもりなら、目まぐるしく変化する状況にそつなく対応してもらわなければなりません」

女性の顔を奇妙な表情が横切った。「わたしはどういう状況にも対応できる自信があります。それから家事の切り盛りのことですが、どのお屋敷も根本的なところではほとんど同じです。閣下の生活がどれだけ不規則でも、家事を取り仕切るうえではなんの問題もありません」

ひとつ息を吸ってつづけた。「それにいまのところ、都会での暮らしはわたしにとても合っているようです。刺激的な新しい生活をはじめるのが楽しみですわ」

「ううむ」ドレークは嘆息した。

問題はまさにそこなのだ。この女性を屋敷へ迎えいれ、刺激的な新しい生活をはじめることが。

ミセス・グリーンウェイはあまりに魅力的だし、二十九歳にしては見た目が若すぎる。これがもし新しい愛人を探しているのなら、話はがらりと変わってくる。いますぐにでもこぢんまりしたきれいな屋敷を用意し、そこへ彼女を住まわせるだろう。でもミセス・グリーンウェイが面接に来たのは愛人としてベッドを温めるためではないし、自分もメイドや女中頭の弱みにつけこむような人間ではない。そもそもこれまで、雇っている使用人はもちろん、面接に来た相手に女性として惹《ひ》かれたことなど一度もなかった。

先月、前任の女中頭のミセス・ビーティがとつぜん辞めたりしなければ、こんなことにはならなかった。ミセス・ビーティはいつも落ち着いた彼女らしくもなく、妙にそわそわした様子で、海の近くで暮らしたいから仕事を辞めるといきなり告げたのだ。「体調が思わしくないんです。かかりつけのお医者様から、気候のいいところに引っ越すよう勧められました」

ドレークが見るかぎり、ミセス・ビーティは健康そのものだったが、反論はできなかった。そうして一週間もたたないうちに、ミセス・ビーティは荷物をまとめ、貸し馬車でそそくさとロンドンを出ていった。

ドレークはまた視線を落とし、書類をながめた。

ミセス・グリーンウェイはたしかに完璧に条件を満たしているし、また一から人を探して面接をやりなおすことを考えるとうんざりする。それでも……。

ドレークは書類を脇へ置き、相手の愛らしい金色の瞳を見ながら、するべきことをしようとした。

これほど魅力的な女性でなければ、なんの問題もなかったのだが。

ドレーク卿はわたしを雇うつもりがないらしい。セバスチャン・デュモンは、ひざに置いた綿の綾織《あやお》りの茶色いバッグに、爪をきつく食いこませた。とらわれた小鳥のように心臓が速く打ち、動揺で胸が締めつけられている。

でも、なにがなんでも雇ってもらわなければならない。それ以外はありえない。

はじめのころ、面接はうまくいっているように思われた。集中して懸命に練習したおかげで、なにを訊《き》かれてもすらすらと口から答えが出てきた。相手もこちらに好印象を持っているように見えたのに、途中から急に口数が少なくなり、思案顔になった。セバスチャンはバッグをぎゅっと握りしめ、受けた質問とそれに対する自分の答えを反芻《はんすう》した。

なにかまちがったことを言ってしまったのだろうか。

返事のほぼすべてが嘘《うそ》であることに、感づかれたのかもしれない。

でもこちらが嘘をついていることが、どうしてこの人にわかるだろう。他者を欺くことを専門とする人間が、綿密に調査して練りあげた脚本なのだ。

セバスチャンはナポレオンの配下の男たちが、ドレーク・バイロン卿の屋敷に自分を送りこむために、ありとあらゆる手を尽くしたことを知っていた。その一環として、長年ここで働いていた前の女中頭をお金と脅迫で追いだした。

そして今回、人材紹介所から推薦されて面接を受けるのが、セバスチャンひとりだけになるようにはからった。

フランス軍は自分に女中頭の職だけでなく、ある情報を手に入れることを求めている。

失敗はけっして許されない。万が一失敗したら、その代償は甚大で、この世でなによりも愛するかけがえのないものを失うことになる。

それにしても、ドレーク卿は想像していた人物とはまったくちがっていた。

数学者の父はかねがね、科学や理論物理学や数学の分野で、ドレーク卿はいまや世界屈指の学者だと言っていた。十二歳の誕生日を待たずにケンブリッジ大学とオックスフォード大学の上級学位を取得し、コプリ・メダルなど、たくさんの名誉ある賞を受けた天才なのだそうだ。

もしもセバスチャンの故郷のフランスをはじめ、各地が戦火に包まれていなければ、ドレーク卿はヨーロッパ大陸で諸手《もろて》をあげて歓迎されていたにちがいない。その研究の成果を、のどから手が出るほど欲しがっている人びとがいる。とりわけ彼が現在、英国政府の依頼により極秘で開発している暗号を。

自分はそれを手に入れるため、ここへ送られた。

セバスチャンはドレーク卿の経歴を聞いて、年配の男性だとばかり思いこんでいた。父と同年代で、髪が薄くなりはじめて顔にしわが刻まれ、丸めたパン生地のようにお腹がたるんだ相手を想像していた。

だがドレーク卿には、しわもたるみも見当たらない。

まだ年若く、顔立ちは端整で体も引き締まっている。背が高く細身で筋肉質だ。たくましい肩と厚い胸をし、平らな腹部には贅肉《ぜいにく》ひとつない。

女性ならいくつであっても、見とれずにはいられないだろう。豊かな栗色《くりいろ》の髪からいかにも貴族らしい形の鼻、彫刻のような唇、がっしりしたあごの線にいたるまで、どこをとっても非の打ちどころがない。

それでもセバスチャンがいちばん強く惹きつけられたのは、澄んだ緑色の瞳に浮かぶ知性と温かさだった。気をつけないと、じっと見つめたりしたら、胸のうちを見透かされてしまうかもしれない。自分がほんとうは何者であるか、そしてなにを企《たくら》んでいるのか、ぜったいに悟られるわけにはいかない。

まずはとにかく、なんとかして雇ってもらわなければ、はじまる前にすべてが終わってしまう。

「わたしは働き者です、閣下」ドレークが面接の終了を告げる前に、セバスチャンは言った。「わたし以上の女中頭はいないと断言しますわ」

ドレークは眉根を寄せた。「ええ、そう思いますよ、ミセス・グリーンウェイ。だがそうはいっても――」

「人材紹介所で耳にしたのですが、前任の女中頭のかたは閣下に長年お仕えしていたそうですね」セバスチャンはドレークのことばをさえぎった。

ドレークはうなずいた。「このオードリー・ストリートの屋敷を手に入れたときから、ずっと働いてもらっていた」

「だったらそのかたがいなくなって、閣下の生活もすっかり狂っているのではありませんか。たとえ、もともと不規則な生活であったとしても」

「ああ、お察しのとおりだ」ドレークの唇の端があがった。

「でしたら、ぜひわたしにそれを正させてください。もし雇っていただけたら、このお屋敷の家事をこれまでと同じようにうまく切り盛りしてみせます。いえ、これまで以上にうまく」

「これまで以上に？」ドレークの低くやわらかな声が、温かなブランデーのようにセバスチャンの体に沁《し》みこんだ。

「ずいぶん自信があるんですね」ドレークがそこで口をつぐみ、部屋に沈黙がおりた。やがてドレークはふたたび眉根を寄せた。「たしかに条件は申しぶんないが――」

セバスチャンは胸がぎゅっと締めつけられるのを感じ、バッグを握りしめて手が震えているのを隠した。とっさに椅子の上で身を乗りだした。「どうかお願いします、閣下。ぜひともこちらで働かせてください。スコットランドからロンドンへ来るにも旅費はかかりますし、退職手当が底をつくのも時間の問題です。けっして後悔はさせないと、お約束しますから」

少なくともいますぐは。セバスチャンは心のうちでつけくわえた。

口が乾き、全身で脈が重々しく打っている。お願いだから合格だと言って。そうでなければば、考えるのもおそろしい手段に訴えるしかなくなってしまう。

ドレークはおもむろに視線をあげ、射抜くような澄んだ緑色の瞳でセバスチャンの目を見つめた。セバスチャンはじっと動かなかった。目をそらしたりひるんだそぶりを見せたりしては、嘘を見破られてしまう。

ドレークはふいにうなずいた。「いいでしょう、ミセス・グリーンウェイ。あなたの勝ちだ。明日から女中頭として働いてもらいます」

2

「……そしてここが寝室です」翌日、上級メイドのパーカーが言い、ドレーク・バイロン卿の屋敷の三階にある屋根裏部屋のひとつにセバスチャンを案内した。

セバスチャンは部屋のなかを見まわし、マツ材の質素なベッドの横に黒い革の旅行かばんを置いた。色あせてはいるが、きれいに洗濯された青い上掛けがかかっている。壁は水しっくいを塗られたばかりのようだ。オーク材の幅の狭いたんすがあり、洗面台の上には青い磁器の洗面器と水差しが置かれている。羊の群れを世話する羊飼いの小さな絵が壁に飾られ、地味ではあるが、こぎれいで居心地がよさそうな部屋だ。ふたつの屋根窓からたっぷりふりそそぐ夏の陽射《ひざ》しのおかげで、息苦しさはまったく感じない。

それでも故郷の自分の部屋を思いだし、胸が苦しくなった。淡い黄色の美しい壁紙、花柄のカーテン、シタン材の書き物机が恋しい。戦争がはじまってから、モンソローの近くにある小さな田舎家《コテージ》はだんだんすさんでいった。だがセバスチャンは、わが家を楽しく明るい場所にするために精いっぱい努力した。わずかに残ったものを大切にし、幸せだったころの思い出を懐かしんだ。

もう何年も現実と折り合いをつけ、苦労や困難を受けいれてきたのだから、今回も同じことをするまでだ。家族の安全を守り、ロアール近郊の〝小さなわが家〟へ無事に戻るためなら、どんなことでもする覚悟がある。

すべてがうまくいけば、もうすぐみんなと会える。あと数週間——長くても一カ月——のうちに、男たちが求めている情報が手にはいるだろう。そうしたら女中頭のアン・グリーンウェイは消え、セバスチャン・デュモンは本来の自分に戻れる。その日が来るまでは、与えられた役を演じなければ。いま目の前にいる若いメイドに、正体を知られるわけにはいかない。

親しげにふるまってはいるものの、パーカーの黒っぽい目に探るような表情が浮かんでいることに、セバスチャンは気づいていた。これからは同僚の使用人たちも、雇い主のドレーク卿以上に、こちらを観察して品定めし、どういう人間かを見きわめようとするだろう。任務を成功させるには、日中は一瞬たりとも気を抜けない。いや、もしかすると夜も同じかもしれない。

「もちろんひとり部屋ですよ。なにしろ女中頭なんですから」セバスチャンの心の声が聞こえたかのように、パーカーが言った。「わたしとイーディス——コブスのことです——は、廊下の先の部屋を一緒に使っています」小柄で少しふっくらした体の後ろで、両手を握ってつづける。「フィネガンとポーク――台所女中と皿洗い係――も、軒の下の部屋をふたりで使ってます。いちばん奥はミセス・トレンブルの部屋ですよ。ミセス・トレンブルは、閣下がこの屋敷に住むようになった最初の日から、料理人として働いているんです」

「それはいつごろの話なの？」セバスチャンは愛想よく尋ねた。

パーカーは赤褐色の眉をひそめて考えた。「そうですね、たぶん八年前でしょうか。ミセス・ビーティもこないだ辞めるまでは、最初からずっとここで働いてました。前の女中頭のことですよ」

「ええ、そう聞いてるわ」セバスチャンはパーカーの口調と視線にふと、こちらに対するひそかな挑戦を感じとって肩をそびやかした。

自分たちはほぼ同年代――セバスチャンは二十二歳――だが、気弱な態度を見せるわけにはいかない。セバスチャンは一歩も引かず、パーカーの目をまっすぐ見すえた。

しばらくしてパーカーが目をそらした。

それから咳払《せきばら》いをし、仕事着の黒いスカートと糊《のり》のきいた白いエプロンの下で脚をもぞもぞさせた。「さてと、そろそろ行きますね。早くしないと、ミスター・ストーに怠けていると思われますから。落ち着いたら、下へおりてきてくださいとのことでした。みんなを集めて、正式に紹介するそうです」

セバスチャンはうなずいた。「ありがとう。すぐに行くとミスター・ストーに伝えてちょうだい。家事の切り盛りがどうなっているのか、早く知りたいわ。やるべきことがたくさんあるんでしょうね」

「ええ、やるべきことはいつだってたくさんあります」パーカーは言った。「といっても、閣下はほとんど毎日、仕事部屋に閉じこもってますけどね。ちょっと変わってるけど、いいかたですよ。それに頭が切れるし。数学やら発明やらに夢中になって、ぼうっとしてるように見えることがありますけど、どんな小さなことも見逃しません。なんでもお見通しなんですよ」

セバスチャンはのどになにかがつかえたような気がして、ごくりとつばを飲んだ。パーカーはただ無邪気に思ったことを口にしただけなのか、それとも遠まわしに警告したのだろうか。どちらにしても、すべてが無事に終わるまで、何度のどを締めつけられる思いをするかわからない。

スパイであると気づかれ、監獄で処刑を待つことになったらなにもかもおしまいだ。でもそんなことにはならない、とセバスチャンは自分に言い聞かせた。英語の発音は完璧だし、家事の切り盛りについて必要と思われることは、すべて学んで身につけた。誰からも正体をあやしまれる理由はない。

もちろん、若すぎると疑われることはあるだろう。女中頭というものは、たいてい四十代か五十代、場合によってはそれ以上だ。それにこれまでの人生で、使用人として働いたことは一日たりともない。けれど、それくらいのことはきっと切り抜けられるはずだ。この屋敷に使用人としてもぐりこむという、最大の難関を乗り越えたのだから。あとのことはどうにかなる。

そう願うばかりだ。

「案内してくれてありがとう、パーカー」セバスチャンはにこやかに言い、暗に下がるよう命じた。

パーカーはセバスチャンの目をしばし見つめたのち、視線を落とした。「どういたしまして。さっきも言ったとおり、仕事がたくさん待ってますよ」

「ええ、わかってるわ」

きっとこのまま使用人用の食堂へ向かい、新しい女中頭の印象についてしゃべるのだろう。セバスチャンはパーカーがひざを曲げてお辞儀をし、ドアを閉めて出ていくのを見ていた。その足音が遠ざかって聞こえなくなると、それまで溜《た》めていた息を大きく吐き、震える脚でベッドにすわった。

ああ、神様《モン・デュ》、不安と恐怖で押しつぶされそうです。どうかわたしをお守りください。

一分後、セバスチャンはどうにか立ちあがり、旅行かばんをあけて少ししかない荷物を整理しはじめた。

屋敷の別の場所で、ドレークははっと目を覚まし、困惑で目をしばたたいた。だがすぐに、そこが仕事部屋であることに気づいた。新しい定理について熟考しているうち、またしても夜中に机でうたた寝してしまったらしい。

上体を起こし、筋肉のこわばりをほぐそうと伸びをしてから、乱れた髪を指ですいた。炉棚の上の金めっきの時計に目をやった。その時計の針も、ほかの時計と同じ時刻を示している。部屋のいたるところに十個以上の時計が置かれ、優しく時を刻んでいるが、誤差はみな〇・五秒以内だ。

そのどれもがいま、朝の九時十二分を指している。

二階の寝室へ戻って風呂にはいり、ひげをそって服を着替えよう。今日はこのあと、クライボーン邸へ行く予定になっている。義姉のクレアが、今年の社交シーズン初の昼食会を開くことになっていて、母からかならず出席するよう念を押されているのだ。

「あまり仕事ばかりしていると、つまらない人間になってしまうわよ」先週、家族の夕食会のあと、母のアヴァ・バイロンは言った。「いつもむずかしいことに没頭しているんだから、たまには息抜きしなくちゃ」

ドレークはにんまりした。「知ってのとおり、ぼくは〝むずかしいことに没頭する〟のが好きなんだ。でも心配しないでくれ。クレア主催のパーティには顔を出すつもりだよ。みんなが準備に骨を折っていたことは知っている」

クレアと母が、まだあどけない若い娘をたくさん招待していなければいいのだが、とドレークは思った。今年のうちに結婚相手を見つけようと思っている、社交界にデビューしたての娘たちだ。だが自分は、学校を出たばかりの少女はもとより、結婚そのものにもまったく興味がない。

それでも実家を訪ねれば、英国政府のために極秘で開発した暗号の改良点について、長兄のネッドと話ができる。エドワードことクライボーン公爵——家族からはネッドと呼ばれている——は陸軍省で高い地位に就いているが、そのことを知る者はほんのひと握りの高官だけだ。

二年ほど前、エドワードはドレークの数学者としての才能を見こみ、暗号の開発を依頼した。ドレークは興味をそそられて引き受けたが、それは取り組みがいがあるだけでなく、時間と労力を注《つ》ぎこむ価値のある仕事だった。ドレークも家族のみなと同じく、英国軍がナポレオンとの戦いで勝利することを願っていた。

いまのところ、諜報《ちょうほう》という新しい分野への挑戦はうまくいき、ドレークの知的研究の範囲が広がった。おまけに国から支払われる報酬は驚くほど高額で、いくら公爵家の子息とはいえ、四男のドレークにとってはありがたかった。

そのときふいにお腹《なか》が鳴り、さしあたっての現実的な問題を思いださせた。ドレークは傷としみだらけのオーク材の机に散らばったメモをまとめ、インクつぼにクリスタルの栓をした。さまざまな種類のペンと鉛筆とチョークは、ボルトや巻いた銅線やペンナイフ、開いた折りたたみナイフや金槌《かなづち》がはいった浅い容器のそばにそのまま置いておいた。

それから立ちあがって部屋を出た。

仕事部屋は屋敷の一階の奥にあるため、主階段よりも使用人用の裏階段に近かった。わざわざ主階段へまわるより早いので、ドレークは二階の寝室へ戻るとき、裏階段を使うことがよくあった。

今日も壁の隠し扉をあけ、階段をのぼりはじめた。

最後の踊り場を曲がろうとしたとき、黒っぽいスカートと小さな革靴がとつぜん目に飛びこんできた。

「あら！」女性の声がし、ドレークはやわらかな手でそっと頬をなでられたような気がした。相手にぶつかる寸前で立ち止まった。狭い階段で、互いの体はほんの数インチしか離れていない。「ミセス・グリーンウェイ？」

セバスチャンは銅貨のように輝く瞳でドレークを見た。「し――失礼いたしました、閣下。お姿が見えなかったので」

「いや。裏階段を使ったわたしが悪いんだ」ドレークは首を後ろにそらし、彼女の顔を見た。なんて美しいのだろう。記憶のなかのアン・グリーンウェイよりも、ずっと魅力的だ。上品な顔立ちに愛らしい口もと、クリーム色の肌。うっすらと赤みの差した頬は、貝殻の内側のように淡いピンクをしている。

「ついたんだね？」ドレークは訊いたが、われながらばかげた質問だと思った。

「はい」セバスチャンはほっそりしたウェストの前で両手を握りあわせた。「つい一時間ほど前に」

ドレークは胸の前で腕を組んだが、セバスチャンに触れそうになり、すぐにほどいた。

「気に入ってもらえたかな。部屋はどうだった？　問題はなかったかい？」

新しい女中頭は驚いたように、かすかに眉根を寄せた。それはそうだろう、とドレークは思った。ほとんどの雇い主は、使用人にわざわざそうしたことを尋ねないものだ。

「ええ、とても気に入りました。ありがとうございます、閣下」

ドレークは片方のかかとに体重をかけ、わずかに体を後ろに傾けた。「屋敷はどうだろう。もう見てまわったのかな」

セバスチャンはまたもや眉根を寄せた。「いいえ、まだですわ。これから下の階へ行き、ほかのみなさんにお目にかかってから、お屋敷のなかを見てまわる予定です。早くお仕事をはじめたくて、わくわくしています」

女中頭の口からそうした前向きなことばが出れば、雇い主は誰でも喜ぶだろう。ところがミセス・グリーンウェイは、口で言うほどわくわくしているようには見えず、むしろ不安そうな顔をしている。でもそれも当然のことだろう、とドレークは思った。なにしろ新しい街で迎える初仕事の日なのだ。新しい屋敷で新しい主人に仕え、一緒に働く使用人も見知らぬ顔ばかりだ。同じ状況に置かれたら、自分も不安を覚えるかもしれない。

「だいじょうぶだ」ドレークのことばに、今度は言った本人もセバスチャンも驚いた。「どんなことでも初日は大変なものだよ」

セバスチャンは一瞬黙り、心を打たれたような表情を浮かべた。「そうですね。励ましてくださってありがとうございます、閣下」

まつ毛を優雅に伏せてお辞儀をした。頭上の窓から差しこむ日光を浴びて、きれいにまとめた髪が輝いている。今日は帽子をかぶっていないので、豊かな秋色の髪がよく見える――美しい茶色、燃えるような赤、明るい金色。淡い灰色から深い黄金色まで、さまざまな色が入り交じった髪だ。ところどころに銀の糸のような白い筋が目立つところを見ると、やはりそれなりに歳《とし》をとっているのだろう。

ドレークは顔に視線を落とした。きれいな若々しい顔立ちだ。

あまりに若い。

それに美しすぎる。

どうしてこんな女性を雇ってしまったのか。

それはお前が愚かだからだ、と頭のなかで答える声がした。

ドレークは体の重心を移しかえながら、この状況で思い浮かべるべきではない部分が、かっと熱くなるのを感じた。

「あまり引きとめては申し訳ないな」一歩後ろに下がり、セバスチャンを通そうとした。

「なにか訊きたいことや気になることがあったら、いつでも言ってくれ」

セバスチャンはうなずいて歩きだそうとしたが、すぐに足を止めた。「あの、ひとつお訊きしたいことがあります」

ドレークは壁に背中を押しつけ、足を前に踏みだして彼女の唇を奪いたい衝動と闘った。重ねた唇の味と感触を想像し、鼓動が速くなる。きっとすばらしいキスであるにちがいない。

「なにかな」ドレークは相手がこちらの夢想を現実にし、キスを求めてくることをなかば期待しながら尋ねた。

「夕食の献立の件は、ご相談したほうがよろしいでしょうか」

ドレークは彼女の目をぼんやり見つめながら、失望と欲望を懸命に押し隠した。

しっかりしろ。そう自分を叱った。ミセス・グリーンウェイは新しい女中頭じゃないか。相手のためにも自分のためにも、そのことを忘れてはいけない。

「そうしたことはふつう、お屋敷の奥様とご相談するのですが」セバスチャンはドレークの動揺に気づいていなかった。「閣下は独身でいらっしゃいますから、献立のことは直接ご相談したほうがよろしいかと思いまして」

ドレークはゆっくり息を吸い、気持ちを落ち着かせようとした。「いや、それにはおよばない。炒《いた》めたレバーとウズラの卵が出てこないかぎり、献立はきみの一存で決めてくれてかまわない」

「レバーとウズラの卵ですね」セバスチャンの唇にかすかな笑みが浮かんだ。「覚えておきます」

ドレークは目をそらした。あまりにおいしそうな唇だ。「そのあたりのことは、ミセス・トレンブルがちゃんと承知している。安心してまかせておけばいい」

「そういたしますわ。ありがとうございます、閣下」

「ミセス・グリーンウェイ」

ドレークはさらに後ろに下がり、セバスチャンを通した。低い靴のかかとが木の階段を踏むやわらかな音がする。セバスチャンがいなくなってようやく、ドレークは大きなため息をついた。

あまりに長時間、仕事に没頭して、肉体的な欲求を顧みなかったせいにちがいない。アン・グリーンウェイの姿を見た瞬間に強く惹かれてしまったのは、このところ忙しすぎたせいだ。

彼女自身に惹かれたわけではない。ただ、体が女性を求めているだけだ。今夜あたり、ヴァネッサを訪ねようか。愛人の腕のなかで情熱的な夜を過ごせばいい。それにもう二週間近く会っていない。ヴァネッサはベッドのなかでも外でも、いつも自分を楽しませてくれる。

ドレークはそう決めると、ほっとして階段をのぼりはじめた。だが廊下を寝室に向かいながら、頭に思い浮かべていた女性は、ヴァネッサではなかった。

3

セバスチャンは階段を駆けおりた。呼吸が苦しかったが、それは走ったせいではなかった。驚いたわ《マンス・アロー》。一瞬、ドレーク卿にキスをされるのではないかと思った。あの美しい緑色の目には、たしかに情熱的な輝きが宿っているように見えた。夕食の献立などとはなんの関係もない、熱い輝きが。

でもきっと見まちがいだったのだろう。なんといってもドレーク卿は雇い主で、これまで見てきたかぎりでは本物の紳士だ。ことば遣いにもふるまいにも、おかしなところはまったくなかった。まさにイギリス人貴族のお手本だ。もしほんとうに欲望を感じていたのなら、それを隠そうとはしなかっただろうし、自分もどうにかして逃げていた。

だが逃げたかったかどうかは、また別の話だ。

セバスチャンは立ち止まり、階段の手すりを握りしめて自問した。もしもドレーク卿がキスをしてきたら、わたしはどうしていただろう。押しのけただろうか、それとも進んで受けいれただろうか。

肌がぞくりとするのを感じた。

幸いにも、その決断を迫られることはなかった。それでもセバスチャンは、自分が選んでいたかもしれない答えを思って困惑した。

けれど、そんなことを考えてもしかたがない。ドレーク卿にどんな感情を抱こうが抱くまいが、それはどうでもいいことだ。自分がここに来たのは、暗号を手に入れてフランスへ戻り、家族の安全を守るためなのだ。

それ以上でも、それ以下でもない。

この屋敷の誰に対しても、個人的な感情を抱いてはいけない。特に主人のドレーク・バイロン卿に対しては。問題が複雑になるだけだし、自分は悲しみも喪失感もすでにいやというほど味わった。使用人であれ主人であれ、この屋敷の人たちに愛着を覚えて、これ以上つらい思いをする必要はないだろう。どのみち、すべてが計画どおりに進めば、みなと親しくなる時間はほとんどない。ここで出会った人たちのことは、きっと空を流れる雲のように、すぐに記憶のかなたへ消えていく。

あまりぐずぐずしているわけにはいかない。セバスチャンは物思いにふけるのをやめ、地階へとつづく階段をおりた。

獣脂のろうそくや薪《まき》の煙、煮こんだ牛肉、あくで作った石けんなどが混じりあった素朴なにおいがし、近くの部屋から人の話し声が聞こえてきた。驚くほど照明の明るい廊下を進み、ドアをあけて厨房《ちゅうぼう》へ足を踏みいれた。

厨房のなかは広々として暖かく、ほっとする雰囲気がただよっていて、中央に大きな作業台が置かれていた。これから皮をむいて刻むのだろう、きれいに磨かれた木の天板に新鮮な野菜がたくさん載っている。葉つきのにんじんがひと束、土褐色のじゃがいもや、こぶしほどもある黄色い玉ねぎと一緒にかごにはいっている。そこから数フィート離れたところに最新型のこんろがあり、鋳鉄の深鍋や平鍋が湯気をたて、いちばん大きな鍋から木のスプーンが突きだしていた。

わし鼻で硬そうな赤毛をした痩せた女性がふりかえり、水色の目でセバスチャンをしげしげと見た。話し声がぴたりとやんだ。厨房にはほかに若い女性がふたりと、黒い磨き布を持った若者がひとりいる。若者は銀のナイフを磨いていたが、手を動かすのを忘れてセバスチャンをながめた。

「あなたが新しい女中頭ね」こんろの前に立っていた赤毛の女性が言った。「わたしは料理人のミセス・トレンブルよ。すぐにミスター・ストーが来て、屋敷を案内してくれるでしょう。ねえ、ライルズ」たこのできた手を片方ふって命じた。「ストーを呼んできてちょうだい。ミセス――グリーンウェイでしたよね?」ふたたび値踏みするようにセバスチャンを見る。「ご本人の準備ができたようだと伝えてきて」

紺と茶色の仕着せをまとった若者が布とナイフを置いて立ちあがり、言われたとおり厨房を出ていった。

「ほら、あなたも」ミセス・トレンブルはセバスチャンに背中を向け、若い女性のひとりに言った。「じゃがいもの皮をむかなくちゃ。早く取りかからないと、昼食が食べられなくなるわよ」

「はい」台所女中とおぼしき娘は、短い褐色のまつ毛の下からもう一度ちらりとセバスチャンを見ると、急いでナイフを手にとって仕事にかかった。皿洗い係らしいもうひとりの娘は小言を避けようと、あわてて平鍋や皿の載ったトレーを持ち、部屋の奥にある金属の深い流し台へと向かった。

「あなたがポークね？」セバスチャンは台所女中にそっと声をかけた。「それともフィネガンかしら」

娘はぎょっとした顔で、じゃがいもを握りしめた。「フィネガンです。どうしてそれを？」

「パーカーよ」ミセス・トレンブルが言い、こんろの前であわただしく動きながら舌打ちをした。「なんでもぺらぺらしゃべるんだから。でも、あの子は働き者で優秀なんですよ。それにコブスも」

ミセス・トレンブルは、またしても仕事の手を止めて興味津々の顔でこちらの話を聞いているフィネガンをじろりと見た。フィネガンは首をすくめ、ふたたび野菜の皮をむきはじめた。

「わたしはもう十年近く、自分の厨房を問題なくしっかり取り仕切ってきたわ」ミセス・トレンブルは言った。「なにも変更する必要はありません」

セバスチャンは相手の目を見た。〝自分の厨房〟ということばを強調し、こちらをけん制しているようだ。女中頭には家事の切り盛りについて決定をくだす権限があるが、いまのやりかたに全員が満足し、うまくいっているのなら、セバスチャンはわざわざそれを変更するつもりはなかった。だが、たとえこの屋敷には短期間しかいないとしても、そのことをあえて口にし、料理人の一存で規則を決めさせる気もなかった。

「家事のやりかたの変更は」セバスチャンはさらりと言った。「それがどうしても必要なときだけ行なうものよ。その必要はないと判断すれば、なにも変えません。いまのやりかたが最良であるかどうか、わたしが判断させていただくわ」

ミセス・トレンブルはふたたび水色の目をすがめてセバスチャンを見た。やがて大きく息をつき、こんろのほうへ戻った。「おかけなさい、いまお茶を用意するから。それともご自分で淹《い》れますか？　もともと、お茶の用意は女中頭の仕事ですものね」

セバスチャンは、自分のほうが立場が上であることをはっきりさせておいたほうがいいかと思ったが、相手が多少なりとも折れてお茶を淹れると申しでてきたので、ひとまず黙っておくことにした。「ええ、お願いできるかしら。ひと息ついたら仕事にかかるわ」

ミセス・トレンブルは小さなテーブルと椅子を手で示し、お湯を沸かしはじめた。

セバスチャンはテーブルに向かい、実用的な濃紺のスカートをなでつけて椅子に腰をおろした。ミスター・ストーはいつ来るのだろうか。もしかすると、料理人と親しくなる時間をセバスチャンに与えようと思い、わざと遅れているのかもしれない。ミセス・トレンブルがこの屋敷で大きな力を持っていることも、自分が逆立ちしてもかなわない経験豊富な古参の使用人であることも、すぐにわかった。

ミセス・トレンブルがあわただしくやってきて、カップと受け皿をテーブルに置いた。「いまお湯が沸くわ。あと少しです。ところで、未亡人なんですって？」

セバスチャンは予想もしなかった質問を受け、肩をこわばらせた。でも考えてみれば、遅かれ早かれその話題は持ちあがっていただろう。「ええ、そうよ」

ミセス・トレンブルがエプロンをしたウエストの前で腕を組み、話のつづきを待っている。

セバスチャンはなにも言わなかった。

だがミセス・トレンブルは相手が黙っているからといって、そのまま引き下がるような人物ではなかった。「戦争で亡くなったんですか？　兵士だったの？」

セバスチャンはカップの取っ手に指先をはわせ、かつて愛していた男性のことを思いだした。いや、亡くなってから三年以上がたつのに、いまでもまだ愛している。

「ええ、兵士だったわ」

正確に言うと騎兵だった。深紅の襟章と袖章、銀の肩章がついた濃い緑色の軍服に身を包み、赤い羽根の前立てつきの筒形軍帽をかぶったその姿は、とても勇ましかった。セバスチャンはティエリーが英国兵ではなく、フランス兵だった事実については黙っていることにした。それを聞いて、ミセス・トレンブルがいい顔をするとはとても思えない。

「軍刀で胸をひと突きされて、ほぼ即死だったそうよ」セバスチャンは言った。「少なくともわたしはそう聞いているし、あまり苦しまなかったと思いたいの」

ミセス・トレンブルの表情がふっとやわらいだ。「それはお気の毒に。戦争は悲惨でばかげてますよ。勇敢な若者が戦って死んでいくんですもの。早く終わることを願ってるわ」

ええ、わたしもまったく同じよ。セバスチャンは心のなかでつぶやいた。戦争が終わる日が来たら、どんなにほっとするだろう。恐怖や脅威を感じることも、喪失に苦しむこともない、あらたな人生をはじめられる日が待ちどおしい。

いつのまにかミセス・トレンブルがこんろの前へ行き、ティーポットを持って戻ってきた。セバスチャンのカップに手早くお茶をそそぎ、ポットを置く。薄茶色の紅茶の表面から小さな渦を巻いて湯気が立ちのぼり、セバスチャンは冷めるまで少し待った。

「訊いてもいいかしら、ミセス・グリーンウェイ」ミセス・トレンブルは腰にこぶしを当てて言った。「あなたはおいくつ？　正直言って、女中頭にふさわしい年齢には見えないわ」

セバスチャンは顔をあげ、料理人と目を合わせた。心臓が激しく打っている。今回の計画を成功させたければ、こうした挑戦をひとつひとつ受けて立ち、試験に合格しなければならない。いまが正念場だ。

「わたしも言ってもいいかしら」セバスチャンは切りかえした。「あなたも料理人にふさわしいほど脂肪がついているようには見えないわ」

ミセス・トレンブルは目を丸くし、しばらくのあいだセバスチャンの顔を見ていた。それから首をふって吹きだし、ふぞろいな前歯をのぞかせた。「あなたとは気が合いそう」

セバスチャンは微笑《ほほえ》みかえしたが、返事はしなかった。

しばらくしてミセス・トレンブルはくるりと背を向け、こんろのほうへ戻っていった。

「脂肪がついてない、ですって！　あはは」小声で愉快そうに言った。

台所女中のフィネガンが今度はあんぐりと口をあけて、皮を半分むいたにんじんを手にぶらさげ、目を大きく見開いている。ポークも同じく驚いた様子で、手に持った平鍋から洗剤を含んだ水がしたたっている。セバスチャンの問いかけるような視線に気づき、ふたりはあわてて仕事を再開した。

紅茶の最初のひと口を飲んだとき、厨房のドアがあいて執事のストーが大またではいってきた。痩せてやや背が高く、白いものが交じりはじめた黒い髪と黒い目が、老賢人を思わせる。ドレーク卿をのぞけば、今日までこの屋敷で会ったことのある唯一の人物だ。とはいえ、面接のときに二言、三言ことばを交わしただけで、よく知っているわけではない。だが親切で礼儀正しかったことは覚えている。立派な人物に見えたし、非の打ちどころのないふるまいだった。

「お待たせして申し訳ありません」執事は言った。こぎれいな黒い服をきりりと着こなし、鼻に四角い縁の眼鏡《めがね》を載せている。「ミセス・グリーンウェイ、準備がよろしければ、これから屋敷のなかを案内し、みなに正式に紹介させていただきます」

セバスチャンはカップを置いて立ちあがった。「ありがとうございます、ミスター・ストー。お願いしますわ」

「ミセス・トレンブルとは挨拶をなさいましたか」

「ええ、ミスター・ストー」料理人がこんろの前で声をあげ、深鍋のひとつをかきまぜてから勢いよくふたを閉めた。「あなたが来るまで、ふたりで仲良くおしゃべりしてたんですよ」

執事の茶色の目が一瞬、驚いたように輝いた。ミセス・トレンブルと新しい女中頭がまさか仲良くなったなどとは、思ってもいなかったらしい。

きっとセバスチャンが来る前、使用人たちは新しくやってくる女中頭の話で持ちきりだったのだろう。前任の女中頭のミセス・ビーティへの忠誠を固く誓い、その後任をそう簡単には受けいれるまいと話しあっていたにちがいない。

「わたしのことを料理人にしては痩せすぎだと言うんですよ、ミスター・ストー。ほかの人がそんなことを言うのを、聞いたことがあります？」

執事の細い眉毛が片方あがった。「あなたはとてもほっそりしている。料理の味見が大好きなのに、たしかに不思議だ。逆説めいてますな」

「逆なんとかって?」ミセス・トレンブルは鼻を鳴らし、手をひとふりした。「まずひと口かふた口、味見しなければ、料理の出来は確認できないでしょうよ」

ストーはそれがいつもくり返されている会話であるかのようにうなずくと、セバスチャンに使用人を紹介しはじめた。「このふたりはフィネガンとポークです」台所女中たちに向かって言う。「ちょっと手を止めて、こちらへ来なさい」

ふたりはエプロンで手をぬぐい、言われたとおりにした。ならんで立ち、礼儀正しくお辞儀をする。

「先ほど少しだけお会いになったと思いますが、ライルズという下僕がいます」ストーは言った。「おや、皿磨きのつづきをしに戻ってきたようだ」

さっき会った仕着せの従僕と、それより少し年上の黒っぽい巻き毛の男性がはいってきた。紹介の最中であることに気づき、ふたりは横にならんだ。すぐあとからはいってきたふたりのメイドも同じようにした。

パーカーのことは知っていたが、もうひとりのふくよかな金髪の娘と会うのははじめてだった。これが噂《うわさ》のコブスだろう、とセバスチャンは思った。

使用人がきちんと一列にならび、紹介がつづけられた。巻き毛の男性はジャスパーという名前で、上級の従僕だという。その優しい笑みと明るい表情に、セバスチャンは気持ちが安らぐのを感じた。さっきすでに会っていたポークとフィネガンは、ストーからあらためて紹介されると、すぐに仕事に戻った。上級メイドのパーカーが親しみをこめてうなずいた。どことなくとらえどころがない、もうひとりのメイドのコブスは、うわずった声で静かに挨拶をし、深々とひざを曲げてお辞儀をした。

ストーはセバスチャンに、ほかにも御者のミスター・モートンに、ジェムとハービーというふたりの馬丁がいると教えた。

「昼食のときに会えるでしょう。食事のとき以外は、厩舎で馬や馬車の手入れをしています」

最後にもうひとり、近侍のワックスマンが残っていた。当然のことながら、自分の予定どおりに動き、主人であるドレーク卿以外の誰からの指示も受けないという。噂をすれば影で、本人が現われ、きびきびした足どりで厨房へはいってきた。

ひと目見た瞬間、セバスチャンは規則に縛られたフランスの憲兵を連想した――長身で自尊心が高く、尊大なまでに自信満々に見える。上等そうな服にはしみひとつないが、近侍には主人のお下がりを譲り受ける習慣があるので、それも当たり前だろう。ゆるやかにうねった薄茶色の髪が、薄くなった後頭部を隠すように、きれいにとかしつけられていた。顔立ちは平板でおとなしそうに見え、印象は悪くない。けれども目だけは別だった。鋼のような灰色の目で、周囲をじっと観察している。

この人の注意をむやみに引かないようにしなければ、とセバスチャンは思った。屋敷を捜索するにあたっては、ワックスマンの目にとまらないよう、充分注意しなければならない。

「閣下が朝食をご所望だ」ワックスマンは命令口調で言った。「卵とトーストとコーヒーを用意してくれ。十分以内に頼む」

ミセス・トレンブルは困惑顔で近侍を見た。「十五分でもぎりぎりですよ。豆を挽《ひ》いてコーヒーを淹れるだけで、それくらいはかかるわ」

ワックスマンが反論する前に、セバスチャンは申しでた。「わたしがコーヒーを用意します。豆と挽き器は食品室かしら？」

「ええ。ご親切にありがとう」ミセス・トレンブルはうれしそうに言った。さっそく料理の準備にかかろうと、籐《とう》の籠を腕にかけて食料貯蔵室に消えた。

「ワックスマンだ」近侍は唐突にセバスチャンのほうを向いて言った。「新しい女中頭だね」

セバスチャンは相手の目を見た。「はい、ミセス・グリーンウェイです。ご機嫌いかがですか」

「忙しくて目がまわりそうだ」

いっとき間を置いてからセバスチャンは言った。「ええ、でもみんなそうじゃないかしら」

ワックスマンは唇を引きむすび、まだその場にうろうろして聞き耳をたてているメイドと従僕を横目でじろりと見て、さっさと仕事に戻るよううながした。

ワックスマンが口を開く前に、ストーが会話に加わった。「屋敷のご案内がまだでしたね、ミセス・グリーンウェイ。でも、ドレーク卿の朝食の用意がすむまでお待ちしたほうがよさそうだ。わたしは自分の部屋におりますので、手が空いたら来てください」

「ええ、わかりました。ありがとうございます、ミスター・ストー」

セバスチャンは眉根を寄せ、ストーが立ち去るのを見ながら、気を悪くしたのでなければいいのだけれど、と思った。でもここの人たちとうまくやっていけるかどうかなど、なぜ心配する必要があるだろうか。どうせ自分はすぐにいなくなってしまうのだ。

コーヒーを淹れなければならないことを思いだし、セバスチャンは食品室へ急いだ。

4

「ドレーク、来てくれたのね！」ドレークがクライボーン邸の居間に足を踏みいれると、クレアことクライボーン公爵夫人が床の上をすべるようにして近づいてきた。

「ああ、もちろん」ドレークは言い、腰をかがめて義姉のやわらかな頬に親しみをこめたキスをした。「きみが主催するパーティに顔を出さなかったら母さんが怒るだろうし、きみをがっかりさせたくもなかったからね。元気だったかな」

いったんことばを切り、丸く突きだしたクレアのお腹に目をやった。妊婦を見慣れないせいか、会うたびに大きくなっているように思える。「この春、ブラエボーンにとどまらずにロンドンへ来て、ほんとうにだいじょうぶだったのかい」

「まだ七カ月にもならないし、わたしは元気そのものよ」クレアは、同じことを前にも訊かれたことがあるかのように答えた。おそらく相手はエドワードだろう。「それに身ごもっているからといって、自分の妹が社交界にデビューするのに、ロンドンを留守にするわけにはいかないわ」

「母上にまかせておけば心配なかっただろう」

クレアは顔をしかめ、小声でそっと言った。「ええ、でもエラがかわいそうだもの」

ドレークが吹きだすと、招待客の何人かがふりかえったが、すぐに目をそらした。

「あなたのほうはどう、ドレーク？」クレアは言った。「先週会ったとき以来だけど、あれからどうしてた？ 新しい太陽系だかなんだか知らないけど、びっくりするような発見はあったの？ いつもわたしたち凡人にはとうてい理解できない、むずかしいことに没頭してるんだから」

ドレークはからかうようなクレアの物言いに、片方の眉をあげた。「きみはちゃんと理解していると思うよ。星に興味がないにしては」

「あら、星なら好きよ——占星術《スターゲイジング》のほうだけど。ただ、軌道を計算する方法に興味がないだけで」

「なるほど」ドレークはお返しにこちらもからかうことにした。「だったら〈ケプラーの法則〉のことも、どうしてその法則が惑星に適用されて恒星には適用されないのかということも、ここで話してもしかたがなさそうだな。太陽がほんとうは巨大な星で、晴れた日に空を見あげれば天体観察《スターゲイジング》ができるということも、わざわざ指摘するのはやめておこう」

クレアが口をぽかんとあけているのを見て、ドレークはこのへんにしておこうと思った。

「天文学の話はもうやめよう」そこで間を置き、話題を変えた。「さっき、最近はどうしてたかと訊いたね。実を言うと、野暮用《やぼよう》に時間をとられていたんだ。新しい女中頭を雇った。今朝から働きはじめている」

そのことばが口から出たとたん、ドレークは言わなければよかったと後悔した。ふいにアン・グリーンウェイの姿がまぶたに浮かんだ。美しい顔立ち、鈴を転がすような声、金色に輝く瞳。思わずキスをしたくなる、ふっくらした赤い唇。

ドレークはふとのどの渇きを覚え、ごくりとつばを飲んだ。

「なにか飲まないか」近くに飲み物のトレーを持った召使いがいないかと、ドレークは周囲を見まわした。いまなら二杯か三杯、軽くいけそうだ。

幸いなことに、クレアはドレークの様子が急におかしくなったことに気づいていないようだった。「レモネードがいいわ。それはそうと、ミセス・ビーティの代わりの人が見つかってよかった。とつぜん辞められて、とても困ったでしょう。でもこれで気が楽になったわね」

ドレークはそのとおりだと答えそうになるのをこらえた。少なくとも自分にとって、アン・グリーンウェイは心安らぐ存在だ。

「さあ、なにか飲みましょう」クレアは微笑んだ。「のどを潤したら、わたしは女主人の義務をはたしてお客様とお話ししてこなくちゃ。あなたもそうするのよ。目立たない隅にひっこんで、午後じゅう紙と鉛筆を手に過ごすなんてやめてちょうだいね」

「でもそれがぼくのお気に入りの、パーティの過ごしかたなんだ。ひどいことを言うんだな」

クレアはくすくす笑い、怒ったふりをしたドレークの腕に手をかけて歩きだした。

ドレークはクレアと一緒に歩きながら、知り合いがたくさんいることに気づいた。それに親戚もおおぜい来ている。叔母や叔父、いつものいとこたちの顔もある。エドワードと目が合い、小さく会釈を交わした。リバプール首相と立ち話をしている兄の顔に困惑の表情が浮かんでいるのを、ドレークは見逃さなかった。筋金入りのホイッグ党支持者であるエドワードと、トーリー党党首の意見が合うことはめったにない。

次兄のケイドとその妻メグ、妹のマロリーと結婚したばかりの夫、アダムの姿もあった。アダムことグレシャム伯爵は、バイロン一家の古い友人で、ドレークとはお互いまだ十代だったころからの知り合いだ。

マロリーが笑い声をあげ、アダムに微笑みかけるのが見えた。妹の目は隠しきれない愛できらきら輝いている。アダムも愛情のこもった笑みを返した。誰が見ても新妻を溺愛していることがわかる、うっとりした表情だ。ドレークは幸せそうな妹を見てうれしく思った。少し前まで、胸が張り裂けそうなほどつらい日々を過ごしていたとあっては、なおさらのことだ。

だが正直に言うと、ドレークは自分が少数派になったような気がしていた。三人の兄すべて、そして妹のひとりが恋に落ちて結婚したのだ。バイロン家の兄弟のなかでいちばんの放《ほう》蕩者《とうもの》だったジャックでさえ、自由を引きかえにして、結婚指輪と永遠の愛の誓いを手に入れた。ちなみに、二十歳になる双子の弟のレオとローレンスは目下、偉大な兄ジャックを越えてやろうと社交界で鋭意努力中だ。

そのジャックはいまロンドンにいない。社交シーズンを楽しむよりも、妻のグレースと娘のニコラ、それに先日生まれたヴァージニア〝ジニー〟とケント州の屋敷で過ごすほうを選んだ。最近届いた手紙を読むかぎり、ジャックは新しい家族との静かな田舎の暮らしが気に入っているようだ。かつておおいに満喫していた騒々しく目のまわる都会の暮らしは、記憶のかなたに消え去り、ほとんど懐かしむこともないらしい。

もちろんドレークは兄や妹の幸せを願っているし、義姉や義弟のことが大好きだった。けれどもみんなの結婚が、母によからぬ気を起こさせるのではないかという気がしてならなかった。うかうかしていると、いつのまにか自分も結婚させられていたということになりかねない。

でもそれを決めるのは自分自身だ。ドレークは立ち止まり、クレアのためにレモネードを、自分のためにワインを手にとった。

ひと口飲んだところで、母が現われ、クレアがにこやかに手をふってその場を去った。

「ドレーク、来てくれたのね！」母のアヴァ・バイロンが、義理の娘のクレアとまったく同じことばを口にした。ドレークにそっくりの澄んだ緑の瞳が、若々しい輝きを放っている。もし八人の子ども——学齢期にあるのはたったひとりだけ——の母親でなかったら、五十歳を超えているとは誰も思わないだろう。明るい茶色の髪にはほんのいく筋かの白髪が交じっているだけで、顔にもほとんどしわがなく、いまでもこの場にいる女性のなかで屈指の美女だ。

「来ると言ったじゃないか」ドレークは腰をかがめ、母の頬にキスをした。「母さんもクレアも、もっとぼくのことを信じてほしいな」

「もちろん信じてるけれど、あなたは、ほら……」アヴァはいったん口をつぐみ、相手の気分を害さないことばを探した。「ときどき仕事のことで頭がいっぱいになるから」

「ほかのことを忘れる、と言いたいんだろう。でも今日はそうじゃなかった。それに前に母さんは、そんなふうだと退屈な人間になるとも言ったね」

アヴァは微笑んだ。「あなたが退屈な人間になるはずがないわ。バイロン家の人間ですもの！　でも仕事部屋にこもりすぎていることはたしかなようね。人のなかに出ていくべきよ。もっと人の輪に加わらなくちゃ」

ドレークはじっと母の顔を見つめ、かすかに警戒感を覚えた。「パーティの主催者なんだから、人の輪に加わるのは母さんとクレアの役目だろう。ぼくは料理を食べて酒を飲み、ごくかぎられた人たちと話をするために来ただけだ」

「あなたにぜひ会ってほしい人がいるの」

「母さん」ドレークの警戒感は最高潮に達した。「なにを企んでいるんだ。まさか、誰かと無理やりくっつけようとでも？」

アヴァは口をとがらせた。「ちがうわよ。なにも企んでなんかいないわ。わたしがそんな人間じゃないことは、あなただってわかっているでしょう」

ドレークは少しほっとしてうなずいた。

「でも、わたしの古い知り合いのサクソン卿がたまたまお見えになってるの。男やもめで、お嬢さんを連れていらしたわ。これがはじめての社交シーズンとのことだけど、内気なお嬢さんでね。きれいな顔立ちをしているのに」

「母さん――」ドレークは渋面を作った。

「なにも求愛しなさいと言ってるんじゃないのよ。ただちょっとおしゃべりをして、できれば昼食にエスコートしてほしいだけ」

「どこにもエスコートなんかしない。昼食など問題外だ」

「だったら、ご挨拶だけでもしてちょうだい。優しくしてあげるのよ」

「ぼくは誰にでも優しくしてるさ」ドレークは不機嫌な声で言った。

アヴァはふたたびドレークを見た。「とびきり優しくして」

ドレークは観念し、ため息を呑《の》みこんだ。「わかった、そうするよ。じゃあ紹介してもらおうか。だが向こうがぼくを気に入らなかったとしても、あとから文句を言わないでくれよ」

セバスチャンは女中頭の部屋に置かれた大きな椅子に、崩れ落ちるようにすわった。女中頭として正式に働きはじめたので、ここはもう自分の部屋だ。地階にあって、広くはないがきちんと整頓され、事務所と居間の両方の役割をはたしている。ここで日用品や食料品の買い物一覧を作ったり、家計の帳尻を合わせたり、ほかの使用人と一対一で話したりする。また、上級使用人が——ミスター・ストー、ミセス・トレンブル、そしてもし本人の気が向けばミスター・ワックスマンも——夕食後に集まり、デザートやコーヒー、シェリー酒を楽しむ場所でもある。

執事のストーに屋敷のなかを案内してもらったので、セバスチャンはあちこちの部屋へ忍びこみ、暗号を捜すつもりでいた。ドレーク卿は午後も夜も留守だし、今日は絶好の機会のはずだった。ところが腹立たしいことに、やるべきことが山のようにあってその時間がまったく作れなかった。まず、パーカーとコブスが自分たちの仕事の出来を確認してもらいたいと言ってきた。それも女中頭の仕事のうちなので、セバスチャンはひとつひとつの部屋をまわり、きれいに掃除されているかどうかを調べた。ただし、ドレーク卿の仕事部屋だけは別だった。

「ドレーク卿の許可がないかぎり、ここへはいってはいけないと言われています。特に閣下がご不在のときは」パーカーが打ち解けた口調で言った。「わたしたちがものを勝手に動かしてしまうからですって。もともとすごく散らかってるんですよ。でも閣下がおっしゃるには、そうなっている理由がちゃんとあるから、それを乱されては困るそうです」

コブスが真剣な面持ちでうなずいた。

「最初にこの部屋を掃除したとき、ひどく怒鳴られました」パーカーはつづけた。「わたしはただ、散らばっていた紙をまとめて、閣下がいつもなさっているように暖炉の上に置いただけなんですよ。一週間の仕事を台なしにしたと叱られましたけど、さっぱりわけがわかりません」

セバスチャンは、父の仕事部屋も乱雑に散らかっているように見えたことを思いだした。父の部屋にもまた父なりの秩序があり、それは誰にも理解できないものだった。だがセバスチャンだけは理解していた。家事が忙しくないときに、助手として父の仕事を手伝っていたのだ。そうしているうちに、おのずと数学について学んだ。昔から、女は数学のような男性の学問に親しむものではないとされているが、父はセバスチャンを誇りに思い、もっと勉強するように勧めた。けれども母は、のちのち厄介なことになるからやめたほうがいいと、あまりいい顔をしなかった。

皮肉なことに、母は正しかった。もっとも当時は、こんなことになるとは誰も思っていなかった。しかも残酷な運命のいたずらというべきか、セバスチャンがわずか十五歳のときに亡くなった母は、今回の芝居に欠かせないほかの技術を娘に授けた。もし母がイギリス人でなかったら、セバスチャンはこれほど流暢《りゅうちょう》に英語が話せなかっただろう。誰が聞いても、イギリスで生まれ育ったと思うはずだ。

それは半分だけ当たっている。フランス人とイギリス人の両親のあいだに生まれたセバスチャンは、語学に堪能だった。フランス語と英語に加え、スペイン語とイタリア語が得意で、ドイツ語とロシア語もそれなりに話せる。だがいまは、常にイギリス人らしくふるまうことを肝に銘じなければならない。

手を後ろで組んで思い出をふりはらい、自分は人をだましているのだという事実に、こみあげる吐き気をこらえた。これからどんな道を選ぼうとも、かならず誰かを傷つけて裏切ることになる。ならば愛情を感じる相手より、なんの感情も抱かない相手を裏切るほうがまだましだ。

ふいにドレーク・バイロンの顔がまぶたに浮かんだ。セバスチャンは鼓動が速まるのを感じた。ほっそりした顔に、澄んだ緑色の瞳。誠実そうで知的で、見る者の心をとらえて放さず、息を呑むほど男らしい。女なら誰でもうっとりするだろう。われを忘れるだけでなく、自分の真の目的も忘れるにちがいない。

なにを考えてるの！　セバスチャンははっとした。

かすかに首をふってドレーク卿の顔を頭から追いはらい、自分はなんと愚かなのだろうと思った。

「仕事部屋にはいってはいけないなら」目下の話題に戻った。「お掃除はどうしてるの?」

「閣下からお許しをもらい、ときどきほこりをはらって床を磨いています」パーカーが言った。「なにも動かさないならいいそうです。ミセス・ビーティは閣下がお出かけになるのを待って、こっそりなかへはいってお掃除してましたけど」

セバスチャンは自分も仕事部屋に〝こっそりはいる〟つもりだったが、午後じゅう忙しくてその時間がなかった。メイドの仕事の出来を確認したあと、リネン用戸棚を整理し、修繕が必要なシーツを何枚か選《よ》りわけた。

地階へ戻るとミセス・トレンブルが待っていて、肉屋と八百屋から注文の品が配達されてきたので、品質と目方を確認してほしいと言われた。

「小売商がごまかさないともかぎりませんからね」ミセス・トレンブルは訳知り顔でうなずいた。セバスチャン自身もずる賢い商人と取引をしたことがあったので、まったくそのとおりだと同意した。

夕食のときには、ドレーク卿の食事がきちんと配膳されているかどうかを見に行く代わりに、使用人用に焼いた大きな牛肉の塊を切り分けなければならなかった。あまり気持ちのいい仕事ではなく、セバスチャンは手が震えた。それでもなんとかうまくこなし、ほかの使用人に交じってはじめての夕食をほっとしながら食べた。

食事を終えても自室には戻れず、まだ仕事が待っていた。食料貯蔵室や食品室の管理も女中頭の仕事なので、香辛料を挽き、砂糖をふるいにかけて目方をはかり、果物や干しブドウの種をとるなど、やるべきことがたくさんあった。それが終わると、今度は籠いっぱいの衣類やリネンを修繕しなければならなかった。縫い物を器用にこなすのも、セバスチャンの役目なのだ。

女中頭用の椅子の上で首を後ろにそらし、四階上の寝室まで歩く体力が残っているだろうかと考えた。目を閉じると、長い一日の疲れがどっと押し寄せてきた。もう身も心もくたくただ。

しばらくして目を覚ましたが、何時かわからなかった。机の上の時計を見ると、二時を少し過ぎている。

手を口に当ててあくびをし、目尻に涙をにじませながら、眠気をふりはらおうとした。このまま朝まで椅子で眠ったりしたら、体じゅうが痛くなるに決まっているので、寝室に戻って寝たほうがいい。あと数時間でまた新しい一日がはじまり、たくさんの仕事をこなさなければならないのだ。

でもみんなが寝ているいまこそ、探しものをする絶好の機会ではないだろうか。

やってみようか？

セバスチャンはろうそくを持ち、そっと部屋を出た。

「おやすみなさいませ、閣下」御者席からモートンが静かに声をかけた。

ドレークは親しげに手をふり、玄関の踏み段をあがりはじめた。暗い通りを遠ざかっていく馬のひづめの音を聞きながら、ベストの内ポケットに手を入れた。シルクで裏打ちされたポケットを探り、こういうときのために持ち歩いている屋敷の鍵をとりだして錠前に差しこんだ。

使用人はみな床に就いているだろう。主人が帰るまで召使いを玄関で待たせる習慣を、ドレークはとうの昔にやめていた。自分でも何時に帰宅するかわからないのに、誰かを夜中まで待たせておくことになんの意味があるだろう。

度が過ぎるほど仕事熱心なワックスマンでさえ、何年も前に主人の帰宅を待つことをやめていた。その代わりに洗いたてのタオルとローブを用意し、いつドレークが帰ってきてもいいよう、ブリキの容器に湯を入れて炉床に置いている。

ドレークはあくびを嚙《か》み殺して屋敷にはいり、ドアに鍵をかけた。暗闇とひんやりした空気のなかで、心地よい静けさに包まれる。屋敷じゅうが安らかな眠りに就《つ》いていた。

愛人のきらびやかな住まいで熱いひとときを過ごしたあとでは、その静寂がありがたかった。ヴァネッサの屋敷には赤いシルクの壁紙が張られ、クリスタルのシャンデリアが輝き、いたるところに金色の鏡がかかっていた。屋敷じゅうに凝った装飾のほどこされた鳥籠が置かれ、さまざまな種類のカナリアが美しい声で歌っている。ヴァネッサはその歌声をこよなく愛していた。れんが造りの贅沢《ぜいたく》なその屋敷が嫌いなわけではない。ソファはすわり心地がいいし、シーツからはいいにおいがして羽毛のマットレスはやわらかだ。それでも眠るとなると、自分のベッドのほうがよかった。

「ほんとうに泊まっていかないの?」乱れた寝具に横たわり、ヴァネッサが小声で訊いた。ピンクの先端をした豊かなふくらみを強調するように、乳白色の腕を頭の上に伸ばしている。

ドレークは首をふって、到着してほどなく、情熱の炎のなかで床に脱ぎ捨てたシャツを拾いあげた。「もう遅いから帰るよ」

「あなたがそうしたいなら」ヴァネッサは猫のように伸びをし、片方の脚を動かして太ももを見せつけた。「でも、奥様が家で待っているわけでもあるまいし。わたしが素敵な思いをさせてあげるのに」

ドレークは笑い声をあげ、ヴァネッサの手のひらにくちづけた。「ああ、今夜はもう何度も素敵な思いをさせてもらったよ。でも仕事があるんだ」

「なるほど、お仕事ね」ヴァネッサは理解を示す口ぶりで言った。「あなたにとっては大切なことですものね」

「そのとおり。大切だ」ドレークはズボンを穿《は》いてボタンをかけ、投げ捨てていたタイを手にとった。

長い沈黙があり、ヴァネッサがシーツを引きあげて枕にもたれかかった。「ねえ、ドレーク、ふと思ったんだけど。あなたにとって仕事より大切な女性が、いつか現われるのかしら？」

「そんなことを考えているのかい？」ドレークは片方の眉をあげた。

「ええ、まあ」ヴァネッサは言った。「その優秀な頭のなかにある理論や数字から、あなたを引き離すことのできる女性が、どこかにいるのかしらね。あなたにすべてを忘れさせ、その人のこと以外、なにも目にはいらなくさせる女性が」

ドレークは一瞬、相手の顔を凝視したが、いまのことばは純粋な好奇心から出たものだろうと結論づけた。ヴァネッサはこれまで一度ならず、誰かと永続的な関係を築くことにも、結婚にも興味はないと言ってきた。裕福な未亡人で、寝室のなかでも外でも自由を謳歌《おうか》している。だからこそドレークとの相性が抜群なのだ。約束も束縛もない。ふたりのあいだには、ただ肉の悦《よろこ》びと、相手に多くを求めない気軽な友情があるだけだった。

なのにいまヴァネッサは、ドレークにとって世界のすべてで、家族や仕事よりも大切な架空の愛する人に興味を持っている。

ばかな。

とつぜんアン・グリーンウェイの姿が頭に浮かんだ。均整のとれた体つき、優しい笑顔、妖精が輝く銀の粉をふりかけたような豊かな秋色の髪。

彼女のことを思いだすとは不思議だ。アン・グリーンウェイと自分のあいだには、なにもないのに。

いまも、これからも。

ドレークはしっかりしろとひそかに自分を叱りつけ、その姿を頭からふりはらった。

タイを結び終え、ベッドのところへ戻って身をかがめた。「数学者として言わせてもらうと、ぼくが誰かにどうしようもないほど恋い焦がれる可能性はかぎりなくゼロに等しい。ぼくはそれほどロマンティックな空想家じゃないさ」微笑みながらヴァネッサにキスをする。

「第一、ぼくにはきみがいるのに、どうしてほかの女性を求めるんだ?」

ヴァネッサは機嫌をよくし、ふたたび声をあげて笑いながらシーツをはいだ。何度かキスをしたあと、最後にもう一度、あと少しだけでもいる気はないかとドレークに訊いた。

だが、ドレークはこうして家に戻ってきてほっとしていた。すっかり欲望も満たされ、これから寝心地のいい自分のベッドでひとり眠るのだ。またあくびを嚙み殺しながら、階段に向かって歩きだした。

そのとき廊下の奥のほうにほのかな明かりが見えて立ち止まった。こんな時間に誰が起きているのか。

「やあ」小声で呼びかけた。「誰だい?」

小さく息を呑む音が聞こえ、ろうそくの光が大きく揺れた。闇に目を凝らし、いまのは誰の声だろうと考えた。「ミセス・グリーンウェイ？　きみか？」

ためらったような長い沈黙のあと、磨きこまれた床板と細長いオービュッソンじゅうたんの上を、革底の靴で歩くかすかな足音が聞こえてきた。こちらに近づくにつれ、その姿がだんだんはっきり見えてきた。ろうそくの光に照らされ、胸が激しく上下しているのがわかる。

「か――閣下？　お――お帰りになったとは知りませんでした。驚きましたわ」

「わたしも驚いたよ。こんな時間に、いったいなにをしているのかい？」

罪悪感にも似た奇妙な表情がその顔を横切ったが、すぐに消えた。「それは……その……」

「なんだい？」ドレークは興味をそそられ、のんびりした口調で言った。

やわらかな光を受け、セバスチャンの瞳がかすかに輝いた。「下の女中頭の部屋でうっかり寝てしまったんです。さっき目を覚まして、寝室へ戻るところでした」

ドレークのなかに芽生えはじめていた疑念が消え、驚きが湧きあがった。「初日からそんなに大変だったとは。寝室に下がる時間もないほどの仕事量じゃないと思っていたが」

「え――ええ、そんなことはありません。ただ、慣れないものですから……」声がだんだん小さくなり、薄茶色の眉のあいだにうっすらとしわが寄った。「このお屋敷にまだ慣れていないので、いろいろ学んでいるところなんです。でもご心配にはおよびませんわ。仕事はきちんとこなしておりますから」

「ああ、きみならそうだろう。でも、くたくたになるまで働くことはない。疲れはててしまっては意味がないから、明日からはもっと早い時間に寝室へ戻るんだ。仕事が残っていても、翌日まで待てないことはないだろう」

ドレークは新しい女中頭の気持ちをほぐそうと笑みを浮かべたが、その眉間に刻まれたしわはかえって深くなった。

「そういたします、閣下」セバスチャンはつぶやいた。

ドレークは片手をポケットに入れた。「みんなの印象は?」

「とても親切で働き者ですね。感じのいい人ばかりです」

「ミセス・トレンブルも?」ドレークは尋ねた。自分がこの女中頭を選んだことを、やや気の短いところのある料理人はどう思っただろうか。

セバスチャンの唇の端があがり、金色の瞳が明るく輝いた。「ええ、ミセス・トレンブルは特にいい人ですわ。閣下がおっしゃったとおり、とても頼りになります」

「それを聞いて安心したよ」

長い沈黙があり、ドレークはふと自分たちが深夜、暗闇のなかでふたりきりでいることを意識した。

相手も同じらしく、つややかな頬に赤みが差し、目が二枚の金貨のように輝いている。バラの花びらを思わせる唇がこちらを誘っているようだ。
ドレークは目をそらすことができず、わずかに身を前に乗りだした。
帰宅したときは眠くてたまらなかったが、いまや完全に目が覚めている。
馬車から降りたときは、ベッドにもぐりこんでシーツにくるまれることしか頭になかった。
でもいま、彼女にくるまれたくてたまらなくなっている。
とつぜん下半身が硬くなり、ドレークは驚いた。ヴァネッサのベッドで情熱的なひととき
を過ごしたばかりだというのに、もう体がうずいている。今夜、愛人を訪ねることにしたの
は、アン・グリーンウェイに感じている不可解な欲望を忘れるためではなかったのか。肉体
的な欲求をなだめて自分を抑制し、ただの主人と使用人の関係でいるためだった。
にもかかわらず、またしてもアン・グリーンウェイへの欲望で体が熱く燃え、ろうそくを
おろさせてこの腕に抱きしめたくなっている。くちづけを浴びせながら、階段をあがって寝
室へ連れていき、ひと晩じゅう官能の世界に溺れたい。
ドレークは手を伸ばしそうになるのを必死でこらえ、体の脇でこぶしを握りしめた。一歩
後ろに下がった。「もう遅い」硬い声で言う。「お互いに休んだほうがいいだろう。これで失
礼する。おやすみ」
アン・グリーンウェイがこちらを見つめてからうなずき、小さく息をついた。それを聞い
てドレークは一瞬、気が変わりそうになった。「お——おやすみなさいませ、閣下」女中頭

が言った。「よい夢を」

よい夢を、か。ドレークは心のなかでつぶやいた。今夜は眠れるかどうかすらわからない。ともかく眠る努力はしてみよう。そしてよく知りもしない女性に感じている、この禁断の欲望を忘れる努力もしなければ。

ほかの男ならこんなに悩まないのかもしれない。なにしろ、相手はただの使用人なのだ。自分の屋敷に住んで自分に仕えている相手なのだから、好きにする権利があると思う男は少なくないだろう。けれどもドレークにとって、そうしたふるまいは考えられないことだった。使用人の弱みにつけこむのは、真のけだものだけだ。特に性的な関係を迫るなどありえない。ろうそくの火を消すように、アン・グリーンウェイへの欲望を消し去る方法を見つけなければならない。

ドレークは短くうなずくと、ふたたび階段へ向かって歩きだした。階段をあがって寝室を目指すあいだ、後ろをふりかえりたくなる衝動をこらえた。

セバスチャンは胸に手を当て、大きく安堵《あんど》の息をついた。ドレーク卿に声をかけられたときは、暗い廊下で自分がなにをしているのか気づかれてしまったと思った。仕事部屋にはいって捜索をする前でほんとうによかった。さもなければ、疑念だけではすまないところだった。新しい女中頭が初日の夜早々、主人の部屋で持ち物を調べているのを見たら、ドレーク卿はどう思うことか！　今回はたまたま運がよかったが、次からはもっと注意し、いつもとちがうあやしい行動をとっているところを誰にも見られないようにしなければいけない。

セバスチャンはため息をつき、自分も寝室に戻ることにした。だがあいにく、もう疲れてはいない。ドレーク卿とばったり出くわして、全身に電流のような衝撃が走り、疲労が一気に吹き飛んだ。心臓も全速力で走る馬のように激しく打ちはじめた。しんと静まりかえった暗い屋敷のなかで、ふたりきりで話していると思うと、よけいに鼓動が速まった。

たとえ認めたくなくても、ドレーク卿が魅力的な男性であることはまちがいない。極上のワインからあふれる芳香のようなその魅力を、セバスチャンは感じずにはいられなかった。でも本人の関心はもっぱら学問に向けられていて、自身の外見や魅力といったことにはまるで無頓着なようだ。

実際、今夜のドレーク卿は顔を縁どる栗色の巻き毛が乱れ、服のボタンはきちんとかかっていたものの、きりりとした貴族の優雅さには欠けていた。一瞬、麝香《じやこう》とクチナシのにおいが、愛人の腕のように彼にからみついている気がした。

女性と一緒だったのだろうか。

真鍮《しんちゆう》の燭台《しよくだい》を握る手にぐっと力がはいったが、セバスチャンはすぐにそれをゆるめた。やれやれというように首をふると、フランス人の父親の血を引いた娘らしく肩をすくめ、落ち着きを取り戻そうとした。

ドレーク卿に愛人がいるからといって、それがどうしたというのだろう。むしろ、そうした相手がいないほうが不自然だ。恵まれた貴族の男性、しかもドレーク卿のように雄々しい魅力にあふれた男性が、女性と付き合っていないわけがない。たしかに高い知性の持ち主かもしれないが、ドレーク卿にも男としての欲求は当然あるはずだ。まだ知りあって間もないけれど、彼のなかに情熱的な血が流れていることはわかる。仕事に対するのと同じくらいの情熱を、寝室のなかでも見せるのだろうか。

ドレーク卿がベッドに横たわっているところを想像すると、急に下腹のあたりが熱くなった。最後に男性とベッドをともにしてから、もう長い月日がたった。ひとりの男性に対してこんなことを感じるのは、いったい何年ぶりだろう。

自分は純潔のままティエリーと結婚し、それ以外の男性は知らない。夫が死んでからは、悲しみに耐えながらも毎日生き抜くことに精いっぱいで、そんなことを考える余裕などなかった。そもそも、そのころ同じ村には適齢期の男性はいなかった。いるのは子どもか年配者で、若い男性はみな戦争に駆りだされていたのだ。

それなのに自分はいま、一日もたたないうちに、ほとんど知らないも同然の男性に興味を引かれている。ドレーク・バイロン卿の腕に抱かれたらどんな気分になるだろう。キスをされ、愛されたら？

いやだわ！　ばかなこと《セ・リディキュール》を！

自分はただ孤独で、故郷が恋しいだけだ。そうでなければ、こんな正気の沙汰とは思えないことを想像するはずがない。

とにかく眠ろう。夢も見ずに数時間ぐっすり眠り、ドレーク卿のことも、彼に惹かれたことも忘れてしまおう。朝起きたら、新しい主人に感じているこの気持ちは消え去り、ただの幻だったと思うようになるにちがいない。

でも、もしそうならなかったら？

そのときはできるだけドレーク卿を避け、女中頭の仕事と極秘の任務に集中することにしよう。暗号が見つかりさえすれば、すぐにでもここを出ていける。

ふいにあくびが出て口を手で覆うと、セバスチャンは階段へ向かって歩きだした。

5

それから一週間があっというまに過ぎたが、目的をはたす機会はなかなか訪れなかった。屋敷はそれほど大きくはないものの、女中頭の仕事は山のようにあり、朝から晩までするべきことに追われ、暗号を捜す体力も時間もほとんど残っていないありさまだった。日中、たまたままわりに誰もいないとき、棚の引き出しをあけてみたり、図書室の書棚にあるそれらしい本を何冊か調べてみたりした。だがいまのところ、なんの成果も得られていない。

最初から考えていたように、暗号はふたつの場所のどちらか――ドレーク卿の仕事部屋か寝室――にあるのではないだろうか。どちらもそう簡単には探せない。ワックスマンやパーカー、コブスがすぐ近くにいるとあってはなおさらだ。

それにドレーク卿本人も、はじめに言っていたとおり、生活が不規則でいつどこにいるのか予測がつかない。早朝に出かけたかと思えば、その日の夜はずっと屋敷にいる。次の日は午後じゅう仕事部屋にこもり、夜遅く外出したりする。セバスチャン自身も気づいたし、ほかの使用人も言っていたが、ドレーク卿は睡眠をあまり必要とせず、四、五時間も眠れば充分らしい。

初日の夜、暗号を捜しているところをあやうく見つかりそうになってから、セバスチャンは深夜や早朝にこっそり屋敷を歩きまわる勇気がなくなっていた。ドレーク卿がふいに現われ、そんな場面を目撃したら、すぐに自分をここから追いだすだろう。そこでセバスチャンはまず、たくさんある仕事を覚え、屋敷になじむことに集中した。

また、ドレーク卿と顔を合わせる時間をできるだけ減らすようにした。相手もそれで不都合はないようだ。そのほうがあの夜の胸の高鳴りを早く忘れられるので、ドレーク卿の無関心な態度にほっとするべきなのだろう。そう、自分は彼に抱いているこの気持ちを忘れたいのだ。なのになぜ、ドレーク卿が礼儀正しいけれども、どこかよそよそしい態度をとっていることが気になるのだろうか。

もしかしたら向こうも、あの夜のことが気になっていて、こちらと親しく接することを避けているのかもしれない。いや、やはりあの日の朝、使用人用の裏階段で、そして深夜、暗い廊下でばったり出会ったのは、ドレーク卿にとってはきっとなんの意味もないことだったのだ。あの人はただ、大方の雇い主が使用人に接するのと同じように、無頓着にこちらに接しているにすぎないのだろう。

屋敷に勤める使用人は、できるだけ主人の目につかないよう、静かに仕事をしていつのまにかそっと裏へ消えるものだ。だがセバスチャンの最大の問題は、自分を使用人だと思えないことにあった。

セバスチャンは裕福な特権階級が大衆を支配することを、よしと思わずに育ってきた。父は財産のない貧しいフランス人貴族の息子で、祖国の革命ですべてを失った。だが高貴な身分という失った栄光にすがることなく、自分で道を切りひらき、世界でも有数の数学者として身を立てた。セバスチャンは父の功績を誇りに思っていた。父は誰にも引けをとらない立派な人だ。そう、国王にも負けないほど。

ドレーク卿には家柄を鼻にかけるようなところはないが、それでも公爵家の子息で、上流階級の一員であることはまちがいない。厳格な階級社会のイギリスでは、貴族はあらゆる面で人より上だとされている。優れた血筋と知性と作法、名誉や特権をそなえている、と。

つまりこの屋敷にいるあいだは、使用人という自分の〝立場〟をわきまえなければならないということだ。とりわけほかの人たちと一緒にいるときは、使用人らしからぬ態度や発言に気をつけなければ、すぐにおかしいと感づかれてしまうだろう。そのことを常に意識しているのは、経験豊富な女中頭を演じるのと同じくらい大変だった。そしてスパイとしての任務をはたすことも、それと変わらずむずかしかった。

「閣下のお茶の用意はできたかしら」その日の午後、セバスチャンはミセス・トレンブルに尋ねた。ふたりは厨房の大きなテーブルをはさんで向かい合わせに立っていた。

「もうすぐよ」ミセス・トレンブルは鋭いナイフを使い、慣れた手つきでパンの固くなった部分を落とした。

セバスチャンが予想していたよりもずっと早く、サンドイッチができあがった。ミセス・トレンブルはビスケットやお菓子もてきぱきと用意し、その日の朝届いたばかりの新鮮なブラックベリーも皿に盛った。ブラックベリーはドレーク卿の好物らしい。

「はい、どうぞ」ミセス・トレンブルは言い、磁器の細長い皿に盛られた金色の蜂蜜の横に、こってりしたクロテッド・クリームを添えた。「パーカーを呼びましょうか」

「いいえ、いいの」セバスチャンは銀のトレーの上で皿の位置を整え、ミセス・トレンブルがいまお湯を沸かして準備しているティーポット用の場所を空けた。「今日はわたしが持っていくわ」

パーカーに持っていかせることもできたが、セバスチャンはいまだにドレーク卿の仕事部屋に足を踏みいれることができずにいた。今日は早朝から本人がずっとそこで仕事をしているので、絶好の機会だ。

「そう」ミセス・トレンブルは重い磁器のティーポットをトレーに載せると、夕食の支度に戻った。

セバスチャンはトレーを持ちあげ、厨房を出て廊下を少し進み、壁に取りつけられた小型昇降機のところへ行った。

重りと滑車で動くその小さな昇降機は、それまであらゆるものを階段で運んでいた使用人にとって、まさに天の恵みだった。時間を大幅に節約できて、体力も消耗しない。ドレーク卿が屋敷に据えつけた、興味深くて便利な数多くの発明品のひとつだ。ほかにも玄関と裏庭を照らすガス灯、厨房や洗濯室にきれいな水を運ぶポンプなどがあるが、なかでもいちばん驚かされるのは、ドレーク卿の寝室にある近代的な浴室だった。大きな浴槽に加え、〝シャワー〟と呼ばれる箱型の小部屋と、ドレーク卿自身が設計したという石炭の湯沸かし装置をそなえた銅の貯水桶《ちょすいおけ》がある。

だがいまのセバスチャンにとって、なによりもありがたいのは、浴室の備品にくらべると平凡な発明品といえる昇降機だった。正直なところ、これほど重いトレーをひとりで上階まで運べるとは思えない。ティーポットをひっくりかえして、リネンを敷いた銀のトレーに熱い紅茶をこぼすのがおちだ。

滑車を動かして昇降機にトレーを固定すると、セバスチャンは階段をのぼって一階へ向かった。ドレーク卿の仕事部屋は昇降機のすぐそばにあるので、トレーを持って運ぶのは短い距離ですんだ。トレーの重心をうまくとりながら、ドアをノックする。しばらく待っても返事がなく、もう一度ノックした。

「どうぞ」長い沈黙ののち、ようやく返事があった。あきらかに上の空といった声だ。

セバスチャンはドアをあけてなかにはいった。「ご機嫌いかがですか、閣下」陽気な声で言った。「お茶と軽食をお持ちしました」

ドレーク卿は大きな木の机に覆いかぶさるようにしてすわったまま、顔をあげずに紙の束の上で鉛筆を走らせていた。まわりには紙片や本が散らばり、栗色の髪もこの一時間かそこいら、手でかきむしっていたかのように乱れている。おそらくほんとうにそうしていたのだろう。部屋のあちこちに置かれた時計の規則的な音だけが聞こえている。

ようやく鉛筆を動かす手を止め、ドレークは横目でセバスチャンを見た。「ミセス・グリーンウェイ、どうも。パーカーは?」

ミセス・ビーティがいなくなったあと、主人にお茶を運ぶのはパーカーの役目だった。セバスチャンが女中頭になってから、ドレークが午後じゅう屋敷にいてお茶の用意を命じるのは、これでまだ二度目だ。

「パーカーはほかのことで手が離せません」セバスチャンは言った。「それで今日はわたしがお持ちしました。どこで召しあがりますか」トレーがさっきよりも重くなったように感じられてあたりを見まわしたが、置けそうな場所はどこにもなかった。

机や台、空いた椅子の上には、紙や雑誌の山がいくつもできている。壁一面にならんだ本箱の上には、書籍――ページを開いたものも閉じたものも――が積みあげられている。長年使いこんだせいか溝や傷のある木の作業台は、別の壁を占めるほど大きかったものの、その上にも工具や金属線、その他セバスチャンにはさっぱりわからない道具類がぎっしり載っていた。棚にはガラス瓶がならび、さまざまな色の液体がはいっているが、それがどの程度危険なものなのかはわからない。ドレークの机からそれほど離れていないところに、現代的な大きい地球儀と、木の枠にはめこまれた可動式の黒板があった。黒板いっぱいに難解な数式が白いチョークで書きこまれている。暗号とはまるで無関係のようだが、それでも興味を引かれずにはいられない。セバスチャンは数式をあまりじっと見ないようにし、トレーを置く場所を探した。

見つからない。

女中頭が困っていることに気づいたらしく、ドレークが立ちあがってすぐそばのテーブルへ近づいた。新聞の山をふたつ、革装丁の分厚い本を二冊手にとり、脇へ寄せた。「どうぞ」ドレークは言った。「ここに置くといい」

セバスチャンはほっとして言われたとおりにした。上体を起こし、ウェストの前で両手を握りあわせたまま、もう一度さっと部屋のなかを見まわした。それからお茶を注ぐのは女中頭の仕事であることを思いだした。

あわててティーポットに手を伸ばした。

ドレークも同じことをし、ふたりの手がティーポットの上で触れあった。

その瞬間、体に電気が流れたように感じ、セバスチャンは自分が生きた避雷針になった気がした。全身がしびれ、ほんとうに電流が走っているのではないかと思うほどだった。

ふたりの視線が合った。ドレーク卿のにごりのない透きとおった緑の目は、春の森のようにきらきらと輝いている。そこに激しい情感がこもっているのが見え、セバスチャンの心臓が激しく打ち、息が苦しくなった。

だが彼がまばたきをしたとたん、その表情は消えた。

ドレークは手を引いた。

セバスチャンもさっと手をひっこめた。下を向き、じょうぶな黒い革のブーツを見つめながら、ざわつく気持ちをなだめようとした。すべてがほんの一瞬のあいだのできごとだった。

セバスチャンは深呼吸をして視線をあげた。「お茶を――お注ぎしましょうか」

ドレークは眉根を寄せた。「いや。そのままでいい。自分でやるから」

セバスチャンはうなずいた。「かしこまりました、閣下」

短くお辞儀をし、その場を去ろうと一歩後ろに下がった。そのとき、この部屋へやってきたほんとうの目的を思いだした。暗号を捜さなくては。だがこうしてざっと見ただけでは、なにもわからない。膨大な紙片のどれに暗号が記されているのか、その手がかりすらつかめない。誰にも疑われることなく、この部屋に自由に出入りできる方法はないだろうか。特にドレーク卿にだけは、ぜったいに疑われるわけにはいかない。

でもどうやって？

そのときあることが脳裏にひらめいた。ドレーク卿を説得できれば、これほど確実な方法はない。セバスチャンは背筋を伸ばし、相手の目を見つめた。「閣下、ひとつよろしいでしょうか」

ドレークは眉をあげた。「うん？」

「このお部屋のことです」

ドレークはふたたび眉をひそめた。

「ちゃんとしたお掃除が必要ですわ」

ドレークは胸の前で腕組みした。「そうかもしれないが、わたしはこのままでいい。もう聞いていると思うけれど、仕事部屋のものは誰にもさわらせないことにしている」

「ええ、承知しております。お持ち物のあつかいには細心の注意をはらいますわ。部屋はみんなきちんと掃除しなければなりませんし、ここも例外ではありません」

「ときどきパーカーに、なにも置いてない場所のほこりをはらわせている」ドレークは不満そうに言い、一方の足から別の足へ重心を移しかえた。「それで充分だ」

「失礼ですが、わたしにはそう思えませんわ。本の上にも棚の上にも、ほこりがいっぱい溜まっています。それに窓も、何カ月もふいてないように汚れているではありませんか」

ドレークはあごをこわばらせた。「別にかまわない。メイドにうろうろされるのも、ここにあるものを勝手に動かされるのもごめんだ」

「でしたら、閣下がお留守のときにわたしが掃除いたします」

ドレークは首を横にふった。「ミセス・ビーティとも前に何度かその話をしたことがあって、屋敷内の部屋はすべて掃除することになった。ただし、ここは例外だ」

「まちがっていたら申し訳ありません」セバスチャンは食い下がった。「でも閣下はミセス・ビーティに、この部屋のお掃除を許可なさっていたのではないですか」

「ああ、彼女は紙や道具を動かさないよう気をつけていた」ドレークはしぶしぶ認めた。

「わたしもそういたします」セバスチャンの胸が希望で躍った。「ミセス・ビーティと同じように、わたしにも許可していただけませんか。ここのお掃除はわたしが自分でやります。もしなにかが紛失したり、あるべき場所になかったりしたら、遠慮なくわたしを叱ってお給料を減らしてください」

「あるいは解雇するか」ドレークは、それも当然、選択肢のひとつだというようにぼそりと言った。

「それでも結構ですわ」

そんなことになったらもう万事休すだ。セバスチャンの胸がふいに恐怖で締めつけられた。暗号を手に入れられないまま、屋敷を追いだされてしまう。でもこれは絶好の機会ではないか。この機会を逃したら、ふたたびこの部屋に足を踏みいれて暗号を捜すのは絶望的だ。しかも、あまりにも危険すぎる。

ドレークは眉根を寄せたまま、しばらくのあいだセバスチャンの顔をながめていた。「本や紙はそのままにしておくように。ものを整理したり、ならべなおしたりしないでくれ。工具類をふくことも、ガラス瓶に触れることもだめだ。あれには人体に害をおよぼしかねない物質がはいっている」

セバスチャンはウェストの前で両手を握りあわせて微笑んだ。

「それから、ぜったいに――そう、ぜったいに――黒板に書かれたものを消さないこと。あの数式のなかには、完成までに年単位とはいわないまでも、何カ月もかかったものがある。黒板の数字や文字をいじったら、きみは解雇だ」

「ええ、黒板にはさわらないようにいたします」セバスチャンは内心の興奮が声に出ないよう気をつけて言った。

長い沈黙ののち、ドレークが言った。「いいだろう。わたしがいないときにかぎり、ここを掃除してくれてかまわない。だが、くれぐれも注意してほしい」

「けっして失望はさせませんわ、閣下。では、お茶が冷める前に失礼いたします。なにかご用がありましたら、いつでも呼び鈴を鳴らしてください」

ドレークの唇の端が片方あがった。「ありがとう、ミセス・グリーンウェイ。覚えておくよ」

セバスチャンはうやうやしく会釈をして後ろを向いた。そのときドアをノックする鋭い音がしたかと思うと、背が高く身なりのいい男性が自信に満ちた足どりで部屋へはいってきた。

数秒後、同じ男性がまたドアをくぐった――いや、うりふたつの男性というべきだろう。

双子だわ！　セバスチャンは予想もしなかった光景に目をしばたたいた。しかもドレーク卿にそっくりの双子だ。まだ若く、端整な顔立ちとがっしりした体つきをしている。全体的に引き締まっていて肩幅が広く、琥珀色《こはくいろ》の髪をゆるやかに波打たせ、放胆な笑みを浮かべていた。人目を引く緑がかった金色の瞳には、いたずらっぽい光が宿っている。セバスチャンは生き写しとしか思えないふたりの顔に、ものが二重に見えているような錯覚に陥った。同じ顔がふたつあるのだから、それもあながちまちがいではないかもしれない。

「やあ、ドレーク」片方が低く太い声で言った。「邪魔したんじゃなければいいけど」

「近くを散歩してたもんだから――」もう片方が同じように張りのある声で言った。

「――ちょっと寄ってみようかと思ってね」最初の若者が言った。

ふたりは微笑み、セバスチャンに視線を向けた。まだ大学生ぐらいの年頃の双子は、セバスチャンの頭のてっぺんからつま先までなめまわすように見た。

セバスチャンは肩をそびやかし、険しい表情でふたりをにらんだ。

だが双子はひるむどころか、ますます大きな笑みを浮かべた。右側の若者のほうなど、片目をつぶってみせさえした。「こちらの美しい女性はどなたでしょうか」そう言うと、優雅なお辞儀をした。

「そうだ、教えてくれよ、ドレーク」もうひとりが言った。「こんなに魅力的な来客があると知ってたら、もっと早く訪ねてきたのに」

ドレークは小さく鼻を鳴らし、足を前に進めた。「来客じゃなくて新しい女中頭だ。くだらないことを言って、彼女を困らせるんじゃない」

ウィンクをした若者が胸に手を当てた。「くだらないことって？　ぼくたちはただ、あまりの美しさに圧倒されただけだよ」

「ああ、降参だ」もうひとりが言った。「息を呑むほどきれいですね、マダム」

セバスチャンは思わず吹きだしたが、怒っていいのか喜んでいいのか、よくわからなかった。

一方のドレークは、のどの奥で低くうなった。「ミセス・グリーンウェイにちょっかいを出さないでもらおうか」セバスチャンの隣りに立ち、その目を見る。「どうしようもない弟たちのことは気にしないでくれ。女性を口説くのはこのふたりの趣味でね」

「二番目の趣味です」ウィンクの若者が言い、茶目《ちゃめ》っ気たっぷりの目をした。

もうひとりのほうの目よりかすかに緑の色調が濃い。「一番目はなんだと思いますか」

セバスチャンは下を向いて口もとに浮かんだ笑みを隠し、落ち着きを取り戻してから顔をあげた。「お目にかかれて光栄です、閣下――」

「レオです」ウィンクをした男性が言い、もうひとりを手で示した。「こっちはローレンス」

「レオ卿。ローレンス卿」セバスチャンは言った。「わたしはこれから厨房へ行きます。なにかお持ちいたしましょうか」

「いいね」双子は声を合わせた。

「いや」ドレークも同時に言った。「その、紅茶のお代わりは従僕に持ってこさせてくれ。きみはほかにも仕事があるだろうから」

「はい。でも厨房に顔を出す時間ぐらいありますので、ミセス・トレンブルに、お茶と一緒にサンドイッチを追加で用意するよう伝えておきます」

「すばらしい！　あなたは優しくて親切なかただ、マダム」ローレンスが言い、優雅にお辞儀をすると、前へ進んでトレーに載ったビスケットに手を伸ばした。「それまでレオとわたしは、ドレークのぶんを少し分けてもらって食べています。料理人においしい食事を楽しみにしている、と伝えてください」笑顔でビスケットをかじった。

「わたしからもよろしく伝えてください」レオがまた茶目っ気たっぷりに微笑んだ。

ドレークは双子の兄弟をじろりとにらむと、セバスチャンのほうを見た。「もう下がっていい、ミセス・グリーンウェイ。お茶をありがとう」

「閣下」セバスチャンは敬意をこめた笑みを浮かべ、きびすを返して部屋を出ていった。

6

「兄さんはバイカル湖みたいに奥が深いと、前から思ってはいたが」女中頭の足音が遠ざかるやいなや、レオは言った。「さすがにこれは予想外だったな。いまの女性は、ほんとうに女中頭なのかい？」

ドレークはあごをこわばらせた。「ああ、そのとおりだ。さっきそう言っただろう」

レオは同じように驚いた顔をしているローレンスと、さっと目を見合わせた。「兄さんはいい趣味をしているな。ミセス・ビーティにはまったく似ていない」

「ぼくの記憶によると」ドレークは言った。「お前はミセス・ビーティのことが好きだったはずだ」

「ああ、そうだよ。ローレンスもだ。そうだろう、ローレンス？」

「そのとおり。すばらしい女性だった」

「亡くなったお祖母《ばあ》様みたいに優しかった」レオが言った。「でも、ミセス・ビーティに見とれるということはなかったな。さっきの女中頭を見たとき、どこかの庭に迷いこんで、満開の美しいバラに出くわしたような気分だった」

　ローレンスもにっこり笑った。「まさにそうだった」

　ドレークは眉を高く吊《つ》りあげた。満開の美しいバラだと！　ばかなことを！

　ふたりはまだ二十歳と若く、魅力的な女性はいないかと絶えず周囲を見まわしているが、アン・グリーンウェイにちょっかいを出すことだけは許さない。

　ぜったいに！

　ドレークは知らず知らずのうちに、両手をこぶしに握っていた。アンのことをこんなふうに話すとは、いったいなんのつもりなのか。レオとローレンスにアンを女性として見る権利はないし、ましてや色目を使うなどもってのほかだ。自分も最初に会った瞬間に彼女を欲しいと感じたが、だからといってこのふたりが同じことを思っていいわけではない。

「ミセス・グリーンウェイはバラではないし、特別な目で見ることは許さない。いいな？」ドレークは冷たい口調で言った。「彼女はぼくの使用人だ。そのことをわきまえて接してくれ。そもそもミセス・グリーンウェイは大人で、青二才のお前たちよりずっと年上だぞ」

　ローレンスが肩をすくめた。

　レオは叱られたことを気にする様子もなく、にやりと笑った。「少しぐらい年齢が離れててもぼくは気にしない。年上の女性は好きだよ」

　ドレークはさっと両手をあげ、銀のトレーのところへ行った。ふたりに背中を向け、冷静で論理的ないつもの自分に戻ろうとした。レオとローレンスがアン・グリーンウェイを絶賛したことが、どうしてこんなに気に障るのだろう。これまではふたりの型にはまらない大胆な言動をおもしろく思っていたし、自分は嫉妬深いほうでもない。女性をめぐって誰かに腹をたてたことなど、これまであっただろうか。だが、ことアン・グリーンウェイに関しては、自分でも思いもよらない感情が湧きあがる。

　理解しがたい感情が。

　しかも、そんなことを認める気はさらさらなかったのに、彼女は仕事部屋を掃除させる約束さえ取りつけたのだ。

　ドレークはひそかに嘆息し、ティーポットを手にとってカップに注いだ。紅茶が何滴かはねて手にかかり、悪態をついた。弟たちのことはかまわず、熱い紅茶を注意しながら飲み、それからサンドイッチに手を伸ばした。朝食にトースト一枚とコーヒー一杯をとっただけなので、なにか食べれば少しは気持ちが落ち着くかもしれない。

　後ろをふりかえってレオとローレンスを見た。「ところで、お前たちはここでなにをしてるんだ？　オックスフォード大学の学期はまだ終わってないだろう」

　ローレンスがゆっくりと前へ進み、ビスケットをひとつかみとった。「ああ、いつもの年なら」そう言ってからひと口かじった。「でも今年はちょっと特別でね」

　ドレークは片方の眉をあげた。「特別？　まさか退学になったわけじゃないだろうな。ネッドが卒中を起こすぞ」

「そんなわけないだろう」レオが気分を害した口ぶりで言った。トレーのところへやってきて、サンドイッチをごっそりつかむ。「今学期はもうすぐ終わるよ。でも社交シーズンに参加したくて、学生監に頼んで試験を前倒しで受けさせてもらったんだ」

「ほう、どうやってそんな離れ業を?」

双子は緊張した表情で目を見合わせた。

いつものようにレオが先頭に立って説明をはじめた。「ウィットルスビー学生監がぼくたちの願いを聞きいれてくれた」

ドレークは思わず好奇心をかきたてられ、話のつづきを待った。

「ウィットルスビーの息子のバーティは、ぼくたちと同学年なんだ。無頼漢で酒癖が悪い」

「しかも人をいじめるのが大好きで、特に新入生をだまして金を巻きあげることに喜びを感じるようなやつだ」ローレンスも言った。「ろくでもない男だよ。わら人形ほどの理性も持ってやしない。学生監の息子じゃなかったら、とっくに退学になってただろうな」

レオがうなずいた。「そのとおりだ。ともかく、ある晩、たまたま路地を歩いていたら——」

居酒屋への行き帰りだったのだろう、とドレークは思ったが、口には出さなかった。

「——いかにもたちの悪そうな、地元の労働者三人組に、バーティがこっぴどく殴られているのを見たんだ。カードゲームでいかさまを働こうとして、相手を怒らせてしまったらしい」

「ふだんなら自業自得だと思ってほうっておくんだが、やつはひどく痛めつけられてて、いまにも死にそうなうめき声を出していた。人殺しを黙って見過ごすわけにはいかないだろう。いてもたってもいられず、あいだに割ってはいったのさ」

ドレークは首をふった。「警吏《けいり》を呼ぼうとは思わなかったのか？　その連中にほかにも仲間がいたら、どうするつもりだったんだ」

「ああ、いたよ」レオは平然とサンドイッチを食べながら言った。「二対一で、そりゃもう激しい乱闘になった。でもぼくたちは、どう対処すればいいかわかっていた。腕っぷしの強い四人の兄に囲まれて育ったのは、無駄じゃなかったということだね」

ローレンスが歯を見せて笑った。

レオもにっこりし、ふたりがその騒動を楽しんだらしいことはひと目でわかった。

ドレークは椅子に腰をおろして脚を伸ばした。「それでお前たちは暴力をやめさせて、その……友だちではないだろうが――」

「同級生」レオが言った。

「――同級生を部屋に連れて帰ったのか？」

ふたりはふたたび顔を見合わせた。「いや、そうじゃない。そのとき警吏が現われたんだ。

そこで、ぼくたち三人を牢屋《ろうや》じゃなくてウィットルスビー学生監のところへ連れていってもらえないか、と頼みこんだ。バーティを医者に診せる必要があることは、誰が見てもわかったよ。さすがの警吏も、オックスフォード大学の学生監の子息の命を危険にさらし、公爵の弟を逮捕するのは気が進まなかったんだろう。そこでぼくたちは、学生監のところへ行くことになった」

「それで？」ドレークはぬるくなった紅茶を飲んだ。

「学生監は感謝していた。バーティの命を助けたうえ、大学が厄介なスキャンダルに巻きこまれかねないところを救ったんだから。学生監はぼくたちに借りを作りたくなかったようで、褒美をあげたいと言ってきた——なんに対する褒美だったっけ？」

「——〝勇敢な行動と紳士らしい判断に〟」ローレンスが学生監のことばをくり返した。

レオはぱちんと指を鳴らした。「そう、それだ。たぶん金を渡すつもりだったんだろうが、ぼくたちはそれならふたつお願いしたいことがあると言った」

「それが試験の前倒しだったんだな」ドレークは言った。「もうひとつは？」

「バーティにこれ以上、大学で好き勝手なふるまいをさせるわけにはいかないと思ったから、子息を叱って下級生にいばりちらすのをやめさせてほしい、と頼んだ」

「学生監はそれを聞いて心から驚いた様子で、かならずそうすると約束してくれたよ。かんかんに怒っていたな。次の学期は、さすがのバーティもおとなしくなるだろう。折れた肋骨《ろっこつ》とくだけたあごの骨が治って、全身のあざが消えてもね。そういうわけだから、ロンドンでちょっと楽しもうかと思ってやってきたんだ」

「なるほど、都会へようこそ」ドレークは苦笑いを浮かべた。「クライボーン邸へはもう行ったのか？　それとも、最初にぼくを訪ねてきたのかい」

レオが金の懐中時計に指をはわせた。「そのことなんだけど――」

そのときドアをノックする音がし、ライルズがティーポットとカップ、サンドイッチを持ってはいってきた。召使いが出ていき、三人で軽食のほとんどを食べると、ドレークは口を開いた。「それで？」

レオとローレンスは横目で互いの顔をちらりと見た。

ローレンスが皿を脇に置き、ナプキンで口をぬぐった。「そろそろ自分の屋敷を持とうかと思って」

「ぼくたちももうすぐ二十一歳になる」レオが言った。「ネッドとクレアにもまた子どもが生まれるし――」

「――それにクレアも母さんも、エラの社交界デビューで忙しいし――」ローレンスが言った。

「――独り立ちするいい頃合いじゃないかと思うんだ」レオが言い、ふたりは幼い少年のころからそうだったように、交互にことばを発した。

「ただ、資金が問題で――」とローレンス。

「――四半期ごとの手当があるけど、次にもらえるのは六月だし――」

「――それまで待ちたくないんだ」

「じゃあネッドに頼むことだな」ドレークは言った。

ふたりはドレークの目を見て、首を横にふった。「いやだ」

ドレークは両手を尖塔《せんとう》の形に合わせて一分ほど黙り、レオとローレンスをじらした。「手ごろな物件を見つけるといい。必要な金は出してやる」そう言いながら、自分は弟たちと同じ年齢だったとき、これほど冒険に情熱を燃やしていただろうか、と考えた。だがそのころのドレークは学問に夢中で、独立して屋敷を持ったり社交シーズンを満喫したりするなどの世俗的なことには、まるで興味がなかった。

いまでも研究に夢中になりすぎているきらいがあることは認める。だがドレークは仕事が大好きだし、いまの生活を変えるつもりはなかった。

銀のトレーに視線を落とし、またしても新しい女中頭のことを考えた。アン・グリーンウェイがこの屋敷の生活に、これほどあっさりなじんだとは驚きだ。そして自分の生活は……彼女がここへやってきた瞬間からかき乱されている。これから先も、アン・グリーンウェイと顔を合わせるたびに、心がざわつくようではたまらない。

そこでドレークの思考は中断された。レオとローレンスが前へ進みでて、ドレークの手を握った。白い歯をのぞかせてうりふたつの笑みを浮かべ、ありがたい援助の申し出に、おおげさすぎるほど礼を言っている。

ドレークは手をひとふりした。「面倒なことだけは起こさないように——」ふたりの表情が曇ったのを見て言いなおした。「とにかく、命を脅かすような厄介ごとには関わるんじゃない。違法なことにも、不必要に危険なことにも手を出すな」

「約束するよ」レオが言った。

「ああ、ここに誓う」ローレンスがおごそかな声でつけくわえた。

「わかった。さて、お前たちとミセス・グリーンウェイに邪魔をされてしまったが、まだ仕事があるんだ。紅茶を飲んだら帰ってくれ」

レオとローレンスは言われたとおりにし、にこやかに別れの挨拶をして出ていった。ドレークは、双子の目を逃れてひとつだけ残っていた小さなサンドイッチ——おいしいハムとナシのチャツネがはさんである——を食べ、机に戻った。

椅子に腰をおろしたそのとき、入口のほうから音がした。

顔をあげると、ドアのところにアン・グリーンウェイが立っていた。燃えたつ赤と十月の木の葉の色をした髪に、月光のような銀の筋が交じっている。視線が合い、ドレークの鼓動が速くなった。

自分の心の平穏のことを考えたら、解雇するべきなのかもしれない。彼女を見てもなにも感じず、無関心でいられたらいいのだが。

でも最初に本人が言ったとおり、アン・グリーンウェイは優秀で、ミセス・ビーティがいたころと同じように屋敷はうまく切り盛りされている。務めをきちんとはたしている女中頭を解雇する正当な理由はない。自分が心ならずも欲望を感じているという理由では、解雇などできるはずもない。

だが双子の弟たちでさえ、彼女に惹かれたのだ。とはいえ、あのふたりは脈と体温さえある相手なら、どんな女性にでも関心を持つのだから、アンの真の魅力がわかっているのかどうかはあやしいところだ。

いい加減にしろ。ドレークは自分を叱った。お前は人間で、獣ではないはずだ。どんなに苦しくても、欲望を抑えなくては。

「なんだい？」ドレークはぶっきらぼうにならないように気をつけ、努めてさりげない口調で訊いた。「なにか用かな」

セバスチャンは一歩なかへはいり、スカートに両手を押しつけた。「夕食のとき、レオ卿とローレンス卿のお席も用意したほうがよろしいでしょうか。おふたりは戻っていらっしゃいますか？」

ドレークは首を横にふり、万年筆をぎゅっと握りしめた。「いや、今夜はもう来ない。でもあのふたりのことだから、気が向いたらまたすぐに訪ねてくるだろう」そこで間を置いた。

「自分たちの屋敷を構えたくて、前金が必要だったらしい。そろそろ独立したいようだ」

ドレークはペンを動かす手を止めた。自分はどうして女中頭相手にこんな話をしているのだろうか。

セバスチャンは微笑みながら部屋のなかへ進んだ。「少年とはそういうものですわ。いえ、閣下の弟君《ぎみ》の場合は、青年とお呼びするべきですね」

「ああ、少年は羽を広げたがるものだし、それは青年も同じだ」ドレークは彼女をしばらく見つめた。「それは個人的な経験から言っているのかい？　これまで一度も訊いたことはなかったが、きみにきょうだいはいるのか？　姉妹は？　兄弟は？」

「姉妹はいません……でも弟がいます」セバスチャンの眉間にふいにしわが刻まれた。「弟がふたり」

なぜ彼女は困ったような表情を浮かべているのだろう、とドレークは思った。まさか、家族の話をしたせいで気を悪くしたということはないだろう。だが世間には、自分のように家族に恵まれた幸運な人間ばかりがいるわけではない。

「そうか。わたしには兄が三人と弟がふたり、そして妹がふたりいる」ドレークは相手の表情の変化に気づかなかったふりをした。「全員が集まると、かなりにぎやかだよ」

「え――ええ、そうでしょうね」女中頭はスカートに押しつけた指をねじり、視線をそらした。「もしご用がないようでしたら、これで失礼いたします。どうぞお仕事にお戻りください。今日の午後は何度もお邪魔してしまいました」

ああ、そのとおり、何度も心をかき乱されたよ。ドレークは胸のうちでつぶやいた。下腹がかっと熱くなる。「それから、今日の夕食はここでとる」

「かしこまりました、閣下。ミセス・トレンブルに伝えておきます」そう言うと彼女は空の食器が載ったトレーを持ち、後ろを向いて部屋を出ていった。

ドレークが計算や方程式にようやく集中できたのは、それからゆうに一分が過ぎてからだった。

わたしはいったいどうしたのだろう。セバスチャンは昇降機にトレーを載せながら自問した。自分に弟がいることを、なぜドレーク卿に話してしまったのだろうか。何歩か前へ進み、使用人用の裏階段につづくドアの前で立ち止まった。

そうした話題が出る可能性があることは、何度もくり返し警告されていたではないか。自分を訓練した諜報員から、厳守するべき指示を言いわたされている。

〝いつわりの人物になりきり、目的を見失うな〟

〝バイロンが標的であることを忘れず、なんの感情も抱くな〟

〝屋敷の連中、特にバイロンの信頼を得るように努め、暗号を見つけて書き写したら、ただちにフランスへ戻ること〟

〝なにより重要なのは、実生活についてけっして語らないこと〟

だがもうフランス——そして実生活——は、二度と見ることのない夢のように遠く感じられる。リュックとジュリアン……弟たちが恋しくてたまらない。そして父も。みんなのもとに戻れたらどんなにいいだろう。でも自分がこの屋敷にいるのは、ほかでもない家族のためなのだ。暗号を手に入れる以外に道はない。

それなのにドレーク卿になんの感情も抱かずにいることが、どうしてこれほどむずかしいのだろうか。あの人と一緒にいると警戒心がゆるんで、自分たちが敵どうしであることを忘れ、ただ会話を楽しんでいる錯覚に陥ってしまう。向こうが家族のことを話したので、こちらもつい口をすべらせて弟がいると言ってしまった。

それに自分たちのあいだには、なにかが生まれているような気がする。策略や陰謀とは関係のない、ひそかな絆《きずな》のようなものが。ドレーク卿を前にすると、これまで経験したことのない熱く激しい感情が湧きあがってくる。こんな気持ちは、いとしいティエリーに対してさえも感じたことがなかった。

夫に感じていたものは本物の愛だったが、ドレーク卿への感情は……危険なものだということ以外、自分でも正体がわからない。

禁断の思いだ。

甘く誘惑に満ちているが、けっして許されない思い。

セバスチャンは背中がぞくりとし、口の渇きを覚えた。知らず知らずのうちに、痛みを感じるほど強く眉間にしわを寄せていた。ふとそのことに気づき、表情をゆるめた。指示を忘れてはいけない、と心に言い聞かせた。ドレーク・バイロンにどんな感情を抱いているにせよ、それはどうでもいいことだ。家族を守ることがすべてだ。

唯一の目標は、任務を遂行すること――たとえそれが自分で選んだのではなく、恐怖と脅しで無理やり背負わされたものだとしても。

セバスチャンは嘆息した。戦争に疲れた。動乱の世にはもううんざりだ。ティエリーと母が生きてさえいれば、喜びに満ちた日々が送れたはずなのに。でもふたりはもうこの世にいない。そして自分には、どんなに嫌悪感を抱いていてもやらなくてはならないことがある。

セバスチャンは背筋を伸ばし、なすべきことをしようと決意した。ここにきてようやく進展があり、ドレーク卿の仕事部屋に出入りする許可を得られたことがせめてもの救いだ。暗号はあの乱雑に散らかった紙や本、メモや道具のどこかに隠されているにちがいない。もしそうであれば、かならず見つけだしてみせる。

それしか助かる方法はない。

蝶番《ちょうつがい》によく油の差された階段のドアが大きく開き、ライルズが出てきた。「ミセス・グリーンウェイ」セバスチャンに挨拶をする。「閣下の軽食のトレーを下げに来ました」

「もう片づけたわ。閣下は今晩お屋敷で夕食を召しあがると、ミスター・ストーに伝えてもらえるかしら。ミセス・トレンブルにはわたしから言っておくから」

「わかりました。これから捜してきます」

「ミスター・ストーなら、たしか一階の居間で備品を補充しているはずよ」

ライルズは微笑んだ。「手伝ってきます」

セバスチャンはライルズが長い廊下を歩き去るのを見ていた。その姿が視界から消えると、肩にはいっていた力が少しだけ抜けるのを感じた。家計簿の確認もあるし、ドレーク卿の夕食のデザートも作らなくてはならない。そろそろ仕事に戻ったほうがよさそうだ。

自分を奮い立たせ、階段をおりはじめた。

7

それから三日間、ドレークは仕事に没頭し、昼も夜もまったく予測がつかない時間に部屋に出入りした。そのせいでセバスチャンは、仕事部屋を掃除して暗号を捜す計画を実行できずにいた。機会をうかがいながら、女中頭の仕事をこなすしかなかった。

ドレークと顔を合わせるのは、お茶か食事を運ぶときだけだった。いつもにこやかではあるものの、あきらかに上の空で、心がここオードリー・ストリートの屋敷ではない別のところにあるのは一目瞭然だった。何度かちらりと手もとをのぞいたところによると、どうやら太陽系に関する仮説を組み立てているらしい。精巧な作りの大きな太陽系儀を動かしているところを一、二度見たこともある。ぜんまいじかけの機械に小さな天体の模型が針金でいくつも取りつけられ、見事に軌道を描いていた。

セバスチャンがまだ子どもだったころ、父もこれとそっくりの驚くべき装置を持っていた。わくわくしながら見ていると、父が恒星や衛星や惑星のこと、衛星と惑星が太陽のまわりをまわっていることなどを教えてくれた。

だが父の太陽系儀はずっと昔、母が亡くなる前の年に、パリの家が火事に見舞われたときに燃えてしまった。ほかにも家族のかけがえのない思い出の品々や、父が大切にしていた膨大な蔵書も灰になった。もしかするとドレーク卿の蔵書のなかに、父が持っていたのと同じものがあるかもしれない。ここの図書室でじっくり本を手にとることができたら、どんなにいいだろう。

でもセバスチャンはそうしたい衝動を抑え、仕事に専念した。女中頭が主人の美しい革装丁の本、しかも科学や数学に関する本を夢中で読んでいるところを見たら、ドレーク卿も使用人も仰天するに決まっている。おまけにそのなかには英語だけでなく、セバスチャンの母国語のフランス語も含めて、外国語で書かれた本も数多くあるのだ。

毎日、掃除が行きとどいているかどうかを確認するため、屋敷の各部屋をまわっているうちに、セバスチャンはドレークがさまざまな言語の本を持っていることに気づいた。ギリシャ語にラテン語、フランス語、アラビア語、それにロシア語やイタリア語の本もある。セバスチャンは全部すらすら読めたが、アラビア語だけは別だった。書かれた年代や内容については、持てる知識を駆使して推測するしかなかった。

ドレーク卿はどうなのだろう。これらの言語がすべてわかるのだろうか。きっとそうにちがいない。ほかにもさらに何カ国語か、使いこなせるとしてもおかしくない。

四日目の早朝、ドレークはようやく仕事部屋に引きこもるのをやめた。セバスチャンがアイロンをかけたリネンを腕に抱えて廊下を歩いていると、仕事部屋のドアがあいて、ドレークが出てきた。立ち止まって腕を頭の上に伸ばすしぐさが、なんとも魅力的だ。服も髪も乱れ、頬は少なくとも二日分のひげで黒ずんでいる。にもかかわらず、相変わらず素敵だ。セバスチャンはシーツをぎゅっと抱きしめ、心のうちを読まれないよう平然とした表情を装った。「おはようございます、閣下」敬意をこめ、礼儀正しく言う。

ドレークはあくびを嚙み殺したが、口もとには笑みが浮かんでいた。「おはよう、ミセス・グリーンウェイ。いい天気だね」

地平線上に厚い黒雲が不気味に広がっているのを見ると、〝いい天気〟という表現がふさわしいかどうかは疑問だったが、上機嫌の相手にわざわざそれを指摘することもないだろう。きっと仕事に大きな進展があったのだ。父も方程式を解いたとき、道端で硬貨を拾った少年のように喜んでいた。ドレーク卿はその点で父とよく似ている。

「そうですね、庭に水をまかなくてもすみそうです」

ドレークの笑みが大きくなった。「そうだな」ふたたびあくびが出そうになって、目の端にかすかに涙がにじみ、透きとおった緑色の瞳が宝石のように輝いた。唇に微笑みを浮かべたまま、指先で涙をぬぐう。

昨夜は一睡もしていないのだろうか。このところ取り組んでいた数学的証明が終わったのなら、これから横になるのかもしれない。でもその前に食事をとるだろう。

「寝室に朝食をお持ちしましょうか。それとも朝食室で召しあがりますか?」

ドレークは考えこむような顔でセバスチャンを見ながら、大きな手で胃のあたりをさすった。「朝食と聞いたら急にお腹が空《す》いてきたな。今朝はたっぷり用意するよう、ミセス・トレンブルに頼んでくれないか。もし食料貯蔵室にあったら、絶品のキドニーパイを忘れないでほしい、と」

セバスチャンは笑顔で答えた。「たしか昨日、用意していましたわ」

「それから卵も。半熟の目玉焼きにしてくれ」

「半熟の目玉焼きですね」

「よろしく」ドレークはつかのま、セバスチャンの顔をじっと見てから目をそらした。「じゃあこれで失礼する」

セバスチャンにも仕事のつづきが待っていた。だがひとまずリネン類を一階に置いておき、料理人に朝食のことを言いに行かなければならない。シーツをさらに強く抱きしめ、主人が立ち去るのを待った。

ドレークは背中を向けて階段をのぼりはじめたが、途中で立ち止まった。「そうだ、もうひとつ。今夜は外出するから、夕食はいらないとミセス・トレンブルに伝えてほしい」

つまりドレーク卿は今夜、屋敷にいないのだ。うまくことが運べば、仕事部屋を調べられるかもしれない。セバスチャンは不安でのどが詰まりそうになったが、ごくりとつばを飲み、わかったとうなずいた。

ドレークが一瞬、まだなにか言いたそうな顔をした。だがすぐに後ろを向き、徹夜明けとは思えない力強く素早い足どりで、階段をあがっていった。

セバスチャンはため息をつき、地階へ向かった。


ドレークが夕方出かけるのを待たずに、セバスチャンはまだ外が明るいうちに仕事部屋の掃除をはじめることにした。雨は降っているが、室内はまるきり暗いわけではない。ドレーク卿は自分が使っていないときなら、いつでもこの部屋を掃除していいと言った。本人が上階でぐっすり眠っている日中ほど都合のいいときが、ほかにあるだろうか。

さっき使用人用の食堂にワックスマンがやってきて、閣下はいまお休みになっているからうるさくしないように、とひどく真剣な口調で言った。そして昼の休憩で紅茶を飲みながら噂話に興じていたパーカーとコブスに、鋭い一瞥《いちべつ》をくれた。ふたりはすぐに話をやめ、ドレーク卿の寝室の近くで用事があっても、猫のように静かに歩くと請けあった。

ワックスマンがいなくなるやいなや、パーカーとコブスは顔を見合わせて目をぐるりとまわし、唇に指を当てて「しーっ」と言うまねをした。それからくすくす笑いだした。

ミセス・トレンブルがふたりを〝落ち着きがない〟うえに、〝ばかなことばかりしている〟と言って叱った。だがセバスチャンは、パーカーとコブスはただふざけているだけで、ドレーク卿を困らせるぐらいなら割れたガラスの上を裸足《はだし》で歩くほうを選ぶだろう、と思った。

使用人は誰もが同じ思いらしく、主人に対して崇拝にも近い尊敬の念を持っている。風変わりなところはあるものの、ドレーク卿は寛大で優しく、常に思いやりと敬意を持って使用人に接していた。

「わたしがこれまで仕えたなかで、いちばんすばらしいかたです」あるとき、執事のストーが言ったことがある。まだ短い期間しか一緒に過ごしていないが、セバスチャンはそのとおりだろうと思った。

そしていま、ドレークの仕事部屋にはいりながら、セバスチャンは胃がぎゅっと縮み、両手が汗で湿るのを感じていた。自分はそれほどすばらしい人を裏切ろうとしているのだ。少なくとも、裏切る機会に恵まれたら、迷わずそれをつかみとろうとしている。

でもそうするしかない。セバスチャンは胸に言い聞かせ、良心の呵責《かしゃく》をふりはらった。

ほかの使用人には、ドレーク卿の仕事部屋を掃除できるのは女中頭の自分だけだとすでに伝えてある。室内へ足を踏みいれ、ドアを閉めた。

それから三時間近くたち、セバスチャンは部屋に溜まっていた大量のほこりや隠れていたすすをはらい、ごみを捨てた。壊れたペン先やチョークのかけら、使用済みの吸い取り紙、丸めた紙くずなど、ドレークが捨て忘れたがらくたの数々だ。本や書類の配置を乱さないよう充分注意しながら、文字や方程式が走り書きされた紙片を一枚一枚めくって暗号の手がかりを捜した。

そうしているうちに雨がやみ、雲の後ろから太陽が顔をのぞかせて、部屋に明るい陽射しがふりそそいだ。明かりは増したものの、こと暗号に関しては、セバスチャンの努力は一向に実らなかった。

疲労といらだちを覚え、額にうっすらとにじんだ汗を腕でぬぐい、このままでは永遠に見つからないのではないかという絶望感にとらわれた。

きっとどこかに隠してあるのだ。

でもどこに?

鍵のかかった棚か、あるいは金庫かもしれない。しかし金属の金庫のようなものはどこにも見当たらないし、棚ならすでに調べたが、これといったものはなにもはいっていなかった。

もう一度、今度は隠し金庫を探してみようとしていたとき、足音が聞こえてふりかえった。

ドレーク卿が入口のところに立っていた。風呂にはいってひげをそり、短く切った髪をきれいに後ろになでつけている。黒い夜会服にズボン、上質の白いシャツと浮き出し織り《マーセラ》のベストを身に着け、磨きこまれた黒い靴を履いたその姿は、まばゆいばかりだった。

セバスチャンはつかのまドレークに見とれ、その男らしい魅力にうっとりした。ハンサムという表現ではとても足りない。女なら誰でもその場に釘《くぎ》づけになり、彼の関心を引きたいという熱い思いに胸を焦がすだろう。

熱い思いといえば、ドレーク卿は今夜どこへ行くのだろうか。また愛人を訪ねるのだろうか？

体の脇におろした手にぐっと力がはいったが、すぐにゆるめた。彼がどこへ行こうと、自分には関係のないことだ。重要なのはたったひとつ、暗号が隠された場所を見つけだすことしかない。

ドレークが部屋のなかを見まわすあいだ、セバスチャンはじっと動かずに黙っていた。ドレークが片方の眉をあげ、女中頭の努力のあとをながめている。

「きみを解雇すべきかな、ミセス・グリーンウェイ」視線を部屋に据えたまま、のんびりとした口調で言う。「なにもいじらないようにと言ったのに、この部屋はあまりにきれいすぎる」

こちらを責めるようなそのことばに、こわばっていたセバスチャンの体がかっと熱くなった。たしかに真の目的は暗号を捜すことだったが、それでもひどいありさまだったこの部屋を、自分は見事に掃除して整頓した。せめて少しぐらい感謝してくれてもいいはずだ。

「ものは動かしておりませんから、なんでもすぐに見つかるはずです」セバスチャンは反論した。「それから部屋が〝きれいすぎる〟のは、わたしが雑巾とほうきを使って掃除したからです。これからはごみをあまり放置しておかないでください。壊れたペン先やチョークのかけらは、その都度捨てたほうがよろしいと思いますわ」

「なるほど。でも使用人はそのためにいるんだろう。わたしに代わってごみを捨てるために」

「閣下がそんなお考えでは」セバスチャンは言った。「ミセス・ビーティはさぞかし大変だったでしょうね」

ふいに口をつぐみ、これでは主人に敬意を表するいんぎんな女中頭というより、思ったことを自由に表現して育ってきた若い女性のような物言いではないか、とあわてた。ドレーク卿が気分を害し、ほんとうに解雇すると言ったらどうしよう。そうなったらどこへ行けばいいのだろう。

セバスチャンは口をつぐんだまま待ち、心臓が早鐘のように打つ音を聞いていた。

長い沈黙ののち、ドレークの唇にゆっくりと笑みが浮かび、セバスチャンは心から安堵した。

「逆もまた真なり、だ」

セバスチャンがそのことばの真意について考えているかたわらで、ドレークが部屋の奥へ進んだ。

こんな女中頭を雇って自分のほうこそ大変だ、とでも言いたいのだろうか？

セバスチャンに言いかえす暇を与えず、ドレークが本や紙をぱらぱらめくりはじめ、のどの奥で低い声を出しながら、すべてがもとの位置にあるかどうかを確認した。

「なにもかも、もとのままです」ドレークがなにも非難めいたことを口にしないのを見て、セバスチャンは言った。

「一見したところではそのようだ」

「お約束したとおりにいたしました」セバスチャンは背筋を伸ばし、ウェストの前で手を組んだ。

ドレークは可動式の大きな黒板へゆっくりと近づき、表面いっぱいにチョークで記された数式をじっとながめた。

「天文学の方程式にはまったく触れておりません。黒板の枠についたほこりをはらっただけです」

ドレークはさっとふりかえり、目をすがめてセバスチャンを見た。そしてしばらくしてから言った。「これが天文学に関する数式だと、どうしてわかったんだ？　そもそも、きみがどうして天文学のことを知っているんだ？　一般的な学問ではないのに」

セバスチャンは胃がねじれる感覚に襲われた。

ああ、なんてうかつなことを言ってしまったのだろう。自分の口がうらめしい。こんな事態を招いてしまうなんて、われながら愚かすぎる。この窮地を脱したければ、一刻も早くもっともらしい言い訳をひねりださなければ。

「それはつまり」セバスチャンはゆっくり言い、時間を稼ごうとした。「ここにあるたくさんの本や書類は、どれも天体に関するものでしょう。お掃除していれば、どうしても目にはいりますわ。それに、た――」

〝太陽系儀〟ということばが出る前に、あわてて口を閉じた。

今日の自分はいったいどうしたのだろうか。

「――その……つまり……」セバスチャンは太陽系儀を手で示した。「こ――この、小さな球体がまわっている装置もありましたから。黒板に書かれた数式も、これに関係しているのではないかと思ったのです」

ひとつ息を吸ってつづけた。「それからなぜ天文学を知っているのかということですが、わたしは読み書きができますし、時間があるときは読書を楽しんでいます。くわしいことはさっぱりわかりませんけれど、天文学ということばを聞いたことぐらいはあります。自分では創作できなくても、美術館へ行けば、そこに展示されているのが美術品だとわかるでしょう。それと同じように、わたしもまわりの状況から推測しただけです。当たっていたでしょうか？」

心臓が激しく打つ音を耳の奥で聞き、のどがからからに渇くのを感じながら、セバスチャンは相手の反応を待った。いまの説明で納得しただろうか。もしかすると、言い訳が少しくどかったかもしれない。

ドレークは疑わしそうに目を細め、長いあいだセバスチャンを見ていたが、ふと表情をやわらげた。「ああ、当たっている。天文学にくわしくてもくわしくなくても、きみはほとんどの大学卒の男より、生来の理解力に恵まれているようだ。彼らの半分は、地球が太陽のまわりを公転しているのであって、その逆ではないことすら知らない」

「そうなんですか」セバスチャンはしらじらしく言った。

ドレークは微笑んだ。「そうだ」

セバスチャンも思わず微笑みかえした。

しばらくしてドレークは目をそらした。「さっきも言ったとおり、今夜は出かける用がある。掃除が終わったのなら、席をはずしてもらえないかな」

「かしこまりました、閣下。いらっしゃったとき、ちょうどふき掃除を終えるところでした。道具を片づけたら失礼しますので、どうぞお仕事をなさってください」

ドレークはうなずいて謝意を示すと、机の向こう側へ行って腰をおろし、積みあげてあった書類の一部に目を通しはじめた。

セバスチャンは雑巾とほうきとバケツを持ち、廊下へ出て後ろ手にドアを閉めた。そのとたんに体が震えだし、廊下に誰もいなくてよかったとほっとした。

壁にもたれかかり、小さくため息をついた。

そのまま一分ほど気持ちを落ち着かせようとした。

さらに一分が過ぎた。

掃除道具を持って階下へ向かおうとしたそのとき、閉めたつもりの仕事部屋のドアが半開きになっていることに気がついた。ほんの一インチほどの細いすきまから、部屋のなかが見える。セバスチャンはドアを閉めようとしたが、伸ばしかけた手が途中で止まり、視線がドレークに釘づけになった。

もう机についてはおらず、奥の壁の前に立ち、こちらに横顔を向けている。見られていることにまったく気づいていない様子で、壁にかかった平凡な風景画をおろした。さっき部屋を捜索しているとき、セバスチャンが気にも留めなかった絵だ。

でもそれは大きなまちがいだった。風景画の後ろの板壁に、金庫がはめこまれている。

どうしていままで考えつかなかったのだろう。ドレーク卿は金庫を隠していたのだ！

どういう口実でまた部屋にはいろうか。だが、ことはそれほど単純ではない。金庫は精巧な造りのようで、今回の任務のために訓練を受けたときに、連絡員から見せられたもののひとつによく似ている。あの金庫と同じ種類のものだとしたら、扉の内側の幅いっぱいに鉄の差し錠がついているはずで、あけるには特殊な鍵が必要だ。破るのはほぼ不可能に近い。連絡員からは錠前の破りかたも教えられたが、自分の初歩的な技術ではとても歯がたたない。

無理だ。あの金庫をあけるには鍵がいる。

セバスチャンはそのままドレークを見ていた。鍵をどこにしまっているのだろうか。上着のポケットか、あるいは机の引き出しか。引き出しの錠ぐらいなら、自分にもあけられるかもしれない。

だが次の瞬間、セバスチャンは愕然《がくぜん》とした。ドレーク卿が美しく結ばれたタイの下へ指を二本入れ、金の鎖らしきものをひっぱりだしている。

鎖がどんどん引きだされ、やがてその先端に輝く真鍮の鍵が見えた。

これほど確実な保管場所はない！

仮に金庫を発見していたとしても、鍵の保管場所だけは見つからず、頭がどうにかなっていただろう。まさか本人が首にかけて持ち歩いているとは、いったい誰が予想できただろうか。

セバスチャンは目をそらすことができず、ドレークが鍵を錠に差しこんで金属の扉をあけるのを見ていた。金庫のなかにはポンド紙幣の束のほかに、硬貨がはいっているとおぼしき革の小袋がいくつかあった。それに、分厚い紙の束の暗い輪郭も見える。きっととてつもなく大事な書類にちがいない。あのなかにきっと暗号があるはずだ。命がけで手に入れなければならない暗号が。

ドレーク卿のような人は、現金やただの書類を守るために、これほど手の込んだことはしない。そう、それよりはるかに大事なものをあの金庫で守っているのだ。

機密を。

ついに隠し場所がわかった。

心臓の鼓動を耳の奥で聞きながら、セバスチャンは静かにドアから離れた。ドアに触れたりしたら、気配を感じたドレーク卿がふりかえり、こちらが盗み見していたことに気づくかもしれない。

物音をたてないよう、掃除道具を残して、セバスチャンは忍び足でその場を去った。少したったらメイドの誰かに命じ、道具をとりに来させよう。

考えなければならないことが山ほどある。

暗号の隠し場所はわかった。でも、ああ神様《モン・デュ》、ドレーク卿が首にかけて持ち歩いている鍵を、どうしたら手に入れられるというのでしょう。

8

ドレークはギニー金貨の袋を持ち、今夜の外出に必要と思われる額をとりだして、上着の内ポケットに入れた。革の袋のひもを締めて金庫に戻そうとしたとき、廊下からなにかがきしむような耳慣れない音が聞こえてきた。手を止めてふりかえると、ドアが二インチほどあいていた。誰かが通りかかってなかをのぞけば、こちらがなにをしているか丸見えだ。ドレークは使用人がいるのかもしれないと思いながら、開いたドアへ大またに歩み寄った。だが廊下に人の姿はなく、がらんとしていた。ミセス・グリーンウェイが掃除に使ったほうきとバケツと雑巾が、壁にもたせかけてある。

なぜここに置いていったのだろうか。でも考えてみれば、掃除はもともとメイドの仕事だ。自分がこの部屋の掃除をほかの使用人に認めていないので、女中頭がその労をとったにすぎない。

前回、メイドのひとりが仕事部屋のものにさわったとき、ドレークの一週間分の苦労が水の泡になった。これがほかの屋敷の主人なら、コブスを解雇していたかもしれない。だがコブスは泣いて謝り、二度とこんなことはしないと誓った。彼女に悪気がないことはわかっていたし、ふだんの仕事ぶりは優秀だったので、ドレークは口頭で叱るだけで許した。そしてこの部屋の掃除はもう誰にもさせるまい、と心に決めた。

今日まではそうだった。

アン・グリーンウェイが完璧に仕事をこなしたことは認めざるをえない。すべてがもとの位置にあり――ただ以前より少しだけ整頓されている――なにも乱されていないようだ。あたりにいいにおいがただよい、床と木の家具はレモンの光沢剤でぴかぴかに磨かれ、窓ガラスも実に久しぶりに美しく輝いている。

それにしても、アン・グリーンウェイが、この数式が天文学に関するものだとわかったのは不思議だ。でも本人が言ったとおり、部屋じゅうに散らばっている天文学関連の本や書類を見れば、そう思って当然なのかもしれない。それにさっき廊下から音がしたのも、不思議でもなんでもないのだろう。あれはただの音にすぎない。古い家がきしんだり、みしみしいったりするのはよくあることで、この屋敷も例外ではないということだ。

ドレークは肩をすくめてドアを閉め、今度は錠がかちりと音をたてるのを確認した。ふたたび金庫のところへ行き、革の小袋をなかへ戻した。そしてそこにはいっているものの位置を整えた。そのなかのひとつの革のケースには、陸軍省の依頼で考案した暗号が保管されている。最近、より複雑にするため、いくつかの改良を加えたばかりだ。

陸軍省と兄のエドワードも写しを持っているが、原本は自分の手もとに置いておきたかった。そこで可能なかぎりの安全装置をほどこした頑丈な金庫に、原本をしまっておくことにした。フランス側がこれをのどから手が出るほど欲しがっているのはまちがいない。フランス軍最高の頭脳の持ち主でも、ドレークの暗号を再現することはできないらしい。エドワードが最近、そうひそかに噂されているのを耳にしたという。

昨年の秋、この屋敷に夜盗がはいったことがあったが、備えが万全だったので実害はなかった。使用人も絶えず周囲に目を配っているし、主人に対して忠実だ。その忠誠心は、泥棒がはいったときもいかんなく発揮された。

その夜、遅くまで病気の馬の世話をしていたモートンとハービーは、屋敷にかすかな明かりがちらつき、主人の仕事部屋の窓があいていることに気づいた。ドレークはそのときエドワードの主領地のグロスターシャー州に滞在中だったので、ふたりは不審に思った。部屋へ行ってみると、見知らぬ男が主人の持ち物を探っているところだった。自分たちでも驚いたことに、ふたりは少し格闘したのちに男を取り押さえ、当局に連絡した。

金目のものを盗むつもりだったと主張しているにもかかわらず、男は貴重品をひとつも隠し持っていなかった。ドレークはあとでその話を聞いたとき、なぜもっと高価なものがありそうな近隣の邸宅を狙わず、自分の屋敷に押しいったのかとけげんに思った。しかもわざわざ仕事部屋を選ぶとは妙だ。ふつうの泥棒なら、まっすぐ食堂か居間へ行って銀器を探すだろう。証拠はなかったものの、暗号を捜していたにちがいないとドレークは確信した。

だが連中がもう一度同じことを試みても、また失敗するだけだ。精巧な造りの金庫を風景画の後ろの壁に設置したばかりか、それをあける鍵は自分が肌身離さず持っている。そのことはドレーク本人とワックスマンしか知らない。近侍のワックスマンには全幅の信頼を置いている。もともと軍人だった彼は、ひざを負傷して除隊され、ドレークのもとで働くようになったのだ。

もうひとり、ヴァネッサも知っているが、彼女はそうしたことに興味がないし、ドレークの仕事にはまったくの無関心だ。ふたりのあいだで鍵の話題が出たことはなく、ドレークも暗号のことや鍵を身に着けている理由について、いっさい話していない。

そして愛人の望みどおり、ベッドでは鍵のついた鎖をはずし、身支度をするときにふたたび首にかけていた。

そういえば、そろそろヴァネッサに会いに行ったほうがよさそうだ。ドレークは金庫の扉を閉めて鍵をかけながら思った。二日前、屋敷に手紙が届いた。ピンクの便箋とクチナシの香水のにおいで、すぐにヴァネッサからだとわかった。そこには仕事をいったん中断して自分の屋敷を訪ねてきてほしい、と書かれていた。ドレークはその手紙を脇に置き、理論の構築に没頭した。深夜の逢引《あいび》きなどどうでもよかった。だがこうして仕事が一段落したいま、しばらくは自由の身だ。それでも愛人のところへ行くのは、やめておくことにした。

第一に、今夜は家族と一緒に劇場へ行く予定になっている。そのあとはきっと、クライボーン邸での遅い晩餐《ばんさん》に招かれるだろう。もちろん途中で抜けることもできるが、どういうわけか、そうしようという気が起こらない。観劇して家族と語らい、くつろいだ時間を過ごしたあと、まっすぐ家に帰るほうがいい。

とはいえ、もし自分を待っているのがアン・グリーンウェイだったとしたら……おそらく適当な言い訳をして観劇も晩餐も取りやめ、迷わず彼女とベッドで過ごしていただろう。

下半身がとつぜん熱くなったが、ドレークはそれを無視し、床に置いていた絵を持ちあげてもとの場所にかけた。額がまっすぐになるよう整えながら、女中頭のこと、彼女が裸でシーツに横たわり、美しい髪が秋の木の葉のように顔のまわりに広がっている光景を頭から追いはらおうとした。

この一週間、自分は仕事に集中することで、アン・グリーンウェイへの欲望をふりはらってきた。それももう終わりだということだ。

でも彼女をベッドへ誘いたい衝動はすぐに弱まるだろうし、忘れるには家族に囲まれて過ごすのがいちばんだ。あと一時間もすれば、アン・グリーンウェイのことは脳裏から消えているだろう。

ドレークはいつも上着のポケットに入れて持ち歩いている小さな帳面に、鉛筆を走らせた。

ふだんは、なにかひらめいたことや数式を書きとめるのに使っている。だが今夜、こうしてクライボーン公爵家専用のボックス席で『マクベス』の幕があがるのを待っているあいだ、ドレークの頭を占めているのは数学のことではなかった。

「誰なの？」右側の席にすわった妹のマロリーが、美しい声で訊いた。

ドレークはぎくりとした。マロリーが数分前、隣りの席にそっと腰をおろしたことにも気がついていなかった。その夫のアダムはまだ狭い通路の向こうで、さまざまな作物の収穫方法についてケイドとメグと話をしている。

「誰でもない」

ドレークは鉛筆を動かす手を止め、革のカバーを閉じてアン・グリーンウェイの絵を隠すと、夜会服のシルクで裏打ちされた内ポケットに帳面を入れた。

マロリーは首をかしげ、納得できない顔をした。「誰でもないにしては、とてもきれいな人ね。その人を口説こうとしているの？　心配しないでちょうだい。わたしはもう人妻だから、男女の情事のことならなにもかも知ってるわ。アダムがクラブで聞いてきたことを、わたしに話してくれるの。きっとそのうちの半分も信じられないわよ」そこでことばを切った。「いいえ、そんなことはないわね。お兄様だって、クラブに足を踏みいれたことぐらいあるでしょうから」

「ああ、たまには行っている。だがアダムは口が軽すぎるな」ドレークは不機嫌な声で言った。

マロリーは無邪気に笑った。「あなたがそう言ってたと、アダムに伝えなくちゃ」

ドレークは眉根を寄せてアダムたちに目をやり、マロリーとの会話を聞かれていないことを確かめた。だいじょうぶそうだとわかり、ほんの少しほっとした。

マロリーにほんとうのことを話せるわけがない――女中頭の絵を描《か》いていたなどと。幸いなことに、マロリーはドレークの屋敷をほとんど訪ねることがなかった。そうでなければ、見た瞬間に謎の女性の正体がわかっていただろう。だがアン・グリーンウェイのことは、謎のままにしておきたい。自分が彼女に関心を持っていることも、知られたくはない。

「ほかの話をしよう」ドレークは言った。「なんでも、おめでたいことがあって、ぼくはまた伯父になるそうだね。予定日は？」

マロリーの頬がぱっと輝いた。興味の対象が謎の女性からお腹の子どもに移ったのはあきらかだ。

「はっきりそうと決まったわけじゃないし、アダムもまだ誰にも言わないようにしてるんだけど、たぶん十二月よ。もちろん、ほんとうに身ごもっていればの話だけど」

「でも、自分ではその確信があるんだろう？」

マロリーはますます頬を輝かせてうなずいた。「お母様ったら、もうわたしとアダムに、お産はブラエボーンでするようにと言うのよ。でもわたしはわが家で、グレシャム・パークで産みたいの。なんとなく男の子じゃないかという気がして。いずれ本人のものになる土地で、産声をあげさせてやりたいから」

「母子ともに健康でありさえすれば、それ以外のことはどうでもいいさ」

マロリーは微笑み、身を乗りだしてドレークの頬にキスをした。「あなたみたいな伯父様を持って、この子は幸せね」

ドレークは小さく鼻を鳴らした。「その子には何人もの伯父ができる。それにいとこも。きみたちがいまの調子で子どもを作りつづけたら、じきにクリケット・チームができるだろうな」

「ジャックが同じことを言ってたらしいわ。男の子なんかには負けないから、娘たちも試合に参加させるんですって。ジャックの——そしてグレースの——子どもだったら、たしかに負けないでしょうね」

今度はふたりともにっこり笑った。

それからまもなく、魔女たちの高い声で芝居がはじまり、アダムがマロリーをはさんだ反対側の席についた。ドレークは目の隅で、ふたりが手を握りあうのを見た。

舞台に視線を移し、役者たちがシェイクスピア劇を演じるのをながめた。やがて幕間《まくあい》になるころには、体を動かしたくなっていた。みなに断わって席を離れ、廊下へ出た。急いで階下へ向かえば、知り合いに呼びとめられることなく、飲み物の置かれたテーブルにたどりつけるだろう。ところが十フィートも歩かないうちに、その望みは消えた。

「ドレーク卿。ちょうど皆様のところへ、ご挨拶にうかがおうとしておりました」リチャード・マニングことサクソン子爵が言い、手袋をはめた手を差しだした。

子爵は長身でたくましく、髪は濃褐色だが、こめかみのあたりに白いものが多く交じっている。でもそれがかえって上品な印象を与え、がっしりしたあごと鼻梁《びりょう》の高い鼻を引きたてていた。もう五十代前半だが、その堂々とした魅力は、いまでも女性を惹きつけているにちがいない。

二週間前、母とクレアが主催したパーティで紹介されたとき、ドレークはサクソン卿がデボンシャー州に繁栄した領地を所有していることを知った。ほかにも、七年前に妻を亡くした男やもめであること、十九歳になる一人娘のヴェリティが今年社交界にデビューし、今回がはじめてのロンドン訪問であることも聞いた。

ヴェリティ・マニングともそのときはじめて会ったが、愛らしくて礼儀正しく、内気な娘だという印象を受けた。自分も未来の夫候補のひとりだと母から知らされていたので、ドレークは愛想よく親切にふるまいつつも、ヴェリティ・マニングにもその父親にも妙な期待を持たせないように気をつけた。

ところが腹立たしいことに、その努力は無駄だったらしく、ふたりともドレークが結婚相手にふさわしいという、あやまった印象を持ちつづけているようだった。サクソン卿がなぜ、ドレークが娘のいい夫になると考えたのかはわからない。

おそらく母が息子のことを褒めたたえ、結婚して足かせをはめられるのはごめんだと思っていることなど、不都合な部分はあえて話さなかったにちがいない。

基本的に母は、子どもたちの人生に口を出すような人ではない。ましてや子どもの縁談の世話などに興味はなかったはずだ。ところが最近、家族が次々と結婚するのを見ているうちに、的はずれな考えを抱くようになったらしい。八人も子どもがいるのだから、四男ひとりぐらい結婚しなくてもよさそうなものだ。もちろん、母はただ、子どもたち全員の幸せを願っているだけだというのはわかっている。それでもこちらが独身でいたいと思っていることを受けいれて、そっとしておいてほしい。

今後も知り合いや友人の適齢期の令嬢に引きあわせるようなまねはやめてもらいたい。もっとも、今夜こうして劇場の廊下でサクソン卿とその娘に会ったのは、母のせいではない――少なくとも、直接的には。

もっと早く席を立てばよかったと思いながら、ドレークはにこやかな表情を作ってサクソン卿の手を握った。前回と変わらず、サクソン卿の握手は本人同様に力強さと実直さを感じさせるものだった。

「ご機嫌いかがですか、閣下、ミス・マニング」ドレークは言った。「お芝居を楽しんでいらっしゃいますか」

「はい」サクソン卿が言った。「ヴェリティは特に楽しんでいるようです。娘が本物の劇場でシェイクスピアの芝居を観《み》るのは、今回がはじめてでして」

ドレークはヴェリティに視線を向けた。「今夜の役者はみな演技がうまいので、運がよかったですね。いくらシェイクスピアの傑作とはいえ、役者が下手だと台なしですから」

「あら、そうでしょうか」ヴェリティは熱を帯びた口調で、金色の巻き毛を揺らしながら言った。「演じるのが誰であっても、シェイクスピアはすばらしいと思いますわ」

「そうですね、ミス・マニング」ドレークは丁寧にうなずいた。「わたしはこの国最高の、いや、もしかすると世界最高の劇作家を過小評価していたのかもしれません。ところで、わたしの家族に会いに行くところだとおっしゃいましたね。この先のボックス席におります。ご案内いたしましょう」

ドレークはきびすを返し、ふたりと一緒に歩きだした。こちらがその気だと誤解されないよう、ヴェリティに腕を差しだすことはしなかった。

「公爵夫人もいらっしゃるといいのですが」サクソン卿が言った。「その、母上の公爵未亡人のことです」

「はい、母も来ております。ロンドン滞在中に、劇場へ行く機会を見逃すことはほとんどありません。母は芝居が大好きなんです」

サクソン卿は微笑んだ。「アヴァは芝居が好きな少女でしたから、いまでもそうだと聞いても驚きません」ドレークのいぶかしげな目を見てことばを継いだ。「母上とはずいぶん昔からの知り合いです」

「母もそう申しておりました」ドレークは相手の顔をじっと見て、ふたりはどういう関係なのだろうと、ふと不思議に思った。「古い友人どうしだそうですね。ですが、それほど昔からだとは存じませんでした」

サクソン卿の顔を、どこか憂いを帯びた表情がよぎった。「ずっと連絡が途切れていたのです。つい最近、ヴェリティをロンドンに連れてきて久しぶりに再会をはたしました。でもおっしゃるとおり、母上とわたしは古い友人どうしです。まだ幼かったころからの」

そうこうしているうちに、クライボーン公爵家のボックス席の入口についた。マロリーとアダム、メグとケイドの姿がない。きっと体を動かしたくなったのだろう。廊下で会わなかったので、四人は反対の方向へ歩いていったにちがいない。エドワードとクレア、クレアの妹のエラ、それに母が席にいる。ほかにもエラの気を惹こうとしているらしい、三人の若い紳士もいた。

もしかすると三人のうちの誰かが、ミス・マニングを気に入るかもしれない。ドレークは希望の光が見えた気がし、なかへ足を踏みいれた。

だが結局、ドレークはヴェリティの話し相手をし、自分でも愕然とすることに、気がつくと翌日の午後に馬車で出かけようと誘っていた。もともとそんな気はなかったが、ボックス席にいる全員が見ているとあっては、誘わざるをえなかった。そうしなければ相手に失礼にあたるし、いくら女性として興味がないとはいえ、ヴェリティ・マニングを傷つけたり恥をかかせたりしたくはなかった。彼女は感じのいい若い女性で、社交界でなんとかうまくやっていこうとしているだけなのだ。自分と公園にでも出かければ、周囲から一目置かれる助けにはなるかもしれない。もっとも、長男ではないドレークが相手では、それほどたいした助けにはならないだろう。それでも前に母に言われたとおり、ミス・マニングにはできるだけ優しく接し、いつか結婚相手にふさわしい男と出会って自分のことを忘れてくれる日が来るのを祈るしかない。

幕間が終わりに近づき、ドレークはほっとして自分の席についた。芝居がはじまると同時に帳面をとりだしてぱらぱらめくり、アン・グリーンウェイの絵のページで手を止めかけた。そこに描かれた彼女の顔を見ながら、今夜は外出しなければよかったと思った。

それからは舞台にほとんど集中できず、家に帰れるのをひたすら待った。

9

翌朝、日が昇ってまだ間もないころ、セバスチャンはコベント・ガーデン周辺の通りにならんだ、果物や野菜、生花の露店のあいだを歩いていた。つんとするにおいから甘い香りまで、さまざまなにおいがただよっている。キュウリのぴりりとするにおいやジャガイモの土臭いにおい、あざやかな色のレモンの香り、それに乾燥ラベンダーやスズランの繊細な香りが、あまり心地いいとは言えない泥やごみや人間の汗のにおいと混じりあっている。

しかしそれも、混みあった通りではしかたのないことだ。あたりは買い物客を目当てに集まった卸売商や小売商や職人でごったがえしている。

興味深いことに、セバスチャンは屋敷の使用人から、ここでは露店が閉まるとまた別の市《いち》が立つのだと教えられた。午後と夜には、朝とはちがう種類の人たちがつどうという。このあたりは娼婦《しょうふ》や強制徴募隊など、好ましからざる人びとの集まる場所として知られているらしい。だがいまはまだ朝早く、暗い通りをうろつく娼婦やいかがわしい客引きや悪党はぐっすり眠っている時間なので、心配する必要はない。

それでも馬丁のジェムが、スプリングのよくきいた二輪馬車で同行した。今日のように外出する用があるとき、セバスチャンが自由に使える馬車だ。

いつもなら週に一度、市場へ食材の買い出しに行くのは、毎朝早く屋敷の厨房に届けられる肉や農産物を受けとるのと同じく、料理人の仕事だった。

「毎週、買い物へ行くのはいいことです」ミセス・トレンブルは言った。賢い料理人は外で売られている商品の質や値段を、定期的に自分の目で確かめる必要があるそうだ。

料理人ではなく女中頭が買い出しをする屋敷もあるが、セバスチャンはそれまでのバイロン家のやりかたにしたがうことにした。だがその前日、ミセス・トレンブルから、妹がお産の床についたので翌日の買い物を代わってもらえないかと頼まれた。ロンドンの街をもっとよく見てみたいと思っていたセバスチャンは、ふたつ返事で引き受けた。

市場につくと、ジェムはセバスチャンと別れて、馬具を修理するのに必要な革や道具を買いに行くと言った。でも出かける前、ハービーに話しているのをたまたま小耳にはさんだところによると、ジェムは広場近くの通りにならんだ居酒屋に立ち寄り、泡のたった黒っぽいビールを飲むのを楽しみにしているらしい。

「こちらから見つけますよ」別行動することを知ったセバスチャンがいぶかしげな顔をすると、ジェムは言った。「それから重い荷物のことは心配しないでください。店に預けておいてくれれば、あとでぼくがとりに行きますから」

セバスチャンはそれでほぼ納得し、馬丁と別れた。

籐の籠を腕にかけ、露店を見てまわった。歩きながら、まだ十代だったころに母とよく行ったパリのすばらしい青空市場とのちがいに目を留めた。

数分たつころには、品物の豊富さと新鮮さにすっかり感心していた。たくさんの質のよい品が、それぞれ硬貨数枚の値段で売られている。だが今日は、ドレーク卿とその屋敷の人びとのために買い物に来たのだから、ミセス・トレンブルとあらかじめ話しあって決めた品だけを買うようにしなければならない。

ひもで縛られた香草の束をいくつか買ったあと、果物の露店の前で足を止め、箱からあふれんばかりの丸々とした色あざやかな初物のイチゴをながめた。

「味見をどうぞ」露天商の男が言った。セバスチャンが良家の使用人だと見て取り、買ってもらえると踏んだのだろう。「こんなに甘いのはなかなかないですよ」そう言って、お腹に当てたごつごつした大きな手に負けないくらい、大きな笑みを浮かべる。

美しい真っ赤な実とそれを飾る緑のヘタ、顔を近づけなくてもわかる甘い香りに惹かれ、セバスチャンは味見をすることにした。口に入れたとたん、果肉が砂糖菓子のようにはじけ、みずみずしく甘い味が広がった。

たしかにこのイチゴは極上品だ。

セバスチャンは微笑み、露天商の自信たっぷりの目を見た。「ほんとうにおいしいわ。一ポンドおいくら？」

セバスチャンは世慣れしたフランス女性らしく値切り交渉をし、お互いに納得できる値段で話をつけた。あとで馬丁が馬車でとりに来るので、それまで預かっておいてほしいと頼むと、おいしそうなレタスやビートやニンジンを探しにふたたび歩きだした。

数分後、露店のならんだ角を曲がり、また別の角へ向かっているとき、とつぜんひじをつかまれた。

「オレンジはいかがでしょう、マダム」男の低くかすれた声が言った。

「いいえ、結構よ」とっさに答え、その手をふりはらおうとした。

だが男はひじをつかむ手にさらに力を入れ、痛みを感じる寸前まで指を食いこませた。セバスチャンは顔をあげ、荒れた長い顔と、両の瞳が鼻柱側に寄った黒い目を見つめた。それは二度と会いたくないと思っていた男の顔だった。心臓がひとつ大きく打つ。「バシュー」そうつぶやいた。

バシューはまばたきひとつしなかった。「誰かと勘違いしているようですね。わたしはジョーンズといいます。とにかく、ちょっと一緒に来てください。すぐそこの角を曲がった通りに、お見せしたいものがあるので」

そこは狭くて薄暗く、通りというよりも裏通りという表現がふさわしいところだった。入口には露店がふたつあるだけで、しかも都合のいいことに、そのどちらにも店主の姿がない。

奥になにがあるのかはわからないが、不潔でじめじめし、いかにも殺人者やスパイが出没しそうな小道だ。

一瞬、身をふりほどいて逃げようという考えが頭をよぎったが、そんなことをしてもまわりから注目を浴びるだけで、自分の置かれた状況が変わるわけではないと思いなおした。それでも最後にもう一度あたりを見まわし、ジェムの姿を捜した。

「連れを捜してるのなら、まだ酒を飲んでいる」バシューの冷たい声が流暢な英語で告げた。「さあ、早く行こう。時間はそんなにかからない」

セバスチャンは震えそうになるのをこらえ、相手の言うとおりにするしかないと観念した。重い足をひきずるようにして、裏通りへ向かって歩きだした。

セバスチャンがバシューとして知っている男が、そのあとからゆっくりついてきた。

裏通りは思ったとおり、暗くて汚れていた。敷石の上にごみや口に出すのもはばかられるものが散乱し、悪臭を放っている。セバスチャンはポケットから清潔なハンカチをとりだして、鼻と口を覆った。

「たしかに快適な場所じゃないな」それを見てバシューが言った。「だがここなら、邪魔がはいる心配がない」

そのとおりだ。誰がわざわざこんなところへ足を踏みいれたがるだろう。

ふたりは傾斜の急な屋根が空を覆うように向きあい、そのすきまからかろうじて淡い太陽の光が射しこむ場所へやってきた。とつぜん足もとにネズミが現われ、セバスチャンは立ち止まってくぐもった悲鳴をあげた。ネズミは壁に沿って逃げ、建物の下部にあるひび割れのなかに姿を消した。

セバスチャンは身震いした。怒りでみぞおちのあたりが熱くなるのを感じながら、ハンカチをおろした。「ほら、来たわよ、バシュー。言いたいことがあるなら、さっさと言ってちょうだい。わたしがいないことに気づいたら、馬丁が不審に思うわ」

バシューはゆがんだ笑みを浮かべ、意外なほど白くそろった歯をのぞかせた。「言っただろう、わたしの名前はジョーンズだ。忘れないでくれ」

「わかったわ、ムッシュ・ジョーンズ。話して」

「話すのはきみのほうだ。暗号は見つけたか」

セバスチャンの胸が締めつけられた。「ええ」

バシューの黒い目が興味深そうに輝いた。「手に入れたのか」

セバスチャンはためらった。またしても胃が熱くなったが、今度は吐き気からだった。

「いいえ」

バシューは顔をしかめた。「〝いいえ〟とはどういう意味だ。暗号のある場所がわかったのに、なぜ手に入れてない？」

「金庫に保管されていて、鍵を本人が持ち歩いているの。気づかれずに手に入れる方法を、いま考えているところよ」

でもどうすればいいのか、まったくわからない。セバスチャンは暗い気持ちで、胸のうちでつけくわえた。

「面倒なことにさえならなければ、わたしがやつを殺して奪えばすむんだが」バシューは言った。「そういうわけにもいかないだろう」

セバスチャンははっと息を呑んだ。ドレーク卿の身に危険がおよぶと考えただけで、腕に鳥肌がたった。「わたしがなんとかするわ」どうにか冷静な口調を保った。「心配しないで。うまくいきそうな方法を考えればいいだけだから」

バシューは目をすがめ、鋭い視線をセバスチャンに向けた。「だったら、早く考えるんだ。時間はどんどん過ぎていき、戦況はかならずしもわれわれが望んでいたとおりではない。バイロンの暗号が必要だ」

セバスチャンはうなずいた。「あと数週間待ってくれたら、写しを手に入れるわ。いまあわてて行動を起こしたら、わたしが屋敷にいるほんとうの目的をドレーク卿と使用人に知られてしまう」

「一カ月きっかりだ。それ以上は認めない。一カ月たったら、計画を変更するよう上の者に進言する」

つまり、ドレーク卿を手にかけるということだ。

もっとも、そんなことがほんとうにできるかどうかはわからない。

まだ知りあって間もないが、セバスチャンはドレーク卿が、暴力ということばを聞いただけで震えあがるようなひ弱な貴族ではないと気づいていた。たとえ通りで襲われても素手で闘い、自分の身は自分で守るにちがいない。それでも、もし腕利きの暗殺者に不意を突かれたら、どんな人でも命を落とすことはあるだろう。そしてバシューは、暗殺にも相手の不意を突くことにも長《た》けているように思える。

「だいじょうぶよ、安心して」セバスチャンは言った。

バシューの唇に冷酷な笑みが浮かんだ。「もしわれわれの期待を裏切ったら、どうなるかわかっているだろうな。軍は最近、兵士不足にひどく悩んでいる。きみの弟たちはちょうどいい年齢だ」

「まだ十歳と十二歳なのよ、この人でなし！」セバスチャンは自分を抑えきれずに叫んだ。

「ほう！　わたしにそんな口をきくとはな」バシューは指を一本立て、ゆらゆらふった。「子どもを徴兵するようなまねはしたくないが、戦争はつづけねばならない」

そう、驚くべきことに、汚れを知らぬ少年が、頭数をそろえるため、そしておとりになるため、徴兵されることがあるのだ。まだ幼くて恐怖に震え、英国兵の銃や短剣から身を守るすべも知らない子どもたちが。しかも、その弱さと無力さゆえに仲間の兵士からも搾取され、食べ物や服――ときにはもっとむごいもの――を奪われることすらあるという。

「それから、きみの父親のことだが」バシューは淡々とつづけた。「あんな役立たずをどうしてまだ投獄しないのか、不思議でならない。この期《ご》におよんでもなお、われわれへの協力を拒み、バイロンの暗号を解くことはできないと言いはっている。だがやつは、自分で言っているよりはるかにバイロンの暗号を解読しているはずだ。政府内にまだ何人か知り合いがいるから助かってるが、そうでなければひどい目にあわされていただろう」

「父はもう歳をとり、昔のようには仕事ができないのよ」セバスチャンは反論したが、こと数学に関しては、父の頭脳がまったく衰えていないことを知っていた。

それでも、父が皇帝ナポレオンや今回の戦争を支持していないのは事実だが、もしほんとうにそれができるなら、もうとっくに暗号を解読しているはずだ。この二年間、家族は恐怖と苦しみをたっぷり味わってきた。ラウル・バシューのような卑劣な人間の企みや弾圧から子どもたちを守るためなら、父はどんなことだってするだろう。

父に嘘をついたのは、今回がはじめてだった。暗号を盗むためにイギリスへ行くなどと言ったら、猛反対されるのはわかっていた。だが、この窮地を脱する方法はほかになかった。もしセバスチャンが命令にしたがわなければ、リュックとジュリアンは徴兵されてどこかの荒涼とした戦場で命を落とし、父は投獄されるにちがいなかった。昨年の冬、長いこと肺炎を患ったせいで、父の肺はすでに弱っている。投獄は死の宣告にも等しい。

そこでセバスチャンは、パリにいる親戚が病気になり、どうしても自分に手伝いに来てもらいたがっていると嘘をついた。見抜かれるのではないかと不安だったが、いまだに妻の死をひきずり、戦争で精神的にまいっている父は、二、三、質問をしただけであっさりセバスチャンの作り話を信じた。弟たちの説得は父より少し骨が折れた。特にジュリアンは十二歳の少年にしては洞察力がある。それでも最後には納得し、できるだけ早く戻ってきてほしいと言いながら、セバスチャンを見送った。

そして自分自身のことについては……孤立無援となった自分にバシューのような男たちがなにをするか、想像もしたくない。投獄されるなら、まだましなほうだろう。

セバスチャンは身震いした。

「父親を監獄送りにはしたくないだろう？」バシューはあざけるようにささやいた。「かわいい弟たち《プティ・フレール》を戦場送りにも」

「ええ」セバスチャンはのどを詰まらせたような声で言った。「話は終わり？　これ以上遅くなったら、馬丁にあやしまれるわ」

バシューは歯を見せて冷酷な笑みを浮かべ、路地の出口を腕で示した。「そうだな、走って戻ったほうがいい。忘れるな。一カ月きっかりだ」

一カ月。

大切なものを守るために与えられた時間は、あまりにも短い。

来た道を戻りながら、セバスチャンは走りだしたい衝動をこらえた。万が一、転びでもしたら、バシューのばかにしたような笑い声が追いかけてくるだろう。路地の端までやってくると、まだ見られているかと思って後ろをふりかえった。だがもうバシューはいなかった。煙突から立ちのぼる石炭の煙のように、どこへともなく消えていた。それでもこれでバシューの目から逃れられたわけではない。自由になれる日が、ほんとうにいつか来るのだろうか。

明るい陽射しがふりそそぎ、たくさんの人が歩いている通りに出ると、呼吸がうまくできるようになった。少し歩いて角を曲がり、さまざまな種類の生花を売っている露店の前で足を止めた。スミレの花束を手にとって鼻に近づけ、やわらかな花びらと優しい香りに慰めを見いだした。

「ここにいましたか」ジェムがふいにそばに現われた。

セバスチャンは跳びあがり、あやうく花束を落としそうになった。「ジェム、気がつかなかったわ」

「驚かせてしまいましたね。どうもすみません。買い物は終わりましたか。すぐそこに馬車をとめています」

横を向くと、馬車が目にはいった。馬が辛抱強く待っている。「ええ、だいたい終わったわ」

バシューが現われる前になにを買ったかを懸命に思いだし、セバスチャンは馬丁にそれを伝えてとりに行くよう頼んだ。ジェムはうなずき、五分か十分で戻ると言い残して急ぎ足で立ち去った。

「どうします？」花屋の露天商が訊き、スミレの花束を手で示した。セバスチャンは自分がまだ花束を持っていることに気づいた。一瞬ためらい、断わって返そうかと思った。だが裏通りの悪臭をかいだあとでは、紫の花の清らかな香りがなによりありがたかった。

「ええ。もうひと束いただこうかしら」

10

ドレークはクライボーン邸の書斎で、すわり心地のいい茶色い革のソファにゆったりと腰をおろした。上品だが、いかにも男性の部屋という雰囲気をただよわせたその書斎は、ここ何代かのクライボーン公爵がひとりになりたいときのお気に入りの場所だった。

兄のエドワードこと第十代クライボーン公爵は、父が爵位にあったころの内装にほとんど手を加えていない。この何年かで、家具をいくつか新調したぐらいだ。いまエドワードがすわっている椅子や、チャールズ二世統治時代のすりきれたじゅうたんと交換した茶色と青の柄のオービュッソンじゅうたんなどがそうだが、それ以外は基本的にすべて以前と同じだった。大きな机、革装丁の本がならんだ壁一面を占める棚、代々の先祖から受け継いだじょうぶな家具などが、昔のままに置いてある。その部屋を訪ねると、ドレークはいつも父のこと、机の向こうにすわっていたその威厳ある姿を思いだした。父の言いつけはときどき厳しかったが、それ以上に思いやりを感じることも多かった。

エドワードがもうひとつ、あらたに炉棚の上に大切に飾っているものがあった。新公爵夫人と娘のハンナが描かれた、美しい肖像画だ。母子は家族用の居間にある長椅子に寄りそって腰かけ、顔を互いに近づけて、楽しい内緒話でもしているように唇に笑みをたたえている。だがふたりのきらきら輝く目に浮かんでいるのは、たんなる楽しさだけではない。そこには幸福感、そして見まちがいようのない愛と安らぎが見て取れた。ふたりが望むとおりの世界を手に入れていることは、この絵を見ればすぐにわかる。

こんなふうに愛し愛されたら、どんな気持ちになるのだろう。

ドレークはこれまで、そうしたことをあまり考えたことがなかった。いつも仕事がいちばん、というよりも、唯一愛するものと言えるかもしれない。誰かといい関係を築くには、相手への気遣いと愛情が欠かせないが、ドレークの勝手気ままな生活に耐えられる女性がいるとは思えなかった。それに別のことに心を奪われ、しょっちゅうひとりの時間を作ろうとする夫に向かって、相手は要求や文句を延々とならべてくるだろう。それでもいいから、毎日一緒にいたいと思えるような女性が出てくるとは考えられない。

今朝も早く起きて仕事部屋へ行き、時間の許すかぎり黒板に数式を書いて過ごした。それからエドワードに会いに行く途中で改良すべき点を思いつき、クライボーン邸の前にとめた馬車のなかで、十分ほど帳面に鉛筆を走らせた。

それが終わってページをぱらぱらめくっていると、先夜、劇場で描いたアン・グリーンウェイの絵に目が留まった。

こんな絵はさっさと捨てたほうがいいと思ったが、ドレークはページを破ろうとしてふと手を止め、指でなでつけた。ため息をついて帳面を閉じ、鉛筆と一緒に上着のポケットに入れた。

「ブランデーは？」エドワードが言い、ドレークは物思いから引き戻された。

眉根を寄せて返事をした。「まだ時間が早すぎないか」

エドワードは酒類をしまってある、精巧な彫刻のほどこされたサテンノキの棚の前で立ち止まった。「この前、公園に出かけただろう。少し強い飲み物が欲しいんじゃないかと思ってね」

「思いださせないでくれないか」ドレークはうめくように言った。「社交界じゅうの噂になっている。情け心でミス・マニングを誘ったりしなければよかったと、いまさらながら後悔しているよ」

エドワードはブランデーに手を伸ばし、グラスふたつに少しずつ注いだ。「感じのよさそうな娘じゃないか」

「ああ、でもだからといって、付き合う気は毛頭ない。ぼくはただ、礼儀を尽くしただけだ。兄さんも公園でみんなの反応を見ただろう。年長のレディたちがなにを思ったのか、衛星のように目を丸くしてこっちをじっと見ていた。気をつけないと、お節介焼きや噂好きのご婦人たちが、社交シーズンが終わる前にぼくたちを結婚させようと画策するかもしれない」

「そんなにいやなのか？」エドワードが静かな声で訊いた。

ドレークはあっけにとられ、口をあんぐりあけた。そのせいできれいに結ばれたタイにしわが寄った。「やめてくれよ、兄さんまで！　母さんがよけいなことを吹きこんだんだな。それにクレアも。どうして女というものは、男をやたらと結婚させたがるんだ」

「そのほうが幸せになれると思っているからさ」エドワードは愉快そうな笑みを浮かべた。

「ぼくはいまでも充分幸せだ」ドレークは手を伸ばした。「ブランデーをくれないか。やはり飲みたい気分だ」半分をひと口で飲み、のどが焼けるようなブランデーを味わった。「でも、今日来たのはそのことを話すためじゃない。相談したいことがある」

エドワードはまじめな表情に戻り、向かいの椅子に腰をおろした。「どんなことだ？」

ドレークは琥珀色の液体がはいったグラスを揺らした。「確信があるわけじゃないが、屋敷が監視されているような気がする」

エドワードは一瞬、間を置いた。「お前の屋敷が？」

ドレークはうなずいた。「いつもなら気に留めないところだが、この数日つづけて、前の通りにごみ収集人がいるんだ」

「それがごみ収集人ではないという根拠は？」エドワードは尋ね、ブランデーをゆっくりと口に含んだ。

「磨きこまれたブーツを履いたごみ収集人を見たことがあるかい？　毎晩、靴墨でぴかぴかに磨いているようにきれいだ。それに服も……」

「なんだ？」

「みすぼらしくてすりきれ、ひどく汚れているが、なぜか古そうには見えない。どことなく役者の衣装のように感じる。ドルリー・レーン劇場で演じている役者の衣装のように」

「ほう。ぼくはつねづね、直感にはしたがうべきだと思っている」エドワードは言った。「お前の勘がそう告げているのなら、注意したほうがいい」

ドレークは兄の青く鋭い目を見た。「だからこうして相談してるんだ。ひとりかふたり、見張りをつけてもらえないだろうか」

「ちょうどいい男たちがいる。まかせてくれ」

ドレークはまたブランデーのグラスをゆっくり揺らした。「こちらの味方だとわかっていても、屋敷を見張られていると思うのはいい気分じゃないな。でも暗号は守らなくてはならない」

「原本をここで預からなくてほんとうにいいのか？　あるいはブラエボーンでもいい。それならフランス人も、ぜったいに手出しできない」

「オードリー・ストリートの屋敷でも手出しできないさ。いまも、これからも」ドレークはきっぱり首をふった。「いまの保管場所でだいじょうぶだ。連中は屋敷を監視しているかもしれないが、あの金庫をあけることはできない」

鍵を手に入れる方法さえわかれば、あの金庫をあけられる。でもドレーク卿が首にかけて持ち歩いているのに、どうしてそんなことができるだろう！　セバスチャンはいらだちで思わず声が出そうになるのをこらえ、女中頭の部屋の椅子に背中をもたせかけた。計算を合わせなければならない家計簿の上で、さっきから羽ペンが止まったままだ。

バシューと会ったあのいまわしい朝から、すでに一週間近くがたつのに、いい方法がさっぱり思い浮かばない。まさかドレーク卿に面と向かって、鍵を貸してほしいと頼めるわけもない。就寝中に――その場面を想像するとどきどきする――こっそり拝借することも論外だ。ドレーク卿が眠りの深い人だとは思えないし、仮にそうだったとしても、鍵のついた鎖を首からはずそうとしたら、目を覚ますに決まっている。

もっとも、鍵を盗みさえすればいいだけのことなら、なにか重いものでドレーク卿を殴って気絶させ、暗号を手に入れて逃げればすむ話だ。だがどんなに鍵と暗号が欲しくとも、弟たちにできないのと同様、ドレーク卿に対して暴力的な手段に訴えることだけはどうしてもできない。この前、バシューがドレーク卿を殺して鍵を奪えばすむと言ったときにはぞっとした。それから幾晩も彼が襲われて痛めつけられ、血を流して倒れている夢を見てうなされた。

おそろしさに震えながら、生暖かい夏の夜の闇のなかで目を覚まし、声にならない声をあげたことは一度だけではない。やがて意識がはっきりしてくると、自分が屋敷の自室のベッドでひとり、シーツにからまって横たわっていることに気づいた。相手を欺いて暗号を盗むことを心に決めてはいるが、こっそり金庫をあけて暗号を書き写し、そのまま立ち去るのが、誰にとっても、とりわけドレーク卿にとっていちばんいいことだ。そうすれば本人のみならず、屋敷の誰も傷つけずにすむ。バシューもこの屋敷に二度と近づくことはないだろう。でも鍵を手に入れないことには、それもかなわない。

セバスチャンは家計簿に羽ペンを軽く打ちつけながら、懸命に頭を働かせた。しばらく考えこんでいると、ドアをそっとノックする音がした。顔をあげて椅子の上で背筋を伸ばし、羽ペンを慎重に机に置いた。「どうぞ」

ドアが開き、皿洗い係のポークが顔をのぞかせた。ドアをはいってすぐのところで立ち止まり、荒れた手をエプロンにからませている。いつもは血色のよいばら色の頬が、今日はドレーク卿の仕事部屋のチョークのように真っ白だ。「お――お邪魔してすみません」小さな声で言う。「ひどく体調が悪いんです。ミセス・トレンブルから、ミセス・グリーンウェイに相談するようにと言われたものですから」

セバスチャンは急いで立ちあがった。「ええ、もちろんよ。さあ、ここにすわって」空の暖炉の前にななめに置いてある、すわり心地のいいクッション張りの肘掛け椅子を手で示した。「とても顔色が悪いわ」

「そ――そこにはすわれません」ポークは言った。「立派すぎて、わたしなんかがすわっていい椅子じゃありません」

セバスチャンはため息をつき、前へ進んでポークを椅子のところへ連れていった。「ばかなことを言わないで。すわっていいに決まってるでしょう。さあ、どこが悪いのか教えてちょうだい」

ポークはふかふかの椅子に体を沈めながら、ふっくらした頬にひと筋の涙を流した。「頭です。ずきずき痛むんです。ときどきこうなるんですが、いつ、なんのきっかけで痛くなるのか、自分でもわからなくて」

「片頭痛よ。わたしのママンも――いえ、母も――そうだった」セバスチャンは、ポークがこちらの言いまちがいに気づいていないことを願った。「とてもつらそうだったのを覚えているわ」あわてて言いそえた。「アヘンチンキを飲む?」

「いえ」ポークは言った。「あれを飲むと、気分が悪くなって戻してしまうんです。もしできたら……あの……ミセス・ビーティがよく、すぐ眠れる粉薬を作ってくれていたんですけど、そうしたものをもらえませんか?」

「眠り薬を?」セバスチャンは一瞬黙り、女中頭になる訓練で習ったさまざまな薬の調合や治療法を頭に思い浮かべた。優秀な女中頭は、食品や掃除に関する知識が豊富なだけではなく、化粧品や香水、多種多様な病気の症状をやわらげる薬も調合できなくてはならないとされている。

「わかったわ」セバスチャンは言った。「頭痛をやわらげて安眠を助けてくれるものが、なにかあると思う。自分の寝室へ戻ってらっしゃい。すぐに誰かに薬を持っていかせるから」

ポークは震えるため息をついて立ちあがり、ゆっくり歩いて廊下へ出ると、手すりをしっかり握りしめて階段をあがった。

セバスチャンは効果が期待できそうなものを頭に浮かべながら、食品室へ向かった。なかにはいると、薬草や植物の根、チンキ剤や煎じ液のはいったたくさんの瓶や缶をながめた。しばらく考えたのち、痛みに効くヤナギの樹皮とナツシロギクとシナノキ、それに鎮静作用のある吉草根《きっそうこん》とトケイソウ、ごく少量のイヌハッカを使うことにした。

それらを鉢に入れ、お茶に溶かして飲む薬を作りはじめた。力を込めて材料をすりつぶしていたとき、鍵の問題を解決する方法がとつぜんひらめいた。

眠り薬だわ！　そう、どうしてもっと早く思いつかなかったのかしら。

もちろん簡単なことではないし、自分よりずっと高度な知識を持った薬草の専門家の助けが必要だ。ドレーク卿のように体が大きくて活気あふれる男性を眠らせるほど強い薬をどうやって作るのか、それにはどんな材料が必要なのか、自分にはわからない。でも薬剤師なら、長期的な害をおよぼしたり、危ない後作用《こうさよう》を残したりしないよう、慎重に薬を調合するだろう。

そうした専門家を見つけるには時間も手間もかかるだろうが、ロンドンのように広い街なら、信頼できる薬剤師がきっといるはずだ。考えるのもいやだが、いざとなったらバシューに頼むこともできる。この屋敷に来る前に、伝言を残せる連絡場所を教えられた。これまでそこを利用したことはないし、よほどのことがないかぎり、今後も使うつもりはない。とりあえず、自分でできるところまでやってみよう。

ようやく計画が決まり、セバスチャンはポークのための薬を作ることに集中した。できあがった粉末を小さな四角い茶色の紙で包むと、お茶に溶かすため厨房へ向かった。

11

「閣下は今夜、お屋敷で夕食を召しあがるそうだ」数日後の午後、近侍のワックスマンが厨房にはいってきて言った。「大切な実験を行なわれるそうだから、くれぐれも邪魔をしないように」

セバスチャンはそれを聞き、ティーカップの取っ手にかけた指にぐっと力を入れた。厨房の小さなテーブルで、ミセス・トレンブルと雑談をしながら、焼きあがったばかりのバンベリーケーキ（干しブドウや砂糖煮のレモンやオレンジの皮を、蜂蜜や香辛料などと混ぜて包んだ卵形パイ）を試食しているところだった。セバスチャンは目を伏せ、とつぜん湧きあがった不安な気持ちが表情に出ないよう、懸命に平静を装った。厨房にある上等の木槌のように、心臓が大きな音をたてて打っている。

「あらそう」ミセス・トレンブルは不満たらしくつぶやいた。「邪魔をしないでほしいのはこっちのほうだわ。ドレーク卿はまた実験をなさるつもりなのね。前回の実験のときはすさまじい音がして、あやうく心臓発作を起こすところだったのよ。あの若いメイドも……なんて名前だったかしら――」そこでことばを切り、小麦粉のついた手をふりながら記憶をたどった。

「メイです」フィネガンがおいしそうなにおいのする鶏肉《とりにく》と大麦のスープの鍋をかきまぜながら言った。あと二時間ほどしたら、使用人の食卓にならぶ料理だ。

「メイ！　そうだったわ」ミセス・トレンブルは満足そうにうなずいた。「ここで働きはじめて三日もたたないうちに、閣下にひどく驚かされて辞めたの。推薦状を書いてほしいと頼むこともせずに出ていったわ」

「なにがあったの？」セバスチャンは気のない声で尋ね、ティーカップを口に運んで内心の不安を隠そうとした。頭のなかを駆けめぐっているのは、メイという娘とはまったく関係のないことだ。

今夜が絶好の機会かもしれない。女中頭の部屋の机の、いちばん下の引き出しにいまこのときもはいっている強い鎮静剤のことを思い浮かべた。セバスチャンはまず、そうした薬を調合できる薬剤師を探した。それから結構な額の口止め料を渡し、自分がここに来たことは忘れるように言った。

幸いなことに、バシューに頼む必要はなかった。先日、またコベント・ガーデンへ行く用事があり、そのときにいい薬剤師はいないかと聞いてまわったところ、三人の名前を教えられた。そしてそのなかでオードリー・ストリートからもっとも遠く、およそ上品とは言えない地区に住む薬剤師を選んで、昨日の午後の休みを利用して訪ねてきたばかりだった。そして今日、ドレーク卿はここで夕食をとるとワックスマンが告げた。

思いきって実行するべきだろうか。

だがセバスチャンのなかで答えはもう出ていた。与えられた一カ月のうち、すでに二週間近くが過ぎている。これほどいい機会を逃すわけにはいかない。それにいまは社交シーズンのまっただなかで、ドレーク卿もしょっちゅう晩餐会や舞踏会や劇場に出かけている。四日前、ドレーク卿はいきなり、夜に紳士が何人か訪ねてくるので、夕食とお酒の準備をしておくようにと命じた。その日は眠り薬のことや暗号のことを考える暇もなく、ほかの使用人とともに客を迎える準備に忙殺された。

そう、今夜はまたとない機会だ。うまくいくことを祈るしかない。

「――死者も起きるような轟音《ごうおん》と、ものすごいにおいがしたのよ」ミセス・トレンブルが言うのが聞こえ、セバスチャンははっとした。

「かわいそうなメイは爆発が起きたとき、ちょうど閣下の仕事部屋の前の廊下を掃除していたの。あわててここへ駆けこんできて、倒れるんじゃないかと思うくらいぶるぶる震えてた。その場ですぐに辞めたわ。こんなおそろしい屋敷では働けないと言って」ミセス・トレンブルは柄の長い泡立て器を手にとり、鉢に割りいれてあった卵をかきまぜはじめた。「辞めなかったわたしたちは、よほど心臓が強いのかも」

セバスチャンはふたたび紅茶を飲み、自分も今夜、臆病風に吹かれないようにしなければと思った。計画を成功させるには、たしかに強い心臓が必要だ。

ドレークは仕事部屋で、東の壁際に置かれた長い木の作業台の前にすわっていた。天板の上にはガラスのライデン瓶（一種の蓄電器）がいくつも配置されている。ドレークはボルタ電堆《でんつい》と呼ばれるものを作ろうとしていた――アメリカ人のベンジャミン・フランクリンが、かつて〝電池〟と名づけたものだ。銅と亜鉛の板、カリウムとナトリウムの水溶液を用いて、装置の片方に取りつけたガラス管のなかで光を発生させるのに充分な電気を作りだそうとしているところだった。

「照明と暖房をろうそくや薪や石炭に頼らなくてよくなったら、世界はどれだけ変わるだろうな」ドレークはひとりごとを言った。

だがさすがのドレークも、いまはまだ昔ながらの照明に頼るしかなかった。仕事部屋はいいにおいのする二本の蜜蠟《みつろう》のろうそくの、やわらかな光に照らされている。仕事に熱中しているうちに夜になり、窓からふりそそぐ初夏の陽射しがいつのまにか消えていた。手もとが見えなくなってようやくそのことに気づき、作業の手を止めてろうそくに火を灯《とも》した。

部屋のいたるところで静かに時を刻んでいる時計のひとつに目をやると、あと十五分で九時になるところだった。ドレークは伸びをし、夕食が運ばれてくるまでに、あとどれくらい作業が進むだろうと考えた。

ふたたび実験に集中して食事のことをすっかり忘れたころ、ドアをそっとノックする音がした。「どうぞ」特に固い留めねじと締め釘をレンチで締めながら、上の空で返事をした。

「こんばんは、閣下」涼やかな女性の声がした。

レンチがすべって留めねじからはずれ、もう少しでライデン瓶のひとつに当たりそうになった。

まったく、なんという失態だ。ドレークは小声で悪態をつき、ライデン瓶が割れなかったことに安堵の胸をなでおろした。割れたら大変なことになるところだった。これではまるで、はじめて女性に夢中になっている青二才の若造ではないか。自分を嘲笑するように、ふんと鼻を鳴らした。愛らしい女中頭への欲望を、ようやく克服できたと思っていたのに。

「こんばんは」ドレークは内心の思いが声音ににじまないよう注意して言った。背中を向けたまま、ボルタ電池のひとつと格闘をつづけた。

「夕食をお持ちしました」女中頭が言い、山盛りの料理が載ったトレーを持ってはいってきた。

ドレークは小さくうなずいた。「机に置いてくれ。そこで食べる」

「さ——先に手を洗われますか？」

汚れや化学薬品が手についていることに気づき、ドレークはまずそれを洗い落とすことにした。さもないと、有毒な物質が口にはいってしまうかもしれない。「ああ、そうするよ」そう返事をしてレンチを置いた。「すぐに戻る」

大またで部屋を出て廊下を進み、水差しと洗面器、きれいな水とタオルがいつも用意されている一階のこぢんまりした化粧室へ向かった。

ドレークがいなくなるとすぐ、セバスチャンは急いで机に近づいて重いトレーを置いた。グラスにワインを注ぎ、クリスタルのデカンターに栓をすると、ポケットにさっと手を入れて細かい粉末のはいった小瓶をとりだした。

ほとんど味はないと聞いている。仮に少しぐらい苦くても、芳醇《ほうじゅん》なポートワインの味でかき消されるだろう。セバスチャンがポートワインを選んだのは、まさにそれが理由だった。好都合なことに、今夜はいつも主人のためにワインや蒸留酒を選んでいるミスター・ストーが屋敷を留守にしていた。

運が味方してくれている。あとはただ、ドレーク卿が眠りに落ちて鍵の型がとれるまで、この幸運がつづくことを願うばかりだ。セバスチャンはあらかじめ、名刺入れに似た小さな両面型の容器を用意して、そのなかにとてもやわらかな蠟を流しこんでいた。鍵の型がとれたら、錠前屋のところに持っていって合鍵を作らせるつもりだ。それさえあれば、ドレーク卿が屋敷にいないときを見計らって金庫をあけることができる。そして暗号を書き写し、原本をもとの場所へ戻しておけば、自分のしたことはまずわからない。

そのためにはまず鍵が必要だ。

もうあまり時間がない。セバスチャンは眠り薬を半分ワインに入れ、トレーに置いてあったスプーンでかきまぜた。

スプーンをふいてトレーに戻し、眠り薬の小瓶をポケットに入れたそのとき、ドレークが部屋へ戻ってきた。セバスチャンは皿をならべているふりをし、ふたを次々とはずした。見た目もにおいも食欲をそそるホロホロチョウのロースト、蜂蜜味のパースニップ、初物のグリーンピース、香草とパンのオーブン焼きが現われた。デザートはブランデー風味のナシに、カラメルとアーモンドのプリンだ。眠り薬が効くまでに、ドレーク卿はどれだけ食べられるだろうか、とふと思った。

罪悪感で胃が締めつけられるのを感じながら、セバスチャンは皿をきれいにならべ終え、一歩脇へよけた。「ご用がありましたら呼び鈴を鳴らしてください」

ドレークは謎めいた目でちらりとセバスチャンを見ると、机の向こうの椅子に腰をおろした。「これだけあれば、ほかに必要なものはなさそうだ」身を乗りだしてポートワインのグラスを手にとった。

ドレークがグラスを口に運ぶのを見て、セバスチャンはもう少しでやめるよう叫びそうになった。だが彼はワインを飲み、セバスチャンは胸の痛みを覚えながらも、それを黙って見ているしかなかった。

スカートに指をからませ、どれくらいで薬が効くだろうと思いながら、無言でその場に佇《たたず》んでいた。薬剤師の説明によると、眠り薬の効き目は、人によってかなり差があるという。ドレーク卿の大きな体格を考えれば、それなりに時間がかかるにちがいない。

「ありがとう、ミセス・グリーンウェイ」ドレークは言い、グラスを置いてナプキンに手を伸ばした。それをふってひざに広げる。「下がってくれ」

セバスチャンははっとわれに返った。「お食事を楽しんでください、閣下」ひざを曲げてお辞儀をし、部屋をあとにした。

廊下に出て、しばらく呼吸を整えた。心臓が早鐘のように打っている。あと二十分ぐらいしたら様子を見に来よう。それまでの短い時間が、永遠のように長く感じられる。

女中頭がドアを閉める音が聞こえると、ドレークの肩からようやく力が抜けた。でももうここにはいないのに、彼女のことが頭から離れない。スミレの香水のほのかな残り香が、あたりにただよっている。目を閉じて深々と息を吸い、そのにおいを味わった。

しばらくしてぱっと目をあけ、眉をひそめた。こうなったらアン・グリーンウェイを頭のなかから追いだすか、ベッドに連れていくかのどちらかしかないだろう。だがいまはそのどちらもできそうにない。彼女が自分の人生に現われてから、ずっと悶々《もんもん》としているありさまだ。

ドレークはいらだち交じりのため息をつき、ふたたびワイングラスに手を伸ばしてふた口飲んだ。顔をしかめてグラスを置き、フォークを手にとった。ワインの味がなんとなくおかしい。かりかりに焼けたホロホロチョウの皮と、その下のやわらかい肉にフォークを刺した。ストーが帰ってきたら話をし、ワイン貯蔵室に問題がないか確認しなければ。

ドレークはそのまま黙々と食べつづけた。いくつもの時計が優しく時を刻む、規則的な音だけが聞こえている。ひとりで食事をとるときはいつもそうするように、本を開いてフォークを口に運ぶ合間に読みはじめた。

半分ぐらい食べたところで、急にあくびが出て疲れを感じた。このところずっと早朝から深夜まで起きているせいだろうが、ドレークはふだん、あまり長い睡眠を必要としなかった。日中にときどき仮眠をとり、夜に——朝のこともある——ベッドで五時間か六時間も眠ればすっきりする。少し横になったほうがいいのかもしれないが、まだ夜の早い時間だ。今日のうちにやっておきたいことが山ほど残っている。

肉料理とオーブン料理、それに野菜のほとんどを食べると、デザートをふた口ほどつまんでトレーを脇によけた。残ったワインを飲みほし、グラスをゆっくりと置いた。

コーヒーを飲めば眠気が覚めるかもしれない。そうしたら実験のつづきができる。ドレークは机の端に手をついて立ちあがり、部屋を横切って呼び鈴へ向かった。ひもを一度強く引くと、作業台のところへ行って椅子に腰かけた。重いまぶたを必死であけながら、レンチを手にとった。

まもなくドアをノックする音がし、ドレークはぎくりとした。女中頭がなかへはいってくる。

部屋の奥へ進むにつれ、スミレの香りがドレークの鼻をくすぐった。

「コーヒーを頼む」一瞬だけ顔をあげて言った。「ブラックで。砂糖はいらない」濃くて強いコーヒーのほうが効きそうだ。

だが相手はすぐに立ち去ろうとせず、赤褐色の眉をひそめて、その場にじっと立っていた。

「コ——コーヒーですか？」

ドレークも眉をひそめた。「ああ。それから皿を下げてくれ。食事はすんだ」

女中頭はまだもためらっていた。「あの……その……ご気分はいかがですか？」

「いつもどおり元気だが」ドレークは嘘をつき、ふたたび襲ってきた倦怠感《けんたいかん》をふりはらおうとした。「どうしてそんなことを？」

かすかに狼狽《ろうばい》した表情が彼女の顔を横切ったが、それはすぐに消えた。「なんでもありません。コーヒーを用意してまいります」

トレーを持って部屋を出ていった。

女中頭がいなくなったとたん、大きなあくびが出て、目尻に涙がにじんだ。ドレークはあいた口にこぶしを当てた。

やれやれ、ひどく疲れているらしい。またしてもあくびが出た。

作業台につっぷして何分か眠れば、元気になるかもしれない。しかしどういうわけか、いまは仮眠では足りないような気がした。コーヒーを飲んで仕事をするよりも、ちゃんとベッドで横になって寝たほうがよさそうだ。

それでも二、三分のあいだ、なんとか作業をつづけようと試みた。だがとうとう倦怠感に負けてあきらめ、よろよろと立ちあがって出口へ向かった。

コ、ー、ヒ、ーですって！　セバスチャンはつぶやきながら階段をおり、使用人用の食堂を通りすぎて厨房に向かった。なんてことなの、いまごろはもう気を失っているはずなのに！　でも仕事部屋へ行ってみると、ドレーク卿はよりにもよって、てきぱきと実験のつづきをしていた。たしかに少し眠たげには見えたが、あれくらいでは計画を実行できるわけがない。

セバスチャンはいらだちを抑えながら厨房のテーブルにトレーを置き、フィネガンにお湯を沸かすよう命じると、コーヒー豆を挽きに食品室へ行った。

眠り薬の量が足りなかったのだろうか。ワイングラスが空になっているのを見たときはほっとしたが、ドレーク卿はなんともなさそうだった。もっと多く入れたほうがよかったのかもしれない。それでも、大量の薬を飲ませるのは気が進まなかった。目的はあくまでぐっすり眠らせることで、昏睡《こんすい》状態に陥らせることではなかったのだから。

予定では、ドレーク卿は机についたまま眠りに落ちるはずだった。そうすればほかの使用人たちも、閣下はまた仕事部屋で仮眠をとったのだ、としか思わない。

それなのに、まさかコーヒーを欲しがるなんて！

豆を挽いて熱湯に入れるころには、半分残った薬をコーヒーに入れようと決心していた。ちょうど効く量を飲んだところで意識を失うだろうから、体に害がおよぶほど多量の薬を摂取する心配はないはずだ。そうすればこちらも目的をはたすことができる。

セバスチャンは新しいトレーにコーヒーの準備をし、昇降機のところへ行って滑車を動かした。

仕事部屋につき、ドアをノックしようとした。そのときドアが少し開いていることに気づいた。大きくあけてみると、なかには誰もいなかった。

ドレークの姿が消えていた。

12

「閣下はもうお休みになった」それから一時間近くたったころ、ワックスマンがセバスチャンに言った。そこは廊下で、ふたりはドレークの寝室からそれほど遠くない場所に立っていた。「あれほどお疲れの閣下を見ることはめったにない。よほどお仕事が大変だったのだろう」

ドレーク卿の疲れが仕事とは関係ないことを、ワックスマンは知らない。でも真実は、知らないままのほうがいい。

結局、追加の眠り薬は必要なく、コーヒーはポットのなかで冷たくなっていった。ドレークが寝室に行ったことがわかると、セバスチャンはトレーを持って階下へ戻った。万が一、誰かが温めなおして飲んだりしないよう、中身を捨ててポットをすすいだ。それから何分か待って様子を見に行った。

薬が期待どおりの効果をもたらしたことにはほっとしたが、これから先どうすればいいのか、セバスチャンは途方に暮れた。さまざまな可能性を考えてはいたものの、まさかドレーク卿が薬入りのワインを飲んだあと、歩いて寝室へ戻るとは予想していなかった。

ああ、神様《ボン・デュ》！　いったいどうしたらいいの。

セバスチャンは三階の自室へ戻りながら嘆息した。こうなったらしかたがない。あとでドレーク卿の寝室に忍びこみ、誰にも気づかれることなくまたこっそり出てくるしかない。

いろいろ考えたすえ、いつもの夜のように風呂にはいってネグリジェに着替えた。ドレーク卿の部屋への行き帰りで運悪く誰かに出くわしても、眠れないから厨房に行って温かいミルクを飲むところだと言えばいい。

入浴をすませると、ネグリジェとガウンを着て長い髪の毛をとかし、襟足でひとつにまとめて無地の青いリボンで結んだ。そしてベッドに横になって待った。あと数分で十二時になるが、階下へ行くにはまだ早い。この時間にはいつも、ジャスパーとライルズが屋敷じゅうを見てまわっている。ふたりは窓やドアが閉まっていることを確認し、それからようやく寝室へ下がるのだ。

セバスチャンは目を閉じて体の力を抜いた。

やがてはっと目を覚まし、サイドテーブルの時計にあわてて視線を向けた。一本のろうそくの明かりのなかでじっと目を凝らすと、時計の針は夜中の一時半を指していた。

もうみんな床に就き、ぐっすり眠っているころだ。

ふいになにかがのどにつかえている気がして、ごくりとつばを飲んだ。室内履きを履いてろうそくを持ち、静かに部屋を出た。物音をたてないよう注意しながら、後ろ手にドアを閉めた。

屋敷は暗闇と静寂に包まれ、二階の廊下に置かれた背の高いマホガニー材の時計が時を刻む優しい音だけが聞こえている。セバスチャンはオービュッソンじゅうたんの敷かれた廊下を進み、ドレークの寝室を目指した。寒さのせいではなく不安で体が震え、ガウンのポケットに入れた蠟入りの容器が、鉄の棒のように重く感じられた。

幸いなことに、ワックスマンの寝室はドレークの寝室から離れたところにあった。一階下で、しかも屋敷の後方にある。計画を実行しているあいだ、近侍に物音を聞かれる心配はない。

まもなくドレークの寝室の前についた。手が震え、ろうそくの光がかすかに揺れた。ぐずぐずしている暇はないと自分に言い聞かせ、セバスチャンはドアの取っ手をまわして部屋のなかへ体をすべりこませた。

室内は暗く、カーテンが引かれて通りの明かりがさえぎられていた。ドレークの大きな体は闇に溶けこみ、すぐには見えなかった。部屋の奥へと足を進めると、ろうそくのやわらかな光が、天蓋つきのサクラ材の大きなベッドに横たわるその姿を照らした。

ぐっすり眠り、セバスチャンがいることに気づいた様子はない。仰向《あおむ》けの姿勢で、片方の腕を頭上に、もう片方を胸に置いている。

裸の胸に。

筋肉質でたくましく、まるで彫像のようだ。ゆるやかに波打った暗い金色の毛が胸に生え、だんだん細くなって引き締まった腹部までつづき、その先はシーツの下に隠れている。

セバスチャンは無意識のうちにベッドに近づき、もっとよく見ようとろうそくを高く掲げた。蠱惑的《こわくてき》な金色の毛に埋もれるようにして、細い金の鎖と鍵があるのがわかった。だがその寝姿にすっかり心を奪われ、ほかのことは頭から消えていた。

そのときドレークが大きく息を吸い、胸が上下した。

セバスチャンは跳びあがり、さっと相手の顔に視線を移して目を覚ましたかどうかを確認した。だがドレークはまだ深い眠りのなかにあった。男らしい頬とあごが、伸びはじめたひげでかすかに黒ずんでいる。いつものように考えごとをしたり、なにかに没頭したりしていないせいか、どこか少年のようにあどけない顔だ。

セバスチャンはドレークの端整な顔立ちから目をそらし、この部屋へ来た理由を思いだした。いくら魅力的であっても、相手に見とれるために来たわけではない。それに眠り薬の効果がいつまでつづくかもわからないのだ。時間を無駄にしてはいけない。

細心の注意をはらってナイトテーブルにろうそくを置き、できるだけベッドに近づいた。マットレスに触れないよう気をつけながら、さらにドレークのそばに寄って身を乗りだした。耳の奥で心臓の激しい鼓動が聞こえ、その音で相手が起きてしまうのではないかと心配になった。ドレークが眠りつづけているのを見て、ひとつ静かに息を吸うと、手が震えないことを祈った。全身にうっすら汗をかいている。

上体をかがめて首にかかった鎖に手を伸ばした。ありがたいことに、留め金は首の後ろではなく前に来ていた。

セバスチャンは留め金をはずした。

そっと手を動かして、鎖とその先についた貴重な鍵をひと息に首からはずした。自分の高鳴る胸にそれを押し当て、ドレークの様子をうかがった。

薬の強い鎮静作用のおかげで、相変わらず熟睡している。

セバスチャンは静かに後ろへ下がってろうそくを持つと、足音を忍ばせて部屋を横切り、ドレークがときどき読書のときに使っている小さなテーブルと椅子のところへ行った。テーブルにあいた場所を見つけてろうそくを置く。そして革の容器をとりだそうと、ガウンのポケットに手を入れた。

流しこんでいた蠟で鍵の両面の型をとるのは、思ったよりずっと早く、しかも簡単だった。

音をたてないように息をつき、ポケットに入れていた乾いたハンカチで額を軽くぬぐうと、半分に折りたたんできれいな面で鍵をふいた。真鍮の鍵がろうそくの光を受けて、まるでこちらの計画を知っているかのようにきらりと光った。

セバスチャンはあらたにこみあげてきた罪悪感で胃がねじれそうになるのを感じながら、

鍵を鎖に戻した。ハンカチと、大切な鍵の型をとった革の容器をポケットに入れ、ふたたびろうそくを手にした。後ろをふりかえり、部屋の向こう側で横たわっているドレークに目をやった。

もう少しよ。暗闇のなかで眠っているその姿を見ながら、セバスチャンは自分を励ました。首に鎖をかけて留め金を留めたら、まっすぐ寝室に戻るのだ。そうすれば、自分以外の誰にもこのことはわからない。

計画が順調に進んでいることに勇気づけられて、じゅうたん敷きの床を忍び足で歩き、さっきとは逆の手順で鎖と鍵をドレークの首に戻そうとした。

今度は手も震えず、汗もにじんでいない。心臓もふつうの速さで打っている。ドレークの上に身をかがめ、慎重に鎖を首にかけた。鍵がそっと胸に載り、あるべき場所におさまった。留め金を留めて、上体を起こそうとしたそのとき、ドレークが動いてセバスチャンの手首をさっとつかんだ。

セバスチャンは顔をあげ、若草のような緑色の目を見つめた。悲鳴がのどの奥でつかえ、罠《わな》にかかったウサギのように脈が激しく打った。口もからからに乾いている。

どうしよう、いつから起きていたの？　どこまで気づかれてしまっただろうか？

セバスチャンはドレークが口を開くのを待った。きっとこちらを質問攻めにして、答えを迫るだろう。

ところがドレークはなにも言わず、ただ黙ってセバスチャンを見ていた。

そのとき相手の目に奇妙な光が宿っていることに、セバスチャンは気がついた。どこか焦点が合わず、ぼうっとしているように見える。まさかとは思うが、ほんとうは目覚めていないのではないだろうか。

セバスチャンは相手が放してくれることを期待して、手をそっと引いてみた。だがドレークはセバスチャンの手首を握る手に、ぐっと力を入れた。痛いほどではないが、これでは逃れるのは無理だ。

ドレークは状況を呑みこもうとしているように、セバスチャンの顔をしげしげと見た。

「きみだったのか」低くかすれた声で言う。

セバスチャンはぞくりとし、動揺と不安を覚えた。「いいえ、ちがうわ」愚にもつかない返事をした。「さあ、その手を離して、もう一度お眠りなさい」悪夢にうなされた弟たちをなだめるときのように、優しくささやいた。

ドレークはセバスチャンのことばに、きつく眉根を寄せた。

つかまれた手首で脈が激しく打ち、さまざまな思いが頭を駆けめぐった。眠り薬の効き目はもう切れたのだろうか。この窮地を脱するには、いったいどうすればいいのだろう。

ドレーク卿にこれはただの幻だと思わせるしかない。自分がここにいたことを、なんとしても忘れてもらわなければ。

それ以外に方法はない！

「あなたは夢を見ているのよ、閣下」セバスチャンは低い声でささやいた。「これは夢なの。安心して眠ってちょうだい。そしてわたし以外の女性の夢を見るといいわ」

だがドレークは目を閉じる代わりに、唇にゆっくりといたずらっぽい笑みを浮かべた。そしていきなり手を引き、セバスチャンを温かくたくましい胸に抱き寄せた。「ほかの女性の夢なんか見たくない」かすれた声で言った。「ぼくが欲しいのはきみだ。こうしてきみをベッドで抱く夢を、前にも見たことがある。また一緒に熱いひとときを過ごそう。ぼくの美しいアン」

わたしの夢を見たことがある？

その驚くべき告白についてセバスチャンに考える暇を与えず、ドレークは大きな手のひらで頭の後ろを支えて唇を重ねた。セバスチャンははっと息を呑み、官能的な長いキスを受けながら体を震わせた。

なにもかもが頭から吹き飛び、大波のように押し寄せる快感だけが全身を満たしている。どういうわけか、まるですでに恋人どうしであったかのように、ふたりは甘く情熱的なくちづけを交わした。

数週間前にはじめて会ってからというもの、セバスチャンはドレークとキスをし、使用人としての抑制を捨てて抱きあったらどういう気持ちになるだろうと、ずっと考えてきた。だがこれほど情熱的なキスをする場面は、想像したことすらなかった。ただ唇を重ねているだけなのに、つま先までしびれたようになっている。これほどの悦びは味わったことがない。

心から愛していたティエリーとですら、こんな気持ちになったことはなかった。夫と抱きあっていると、おだやかで満ち足りた気持ちになったが、体の奥から突きあげてくるような欲望を覚えたことはない。もちろんティエリーの優しい愛撫《あいぶ》で、欲望がどういうものであるかは教えられた。でも自分を抱いている男性のこと以外、なにもかも忘れてしまうほどの激しい情熱に身を焦がしたことはない。ドレーク卿はティエリーとはまるで似ていないが、こんなに狂おしい気持ちになったのは生まれてはじめてだ。

セバスチャンははっとわれに返り、自分の置かれた状況を思いだした。ああ、わたしはいったいなにをしているのだろう。取りかえしのつかないことになる前に、早くやめなければ。

あえぎながら顔を引き離そうとした。唇がしっとりと濡《ぬ》れ、太もものあいだに熱いものがあふれている。できることならなにもかも忘れ、このめくるめくひとときに溺れたい。でもそんなことができるはずがない。セバスチャンは自分がここに来た理由を胸に言い聞かせた。それは断じて、彼と愛しあうためではない。

だがドレークはセバスチャンがキスをやめようとしていることを、まったく意に介していないようだった。むしろその体をさらに自分のほうへ引き寄せ、大きな手で背中をなでおろしている。彼の手が背骨のつけ根のくぼみに触れると、セバスチャンはぞくりとし、全身の肌が燃えあがるのを感じた。ドレークが薄い生地でできたガウンとネグリジェのすそを少しずつたくしあげ、脚をあらわにしていく。

セバスチャンは身をよじったが、そのせいでかえって事態を悪化させていることに気づいた。腹部に硬く大きなものが押し当てられている。自分たちを隔てているものは、薄いシルクのシーツと、綿のガウンとネグリジェだけだ。

「閣下、やめて」セバスチャンは息を切らして言った。

「どうしてだ?」ドレークはゆっくり尋ねた。まぶたが隠しきれない欲望で重くなっている。顔を傾け、セバスチャンの首筋にくちづけた。そして円を描くように舌の先を這わせはじめた。

セバスチャンは身震いし、恍惚《こうこつ》としてまぶたを閉じた。

そうよ、どうして? ぼんやりした頭で考えた。これではまるで、自分のほうが薬を飲まされたようだ。セバスチャンは手足から力が抜けていくのにあらがおうとした。

思いだすのよ。必死で自分に言い聞かせた。

でもなにを思いだすの?

そのときなんの前触れもなく、ドレークがセバスチャンを仰向けにして、のどや鎖骨にキスの雨をふらせた。その首にかかった鍵が揺れ、ろうそくの黄色い光を受けて一瞬きらりと輝いた。

セバスチャンは鍵に視線を据えた。

そう、鍵だ。ここへ来たのは、鍵の型をとるためだった。いますぐベッドを離れ、この部屋から出ていかなければ。でもドレーク卿はまったく愛撫をやめるつもりがないらしい。なんとかして彼の気をそらさなくてはならない。

セバスチャンは手を伸ばしてドレークの頰に触れた。「す――少し待っててちょうだい。さっぱりしてくるから」甘い声で言う。「すぐに戻るわ」

ドレークはセバスチャンの太ももをなであげ、眉根を寄せた。「さっぱりしてくる？」

「そう、体を洗ってくるの。さっと行って、さっと戻ってくるわ。わたしがいないことに気がつく暇もないくらいよ」

自分がここを出て自室に戻ったら、ドレーク卿はじきに待ちくたびれてふたたび眠りに落ち、今夜のことをすっかり忘れてくれるかもしれない。

「ぼくも一緒に行く」ドレークは言い、ベッドからおりようとした。

「だめよ！」セバスチャンは彼の上腕に手をかけた。「あなたはここにいて。すぐに戻るから」

ドレークはどんよりした緑の目でしばらくセバスチャンを見ていたが、やがて体を離した。

セバスチャンは安堵のため息をつき、ベッドを出た。

さっきナイトテーブルに置いたろうそくを震える手で持ち、危なっかしい足どりで浴室へ向かった。

ドレークに見られていることを感じながら、ドアの取っ手に手をかけた。ここにはいればなんとかなるだろう。洗面室にはドアがふたつあり、ひとつはドレーク卿の更衣室に通じている。そこを抜けて、その奥にある居間へ行けばいい。

セバスチャンはなかに足を踏みいれた。清潔な白いタイルが張られ、輝く真鍮の備品や大きな磁器の浴槽がある近代的な浴室だが、いまはゆっくりながめている余裕はない。ドアに鍵をかけて洗面台の前へ行き、白と黄色のセーブル焼きの水差しを手にとった。冷たい水を洗面器に一インチほどそそぎ、ぱしゃぱしゃと音をたてた。こうすれば、ほんとうに顔を洗っているように聞こえるだろう。

それが終わると、ドレークにすべてが夢だったと思わせるため、自分がここにいた証拠を消しにかかった。水を浴槽に流して洗面器をもとあった場所に戻し、そばにあったタオルで手をふいた。そして足音を忍ばせて更衣室へ急いだ。

更衣室のドアをあけたとたん、そこに背の高い人影があるのを見て、息が止まりそうになった。心臓が痛いほど強く打つのを感じながら、胸にこぶしを押し当てた。手に持ったろうそくの炎が大きく揺れている。

「終わったかい？」ドレークが訊いた。足もとがおぼつかないらしく、片方の手を壁に当てて体を支えている。弱い明かりのなかでも、彼が一糸まとわぬ姿であることがわかった。胸だけでなく、どの部分も彫像のように美しい。

セバスチャンは思わずドレークの体に見とれた。引き締まった腰、筋肉質の太もも、そしてそのあいだから突きだしている大きな男性の部分。のどは渇いているのに、口につばが湧いてきた。

「なにをしているの？」セバスチャンはうわずった声で訊いた。

そもそも、眠り薬を飲んでいるのにどうして起きあがれたのだろう。やはりあのとき半分だけじゃなく、全部入れておけばよかったのだ。ドレーク卿の体は雄牛のように頑健らしい。そう、まさに雄牛だ。セバスチャンは相手の下半身にもう一度、目をやらずにはいられなかった。

「向こうのドアに鍵がかかっていたから、こっちへまわってきたんだ」ドレークは言った。

「さあ、準備はいいかな」

準備ですって？

セバスチャンはごくりとつばを飲んだ。頭とは裏腹に、脚のあいだがうずいている。「か——閣下、わたしたちは——」

「——すぐにベッドに戻るべきだ」ドレークがセバスチャンのことばを継いだ。壁から離れて足を前に進め、セバスチャンのガウンに両手を伸ばす。「でもその前に、これを脱いでもらおう」

「い――いいえ、着ていたいわ」セバスチャンは二歩後ろに下がった。

ドレークはセバスチャンに迫った。「いや、脱いだほうがいい。生まれたままの姿のきみが見たいんだ。どうせこれは夢なんだから」

夢？ ドレーク卿は自分がまだ眠っていて、これは夢のなかのできごとだと思っているのだろうか。もしかすると、この窮地を脱する方法がまだあるかもしれない。それにはうまくことを運ぶ必要がある。セバスチャンは下唇を噛み、考えをめぐらせた。

そのときドレークがセバスチャンの手からろうそくをとりあげた。やわらかな光が揺らめき、ふたりの官能的な影を壁に映す。彼がふたたび手を伸ばし、セバスチャンのガウンのひもをゆるめた。

「閣下」セバスチャンはなんとか相手を止めようとした。ドレークが肩からガウンを脱がせようとしている。

「ドレークだ」そう言うとセバスチャンをゆっくり後ろに押した。「夢のなかではいつも、ぼくを名前で呼んでくれるじゃないか」

「ド――ドレーク。もう少し待ってくれないかしら。先にベッドへ戻ってて。わたしもすぐに行くから」

ドレークは首を横にふった。「逃げるつもりだろう」

図星だった。

セバスチャンがあとずさると、背中が平らな木の板に当たった。さっきここへはいってきたときに、鍵をかけておいたドアだ。手を後ろにまわして鍵を探りあて、ドアをあけようとした。

手間取っているうちに、ドレークがさらに距離を詰めてきた。すぐ間近に彼を感じ、セバスチャンの胸で心臓がひとつ大きく打った。

全裸の彼がそこにいる。

セバスチャンは、薄い綿のネグリジェを脱がせられるものだとばかり思っていたが、ドレークは予想に反して大きな両の手のひらを生地越しに乳房に当てた。やわらかな胸をそっと包み、親指を使って愛撫をはじめた。

セバスチャンの乳首がつんととがり、反射的に背中が弓なりにそった。鍵にかけた指が止まり、手首から力が抜けていった。ドレークがゆっくりと、円を描くように乳房をさすっている。セバスチャンの全身がうずいた。まぶたが閉じ、唇から歓喜のため息がもれる。

セバスチャンがわれに返る前に、ドレークがふたたび唇を重ねた。セバスチャンはますますうっとりした。舌と舌とをからませ、貞淑な女性なら罪深いと眉をひそめるにちがいない、熱くとろけるようなキスをする。

でもこんなにすばらしいキスが、どうして罪なのだろう。それに、とんでもない事態に陥っているはずなのに、それすらも気にならないのはなぜだろうか。

背後で鍵が床に落ちた。

だが金属が床に当たる鋭い音も、セバスチャンにはほとんど聞こえていなかった。ドレークの豊かな栗色の髪に手を差しこみ、体と体を密着させる。彼がネグリジェのボタンをはずすと、ひんやりした空気が肌に触れた。薄い生地の前を開かれ、肩からウェストまでがあらわになった。ドレークの手がむきだしの熱い肌に触れている。

そのままどれくらいの時間が過ぎたかわからないが、セバスチャンは情熱の波に呑みこまれ、なにも考えられなくなっていた。ドレークが重ねていた唇を離し、少しだけ上体を起こした。わずかにふらつきながら、セバスチャンの目をじっとのぞきこむ。「行こう」それは懇願とも命令ともとれる口調だった。

セバスチャンの足もともふらつき、息が切れていた。頭がすっかり混乱している。

行く? どこへ?

もちろんベッドに決まっている。

だがドレークは無理やり連れていこうとはせず、セバスチャンが首を縦にふるのを待っていた。

逃げるならいましかない。きっぱり断わってここを出ていくのだ。

セバスチャンはドレークが差しだした大きな手に視線を落とした。

そしてそれ以上、自分に考える暇を与えず、その手に自分の手を重ねた。

13

ドレークとアン・グリーンウェイは、やわらかな羽毛のマットレスに横たわった。部屋がぐるぐるまわっているように感じられる。

暗闇のなかで彼女を裸にした。実用的な綿のガウンとネグリジェが落ち、じゅうたん敷きの床に小さな山を作った。不思議だ、とドレークは思った。夢のなかで彼女はいつも、透けそうに薄いネグリジェを着ている。ちょっと触れただけで、はらりと落ちてしまうネグリジェだ。

でも今日の夢はいつもとちがう。妙に現実感があり、なにかがおかしい気がする。すべてがぼんやりと幻のように見えたかと思えば、次の瞬間、なにもかもが実際に起きているかのごとく感じられる。

これは現実なのだろうか。

それともやはり夢なのか。

正直に言ってよくわからない。自分は泥酔しているらしい。だがドレークは、酒を飲みすぎて泥酔することはめったになかった。第一、彼女がベッドのそばに立っていたとき、こちらは眠っていたのだ。そもそも女中頭であるアン・グリーンウェイが、裸でぐっすり寝ている主人の上に身をかがめるなど、夢でなければありえないことだろう。

そう、これは幻に決まっている。ドレークは自分に言い聞かせ、すべすべした肌と髪に両手をはわせた。だがその感触は、やはりあまりに生々しかった。相手のにおいすら感じられるほどだ。息を吸うたびに、雨に濡れたスミレのような繊細な香りと、女性の官能的なにおいが頭をしびれさせる。

夢だろうと現実だろうと、いまはどうでもいい。大切なのは、アン――美しくて魅力的な禁断のアン――が自分の腕のなかにいること、その温かな裸の体がこちらを求めていることだけだ。

ドレークは生きるために不可欠なものを求めるように、彼女の唇をむさぼった。だが食物も空気も水も、アン・グリーンウェイのキスのすばらしさ、その体の美しさにくらべたら、どうでもいいものに思えてくる。

これほど強く女性を求めたのは、いったいいつ以来だろうか。もしかすると、これがはじめてかもしれない。激しい情熱の炎が燃えあがり、彼女とひとつになりたくて体がうずいた。

ドレークが唇と手で愛撫すると、彼女は甘い吐息をもらした。女らしい華奢な手がこちらの体をなでている。ドレークはぞくりとして背中を弓なりにそらし、高まる欲望に身を震わせた。

のどにくちづけ、それから少しずつ唇を下へ進めた。やわらかな乳房を片手で包み、親指と人差し指でその先端をもてあそんだ。彼女がシーツの上で脚をもぞもぞさせ、短い爪で軽くドレークの背中をひっかいている。

ドレークは急にその乳房を味わいたくなった。頭をかがめてつんととがった乳首を口に含み、おいしい飴《あめ》をなめるように舌で転がした。

なんてすばらしいのだろう。これまで食べたどんな砂糖がけの果物よりも甘く、夏のバラの花びらよりもかぐわしい。

アン・グリーンウェイが悩ましげな声を出し、彼の髪に手を差しこんでもっと愛撫をせがむように頭を支えた。ドレークは喜んでそれに応えた。まぶたを閉じ、唇と舌を動かしてさらに激しく愛撫する。

しばらくしてドレークははっと息を呑んだ。彼女が背骨のつけ根のくぼみに指をはわせている。下半身がますます硬くなり、頭から血の気が引いて全身で脈が速く打ちはじめた。知らず知らずのうちに腰を動かし、豊かな乳房をそっと噛んでいた。

彼女がかすれたあえぎ声をあげ、ドレークの髪に差しこんだ手をぐっと握ると、もう片方の手でその体を上下にさすった。

ドレークはぞくぞくし、唇を胸から下へ進めて腹部や腰や太ももにキスを浴びせた。脚のあいだの秘められた部分に近づくと、一瞬動きを止め、どうしようかと迷った。

でもどうせ夢なのだから、なんでもしたいことをすればいい。そして自分がいましたいことは、彼女に触れてそのすべてを味わうことだ。

ドレークはそれ以上考えるのをやめ、両手で太ももを開かせた。その脚が震えているのが伝わってくる。

それから顔をうずめた。

セバスチャンは大きく目を見開き、声にならない声をあげた。

どうしよう、ドレーク卿はなにをしているの？　まさか、こんなところにキスをするなんて！

早くやめさせなければ。恥ずかしくて消えてしまいたい。ところが頭とは裏腹に、体はもっと彼の愛撫を求めている。

ああ、神様《アデュ》。セバスチャンは震える指をシーツにからませた。これほどの悦びがこの世にあるなんて、いままで知らなかった。ドレーク卿の手で、ほんとうの自分が内側から引きだされたように感じる。生きている実感が体じゅうにあふれてくる。

セバスチャンは浅く速い息をついた。抑えきれない欲望と感情がこみあげてくる。情熱の炎に身を焼かれ、頭がどうにかなりそうだ。

次の瞬間、なんの前触れもなく、電流のような快感に全身を貫かれた。身をよじりながら、このまま心臓が止まるのではないかと思った。

だが心臓は止まることなく、激しい鼓動をつづけていた。まわりの世界が溶け、ぐるぐるまわっているように感じられる。

ようやく息が整ってきたころ、ドレークがまたしても愛撫をはじめた。今度は口ではなく指を使い、容赦なく彼女をさいなんだ。

セバスチャンは手足を震わせ、全身の肌を火照らせながら、なすすべもなく横たわっていた。彼が唇と手をゆっくりと上に進め、体のあちこちに触れてくちづけている。

やがてドレークがセバスチャンの上にかがみこみ、唇を重ねて長く濃厚なキスをした。彼女を快楽の海に溺れさせ、自分と同じ情熱で応えることを求めている。セバスチャンは無我夢中で熱いキスを返した。

ドレークがひざでセバスチャンの脚を開き、そのあいだに体を割りいれた。

「もしこれがほんとうに夢なら」かすれた声を出す。「いままでで最高の夢だ」そう言うと腰をひと突きし、彼女をいっぱいに満たした。

セバスチャンはドレークにしがみついて体を震わせた。最後に男性と愛しあってから、もう何年もたつ。それに人妻だった時期は短く、バージンとたいして変わりはない。

まさかこんなことになるとは思ってもみなかった。彼はあまりに大きくて、愛の営みも力強い。でもいつかまた男性と体を重ねる日が来ることは、心のどこかでわかっていた気がする。その相手がドレーク卿でよかった。

ほかの男性とベッドをともにすることは考えられない。それでは愛していない人に体を許すことになってしまう。

セバスチャンははっと息を呑んだ。

ああ、どうしよう、なぜこんなことに？

だがもう手遅れだ。

真実がゆっくりと心に沁みわたっていく。

わたしはいつのまにか、ドレーク・バイロンを愛するようになっていた。

そのときドレークが腰を動かしはじめた。セバスチャンは頭が真っ白になり、歓喜に打ち震えた。


なんて狭い入口だろう。ドレークは腰を沈めながら思った。彼女が温かくなめらかな手袋のように、こちらをぴたりと包んでいる。その感触だけで絶頂に達しそうだ。それでもクライマックスを迎える前に、もう一度彼女を歓喜の世界に連れていってやらなければ。愛の営みは、女性が男と同等以上の快楽を味わってこそ、最高にすばらしいものになる。

それにこうして自分の背中にほっそりした腕と形のいい脚を巻きつけているのは、どこにでもいるただの女性ではない。

アンなのだ。とうとう自分のものになった。

ドレークは彼女のすべてが欲しくて、舌をからませ、息が止まるような濃厚なキスをした。火照った体に汗をにじませながら、甘い肌のにおいを吸いこむ。早鐘を打つ心臓の鼓動が耳の奥で聞こえ、全身を熱い血が駆けめぐった。

豊かな乳房に指をはわせ、とがった先端をさすってから、手を少しずつ下へ進めて、ふたりがひとつになった部分に触れた。

禁断の箇所をさわると、すすり泣くような声が彼女の唇からもれた。そして彼の動きに合わせるように腰を突きあげ、まもなく体を激しく震わせて絶頂に達した。

ドレークもすべての抑制を解き放ち、欲望の命じるままに彼女を突いてクライマックスを迎えた。天上にいるような悦びに貫かれ、全身が震えた。

しばらく世界がまわっているような錯覚に陥ったが、やがて仰向けになり、大きく上下する胸に彼女を抱き寄せた。まぶたを閉じて、やはり妙に現実感があるのはなぜだろうと考えた。長い髪をなでながら、まもなく眠りに落ちた。

セバスチャンは放心状態で横たわっていたが、ドレークの心臓の規則正しい音を聞いているうちに、だんだん意識がはっきりしてきた。いますぐここを出ていかなければ。鍵の型のことがおぞましい亡霊のように脳裏によみがえった。だがセバスチャンはへとへとで動けなかった。美しくも燃えるような愛の営みで、起きあがる力すら残っていない。

こんなに極上の悦びがあったなんて、いままで知らなかった。これほど満たされたのは生まれてはじめてだ。このひとときが永遠につづけばいい。

でもそんなことは無理に決まっている、と頭のどこかで残酷な声がささやいた。この幸せな時間はすぐに終わる。

それでもあと少しだけこうしていよう。ドレーク卿が欲しい。こんなことになるなんてほんの数時間前には想像もしていなかったけれど、もうしばらく腕に抱かれていたい。

ドレーク卿はまた眠りに落ちたようで、ゆっくりと深い呼吸をくり返している。眠り薬の効果がまだ残っているのだろう。明日の朝になっても、今夜のことを少しは覚えているだろうか。もちろん忘れてくれたほうがいいに決まっているが、セバスチャンは心のどこかで、ドレークが覚えていることを願っていた。

彼の胸に顔をうずめて目をつぶり、夜が永遠に明けないことを祈った。

しばらくしてはっと目を覚ますと、部屋が薄闇に包まれ、夜明けが近いことを知らせていた。なんてことなの《ズッタロー》！ セバスチャンはすべてを思いだした。手遅れにならないうちに、この温かく安心できる胸から離れ、ここを出ていかなければならない。

そっと体を起こしたが、ドレークはそれに気づいた様子もなく眠りつづけていた。ろうそくをつけるわけにはいかないので、慎重に足を進め、床に落ちているやわらかな綿のネグリジェとガウンをつま先で捜した。

それらが見つかると震える手で身に着けた。ガウンのポケットにはいった蠟入りの容器が自分を責めているように感じられる。室内履きも見つけ、静かに足を入れた。

それから数分、ドレークのおだやかな寝息に耳を澄ませてから、胸の痛みをふりはらって後ろを向いた。音をたてないようドアの取っ手をまわして廊下に出た。

階段をのぼっているあいだも誰にも会わず、無事に部屋へたどりついた。セバスチャンは倒れるようにベッドに横たわり、ひざを抱いて体を丸めた。あと少ししたら、また起きなければならない。そしてなにごともなく、ふだんどおりの夜を過ごしたかのようにふるまわなければならないのだ。

あの人はどうなのだろう。

昨夜のことを覚えているだろうか。それとも覚えていないだろうか?

どちらにしても、すでに傷ついたこの心が癒えることはない。ドレークとずっと一緒にいることはできないのだから。愛していると伝えることもできない。

セバスチャンは目を閉じ、涙が頬を伝うにまかせた。

ドレークはブロンズ色の厚手のカーテン越しにそそぎこむ陽射しに、目を細めた。うつぶせになって枕に顔をうずめ、もう一度眠ろうとした。

だが昨夜、床に就いた時間を考えたら、睡眠は充分足りているはずだ。夕食をとってポートワインを一杯飲んだところで、急に強い疲労を覚え、寝室へ戻ってそのままベッドに倒れこんだ。そのときドレークの頭に、昨夜の夢の断片が浮かんだ。記憶の深い底から、ゆっくり浮かびあがってくる。

なんてすばらしい夢だったのだろう。あれほど官能的で生々しい夢は、性に目覚めたばかりの十代のころでさえ見たことがない。思いだしただけで体が反応し、あのときの快感と深い満足感がよみがえる。

まるでアンがほんとうにこのベッドにいたように感じられる。彼女の体を深く貫くあいだ、やわらかな腕がこの首に巻きつき、脚が背中にからみついていた。温かくてクリームのように甘い唇に、何度も何度もキスをした。うっとりする肌のにおいに、頭がしびれたのを覚えている。

いまでもまだ、そのにおいがするようだ――早朝の野に咲いたスミレの香りが。可憐《かれん》なスミレの花。

糊のきいた枕カバーに顔を押しつけて深呼吸をすると、さっきよりも花のにおいが強くなった。夢とは関係のない本物のスミレと、魅惑的な女性のにおいがする。

そう、これはまさに……アン・グリーンウェイのにおいだ。

ドレークはぱっちり目をあけて起きあがった。シーツが落ちて、裸の腰にまとわりついた。なんということだ、あれは夢ではなかった。自分は昨夜、アン・グリーンウェイとほんとうにベッドをともにしたのだ。

14

いまのうちに逃げたほうがいいかもしれない。翌朝、セバスチャンはいつもの仕事に取りかかりながら思った。事務机について黒いインクにペン先を浸し、細くしなやかな書体で翌週の献立を羊皮紙に清書しはじめた。

旅行かばんでは目立つだろうから、荷物は枕カバーに詰めることにしよう。そして隙を見はからって、誰にも気づかれないように使用人用の裏口からこっそり出ていけばいい。

だが、いまここで逃げだすわけにはいかない。少なくとも、暗号なしでここを出ていくことはできない。そして暗号を手に入れるには、鍵が必要だ。

鍵の型をとった小さな容器が脳裏に浮かんだ。それはいま、自室のベッドのマットレスの下に隠してある。できるだけ早く錠前屋のところへ持っていき、合鍵を作らせることにしよう。それまではなにごともなかったような顔をし、自分のしたことにドレークが気づかないよう祈るしかない。

いや、ドレーク卿が。セバスチャンはひそかに言いなおした。いくら心のなかであっても、親しげな呼びかたをしてはいけない。たとえ昨夜、裸で彼の腕に抱かれ、激しく愛しあったのだとしても。息ができず、心臓が止まりそうで、魂まで揺さぶられる一夜だった。仮に自分の名前すらわからなくなるまで長生きしたとしても、昨夜のことだけはけっして忘れないだろう。

セバスチャンは羽ペンを置き、とつぜん痛みが走った胸にこぶしを押し当てた。まさか、あの人を愛してしまうなんて。

この屋敷へ来たとき、いっさいの感情を捨てることを自分に誓ったはずだった。任務を終えたら、誰かと心を通わせることも後悔することもなく、ここを出ていくつもりだった。

それなのに、どうしてこんなことになったのだろうか。

ここで一緒に働いているうちに、使用人みんなのことが好きになり、尊敬するようにもなった。そんな人たちを裏切る日が来るのだと思うと、罪悪感でますます胸が苦しくなる。それだけでも問題なのに、よりにもよって屋敷の主人に恋をしてしまうとは！

ああ、神様《ボン・デュ》、これからどうすればいいのだろう。もしドレークに気づかれてしまったら？

セバスチャンは身震いした。あの人は激怒してわたしに復讐《ふくしゅう》しようとするだろう。そしてわたしは愛を失い、心をずたずたに引き裂かれてしまう。

ドレークは誇り高い人だ。それに頭もいい。誰かにだまされて利用されるなど、きっと我慢ならないはずだ。もし真実を知ったら……。

セバスチャンは震える手をスカートでぬぐい、そのことを頭からふりはらおうとした。神経が張りつめているせいか、疲れがどっと押し寄せてきた。朝までほとんど眠れなかったのだから無理もない。少しだけ抜けだして、仮眠をとりたい気分だ。でも仕事は山のようにあるし、たとえ忙しくなかったとしても、いまはとても眠れそうにない。体はくたくたに疲れているが、夜になっても眠れるかどうかあやしいところだ。

手の甲で口を覆ってあくびをし、ペンを握った。

ふたたび献立表を書きはじめたところで、ドアを軽くノックする音がした。セバスチャンは手を止め、はいるよう声をかけた。

「失礼します」痩せてひょろ長いジャスパーがドアのところに立ち、人懐っこい笑みを浮かべている。「閣下が朝食を召しあがりたいそうです」

セバスチャンの心臓がひとつ大きく打った。

ドレークはもう起きているらしい。

時計に目をやると、十時を少し過ぎていた。ドレークはいつも早起きだが、昨夜のことを考えたら、今朝は寝坊しても不思議ではない。セバスチャン自身も、できればゆっくり眠っていたかった。ドレークはどんな様子だろうか。それよりなにより、昨夜のことをどこまで覚えているだろうか？

セバスチャンは胸のうちを表情に出さないよう注意してうなずいた。「わかったわ。ミセス・トレンブルに、食事を用意してお持ちするよう伝えてちょうだい」

「厨房にはもう寄ってきました。ミセス・トレンブルがいま、パンと卵料理を用意しているところです。閣下は朝食を書斎で召しあがるとのことでした。ミセス・グリーンウェイに持ってきてほしいそうです」

　黒いインクが垂れて白い紙に落ち、せっかくきれいに書いた献立表が台なしになった。

「わたしに？」

「はい、そうです。今朝は朝食をたっぷり用意して、ミセス・グリーンウェイに運ばせるように、とおっしゃいました」

　セバスチャンはのどが詰まったような気がしたが、どうにか口を開こうとした。だが結局、うなずくことしかできず、ジャスパーがこちらの意をくんで下がってくれることを願った。

　ジャスパーはセバスチャンがうなずいたのを見ると、後ろを向いて部屋を出ていった。

　従僕がいなくなるやいなや、セバスチャンは椅子にぐったりと背中をもたせかけ、全身に鳥肌がたつのを感じた。

　なんてことなの《ズッタロー》。あの人には昨夜の記憶があるらしい！

　問題は、なにをどこまで覚えているかということだ。

　ドレークは一階につくといったん足を止め、まぶたを軽く押さえて、かすかに残っている頭痛を追いはらおうとした。ワックスマンが言ったとおり、寝室で朝食をとったほうがよかったかもしれない。だがやっておきたいことがあるし、それに正直なところ、心配顔の近侍にそばをうろうろされるのはごめんだった。

「おはようございます、閣下」玄関ドアの真鍮の装飾を磨いていたストーが、顔をあげて挨拶した。「よくお休みになれましたか」

〝よく休めた〟わけではないが、執事に一部始終を話して聞かせるつもりはなかった。

「まあ……それなりに」ドレークは当たりさわりのない返事をした。一瞬、頭がずきりとし、真っ先にやらなければならないことを思いだした。「ストー、もし時間があったら書斎に来てもらえないか」

ストーは少し間を置き、磨き布をおろした。「かしこまりました、閣下」

ドレークはすぐに書斎へ向かい、机のところへ行った。昨夜、早い時間に寝室に下がったにもかかわらず、強い疲労感を覚えながら椅子に腰をおろした。ストーがやってきて、ドレークと向きあう位置に立つと、黙って主人のことばを待った。

「昨日の夜、ポートワインを飲んだ。あれはどこで買ったものだろうか」

ストーは眉を吊りあげた。「いつもの〈ベリー・ブラザーズ〉です、閣下」

〈ベリー・ブラザーズ〉はとても評判のいい一流の酒店だった。摂政皇太子にもワインや蒸留酒を納める王室御用達《ごようたし》の店で、悪い噂は聞いたことがない。だが昨夜飲んだワインは、どこか味がおかしかった。おそらく単純にいたんでいたのだろうとは思うが、それでも……。

「最近、ワインについてなにか気づいた点はなかったか？」ドレークは訊いた。

「いいえ、閣下。なにか問題がおありでしたか？　もしそうなら、ミスター・ベリーに直接、話をいたしますが」

「いや、それにはおよばない。きっとわたしの思いすごしだろう」

だがそう言いながらもドレークは、ワインがおかしかったことはまちがいないと確信していた。そのせいで昨夜はあれほど強い睡魔に襲われたのかもしれない。誰かがワインの瓶をいじったのだろうか。以前、夜盗がはいったことを思いだした。あの事件と今回のことに関係があるとしたら？　フランス軍があらたな手を使おうとしているのか？　しかし、もしそうだとしたらこの屋敷へ侵入を試みた者がいるはずだが、そうした形跡はなく、つじつまが合わない。やはりたんなる考えすぎだろう。

ドレークは金庫を後ろに隠した壁の風景画に目をやった。なにも変わった様子はない。でも念のため、あとでもう一度確認することにしよう。

「配達人は？　見慣れない顔はなかったか」

ストーは眉根を寄せた。「いつもだいたい同じ配達人ですけれども、たまにちがう顔も見かけます。ポートワインが配達された日付を確認してみますが、配達人をはっきり思いだせますかどうか。もしかすると、ライルズかジャスパーが覚えているかもしれません。ふたりに訊いてみましょうか」

「ああ、そうしてくれ。昨夜のポートワインはもう残ってないだろうね？」

「はい、閣下。デカンターにも瓶にももう残っておりませんでした。デカンターは昨夜のうちに洗ってしまいました。同じ種類のものがないか、ワイン貯蔵室を調べてまいりましょうか」

「そうだな、頼む」ドレークはゆっくりと言った。だがまずまちがいなく、ほかのワインに問題は見当たらず、きっと極上の味がするはずだ。

まもなくストーが立ち去った。

ドレークは椅子にもたれかかって目を閉じた。また鈍い頭痛がした。鼻筋を押さえながら、まだベッドにいたほうがよかっただろうかと考えた。

すべすべした腕と熱いキスの記憶が一気に押し寄せ、脈が速く打ちはじめて股間が硬くなった。

これだからベッドにとどまっていられなかったのだ、とドレークは自嘲気味に思った。アンのことばかり考え、一分だって眠れなかっただろう。

そのときかすかなスミレのにおいに鼻腔《びこう》をくすぐられ、ぱっと目をあけた。

そこに彼女が立っていた。暖かな陽射しを受けて赤や金色の髪が炎のように輝き、白いものが交じった部分は磨かれた銀器さながらにきらめいている。こちらと目を合わせようとせず、両手に持った重いトレーをじっと見つめている。

「朝食をお持ちしました」昨夜見せた情熱をみじんも感じさせない、事務的な口調で言う。

つい昨夜、抱きあったばかりではないか。あれは実際に起きたことなのだろうか。もちろんほんとうに起きたに決まっている。アン・グリーンウェイは平静を装い、優秀な女中頭然とふるまっているが、昨夜のことは夢でもなんでもない。それでもところどころ記憶が不確かだ。よりにもよって、浴室で話をしていた場面が頭に浮かぶ。なんの話をしていたのだろう。キスをはじめたのはあのときだったのか？　たぶんそうだ。

セバスチャンはドレークに背中を向け、近くのテーブルにトレーを置いた。「紅茶をお注ぎいたしましょうか、閣下」

ドレークはセバスチャンの腰に視線を落とし、丸みを帯びたヒップをながめた。あのやわらかな肌をなでたときの感触が、この手にはっきり残っている。

ドレークは咳払いをし、椅子にすわりなおした。「ああ。そうしてくれ」

ティーカップから湯気が立ちのぼり、銀のスプーンを受け皿に置くかちんという小さな音が静寂を破った。

セバスチャンは紅茶を手にドレークに近づいた。だがやはり視線を合わせようとはしなかった。

しっかりした手つきでティーカップと受け皿を机に置いた。セバスチャンの手が熱い飲み物から完全に離れるのを待ってから、ドレークはその手首をつかんだ。

セバスチャンはさっと顔をあげてドレークを見た。金色の目が光り、手が震えている。

「なにも言うことはないのかい？」ドレークは不思議なほど落ち着きはらった口調で言った。

「なんのことでしょう、閣下」

ドレークはセバスチャンの視線をしっかりとらえて放さなかった。「わかっているはずだ。それとも昨夜、きみの手首に触れる以上のことをしたのは、ぼくの妄想だったのだろうか」

セバスチャンの手がまた震えた。

「どうしてぼくの部屋にいたんだ？」ドレークはささやくような声で訊いた。「なぜぼくのベッドに？」

セバスチャンは長いあいだ黙っていたが、やがてぐいと手を引いた。

ドレークは黙ってその手を放し、セバスチャンが手首をもう片方の手でそっと包むのを見ていた。

「そ――その……閣下の様子を見にまいりました。具合が悪そうでしたので、ミルク酒かなにかをお持ちしようかと思って」

「ミルク酒を！　真夜中に？」ドレークはそこでことばを切り、セバスチャンの言ったことについて考えをめぐらせた。ふいに眉根を寄せる。「まさか……ぼくはきみに無理強いしたのか？」

セバスチャンはふたたびドレークの顔を見て首を横にふった。「いいえ。たしかに……強く求められましたけれど、閣下はわたしの意思に反することはいっさいなさいませんでした」

ドレークは肩から力が抜けるのを感じ、昨夜のできごとを思いだして以来、自分がどれだけ神経を張りつめていたかにはじめて気づいた。「それでもきみには謝らなくてはならない。これまで女性の弱みにつけこんだことなど一度もなかったのに。特に使用人である女性には」

セバスチャンはぐっと胸を張った。「謝っていただくことなどなにもありませんわ。さあ、冷める前に朝食を召しあがってください。手をつけずに厨房に戻したりしたら、ミセス・トレンブルががっかりします」

セバスチャンが去ろうとすると、ドレークはまた手首をつかんだ。「気を悪くしないでくれ。きみに不愉快な思いをさせるつもりはなかった。まったく、今朝のぼくはどうしてしまったんだろう。なにもかもすっかり混乱している。それにきみが言ったとおり、昨夜はいつもの自分ではなかった」

セバスチャンが手をふりはらおうとしたが、ドレークは手首を強く握って放さなかった。手首の内側のやわらかな肌を親指でそっとなでると、彼女がまた震えるのが伝わってきた。

「とてもすばらしい一夜だった。いや、最高だったと言うべきだろう。きみをもう一度抱きたい。どうしても」

考えるより先にことばが口をついて出た。「きみの面倒を見させてくれないか。きみが望むものはなんでもあげよう。屋敷も馬車も、ドレスも宝石も。使用人も好きに使ってくれてかまわない。だが、今度は女中頭としてじゃない。ぼくの愛人になって、自由な生活を送るんだ」

セバスチャンの手を口もとに持っていき、温かくいいにおいのする手のひらにくちづけた。「きみにとっては夢でしかなかった社交界にも出入りさせてあげよう。きみをどこにでも連れていく。舞踏会やパーティはもちろん、ホリデーシーズンになったら美しい田舎もたくさん訪ねよう。すばらしい時間を約束するよ。ベッドのなかでも外でも」

セバスチャンの足もとがふらつき、心臓の鼓動が激しくなった。熱い思いで胸がいっぱいになった。ドレークは夢のような生活について語り、贅沢で冒険に満ちた人生を約束するという。日中はなんの苦労もない婦人として過ごし、夜は彼の腕に抱かれて快楽を味わうのだ。そんなおとぎ話のような世界でなら、思う存分ドレークへの愛を表現することができる。そしてもし運がよければ、彼も愛を返してくれるかもしれない。

なんて素敵なのだろう。

「うんと言ってくれ、アン」ドレークがささやいた。「ぼくのものになると」

ドレークの口から出た自分の偽名に、セバスチャンははっとして現実に引き戻された。まるで冬の湖に投げこまれたようだった。胸の高鳴りが消え、自分の肩にのしかかっている任務の重さが一気によみがえってきた。

セバスチャンはふたたび手を引いた。「たしかに昨夜はベッドをともにしたかもしれません。でもだからといって、閣下の情婦になるつもりはありませんわ。それに閣下には、すでに愛人がいらっしゃるでしょう。わたしはこれからも女中頭として閣下にお仕えしたいと存じます。情婦としてではなく」

ドレークはなにも言わず、眉間にしわを寄せた。セバスチャンは思わずその顔に触れたくなったが、手をぎゅっと丸めてスカートに押しつけた。

ふとあることが頭に浮かんだ。「もしかして、わたしを解雇なさるおつもりですか?」今度はセバスチャンの眉間にもしわが刻まれた。「わたしに出ていけと?」

解雇されたらどうしよう。まだ暗号を手に入れてないのに、この屋敷を出ていくわけにはいかない。ドレークとベッドをともにしたことで、心だけではなく、任務を遂行する機会すら失ってしまうのだろうか?

「もちろん解雇などしない」ドレークはうなるような声で言った。「申し出を断られたからといって、きみを追いだしたりなどしないさ。ぼくのことをそんな人間だと思っていたのか」

「ドレーク、そんなつもりじゃ――」セバスチャンは消えいりそうな声で言った。

「きみが望むかぎり、引きつづきここで働いてもらう。それから、わたしがまたきみを口説くのではないかと心配しているなら、安心してくれ。昨夜のことはともかく、きみの本心ははっきりわかった。わたしはその気のない相手にしつこく迫ったりはしない。さて、そろそろ朝食を食べることにしよう」

セバスチャンはためらった。真意を説明したかったが、できないことはわかっていた。そんなことをすれば、自分が昨夜、寝室にいたほんとうの理由を知られてしまう。鍵の型をとったときにドレークがぐっすり寝ていたこと、こちらの説明を疑わずに信じてくれたことを、幸運だったと思うしかない。

もしほんとうのことを知ったら、彼は激怒するだろう。

そして迷うことなく自分を解雇するにちがいない。

あるいは逮捕して、ニューゲート監獄へ送ろうとするかもしれない。ドレークのプライドを傷つけるのは心苦しいが、こうするしかないのだ。これ以上、彼に近づくわけにはいかない。

わかっているのに、せつなくなるのはなぜだろうか。

セバスチャンは後ろを向いてテーブルに歩み寄り、朝食をドレークの机に運んだ。皿のふたをはずそうとすると、ドレークが片手で止めた。

「それにはおよばない、ミセス・グリーンウェイ。あとは自分でやる」

セバスチャンはまたしてもためらい、両手を握りあわせてスカートに押しつけた。「かしこまりました、閣下」

ドレークはそれきりなにも言わず、下がるよう無言で命じた。

セバスチャンはふたたび胸に痛みを覚えながら、ドアへ向かった。

15

「愛犬でも死んだのか」三日後の夜、ケイドがドレークに尋ねた。ふたりは毎年恒例のペティグリュー邸の舞踏会に招かれ、バルコニーで両切り葉巻を吸っているところだった。「葬儀屋のように陰気な顔をしているぞ」

ドレークは葉巻を軽くたたき、灰が足もとのアジサイの茂みに散るのを見ていた。「ぼくなら元気だ。それから兄さんも知ってのとおり、犬は飼ってない」

「エズメならそれはだめだと言うだろうな。あの子は、人は誰でも犬や猫と一緒に暮らすべきだと思っている」ケイドは、大の動物好きで、ブラエボーンの屋敷にたくさんの生き物を飼っている妹のエズメのことを口にした。「だがお前がふさぎこんでいるのは、動物が身近にいないことが理由ではなさそうだ。女性か？」

ドレークが深々と葉巻を吸うと、先端が赤くなった。「ちがう」そう嘘をついた。「ぼくが若い娘に興味がないことはわかっているはずなのに、どうして母さんは、今夜ここへ来るようしつこく言ったんだろうか。コティヨン（フランスの活発な社交ダンスの一種）なんか踊るよりも、仕事をしていたかったよ」

「お前は踊れるからいいじゃないか」ケイドは言った。「メグがほかの男とダンスをするところを見るたびに、自分も踊れればよかったのにと思うよ」

ドレークは手をひとふりした。「メグはありのままの兄さんを愛している。脚が不自由で一緒に踊れないことなど、これっぽっちも気にしてないさ。ダンスのパートナーの男なんて、眼中にない」

ケイドの目が光った。「わかってる。もしそうじゃなかったら、メグを屋敷に閉じこめて、愛人の座を狙ってる男どもを剣で突き刺しているところだ」

「兄さんがメグになにかを命じるところを見てみたいもんだ」ドレークはくつくつと笑った。「メグは天使の外見に、ティタン（ギリシャ神話の神）の心を持っている」

「ああ、最高にすばらしい女性だ」ケイドの声音には愛と誇りがにじんでいた。「でもいまはぼくの妻のことじゃなくて、お前の話をしている」

「そうなのかい？　ぼくはてっきり、犬の話をしているとばかり思っていたが――メグのあとを犬のように追っかけまわす男どものことも含めて」

ケイドはふんと鼻を鳴らし、葉巻を吸った。それから芝居がかったしぐさで、煙の渦を空中に高く吐きだした。「話をそらすんじゃない。なにがあったんだ？」

ドレークは渋面を作った。

兄のケイドは誰よりも信頼できて、なんでも打ち明けられる相手だが、今回のことを話す気にはなれなかった。この三日間、ドレークは女中頭と深夜に抱きあったことと、その翌朝、愛人にならないかと言って断わられたことを忘れようと努力してきた。すんだことはしかたがない。彼女のことはきっぱりあきらめるしかない。

ところが本人がひとつ屋根の下にいるとあっては、それも無駄な努力だった。気持ちの整理がついたと思った次の瞬間、彼女の美しい声が廊下から聞こえてくる。あるいはそのかすかな残り香を鼻がとらえ、スミレが一面に咲きほこっているかのような錯覚にとらわれる。ドレークはできるだけ女中頭を避け、どうしても顔を合わさざるをえないときは、相手を無視するようにした。でも聴覚や嗅覚が下半身と直接つながってでもいるのか、しょっちゅう股間がうずき、罠にかかった獣のようにいらだっていた。

ヴァネッサを訪ねて、この激しい欲望をなだめようか。なにしろ彼女は自分の愛人なのだ。だが腹立たしいことに、なぜかヴァネッサを抱こうという気になれない。ロンドンのあやしげな地域に数えきれないほどある売春宿に行くのは、もっと気が進まない。そして自分は気持ちがふさぎ、欲求不満に悩まされているありさまだ。

あの夜のことは忘れようと決めているのに、いまだにアンが欲しくてたまらなかった。もし彼女が少しでもその気を見せれば、すぐさまベッドに連れていっただろう。でも本人がきっぱり拒否したとあっては、その意思を尊重するしかない。たとえそのために、満たされない欲望で身もだえすることになっても。

そう、これはまさに拷問だ。神でもなんでもいいから助けてほしい。だが神にこの苦しさはわかるまい。

「やっぱり女性のことだろう」ケイドが言い、ドレークを物思いから引き戻した。「ミス・マニングのことか？」

「誰だって？」ドレークはぼそりと言った。頭のなかはまだ、つややかな秋色の髪とすべすべした白い肌を持つ女性のことでいっぱいだった。

ケイドはいぶかしげな目でドレークを見た。「ちがうらしいな。お前が一緒に出かけたことすら忘れていると知ったら、ミス・マニングはさぞがっかりするだろう」

「ああ。ぼくはただ、失礼にならないように誘っただけだ」

「だったらヴァネッサか。別れたのか？」

ドレークは眉間にますます深くしわを寄せた。そうだ、ヴァネッサを理由にすればいい。それにケイドの言うことは、ある意味で当たっている。ヴァネッサとの関係は終わった――少なくとも自分にとっては。あとはただ、できるだけ相手を傷つけないで別れる方法を探るだけだ。

「ああ」ドレークは言った。「ヴァネッサとは終わった」

ケイドは完全には納得していない顔で、ドレークをしげしげとながめた。「そういうことなら、家族や友だちを誘って、男どうしで夜の街に繰りだそうじゃないか。酒を飲んでゲームをし、女と遊ぶんだ」

「みんなの細君がそんなことは許さないだろう。レオとローレンスなら、いい場所を知っているだろうが」

「聞いたところによると、あのふたりはどんな場所でも知っているらしい。最高の店も、最悪の店も」ケイドはいったんことばを切り、冷たくなった葉巻を指でたたいて灰を落とした。「だったら誰かの屋敷に集まろうじゃないか。うまい料理を食べてビリヤードをし、会話を楽しもう。それなら女性陣も文句はないはずだ。でもぼくの屋敷はやめたほうがよさそうだな」思案顔で言った。「それにクライボーン邸も。レオやローレンスの新居に詰めこまれるのも、みんないやがるだろうし……」声が次第に小さくなり、沈黙がおりた。

ドレークは片方の眉をあげ、やれやれというように首をふった。「それはつまり、ぼくの屋敷でやろうということかな」

ケイドは、それは世界一すばらしい考えだとでもいうように微笑み、ドレークの背中をぽんとたたいた。「そいつはいいな。みんなにはぼくが連絡するから、お前は晩餐の用意をしてくれ」

ドレークはため息を呑みこんで了承した。

あと二日で合鍵ができる。その翌朝、セバスチャンは上階の廊下でリネンの枚数を数え、汚れたりすりきれたりしている箇所はないか調べていた。一枚の隅が少しだけ破れているのを見つけ、用意しておいた大きな籐の籠に入れた。

だが仕事の予定を考えたら、次の休みの金曜日まで鍵を受けとりには行けそうにない。すでに適当な言い訳をして屋敷を抜けだし、錠前屋を訪ねるという大きな危険を冒している。また急に必要になったものを買いに行くなどと言ったら、みんなが不思議に思うだろう。最悪の場合、疑念を抱かれるかもしれない。そこでセバスチャンは、非番の日までおとなしく待つことにした。金曜日になったら、ひとりでこっそり鍵をとりに行こう。

バシューから与えられた一カ月という期間はまたたくまに過ぎていっているが、まだあと二週間近く残っている。合鍵を手に入れて暗号を書き写すには充分な時間だ。

いま手もとに鍵と暗号があり、すぐにここを出ていけたなら、すべてはもっと簡単だっただろう。それでもセバスチャンは、この屋敷と、そしてなによりもここの主人と別れることを思うと胸が痛んだ。でも自分の気持ちがどうであろうと、いつかは別れなければならない。愛人にならないかという申し出を断わるしかなかったように、それは避けられないことだ。もちろん、誰かの愛人になりたいとは思わない。それでも相手がドレークとあっては、首を縦にふりたい誘惑に駆られたのも事実だ。

ちがう、ドレーク卿でしょう。セバスチャンは心のなかで自分を叱った。あの人はただのド、ド、ドレークじゃない。たとえ夢のようにすばらしい一夜をともに過ごしたとしても、あの人は雇い主であって、恋人ではないのだ。

ドレークは……いや、ドレーク卿は……わたしに申し出を即座に断わられたことから、すっかり立ちなおったように見える。たまに顔を合わせても、にこやかに礼儀正しくふるまっているが、どこか他人行儀な感じは否めない。でもこちらはただの使用人なのだから、それも当然のことだろう。

そう、自分は主人の命じたとおりに動く使用人だ。

だがドレークはそのことばどおり、あれ以来、まったく言い寄ってこない。まるであの夜のできごとは幻だったかのようだ。もし鍵の型をとった蠟入りの容器と、もうすぐできあがる合鍵がなければ、あの情熱的な一夜は夢だったと信じていたかもしれない。

セバスチャンはふと下を向いた。シーツの一枚をきつく握りしめているせいで、指のつけ根の関節が白く浮きでている。手の力をゆるめ、気持ちを落ち着かせてから、ふたたびリネンの点検をはじめた。

もう少しで終わろうというとき、廊下をこちらに向かってくる足音が聞こえた。セバスチャンはそれがドレークであることをなかば期待しながら、後ろをふりかえった。

「ミスター・ストー」がっかりした表情を隠そうと、まつ毛を伏せて挨拶した。「なにかご用ですか」

「おはようございます、ミセス・グリーンウェイ」ストーは言った。「あなたが地階へ戻ってくるまで待たずに、すぐにお知らせしたほうがいいと思いまして」

「あら、なんでしょう」

ストーはどこか申し訳なさそうな笑みを浮かべた。「閣下が今夜、晩餐会を開くことになさったそうです。お客様は十二名、全員男性で、食事と飲み物を用意するようにとのことでした。献立はあなたとミセス・トレンブルにおまかせします。給仕はもちろん、ジャスパーとライルズの手を借りて、わたしが行ないます」

晩餐会ですって！　しかも今夜！

ああ、どうしよう、貴族が集まる晩餐会の段取りなどさっぱりわからない。これまで開いたなかでいちばん大きなパーティは、父と弟ふたりに加えて、近所の人たちを招いたクリスマスの夕食会だった。母が生きていたときは、果物や木の実、ウイスキーをたっぷり使った英国風のプラムプディングも食卓にならんでいた。でもフランス料理のポトフやキングケーキは、夏という季節にも、イギリス人貴族の食卓にもふさわしくない。

女性の招待客がないことがせめてもの救いだ。夕食が終わると男性陣はその場にとどまってブランデーを飲み、女性陣は居間へ移動して楽しむ習慣があるが、少なくともそのとき出すお菓子やお茶の心配をしなくてすむ。それにしても、こんなに急に晩餐会を開くと言いだすなんて、ドレークはいったいなにを考えているのだろうか。

貴族である彼は、使用人なら招待客を迎える準備をてきぱきと整え、すばらしい料理をテーブルにならべることができて当然だと思っているのだろう。そしてなにより、女中頭というものは、そのすべてを完璧に取り仕切れるものだと考えているのだ。

セバスチャンはみぞおちのあたりがざわつくのを感じた。

内心の動揺を隠し、余裕のある表情を装って執事を見た。「知らせてくださってありがとう。リネンの点検を終えたら、すぐにメイドやミセス・トレンブルと相談します」

ストーは満足そうにうなずいた。「よかった。皆様のお好きな食べ物の一覧を、ミセス・トレンブルが持っています。もちろん閣下《ヒズ・グレイス》の好物も含めて」

「閣下《ヒズ・グレイス》？」

「ドレーク卿の兄上のクライボーン公爵ですよ。おそらく今夜、お見えになるでしょう」

なんということなの。セバスチャンは目を大きく見開きそうになるのをこらえた。そう、ドレークの長兄は公爵なのだ。まさかとは思うが、摂政皇太子まで招いていたらどうしよう。そんなことを聞かされたら、とても平静を保つ自信がない。だがストーは招待客についてそれ以上おそろしいことを言わず、短く微笑んで立ち去った。

セバスチャンはその足音が消えるまで待ち、がっくり肩を落とした。

今日はとても長い一日になりそうだ。

16

ドレークは赤ワインのはいったグラスを揺らし、兄や友人がヨーロッパ大陸で激化している戦争について熱い議論を闘わせるのを聞いていた。

「ウェリントン将軍が勝つだろう」アダム・グレシャムが言い、フォークをふった。「マドリッドからフランス軍を駆逐する日も間近だし、もうすぐ敵はスペイン全土から完全に撤収するはずだ」

「ああ、そうであることを願うよ」エドワードがワインをひと口飲み、グラスをテーブルに置いた。「だがまだ楽観はできない」

「フランス軍は去年、ロシアで敗北したじゃないか」レオが言った。「ネイ陸軍元帥がほうほうの体《てい》で撤退したとき、兵士は二万人にも満たなかった」

「軍事行動を開始したときは、五十万の兵士がいたのに」ローレンスも言い、がっしりしたあごをレオと同じ角度に向けた。

「それでも、あれはあくまで撤退だ」ケイドが経験を積んだ軍人の冷静さで指摘した。「戦おうという強い意志があれば、戦争はつづく」

「そうかもしれないが、いずれナポレオンが打ち負かされることはまちがいない」エドワードはきっぱり言った。「問題はそれがいつで、こちらがあとどのくらいの犠牲をはらうのか、ということだけだ」

一同から賛同のつぶやきがもれた。

ドレークはワインを飲み、空いた皿を下げるよう合図した。従僕がさっと近づき、手際よく皿を片づける。長いテーブルについた招待客たちはそのことにほとんど気づかず、ゆったりくつろぎながら話をつづけていた。

ふだんのドレークなら、ひと言かふた言、口をさしはさんでいただろう。だが兄や友人たちがいくら水を向けても、ドレークは会話を楽しむことができなかった。きっとみな、自分が無言なのは、また数学のことを考えているせいだと思っているにちがいない。なにしろドレーク・バイロンは、よく〝ぼんやりしている〟ことで有名なのだ。でもいま心を占めているのは、考えるべきではないもの――考えるべきではない相手――のことだった。

今夜はもうこれ以上、彼女のことを考えるんじゃない！　ドレークは自分に言い聞かせ、グラスに残っていたワインを飲みほした。

今夜は陽気に騒ぐ会なのだ。アン・グリーンウェイがこの屋敷のどこかにいようがいまいが、そんなことは関係ない。

たぶんいまごろは、地階にある女中頭の部屋か食品室にいるだろう……。ドレークははっとし、胸のうちで自分をののしると、彼女のことを頭から追いはらおうとした。

部屋の向こう側で、ストーがブランデーをグラスに注いでいた。今夜はポートワインを出さないよう、あらかじめ執事に命じてあった。数日前、ドレークが飲んだワインに関する疑問が、まだ解決されていないからだ。

あの夜、人事不省に陥った。

そしてアンをベッドで抱いた。

そのときニアル・フェイバーシャムが手ぶりを交えて、なにかを話しているのに気づいた。ドレークは懸命に話に集中しようとしながら、自分もみんなのように楽しめればいいのに、と思った。

そういえばさっき、カードゲームでもしようという話が持ちあがっていた。それなら少しは気がまぎれるかもしれない。カードゲームは兄のジャックの得意分野だが、自分もその気になれば兄に負けないくらいの才能がある。賭けに勝って金を得ることはどうでもいいけれど、ゲームに集中すれば、ほかのことを考えずにすむかもしれない。確率を計算し、札を覚えることに頭を使っていれば、アンについてあれこれ思いをめぐらす暇はない。

そのときとつぜん、今夜はじめてダイニングルームへはいってくる彼女の姿が目にはいった。両手に持った上品なガラスの器に載っているのは、見た目も美しいトライフルだった。

スポンジケーキとカスタードクリーム、酒に浸した果物を重ねた極上のデザートだ。

　セバスチャンは足音をたてずに、デザート用の皿が置かれている部屋の奥の食器台に向かったが、招待客は誰もその存在に気づいていないようだった。ドレークのほうをちらりとも見ないまま、セバスチャンはガラスの器を食器台に置き、大きな銀のスプーンを手にとって慎重にケーキを取り分けはじめた。

　ドレークはたったいまストーが目の前に置いたブランデーグラスに手を伸ばし、ごくりとひと口飲んだ。

「社交界じゅうが彼女にだまされていたとは、いまだに信じがたいな」フェイバーシャムが言った。「フィリパ・ストックトンが計算高い女ギツネであることはまちがいないが、まさかフランス側と通じているなんて、誰が思っただろうか」

　部屋の奥から皿がぶつかる音がした。

「裁判の日程は決まったのか？」ケイドが真剣な口調で尋ねた。

　エドワードが首を横にふった。「いや、まだだが、もうすぐだと聞いている。最近はやけに協力的で、知っていることをなんでも話してくれるそうだ。きっと情状酌量を狙っているんだろう。囚人生活は、強情な人間の口も軽くするらしい」

「ほんとうに情状酌量《じょうじょうしゃくりょう》されるんだろうか」アダムが訊いた。

「外見は魅力的だから、判事の同情を買ったとしても別に驚かないな」フェイバーシャムが言った。

「そのなかの誰かと寝ておきながら、すげなくふったことさえなければ」レオがにやにやした。

「全員と寝て、全員をふったかもしれないぞ！」とローレンス。

そこかしこから忍び笑いがもれた。

だがハウランド卿だけは笑わず、あざけるように鼻を鳴らした。「ぼくに言わせれば、祖国を売った罰はきっちり受けるべきだ。女だろうがなんだろうが、絞首台に送らなければならない」

そのとき耳ざわりな音が部屋に響いた。女中頭が、デザートを取り分けるのに使っていた銀のスプーンを、床に落としたのだ。ケーキとクリームと果物が木の床板の上に散っている。セバスチャンはさっと腰をかがめてスプーンを拾いあげ、指の関節が白く浮きでるほど強く握りしめながら、テーブルのほうを向いた。顔は紅潮し、金色の目は大きく見開かれている。

「大変失礼いたしました」あわてて言う。「お話の邪魔をして申し訳ございません。わたくしのことは気になさらず、どうぞおつづけください。すぐにデザートをお出しして、床をきれいにいたします」

「こんなにきれいな女性が同じ部屋にいるのに、気にしないわけにはいかないよ」レオが愛《あい》嬌《きょう》たっぷりの笑みを浮かべ、口もとから白い歯をのぞかせた。「あなたがいることに、いままで気づかなくて申し訳なかった。みんな目がおかしくなっていたのかもしれません」ローレンスがレオとそっくりの笑顔を向けた。「そのとおり。それに、あなたが話を中断してくれてちょうどよかった。政治や戦争などの暗い話は、そろそろ終わりにしたかったんでね。なにしろ今夜はパーティなんだから」

セバスチャンはなにも言わず、ほんの少し脇へよけた。ジャスパーとライルズがやってきて、雑巾で床をふきはじめた。ストーが新しいスプーンをとりに行こうと、部屋の反対側にある銀器のはいった棚に向かった。

「ほらね」レオが言った。「なにも問題はありませんよ。デザートが床に落ちたら、ふけばいいだけのことだ。そうだろう、ドレーク」

ドレークは彼女から目が離せなかった。その頬がうっすら赤く染まり、やわらかなイチゴのような唇が困惑で開いているのを見ながら、心臓が激しく打つのを感じた。「ああ」そうつぶやいた。「なにも問題はない」

左の席にすわったケイドが、いぶかるようなまなざしでこちらをじっと見つめ、栗色の眉を片方吊りあげているのが視界の隅に映った。

ドレークはそれを無視して視線を落とすと、ブランデーのはいったグラスにふたたび手を伸ばし、酒が胸の鼓動をなだめてくれるのを祈った。

「レオとローレンスはわれわれより先に、あなたに会ったようですね……ミセス・グリーンウェイでしたっけ？」エドワードが青い瞳を好奇心で輝かせて言った。

「はい、閣下《マイ・ロード》。はじめまして」ひざを深々と曲げ、驚くほど優雅にお辞儀をした。

エドワードは微笑んだ。

その瞬間、ドレークは自分がアンをみんなに紹介したくないと思っていることに気づいた。彼女にばつの悪い思いをさせられたからではない。自分だけのものにしておきたかったのだ。これまではある意味で、アン・グリーンウェイは自分だけのものだった。もちろん双子の弟たちは別だ。意外なことに、レオとローレンスは彼女のことを家族の誰にも話していなかったらしい。だがこうなったら、紹介せざるをえないだろう。

「紹介しよう」ドレークはぶっきらぼうに言った。「こちらは新しい女中頭のミセス・アン・グリーンウェイ。数週間前から働いてもらっているが、とても優秀だ」

「見ればわかるよ」ハウランド卿が言った。

「うちにもこんな女中頭がいたらいいのに」フェイバーシャムが小声でつけくわえた。

ドレークはあごをこわばらせ、なれなれしい口をきくなと言いたい気持ちを抑えた。「ミセス・グリーンウェイ、紹介させてくれ」

セバスチャンは両手を握りあわせてスカートに押しつけた。「いいえ、そんな、結構ですわ」

「いいから」

そのときドレークはどういうわけか、アン・グリーンウェイに家族のこと――ここには男の家族しかいないが――を知ってほしくなった。だが友人たちは……。

「左から順に紹介する。こちらが兄のケイド」

ケイドはまだいぶかしげな表情を浮かべたまま、会釈をした。

「レオポルドとローレンスのことは知っているだろう」

双子はうりふたつの笑顔でセバスチャンを見た。

「その隣りにいるのが、義弟のアダムことグレシャム伯爵だ」

アダムは愛想よく微笑んで会釈した。

「それから、友人のハウランド卿とミスター・フェイバーシャム」

ドレークはふたりに口を開く暇を与えずに紹介をつづけた。

「その隣りが、長兄のエドワードことクライボーン公爵だ。わたしにはもうひとり兄がいるが、いまは妻と子どもたちと一緒に田舎に滞在しているんだ。ほかにも妹がふたりいる」

どうしてここにいない妹たちのことまで口にしたのか、ドレークは自分でもわからなかった。

「閣下《ユア・グレイス》」セバスチャンはエドワードのほうを向き、小声で言った。「先ほどは失礼いたしました。どなたか存じませんでしたので」

エドワードは柔和な目で彼女を見た。「いいんだ。むしろ、自分が公爵であることを相手にすぐに知られないほうが、気が楽なときもある」

セバスチャンは丁寧に会釈した。

それから背筋をまっすぐに伸ばした。赤くなった頬もいつもの色に戻り、ダイニングテーブルについた人びとの顔をながめている。「皆様にお目にかかれて光栄です」教育を受け、作法を身につけたレディさながらに落ち着いた口調で言った。「ご紹介くださってありがとうございました、ドレーク卿。さて、ミスター・ストーが新しいスプーンを用意してくれたようです。そろそろデザートをお出ししてもよろしいでしょうか」

みながうれしそうに同意した。

ケイドがドレークに身を寄せてささやいた。「お前の抱えている問題がわかったぞ。とてもきれいじゃないか」

ドレークはブランデーを口に運んだ。「彼女は女中頭だ。それ以上でも、それ以下でもない」

ケイドはなにも言わず、おいしそうなトライフルが配られると、フォークを手にとった。

ドレークもそれにならい、トライフルを食べた。

数時間後、セバスチャンはあくびを噛み殺しながら、使用人用の階段をのぼって一階へ向かった。少し前に時計が二時を打った。給仕は執事のストーが取り仕切ったが、セバスチャンも晩餐のあいだじゅう何度も階段をのぼりおりして、次から次へと用事をこなした。でもありがたいことに、ようやく晩餐会は終わり、最後まで残っていた紳士も帰っていった。これで使用人たちも一日の仕事を終え、床に就くことができる。セバスチャンは部屋が片づいてきれいになっているか、最後にもう一度確認してから自室へ下がるつもりだった。

ところがダイニングルームに足を踏みいれた瞬間、スプーンを床に落としたときのことを思いだし、困惑と恐怖の入り交じった感情がよみがえってきた。

手の込んだデザートを作るのは、女中頭であるセバスチャンの仕事だった。もしミスター・ストーとミセス・トレンブルが、せっかく作ったのだから自分で持っていって腕前を披露するべきだなどと言わなければ、あんなことは起きなかっただろう。ダイニングルームへ行くことも、誰だか知らないが、スパイ容疑で投獄されている女性の話を耳にすることも、その直後に失態を演じて注目を浴びることもなかった。

胃がねじれる感覚に襲われると同時に、全身に悪寒が走った。

〝祖国を売った罰はきっちり受けるべきだ。女だろうがなんだろうが、絞首台に送らなければならない〟

そのことばを聞いたとき、指先から感覚が失われ、スプーンが床にすべり落ちた。なんとかとっさにその場を取りつくろい、様子がおかしいことを誰にも気づかれずにすんだ。でももし、真実を知られたらどうなっていただろう。みんな優しいことばで慰める代わりに、冷酷な顔を見せていただろうか。あのなかの誰かがわたしの正体に気づいたら、やはり投獄しようとしただろうか？

それがドレークならどうだっただろう。

セバスチャンは吐き気を覚えたが、それは不安と恐怖だけでなく、悲しみのせいでもあった。どんなに忘れようと努力しても、ドレーク・バイロンへの愛を消すことができない。自分がほんとうは何者であるかを知られたら、軽蔑されるに決まっているのに、それでもあの人を愛している。

わたしの本名はセバスチャン・デュモン。

フランス軍騎兵の妻。

貧しいフランス人数学者の娘。父は貴族の家に生まれたが、革命中の恐怖政治から逃れるために祖国フランスを捨てた。長い歳月をイギリスで過ごしたのち、フランスへ戻ったものの、皇帝ナポレオンの狡猾《こうかつ》な計画の犠牲になった。

イギリスの郷士《スクワイア》の娘の長女。母は家族の猛反対を押し切り、勘当されてまで愛する男性と結婚した。

ふたりの少年の姉。弟たちの若さと命を、この憎むべき戦争が奪わなければ、ふたりともいずれ立派な青年に成長するだろう。

そして自分もまた、母と同じように許されない相手を愛してしまった。だが母《ママン》には希望があったが、自分にはない。母とちがって嘘つきのスパイなのだから、ドレーク・バイロンと結ばれることなど望むべくもない。

セバスチャンは目の前の仕事に集中するのだと自分に言い聞かせ、ダイニングルームのなかを見てまわり、何本か燃え残っていたろうそくを吹き消した。それから廊下に出て階段へ向かった。階段をのぼろうとしたそのとき、図書室からかすかな明かりがもれているのに気づいた。

従僕が消し忘れたのだろうか。念のため確認しておこうと思い、廊下を進んで図書室のドアをあけ、なかにはいった。

室内には一見、誰もいないようだった。ずらりと本がならんだ広い部屋のかぎられた一画を、一本の大きなろうそくが照らしている。革と羊皮紙とインクのにおいに混じり、ブランデーのにおいがする。そしてそこにはもうひとつ、さわやかでありながら官能的な男性のにおいが混じっていた。

「閣下」セバスチャンはめまいを覚えた。ドレークが革の肘掛け椅子にすわり、酒のはいったグラスをぼんやりと揺らしている。「申し訳ありません。いらっしゃると知らなかったものですから」

ドレークは長いあいだなにも言わず、とろんとした目でセバスチャンをながめていた。けだるそうにグラスを口に運んで中身を飲む。「今夜も遅くまで起きているんだね」ゆっくりと言った。「みんなのなかで、いつも寝るのは最後だ」

セバスチャンは眉根を寄せた。「いいえ、いつもではありません。屋敷のなかを確認していただけです」

「それは執事と従僕の仕事だろう」

セバスチャンは両手を握りあわせ、挑発に乗らないようにしなければと思った。兄弟や友人が訪ねてきたというのに、彼はあきらかに機嫌が悪い。というより、いつも冷静で論理的なドレーク――ドレーク卿――が、感情をあらわにしているのを見るのははじめてだ。今夜は……澄んだ緑の目に荒々しい光が宿っている。

「ええ、屋敷の戸締まりを確認するのはミスター・ストーと従僕です」セバスチャンはおだやかな口調で言った。「わたしはただ、部屋がきれいに片づいているかどうかを確かめていただけです。明かりが見えたので来てみました。ろうそくを消し忘れたのかと心配になりまして」

「見てのとおり、心配することはない」ドレークは琥珀色の液体のはいったグラスを揺らし、また口に運んだ。

やはり不機嫌そのものだ。

「ではこれで失礼いたします。おやすみなさい、閣下」セバスチャンはきびすを返してドアに向かいかけたが、ドレークのことばに足を止めた。

「閣下か」あざわらうような口調だった。「やけに他人行儀だな。だが節度を保つため、他人行儀にならざるをえないことはわかっているよ。それでもあの夜、ぼくのベッドに横たわってぼくの名前を呼んでいたきみは、そんなによそよそしくなかった」

セバスチャンははっと息を呑み、肩をこわばらせた。しばらくしてようやく口を開いた。

「今夜はご気分がすぐれないようですから、いまのことばは聞かなかったことにしておきます」

「気分がすぐれないとは？」ドレークはうなるように言った。

「酔っていらっしゃるということです。わたしはそろそろ――」

「だめだ」ドレークはグラスを乱暴に置いて立ちあがった。「でもきみの言うことは当たっている。そうだ、ぼくは酔っている。酒は頭を混乱させるから、度を越して飲むことはめったにないのに」

ドレークは早足で何歩か前へ進み、セバスチャンの体を抱き寄せた。「きみもぼくの心を混乱させている。いくら努力しても、きみを頭から追いだすことができない。きみの肌の感触、甘い唇の味が忘れられないんだ」

セバスチャンはドレークの胸に両手を当てて、弱々しく押した。心臓が激しく打っている。

「ドレーク、だめよ」

「どうしてだ？」ドレークは言い、セバスチャンをさらに強く抱きしめた。「あの夜はよかったのに、どうしていまはだめなんだ。きみはあのとき悦びを感じていた。たしかに翌日、ぼくの申し出を断わったが、ベッドでのきみの反応は本物だった。あれほどの悦びを演技で表現できる女性はいない」

「ええ、演技なんかじゃないわ」セバスチャンは小声で言った。「ただ、わたしたちは二度と抱きあうわけにいかないのよ」

「納得できない」ドレークは言った。「ぼくたちのあいだにあるものがなんであり、それがどれだけ常軌を逸しているとしても、あれきりで終わらせるなんてできない」

ドレークはいきなり唇を重ね、荒々しく濃密なキスをした。セバスチャンは抵抗するべきだとわかっていた。理性の命じるとおり、いますぐ彼を押しのけなければ。でも、なんて素敵な感触なのだろう。ずっとこうして抱きあって、ブランデーのにおいのするキスに酔いしれていられたなら。この温かく力強い体に、手足をからませたい。

だがそれはできない。

してはいけないのだ。

自分はもうすぐ彼のもとを立ち去る運命にあるのだから。

セバスチャンは体を離そうとしたが、夢のようにすばらしいキスに、情熱の炎は燃えあがる一方だった。こんなに彼を求めているのに、理性の告げることがなんだというのだろう。

唇を触れあわせただけで歓喜に打ち震え、熱い抱擁を受けて体がとろけそうになっているのに、どうしてやめなければならないのか。

このままなにもかも忘れて愛しあいたい。

そのときとつぜん、ドレークがキスをやめた。何マイルも走ったかのように荒い息をしている。抱きしめる力をゆるめたものの、どうしても放したくないのか、腕はセバスチャンの背中にまわしたままだった。

「許してくれ。ぼくはひどい男だ」胸を大きく上下させながら、声を絞りだすように言った。「酔っぱらってなかば正気を失い、きみの気持ちも考えずに、欲望の命じるままに動いてしまった。きみはぼくのものにはならないと、はっきり言った。だからぼくにこんなことをする権利はない。いくらきみが欲しくても、主人と使用人の関係に戻るという約束を守るべきだった」ドレークは自分を責めるような表情を浮かべた。「許してほしい。後悔している」

腕の力をさらにゆるめて、背筋を伸ばそうとした。だがドレークが後ろに下がる前に、セバスチャンがその頬に手のひらを当てた。

「わたしは後悔していないわ」夏の嵐のように激しく心臓が打つのを感じながら、小声で言った。彼はいま、自分たちの情事をきっぱり終わらせようとしている。欲望を抑えて、あきらめようとしているのだ。

でもセバスチャンにはそれができなかった。

愚かなことだとわかっていても、自分を抑えられない。ドレークが欲しくてたまらない。彼への愛で胸が張り裂けそうだ。

その瞬間、セバスチャンはかろうじて残っていた理性を捨てた。一緒に過ごせる時間はあまりにかぎられている。この欺瞞《ぎまん》に満ちた芝居が終わったとき、ドレークはどのみちわたしを憎むだろう。いまここで身を引こうとも、いずれ深く傷つくのは同じことだ。だとしたら、お互いの欲望にしたがって情熱的なひとときを過ごすことをためらう理由はない。ずっと忘れられない、はかなくも幸せなひとときを。

「いまなんて?」ドレークはかすれた声で訊いた。

「わたしは後悔していない、と言ったのよ」セバスチャンは迷いのない口調で言った。「あなたが欲しい、ドレーク・バイロン。女という生き物は気持ちがころころ変わるの。さあ、早くキスしてちょうだい。それとも、わたしに懇願させるつもり?」

ドレークは一瞬、信じられないという顔をしたが、やがて大きく口もとをほころばせた。ふたたび腕に力を込めてセバスチャンをぎゅっと抱きしめる。「女性の頼みを断わったりはしないさ。でもきみに懇願されるのも悪くないな。考えておこう」

セバスチャンにそのことばの意味を考える暇を与えず、ドレークは彼女を抱えて唇を重ねた。

17

ドレークは最初、自分が聞きまちがえたのか、あるいは泥酔して現実と夢の区別もつかなくなっているのかと思った。

だが彼女はまぎれもなくこの腕のなかにいる。

熱くとろけるようなキスをされ、つま先までしびれそうだ。

心から欲しかったものが手にはいったのに、これが現実かどうかなど、どうでもいいことではないか。

自分の腕に抱かれて、アンが唇と舌を動かしている。

ドレークは身震いし、下半身が反応するのを感じた。セバスチャンのヒップを手で包んで手前に引き寄せ、硬くなったものを押しつけた。彼女はとまどうどころか、ドレークの背中にまわした腕にぐっと力を入れ、大きく円を描くようにその肩や背中をなでた。

やがてドレークは、それだけでは満足できなくなった。

ふたりのあいだを服が邪魔し、肌と肌を直接触れあわせることができない。

激しいキスをつづけたまま、セバスチャンを抱きかかえて大またに三歩進んだ。茶色いクッション張りのソファにそっと彼女を横たえる。背もたれがふつうのソファの半分しかないことが、今夜はありがたかった。

隣りに横たわって秋色をした長い髪に手を差しこむと、ピンが次々にはずれて落ちた。つややかな髪をひと房手にとって顔をうずめ、うっとりするにおいを吸いこむ。そしてそれを手首に巻きつけて、そっと優しく彼女の顔をあげさせ、のどにくちづけた。

笑みを浮かべながらあごの下に唇と舌をはわせ、次に頬やこめかみ、耳にキスの雨をふらせた。軽く息を吹きかけると、彼女の体が震えるのが伝わってきた。華奢な手が上着とベストの下にはいってきて、ドレークはうめき声をあげた。

耳たぶを軽く噛むと、彼女があえいで身をよじった。今度は舌の先で耳から首筋にかけて濡れた線を描いて、そこにも息を吹きかけ、セバスチャンを激しく身震いさせた。ほっそりしたうなじに鼻を押し当てたあと、甘く濃厚なキスをした。

セバスチャンも同じ情熱で応えようと、ドレークのズボンのウェストバンドからなかに手を入れた。素肌に触れられて、ドレークの背中が弓なりにそった。彼女の指が背骨のつけ根を、それから臀部《でんぶ》の上のほうをなでている。直接手のひらで包まれたように、男性の部分がずきりとうずいた。

ああ、頭がどうにかなってしまいそうだ。

でもすでに彼女への欲望で、なかば正気を失っている。ここまで来たら、行くところまで行くまでだ。

ドレークは上体を起こして上着を脱ぎ、床へほうりなげた。次にベストとタイも投げ捨てた。セバスチャンは金色の瞳を輝かせながら、彼がつづけてシャツを脱いで床にほうるのを見ていた。

彼女が裸の胸に手を当てると、ドレークの体がかっと火照った。まぶたを閉じ、華奢な手が肌の上をすべる感触を堪能した。

アンが体のあちこちをなでている。

全身が炎に包まれていく。

まるで責め苦を受けているようだ。

そう、彼女はこちらをさいなんでいる。そのとき乳首を爪で軽くはじかれ、ドレークははっと息を呑んだ。思わず目をあけ、うめき声をあげた。

「このお礼はさせてもらうよ」ドレークは警告するように言った。

セバスチャンはなまめかしい笑みを浮かべた。「期待しているわ、閣下」

「ドレークだ。抱きあっているとき、ぼくはドレークできみはアンだ」

ふいに彼女の顔に深刻な表情が浮かび、ドレークは不思議に思った。だがすぐにその表情は消え、まるで永遠にそのかたちを記憶にとどめておこうとするかのように、両手で大きく彼の胸や腕や肩をなではじめた。

「きみだけ服を着すぎている。不公平だ」ドレークは言い、上品な紺のドレスのボタンをはずしはじめた。「ぼくが脱がせてあげよう」

それまで大胆だった彼女が、ふいに気恥ずかしそうな表情を浮かべてささやいた。「上へ行ったほうがいいんじゃないかしら」

ドレークは即座に首を横にふった。寝室へ行くまで待てない。それに、途中で彼女の気が変わらないともかぎらない。

「いや」かすれた声で言った。「ここで抱きたい。いますぐに」そしてセバスチャンの唇がしっとり赤く濡れるまでくちづけた。

セバスチャンはまぶたを閉じ、ドレークの腕のなかで体を震わせた。「せめてドアを閉めたほうがいいわ」

そのときはじめてドレークは、図書室のドアが半開きになっていることに気づいた。熱い抱擁に夢中になるあまり、周囲のことをすっかり忘れていた。

さっと体を起こし、ドアに鍵をかけてからソファのところに戻った。使用人はおそらく全員寝ているだろうが、これで誰にも見つかる心配はない。

「もうだいじょうぶだ。さあ、立って」

セバスチャンは目を丸くしたが、一瞬ためらったのち、言われたとおりにした。

ドレークは慣れた手つきで、てきぱきと服を脱がせはじめた。シュミーズ一枚になり、セバスチャンはふいに気後れを覚えた。ドレークが彼女を抱きしめて唇を重ねた。ゆっくりとじらすようなキスをすると、セバスチャンののどからせつなそうな声がもれた。

胸もとに小さく蝶結びされたひもをほどき、ドレークは綿のシュミーズの前を開いた。ひもを軽く引いただけで、下着は腰まで落ちた。彼女の肌を両手でなでながら、シュミーズを少しずつ脱がせると、足もとに布の塊ができた。ドレークは一歩後ろに下がり、美しい裸体をしげしげとながめた。

「とてもきれいだ」片方の胸を手で包む。「完璧だ」

そう言うと温かな乳房を口に含んで舌をはわせた。ひざをついて心ゆくまで女らしい肌を味わっていると、彼女の体から力が抜けるのが伝わってきた。

セバスチャンは、自分がどうしてまだ立っていられるのか不思議だった。ドレークが支えてくれていなければ、とっくにひざが崩れて床に倒れていただろう。でも彼の腕にしっかり抱かれ、とろけるような愛撫を受けて自分の名前すら思いだせなくなっている。

ああ、なんて素敵なの。

彼のすることのすべてが夢のようだ。

触れられた部分が溶けていく。

体が自分の言うことを聞かず、ドレークのこと、そしてふたりで過ごすこのひとときのことしか考えられない。

セバスチャンはドレークの栗色の髪に手を差しこんだ。頭をなでながら、その顔を自分のほうに引き寄せた。彼の舌と唇と歯が、左右の乳房のとがった先端を交互にもてあそんでいる。もうこれ以上、耐えられない。セバスチャンの脚が震え、唇から熱に浮かされたような声がもれた。

気がつくといつのまにか、また羽毛のやわらかなソファに横たえられていた。だがそのことについて考える間もなく、敏感になった乳首をそっと軽く嚙まれ、次に強く吸われた。衝撃が全身を貫いた。

セバスチャンは歓喜の叫びをあげた。のどと手首とこめかみで脈が激しく打っている。ドレークは彼女の脚を開かせて、二本の指を熱く濡れた部分に入れた。セバスチャンはまたしても声をあげた。反射的に太ももを閉じたが、そのせいでかえって彼を深く迎えいれることになった。ドレークは乳房を口に含んだまま微笑み、唇と指を容赦なく同時に動かした。セバスチャンは知らず知らずのうちに、大きく脚を開いていた。

彼の指が秘められた部分をじっくりとなでている。まるで天国にいるようだ。

それとも地獄だろうか。

どちらにいるにしても、このエロティックな拷問に、もう一秒も耐えられそうにない。そしてこの悦びなしには、もう一秒も生きていけそうにない。

そのときドレークが禁断の場所をさすり、もう片方の手と舌で同時に乳房を愛撫した。セバスチャンはまわりの世界が砕け散っていく感覚にとらわれた。すすり泣くような声が聞こえたが、それが自分のものであることにもほとんど気がつかなかった。歓喜が波となって押し寄せ、彼女を呑みこんでいく。

視界が暗くなり、全身が燃えるように熱くなった。セバスチャンはぐったりして目を閉じ、快楽の波間をただよった。

だがドレークはそれで終わらせはしなかった。両手で頬からのど、胸から腹部、太ももからふくらはぎまでなでおろした。彼が立ちあがると、ひんやりした空気が肌に触れてセバスチャンはぞくぞくした。ぼんやりした頭のどこかで、ドレークが残った服を脱ぐ音を聞いていた。

しばらくして目をあけると、ろうそくの光に浮かびあがる彼の姿が見えた。長身で筋肉質でしなやかで、いままで生きてきてこれほど美しいものは見たことがない。くたくたに疲れてはいたものの、どうしても触れたくて手を伸ばした。

引き締まった胸からはじめて、がっしりした脚をなで、それから手を上へ進めて腰骨と平らな腹部に触れた。股間から突きでたものが、愛撫をせがむようにぴくりと動くのが見えた。だがセバスチャンはそれを無視し、臀部や太ももに手をすべらせた。

ドレークがうめき声をあげ、体の脇におろした手をこぶしに握った。それでもじらすような彼女の愛撫を止めようとはせず、官能的なおしおきにじっと耐えた。セバスチャンの予想よりもずっと長くそのままの姿勢を保っていたが、緑色の瞳が激しい欲望で輝いているのが見えた。

セバスチャンの体にも熱い血が駆けめぐり、情熱の炎がじわじわと燃えあがってきた。呼吸が速くなって口のなかも渇いている。

しばらくしてセバスチャンはとうとう相手をじらすのをやめ、硬く大きなものを手のひらで包んだ。ベルベットのようにすべすべした男性の部分が、手のなかで力強く脈動するのを感じ、自然に唇が開いた。ゆっくりと上下にさすると、ドレークがうめいた。

「そこまでだ」かすれ声で言い、手首をつかんで離した。

そしていきなりセバスチャンの太ももを手とひざで開かせ、一気に腰を沈めた。彼女の体は充分準備ができていたが、それでも一瞬、抵抗を感じた。だがすぐに、彼を深く迎えいれた。セバスチャンは恍惚とし、ドレークのすべてを受けいれた。

体を深く貫く彼の動きに合わせ、夢中で腰を動かした。腕と脚を背中にからめ、悲鳴にも似た喜悦の声をあげた。ドレークが唇を重ねてその声を呑みこむ。お互いの心も体も、激しく揺さぶられている。

セバスチャンは目をぎゅっと閉じ、ドレークが与えてくれる快楽にすべてをゆだねた。肌に汗がにじみ、頭がぼうっとしている。このままでは快感のあまり、心臓が止まってしまいそうだ。そのとき天上にいるような悦びが全身を貫き、思考が停止した。体が自分のものではないように震え、頭が真っ白になった。

まもなくドレークも身を震わせながら絶頂に達し、温かいものを彼女のなかにそそぎこんだ。

まだ快楽の余韻に酔いながら、セバスチャンは必死で彼にしがみついた。ドレークを愛している。この腕にいつまでも抱かれていたい。彼が優しくキスをし、ふたりはなにものにも邪魔をされることのない、幸福と安らぎに包まれた。

18

　セバスチャンははっと目を覚ました。

　自分が図書室のソファに横たわっていることが、すぐにはわからなかった。ドレークの上に寝そべり、裸の手足をからませている。愛しあったあと、ドレークは仰向けになってわたしを上に乗せ、ベッド代わりになったのだろう。

　とても寝心地のいいベッドだ。安定していてなめらかで、うっとりするほど温かい。

　顔をあげると、こちらを見ている緑の瞳とぶつかった。もしかして、ずっと起きていたのだろうか。

「いま何時？」セバスチャンは小声で訊いた。

「三時を少し過ぎたところだ」ドレークは低くかすれた声で答えた。

　セバスチャンはため息が出そうになるのをこらえた。そろそろ起きて服を着たほうがいい。使用人はみんな夜明けとともに起きるので、誰にも見られないうちに部屋に戻らなければならない。「行かなくちゃ」

背中にまわしたドレークの腕に力がはいった。「だいじょうぶ。まだ時間はある」

セバスチャンは首をふった。「もう遅すぎるぐらいよ。これ以上ここにいたら、誰かが起きてきて、わたしが部屋にいないことに気づくかもしれない。ベッドを使った形跡がないことにも」

「心配はいらない。昨夜はパーティで忙しかったから、今朝は遅くまで寝ていていいとみんなに言っただろう?」

セバスチャンは眉根を寄せた。たしかにそうだった。パーティの後片づけが終わると、ミスター・ストーが使用人用の食堂へやってきて、そのことを伝えたのだった。それを聞いてみんなが喜んだのを覚えている。「それでも、眠らなくちゃ——」

「ほんの数分前まで、ここでぐっすり眠っていたじゃないか」ドレークが髪をなで、セバスチャンの肌をぞくりとさせた。それからヒップに指をはわせた。

セバスチャンは体を離そうとした。「このままここにいたら、ふたりとももう眠れないわ」

ドレークの顔にゆっくりと笑みが広がった。「そうかな」彼女を抱き寄せてそっとくちづけた。セバスチャンの唇がしっとり濡れてうずいたが、体のほかの部分も同じだった。

ドレークの股間が硬くなったのがわかった。

セバスチャンはドレークと自分の体のあいだに腕を入れ、起きあがろうとした。「ここにはいられないわ」

「わかった。じゃあぼくの部屋に行こう」ドレークはキスの合間に言った。「つづきはベッドですればいい」

「だめよ。わたしがいるところをワックスマンに見られたら――」

「前回はだいじょうぶだった」

「ええ、でもあのときはたまたま運がよかっただけよ。今回もそうだとはかぎらないわ。さあ、放してちょうだい、閣下」

「ドレークだ」

「ド、ドレーク、困らせないで」

「困らせているつもりはない」ドレークはセバスチャンの髪に手を差しこんだ。「どうしてそんなにびくびくしているんだ？　どうせいつかみんなにも知られるだろう。きみはこの屋敷を出ていくんだから」

セバスチャンの心臓の鼓動が乱れた。自分がここを出ていくつもりであることを、ドレークは知っているのだろうか。どうして？

「ハーフムーン・ストリートの屋敷はどうかと思ったんだが」ドレークはつづけた。「少し遠すぎるかな」

セバスチャンはほっとした。ドレークはまだなにも気づいていない。

「きみには近くにいてもらいたいんだ。すぐそばに」

「わたしはいま、こうしてあなたのそばにいるわ。ドレーク、また愛人の話をしているの？」

ドレークはセバスチャンの背骨のつけ根で手を止めた。「きみはもうぼくの愛人じゃないか。二度もこうして愛しあったんだから、当然のことだろう。それとも、またいやだと言うつもりかい」

セバスチャンは体を起こした。

今回はドレークもそれを止めなかった。

セバスチャンは立ちあがり、シュミーズを拾いあげて頭からかぶった。ドレークの顔を見ると、漆黒の闇のように暗く険しい表情が浮かんでいた。「あなたのそばにいたいわ」はっきりと言った。「でも、囲われるのはいやよ」

「なぜだ」ドレークはさらに顔をしかめた。「ヴァネッサのせいかい？」

なるほど、それが愛人の名前なのね。セバスチャンは胸のうちでつぶやき、こみあげる嫉妬で胃が焼けそうになるのをこらえた。

「もしそうだとしたら」ドレークはことばを継いだ。「気をもむ必要はない。彼女には別れを告げて、ちゃんと関係を終わらせた。というよりも、ヴァネッサとの関係は数週間前から破綻していたんだ。きみに出会ったときから」

セバスチャンは疑わしげに片方の眉をあげた。

「わかったよ。たしかにきみがここに来てからも、一度だけ彼女と会った。でも一度きりだ。しかもそれは、きみが欲しいのに手に入れられなかったからだ。ほんとうのことを言うと、面接ではじめて会った日から、きみのことがずっと欲しかった」

セバスチャンははっとした。「それなのにわたしを雇ったの?」

ドレークは肩をすくめた。「女中頭が必要だったし、欲望を抑えられると思ったのさ」セバスチャンの手をとり、唇に押し当てた。「だができなかった」

セバスチャンは息を呑み、心臓が痛いほど激しく打つのを感じた。

「愛人じゃないなら、きみはぼくのなんになるんだ?」ドレークはセバスチャンの手を自分の頬に当てた。伸びはじめたひげで、少しざらざらしている。

「恋人よ」セバスチャンはささやいた。「でも誰にも内緒にして。仕事は辞めたくないの」

ドレークは眉をひそめた。「もっといい暮らしができるのに? 贅沢で楽しい生活を約束するよ」

「使用人には誇りがあるし、評判に傷をつけずに立ち去ることもできるわ。でも愛人は……」セバスチャンのことばは尻すぼみになった。愛人になりたくないのには、任務の遂行もさることながら、それよりずっと大きな理由があることに気づいた。愛する男性をだますという、いまわしい任務以上の理由が。

たとえ置かれている状況がちがっても、セバスチャンはやはり愛人になることを断わっていただろう。たしかに心惹かれる魅力的な申し出だが、自分は誰かの所有物ではないし、金銭で買われたくもない。誰になにを捧《ささ》げるかを決めるのは、自分の意思だ――愛も含めて。

「恋人どうしになりましょう」セバスチャンは言った。「それでいいかしら」

ドレークは一瞬、反論したそうな顔をしたが、やがてうなずいた。「贅沢な暮らしをさせてやりたいが、きみがそう望むならしかたがない」セバスチャンのウェストに両手をかけて抱き寄せた。「さあ、キスしてくれ」

セバスチャンは急に息が浅くなるのを感じながら、腰をかがめてドレークにくちづけた。彼の髪に手を差しこんで頭を支え、甘く情熱的なキスをする。

それからどれくらいの時間がたったころか、ようやく上体を起こすと、ひざががくがく震えていた。「寝室に行って寝なくちゃ」ドレークだけでなく、自分自身にも言い聞かせた。

「そうだな」ドレークは腕を伸ばし、床に落としたズボンを拾いあげた。「たしかにそのほうがいい」ズボンを穿いてボタンをかけた。「ぼくがきみの寝室へ行くよりも、きみがぼくの部屋へ来たほうがいいな」

セバスチャンは服のしわを伸ばしていた手を止めた。「どちらもできないわ。少なくとも今夜は」

「できるさ。誰かが起きてくるまで、まだ数時間ある。きみと一緒にいたいんだ」

「でも――」

「でも、はもうなしだ。さあ、ぼくの部屋ときみの部屋のどちらがいい？」

セバスチャンは服の生地を握りしめた。「眠らなくちゃ」

「じゃあ一緒に眠ろう」

セバスチャンはけげんそうな顔でドレークを見た。「仮にそのことばを信じるとしても、寝過ごしたらどうするの？」

「まかせてくれ。ぼくはいつも決めた時間きっかりに目が覚める。それでも心配だと言うなら、目覚まし時計をかければいい」

やめたほうがいいとわかっていながらも、セバスチャンはドレークの顔を見つめて迷った。

「あなたって強引な人ね」

ドレークの唇の端が片方あがった。「強引じゃないと誰が言った？」

「それに頑固だわ」

「それは認めるよ。さあ、行こう。貴重な時間がもったいない」

たしかに時間がもったいない。自分も彼と一緒にいることを望んでいる。いまはその気持ちに素直にしたがおう。セバスチャンはコルセットに手を伸ばした。

「それは着けなくてもいい」ドレークがそれを止めた。「ドレスだけ着て、コルセットは持っていけばいいさ」

「でも誰かに見られたら？」

「見られる心配はない。みんなとっくに寝ている」ドレークはシャツを頭からかぶると、ベストを拾いあげて肩にかけた。そしてセバスチャンの目をまっすぐ見つめ、手を差しだした。

これから待っている至福のときには、危険を冒すだけの価値がある。セバスチャンはその手に自分の手を重ねた。

ドレークは約束どおり、セバスチャンを寝かせてくれた。

誰にも見られずに寝室にたどりつくと、ふたりはふたたび服を脱ぎ、やわらかなシーツのあいだにもぐりこんだ。股間が硬くなっているのはあきらかだったが、ドレークはセバスチャンを抱き寄せ、シーツをあごまで引きあげて目を閉じた。セバスチャンもすぐにうとうとしはじめた。

明け方に起こしてくれるというもうひとつの約束を信じて、ぐっすり眠った。夢を見ていると、やがて体にぞくぞくした感覚を覚え、眠りの世界から徐々に引き戻された。

セバスチャンは寝返りを打って横向きになった。そのときドレークが両手で体をなでていることに気づいた。胸から腹部、脚へとなでおろし、また上へ戻る。手を動かしながら、首筋や肩や背中にくちづけている。

セバスチャンは身もだえし、脚のあいだに熱いものがあふれるのを感じた。

こんなこと約束にないわ。心のなかでつぶやきながらも、押し寄せる快感に陶然とした。

すぐに自分の部屋へ戻らなくてはいけないのに。

「い——いま何時?」吐息交じりの声で訊いた。

「もうすぐ夜明けだ」ドレークはかすれた声で答えた。「きみをきちんと目覚めさせてやろうと思ってね」

だがドレークの〝きちんと〟目覚めさせる方法は、セバスチャンが思っていたのとはちがっていた。太もものあいだに脚を入れられ、セバスチャンはあえぎ声をもらした。

後ろから一気に深く貫かれると、上掛けをぐっとつかんだ。彼が力強くこちらの体を突いている。ドレークは彼女に二度絶頂を味わわせた。セバスチャンは枕に顔をうずめ、くぐもった歓喜の叫び声をあげた。それからドレークもクライマックスを迎えた。

セバスチャンはぐったりして横たわり、もう動けそうにないと思った。

「おはよう、いとしいアン」ドレークは言い、頬と首筋にくちづけてから仰向けになった。

「きみと一緒に目覚めるのは楽しいな。ほんとうに自分の部屋に戻るのかい?」

そのことばに、セバスチャンはぱっちり目をあけた。

戻る?

もうすぐ一日がはじまることを思いだし、うめき声をあげた。情熱的ですばらしい愛の営みに夢中になり、長い一日が待っていることをすっかり忘れていた。

セバスチャンはまばたきをし、疲れた体に鞭打《むちう》って起きあがった。「ああ、なんてことをしてくれたの」かぼそい声で抗議した。

そしてどうして自分は、彼にそれを許してしまったのだろう。でもドレークはこちらがまだ眠っていて抵抗もできないうちに、快楽の世界へひきずりこんだのだ。とはいえ、眠っていようが起きていようが、彼のすばらしい愛の技術《ラルダムール》にはいつだって抵抗できない。

「なにをしたか、よくわかっているくせに」ドレークはにやりとした。とびきりおいしいネズミをたいらげたばかりの猫を思わせる表情だ。手を伸ばし、セバスチャンのふくらはぎや太ももをゆっくりとさすった。

セバスチャンはその手をはらった。「ええ、わかってるわ。でも、あなたはわたしを起こしてくれるはずじゃなかったの？　その――あんなことじゃなくて……」

「きみを抱くんじゃなくて？」ドレークの笑みがますます大きくなった。「だが気持ちよかっただろう」

セバスチャンは眉根を寄せ、肌をかすかに赤らめた。「ええ。でも問題はそのことじゃないわ」

「どうしてかな。きみはこうして目を覚ましているじゃないか」

「そうだけど、でも――」

「約束どおり起こしてあげたのに、どうしてそんなに不機嫌なんだ」ドレークは悪びれた様子もなく、腕を枕代わりにすると、刈ったばかりの芝生のような色の瞳でセバスチャンを見た。

「こんなにくたくたなのに、これから長い一日がはじまるのよ」そう言ったとたん、あくびが出て目に涙がにじんだ。「ドレーク卿、あなたとちがって、わたしは一日じゅうベッドで寝ていられる身分じゃないの」

ドレークは真顔になった。「寝ていればいい。メイドの誰かに、体調が悪いから横になると言うんだ。なんだったら、今日はまる一日休めばいいさ。ぼくは気にしない」

「わたしが気にするの」セバスチャンは首を横にふった。「ほんとうのことは言えないし、わたしが病気じゃないことは、みんなにもきっとわかるわ」

ドレークはベッドの上で起きあがってセバスチャンを抱きしめた。「どうするかはきみにまかせるよ。それから、きみを疲れさせたことは悪かったと思うが、後悔はしていない。今朝目を覚まして、きみが隣りにいるのを見たら、どうしても自分を抑えられなかった。また夜になってきみを抱くのが、いまから待ちきれない」

セバスチャンはどきりとし、ふと表情をやわらげた。「じゃあ、今夜もわたしがここに来ると思っているのね」

ドレークはセバスチャンのあごを指でつまみ、その目をまっすぐ見すえた。「ああ、もちろん。これは命令だ」

「そう。命令ならしかたがないわね」セバスチャンは胸に温かいものが広がるのを感じ、からかうような口調で言った。「あなたは知的な欲求だけじゃなくて、肉体的な欲求も強いのね」

ドレークは魅惑的な笑みを浮かべた。「ああ、そうさ。なんといっても、ぼくはバイロン家の人間だ。これは血筋だよ」

そう言うと、セバスチャンを抱き寄せて情熱的なキスをした。セバスチャンのつま先がぎゅっと丸まり、手足から力が抜けてミセス・トレンブルの作るゼリー菓子のようになった。顔を離すころには息が切れていた。「そろそろ行ったほうがいい」ドレークは低い声でささやいた。「早くしないと、またベッドに押し倒してしまいそうだ。そうなったら、ふたりの情事を秘密にするというきみの計画が台なしになる」

「そんなふうに思っているのね。これは情事《アフェアー》だと」セバスチャンはうっかりフランス語の発音で言った。

幸いドレークはそれに気づかなかったらしく、一瞬、ことばに詰まったような顔をした。

「ああ、そうだ」

これ以上ぐずぐずしているわけにはいかない。セバスチャンはうなずき、服を着ようとベッドを離れた。驚いたことに、ドレークもベッドを出て身支度を手伝った。コルセットのひもを締めてくれたが、寝室についたらまたすぐに脱げるよう、ゆるめにすることを忘れなかった。それからドレスを着せた。セバスチャンがボディスにならんだボタンを自分でとめようとすると、その手を脇におろさせた。ボタンをかけ終えると、ドレークは彼女の手をとって口もとへ持っていき、手のひらに優しくくちづけた。「また今夜」

「ええ、また今夜」セバスチャンはつぶやいた。

そして足音を忍ばせて部屋を出た。

19

その日の朝、セバスチャンがはっとして目覚めるのはそれで二度目だった。最初のときとちがい、今回は三階にある自室のベッドでひとり目を覚ました。屋根窓からふりそそぐ黄色みを帯びた明るい陽射しが、小さな部屋を隅々まで照らしている。早朝はおろか、午前の中ごろにしても明るすぎる陽射しだ。セバスチャンはベッドの上でさっと起きあがり、いったいどれくらい寝ていたのだろうと身の縮む思いで考えた。いや、どれくらい寝過ごしたのだろうか。炉棚の上の小さな時計をちらりと見たところ、もっともおそれていたことがわかった。

正午だ！

ああ、どうしてこんな時間まで眠ってしまったのだろう。ドレークの部屋から戻ってベッドにはいったときは、ほんの数分だけ横になったらまたすぐに起きあがり、みんなと一緒に仕事をはじめるつもりだった。だがあまりにも疲れていたせいで、そのまま深い眠りに落ちたらしい。

快楽の記憶がよみがえって肌がぞくりとし、脈が速く打ちはじめた。

ベッドであの人の腕に抱かれた。

くちづけを交わした。

ふたりで互いの体を愛撫した。いまも熱い血が全身を駆けめぐり、悦びが骨まで沁みこんでいる。

最初に愛しあったとき、これほどの悦びはないと思ったが、昨夜はさらにすばらしかった。ドレークに自分のすべてを捧げ、そのことに無上の喜びを感じた。彼を愛しているからこそ、甘く情熱的な最高の一夜になった。それなのに、もっと欲しいという気持ちが抑えられない。

時間を。

愛の営みを。

ドレークを。

ドレークのことは男性として愛しているだけではなく、ひとりの人間としても大好きだ。ぼんやりしているように見えても、才気縦横で創造力があり、驚くほど頭が切れる。親切で思いやりがあって、温厚でありながらも一本芯が通り、女性が全幅の信頼を置いて愛情をそそげる男性だ。それに親しい相手にしか見せないが、実は茶目っ気たっぷりの、ひねったユーモアの持ち主でもある。そうした一面を自分に見せてくれたということは、なにかを物語ってはいないだろうか。彼の気持ちを聞いたことはないけれど、でも……。

わたしはドレークの愛を求めているのだろうか。

もちろん愛されないほうがいいに決まっている。そのほうがドレーク本人のためだ。もうすぐわたしがこの屋敷を去っても、愛がなければ、プライドに少し傷がつくだけですぐに忘れてしまうだろう。だがわたしはその日が来たら、耐えられるかどうかわからない。これまでにも大切な人との別れは経験しているが、ドレークなしで生きていく自信がない。

でもいまはそんなことを考えるのはよそう。別れが訪れるまでは、ドレークと過ごす一日一日を大切にしよう。いや、一夜一夜と言ったほうがいいかもしれない。ふたりの関係を秘密にするために、夜しか会えないのだから。任務を成功させるには、そうするしかないのだ。罪悪感で胃がねじれそうになるが、計画を実行する以外に選択肢はない。ふたりの弟と父の運命がかかっている。

それにしても、まさか寝過ごしてしまうとは。いくら今朝は使用人全員に遅く起きていいという許しが出ていたとしても、屋敷の女主人でもあるまいし、女中頭が昼まで寝ていたことをどう言い訳したらいいのだろう。ミセス・トレンブルはとがめるように眉を吊りあげ、ミスター・ストーはそっと脇に呼んで説明を求めてくるにちがいない。

とにかく、あれこれ考えるのをやめて早く支度をしなければ。遅くなればなるほど、ますます状況は悪くなる。

セバスチャンはシーツをはねのけてベッドを出ると、洗面台に走った。生ぬるい水を水差しから洗面器に注いで顔や手をあわただしく洗い、石けんをつけた布を体に走らせた。泡をすすぎ、やわらかな乾いたタオルで体をふくと、水を取りかえて歯を磨いた。とりあえず洗面がすんだので、今度はたんすのところへ急ぎ、きれいにアイロンのかかった紺の服をとりだした。それを身に着けると髪をとかし、頭の高い位置でひとつにまとめて何本ものピンで留めた。小さな鏡台をのぞき、人前に出てもだいじょうぶかどうか確認した。ひとつ深呼吸をして気持ちを落ち着かせ、それから部屋を出た。

数分後、セバスチャンは地階の廊下を進んでいたが、使用人用の食堂はしんと静まりかえっていた。厨房から人の話し声が聞こえてくる。まっすぐ女中頭の部屋へ向かい、みんなの視線や質問から逃れたい気持ちはやまやまだったが、そのまま歩きつづけた。厨房の入口に着き、なかへ足を踏みいれた。

話し声がぴたりとやみ、ジャスパーとパーカー、フィネガン、それにポークとミセス・トレンブルがいっせいにこちらを見た。

みんな知っているのだろうか。セバスチャンは胃が締めつけられそうだった。自分がドレークと一夜をともにしたことと、そしてそのせいで寝過ごしたことを。

そのときミセス・トレンブルが細長い顔に優しい笑みを浮かべ、木のスプーンを置いて、いつものきびきびした足どりで近づいてきた。「起きてきたりしてだいじょうぶなの、ミセス・グリーンウェイ？　ミスター・ストーから、気分がすぐれないので寝室で休んでいると聞いたわ。ちょうどいま、牛肉のスープを作っていたところよ。できあがったら、パーカーに持っていかせようと思っていたの。さあ、すわって、なにか用意するから。昨日の夕食で残ったマルメロのゼリーと紅茶あたりが、胃にもたれなくていいかもしれないわね。でもまだめまいがするようなら、寝室へ戻ったほうがいいんじゃないかしら」

ミセス・トレンブルはセバスチャンのひじに手をかけて、いちばん近くにある椅子のところへ連れていき、セバスチャンがすわるまでそばに立っていた。「また倒れては大変よ。昨夜、気が遠くなったあなたを、閣下が寝室まで連れていったと聞いたわ」

それはある意味で当たっている。セバスチャンは心のなかで苦笑した。女中頭が気を失ったので自分が寝室へ連れていったとドレークが執事に言い、執事がそれをみんなに話したのだろう。厳密に言うと、その話は嘘ではない。図書室で愛しあったあと、セバスチャンの気が遠くなり、ドレークが上階の寝室へ連れていったのは事実だ。ただひとつ、ドレークがあえて言わなかったのは、その寝室が女中頭のものではなくて自分のものだったことだ。

セバスチャンは顔が火照っていないことにほっとした。そうでなければ、後ろめたさが表情に出ていただろう。「疲れていただけよ。パーティのあと、遅くまで起きていたから」

「ええ、昨夜はにぎやかで、大忙しだったものね。夜更けまで起きていたんでしょう」ミセス・トレンブルは、母親のようにセバスチャンの肩を軽くたたいた。ほかの使用人も、そうだというようにうなずいた。「病気にかかったんじゃなければいいんだけど」

「ええ、病気なんかじゃないわ」セバスチャンはあわてて言った。「わたしは元気よ」料理人やメイドの顔に疑わしげな表情が浮かんでいるのを見てつけくわえた。「でも念のため、チンキ剤でも飲んでおこうかしら。食品室になにか効く薬があると思う。すぐに作るわ」

「いけません」ミセス・トレンブルは言った。「フィネガンに調合の指示を与えて、作ってもらってください。いいわよね、フィネガン？」

「もちろんです」メイドは即座に答えた。「喜んでお手伝いします。この前、わたしに頭痛の薬を作ってくれたでしょう。あんなに効いた薬ははじめてでした」

セバスチャンはあらたにこみあげた罪悪感に胸を締めつけられた。自分は今日だけでなく、この屋敷に来てからずっと嘘をつきつづけている。なにも疑わずに優しく気遣ってくれる料理人やメイドの顔を見ながら考えた。この人たちはいまや、ただの同僚ではなくて大切な友だちになっている。そんな人たちを、どうやってこれからもだましつづけられるというのだろう。みんなは自分を受けいれ、仲間として歓迎してくれた。いつも温かく接してくれる人たちを、自分は裏切っているのだ。

胸に酸っぱいものがこみあげて吐き気がし、ほんとうに具合が悪くなった。だがセバスチャンはなにも言わず、料理人とメイドが心配そうにそばをうろうろしているのを黙って見ていた。たとえどんなにつらくても、このまま芝居を演じつづけるしかない。

それからの数日はおだやかに過ぎていった。誰にも気づかれずにドレークの寝室に忍びこむのは、思っていたよりずっと簡単だった。近侍のワックスマンはいつも十一時ごろ自室に下がる。主人の不規則な生活に合わせて、いつまでも起きて待っている必要はないと、ドレークがずっと前に言ったからだ。

それでもワックスマンはできるだけ務めをはたそうと、毎晩、ドレークのローブと翌朝着る服を用意し、浴室の銅の貯水桶と洗面台の水差しに新しい水がはいっていることを確認してから床に就いていた。清潔なタオルとひげそり用品、石けんを用意することも忘れない。それから読書用の椅子のそばのサイドテーブルに寝酒の準備をし、グラスにハンカチをかけておいた。

次に上級メイドのどちらかが仕事を終えて、屋根裏部屋に下がった。たいていはパーカーが最後で、ドレークの部屋の暖炉の世話をしてカーテンを引き、主人がいつでも寝られるようにベッドを整える。そして真夜中の十二時には、まだ部屋に戻っていないドレークをのぞいて、屋敷の全員がベッドにはいっている。

ただし、セバスチャンは例外だ。

毎晩、セバスチャンもほかの人たちと同じように寝室へ下がった。いったん部屋にはいると顔を洗って髪をとかし、歯を磨いてからネグリジェとガウンに着替えた。ベッドに腰かけて時計が一時を知らせるのを待ち、そっと部屋を出た。万が一、誰かが眠れずに起きてきた場合に備えて、ろうそくは持たず、暗闇のなか階段をおりてドレークの寝室へ向かった。

今夜もいつもと同じだった。セバスチャンは室内履きを履いた足で、オービュッソンじゅうたんの上を静かに進んだ。不安と期待で心臓がシンバルのように打つ音が耳の奥で聞こえている。やがてドレークの部屋の前につき、ノックすることなくなかへはいった。

ドアがかちりとしまった瞬間、力強い二本の腕が伸びてきてセバスチャンを包んだ。温かく男らしい唇に口をふさがれ、驚きの声を呑みこまれた。セバスチャンは一瞬、身をよじったが、逃げようとはしなかった。思いのすべてを込め、ドレークの背中に腕をまわして抱きしめた。

「もう来ないかと思ってた」ドレークがキスの合間に言い、器用な手つきでセバスチャンのガウンのボタンをはずしはじめた。「三十分近くも待ったよ」

「これより早い時間には来られないわ……」セバスチャンはささやき、ひげをそったばかりのがっしりしたあごをなでた。「誰かがまだ起きているかもしれないもの」

「そうだとしても」ドレークは言い、セバスチャンのガウンを肩から脱がせた。「まさか、きみがぼくに会いに行く途中だとは思わないだろう」

「ふうん。わたしはあなたに会い〝に〟来ているというわけね」セバスチャンは手をあごから下へおろし、ドレークのローブの下に手を入れて、引き締まった胸をなでた。「ただ会っているだけじゃないと思ってたけど」

ドレークは笑い声ともあえぎ声ともつかない音をのどからもらし、セバスチャンを抱きあげた。ヒップを両手でつかんで下腹部に自分の股間を押しつけ、欲望の強さを伝える。

「ああ、それだけじゃないさ」ドレークは言った。「すぐに教えてやろう」

ふたたびくちづけて舌と舌をからませ、なめらかに動かした。セバスチャンの脚のあいだに熱いものがあふれてきた。ドレークはセバスチャンの首筋に唇をはわせると、耳たぶを軽く噛んだ。「きみはぼくの心を惑わせている。最近はいくら努力しても、なかなか仕事に集中できない。ぼくの頭を占めているのは実験ではなく、次はどうやってきみと愛しあおうかということだ。数式や定理よりも、あと何時間と何分でこうしてきみと抱きあえるかということばかり考えているよ」

セバスチャンはドレークの短い髪に手を差しこみ、こめかみや頬、あごやのどや首に濃厚なキスをした。「わたしも同じよ。リネンを点検しているとき、香辛料をはかっているとき、ついぼんやりしてしまうの。今朝、シビレを料理しているときなんて、シナモンとまちがえて唐辛子を入れてしまったわ。あなたに出す前に気づいてよかった。そう思わない？」

ドレークは緑の炎がくすぶったような目でセバスチャンを見た。「たしかにからくてびっくりしただろうが、最近のぼくは、きみに驚かされることが楽しくてたまらないんだ。今夜はどんなことをして驚かせてくれるのかな」

「ベッドに連れてって、閣下。そうしたら教えてあげる」

ドレークはわかったというように微笑み、言われたとおりにした。

それからしばらくして、セバスチャンはすっかり満たされ、ドレークの肩に頭をもたせかけてくつろいでいた。シーツや上掛けが床に落ちている。うっとりするような快楽の余韻に包まれて、肌がぞくぞくした。ドレークの大きな手で乱れた髪をなでつけられ、セバスチャンの唇に笑みが浮かんだ。

「きみの髪が好きだ」ドレークはセバスチャンの髪を指で優しくすいた。

セバスチャンはドレークの目を見た。「そうかしら。毎日手こずっているのよ」

「でもきれいだ」ドレークは言った。「晴れた十月の木の葉のように美しい」

「ありがとう、閣下。数学や科学の専門家にしては、詩的な表現をするのね」セバスチャンは胸に温かいものが広がるのを感じた。「でも手入れには骨が折れるのよ。量が多いから、洗うのもまとめるのも大変なの。それにあなたも気づいていると思うけど、白髪もあるし」そこでいったん間を置いてからつづけた。「このぶんだと中年期を迎える前に、全部白くなるんじゃないかと心配で」

「銀色のまちがいだろう」ドレークはセバスチャンの髪をひと房つまみ、いつくしむようになでた。「もしそうなったとしても、いまと同じように美しく輝いているはずだ」

セバスチャンは疑わしそうな顔をし、視線を天井に向けた。

ドレークはそれを見て、セバスチャンのあごに指を当てた。「ほんとうだよ。世のなかには優雅に年を重ねる人たちがいる。きみはまちがいなくそのなかのひとりだ。いくつになろうと、きみの美しさはずっと変わらないだろう」

セバスチャンの胸がまた温かくなり、ドレークのそのことばをいまなら信じられる気がした。

いつか自分が歳をとったとき、彼がそばにいてくれたならどんなにいいだろう。ふたりで一緒に年を重ね、ずっと別れずにいられたなら。

セバスチャンの暗い表情に気づいたらしく、ドレークが唇を重ね、長い指を髪に深く差しこんだ。「それに、その少し交じった銀髪も素敵だ。金と赤と茶色のタペストリーに織りこまれた貴金属のように見える。格調の高さを感じさせるよ」

セバスチャンは思わず鼻を鳴らした。「格調ですって？　若白髪を表現することばはたくさんあるけれど、格調が高いなんてはじめて聞いたわ。父にも忘れずに教えなくちゃ。さぞ愉快がるでしょうね。実年齢にくらべると〝貫禄《かんろく》がある〟と、うんざりするほど言われてきたらしいから」

「ほう。父上も若くして銀髪になったのか」

「ええ。わたしが生まれたころには、もともとの茶色い髪はほとんど残っていなかったらしいわ。いまでは白目製品みたいな色をしているのよ。あの子たちもいずれそうなるんじゃないかしら」

ドレークの手が止まった。「きみの弟たちのことだね」

セバスチャンは内心の動揺を隠した。またうかつなことをしてしまった。前に一度、うっかり口をすべらせてから、家族のことは二度と言わないと決めていたのに、いったいどうしたというのだろう。

だがドレークのそばにいると、とても心が安らぐ。安心しすぎて、つい油断してしまったのかもしれない。自分たちはなにも身にまとわず、すべてをさらけだして抱きあっている。いや、厳密にいうとそうではない。生まれたままの無防備な姿をさらしているこのときも、ふたりのあいだには越えられない壁が立ちはだかっている。秘密と嘘を抱えたわたしには、ほんとうの自分をさらけだすことは許されない。

自分の顔に浮かんでいる表情を見られたくなくて、セバスチャンは目をそらした。「ええ、弟たちよ。ふたりともまだ子どもなの」

「会えなくてさびしいだろう。故郷の湖水地方に住んでいるのかい？」

ドレークはそう思っているのだ。女中頭の面接ではじめて会ったとき、彼がこちらの発音からそう推測したことを、セバスチャンは思いだした。自分の話す英語にその地方特有の発音が残っているとしたら、それは上流階級の出身だった母の影響だ。子どものころに住んでいただけなのに、ドレークはそのかすかな発音のちがいに気づいた。実際のところ、セバスチャンがイギリスに住んでいたのは八歳までだ。八歳のとき、故国を離れていることに耐えられなくなった父に連れられ、母と三人でフランスに渡った。

フランスに戻ったころ、弟たちはまだ生まれていなかったので、ふたりともまったく英語を話せない。ふたりは遅く生まれた子どもだった。母に言わせると奇跡の子で、長いあいだ流産と不妊に苦しんだあと、思いがけずできたという。母が亡くなったのはお産ではなく重い肺炎が原因だったが、それ以来、セバスチャンは母親代わりとして、まだ幼い弟たちの面倒を見てきた。

だからふたりへの気持ちは、ドレークに訊かれたように、ただ会えなくてさびしいというだけのものではない。セバスチャンがすべてを失う危険を冒しているのも、ドレークへの愛と自分の心を犠牲にしているのも、すべて弟たちのためなのだ。

セバスチャンはゆっくりと上体を起こし、シーツに手を伸ばした。「ええ」抑揚のない声で答えた。「さびしいわ」

セバスチャンのつらい気持ちを慰めようと、ドレークが背中を優しくなでた。「会いに行ったらどうだろう。きみさえよかったら、ぼくも一緒に行きたい。近いうちに行こう。ぼくが連れていってあげるよ。ご家族はどこに住んでいるんだ？」

〝フランスのモンソローよ〟セバスチャンは心のなかで答えた。

でもドレークが自分をそこに連れていくことはできない。それは口に出すことすら許されない場所だ。

ドレークは弟たちがイングランドの湖水地方に住んでいると思っている。だがもうそこには家族の誰もいない。母方の祖父母も亡くなり、遠い親戚もとっくに散り散りになってしまった。

なにか適当な作り話をしなければ。もっともらしく聞こえる話を早く考えよう。でもセバスチャンは、嘘をつくことにうんざりしていた。真実ではないことをすらすらと口にする自分に、ほとほと嫌気が差していた。どうせあと数日のうちに、自分はこの屋敷から、ドレークの人生から出ていくのだ。真実を話したところで、いまさらどうということもないだろう。

「アンブルサイドなの」セバスチャンは正直に言った。「きれいなところよ。木々が豊かに生い茂り、真っ青な湖があって、どこまでも丘がつづいているの」子ども時代を過ごした故郷の大地や湖の記憶は、いまなお鮮明だった。

「一緒に行こう」ドレークは、それがもう決まったことであるかのように言った。

セバスチャンは顔をあげ、ふたたび嘘を口にした。「ええ、行きましょう」

それ以上離れていることに耐えられず、上体をかがめてドレークに唇を重ねた。あふれる愛で胸が張り裂けそうだ。セバスチャンがとつぜん情熱的なキスをしてきたことに、ドレークは小さな驚きの声をもらしたが、すぐにその背中に腕をまわして強く抱きしめた。

夜が明ける少し前、ドレークはマットレスのかすかな揺れに目を覚ました。彼女がベッドを出ようとしている。腕を伸ばしてナイトテーブルのろうそくに火をつけ、枕にもたれかかって、セバスチャンがネグリジェとガウンを着るのを見ていた。長い髪を指でとかし、ガウンのポケットからリボンをとりだしてひとつに結んでいる。素足でじゅうたんの上を横切り、脱ぎ捨てた室内履きを見つけて足を入れた。

「もう行くんだね」ドレークは低い声で言った。

セバスチャンはうなずいた。やわらかなろうそくの明かりのなかで、その瞳は古い金貨のように見えた。「もうすぐみんなが起きてくるわ」

ドレークは下に目をやり、シーツの盛りあがった部分をちらりと見た。「ぼくの体もすっかり起きてしまった」

セバスチャンの唇にゆっくりと笑みが浮かび、瞳が輝いた。「残念ながら、わたしにはどうすることもできないわ」

ドレークは手を差しだした。「せめてさよならのキスをしてくれ」

セバスチャンは小さく笑い、顔をほころばせながら首を横にふった。「いいえ、だめよ。すぐに部屋に戻らなくちゃ。キスなんかしたら、気持ちが混乱して決心が鈍るだけだわ」

「そうなのかい？　ぼくがきみに対してそれほど影響力があるとは、思ってもみなかったな」

セバスチャンの顔から笑みが消え、その瞳に奇妙な光が宿った。一瞬、思いつめたような表情が浮かび、重大な秘密を打ち明けようとするかのように唇が開いた。だがすぐに、まつ毛を伏せて視線をそらした。「おやすみなさい、閣下」静かに言った。「あとで起きたときに会いましょう」

ドレークはそれ以上なにも言わず、セバスチャンが足音をたてずに部屋を出ていくのを見ていた。

〝どんな秘密を隠しているんだ、ぼくのかわいいアン〟錠前がかちりと閉まる音を聞きながら思った。どうしてふたりのあいだに壁を作り、ぼくにそれを壊すことを許してくれないんだ？

たしかにふたりのあいだには、目には見えないが、とても厚い壁があった。ドレークは少し前からその存在に気づいていた。彼女がなにかを隠しているのはまちがいない。自分の腕のなかにいるときは心を開き、すべてをさらけだしている。抱きあっているときだけは、壁があることを忘れられる。そこには隠しごともいつわりもない。ただ純粋な悦びがあるだけだ。

だがいったん情熱の炎を燃やしつくし、現実の世界の重みと責任が戻ってくると、その壁がふたたび立ちあらわれ、扉がしっかり閉まってしまうのだ。

アンが知られまいとしていることはなんなのか。彼女はなにをそれほど強く守ろうとしているのだろう。

昨夜はめずらしく家族のことを話していた。考えてみると、アンが家族のことを口にしたのは、昨夜をのぞいて一度だけだ。そのときもやはり、言ってはならないことを言ってしまった後悔のようなものが、彼女の様子からなんとなくうかがえた。アンが家族を愛しているのはまちがいない。だからその話をしたがらないのは、家族の不和が原因ではないと考えていいだろう。もしかすると愛する人たちとずっと離れて暮らしていることが悲しくて、口に出すのもつらいのかもしれない。それにアンには亡くなった夫がいる。その男のことを自分はなにも知らない。

ドレークはシーツをぐっと握りしめ、そのことを頭からふりはらおうとした。それでも彼女が結婚した相手がどういう男だったのか、亡くなる前まで夫婦の関係はどうだったのかを、考えずにはいられなかった。

アンは夫を愛していたのだろうか。いまでも愛しているのか？

自分とのあいだに壁を作っているのは、それが理由なのだろうか。だからすべてを見せてくれないのかもしれない。

ドレークは自分が彼女のすべてを知りたいと思っているのに気づいたが、そのことに特に驚きを感じなかった。体だけではなく、アンのすべてが欲しい。アン・グリーンウェイのことなら、ひとつ残らず知りたい。なにを望み、なにを求めているのか。なにが好きで、なにが嫌いなのか。なにをおそれ、なにを後悔しているのか。その心と魂が欲しい——そう、魂までも。彼女のすべてを手に入れたい。

だが仮にアンのすべてを勝ちとることができたとして、その先に自分はなにを求めているのだろう。

そのとき心臓がひとつ大きく打った。真実が心にゆっくりと沁みわたっていく。

ドレークは生まれてはじめて、まったく予想もしなかったことに、いつのまにか恋に落ちていた。自分はアン・グリーンウェイを愛している。

さて、問題はこれからどうするかということだ。

20

金曜日の十時少し前、セバスチャンは使用人のために用意された二台の馬車のうちの一台に乗りこんだ。ほかの人たちが席につき、これから行くグリーン・パークのことを興奮した口ぶりで話すかたわらで、セバスチャンだけは黙っていた。

二日前、ドレークは、気球の打ち上げの実験に招待すると言って使用人たちを驚かせた。友人の実験を手伝うことになったので、みんなにもそれを見物させてやりたいとのことだった。ミスター・ストーから皿洗い係のポークにいたるまで、全員が大喜びした。

ただひとり、セバスチャンをのぞいては。

そのことを聞いたとき、さびたナイフで切りつけられたような衝撃が体に走った。金曜日は非番なので、市内の遠く離れたところにある錠前屋へ行き、ドレークの金庫の合鍵を受けとるつもりだったのだ。合鍵を受けとって暗号を手に入れるのは、おそらくそれが最後のチャンスになる。バシューに与えられた一カ月の期限はまたたくまに過ぎていき、あともう数日しか残っていない。

でも大切な用があるので朝から外出すると言えば、いったいなんの用かと尋ねられるだろうし、グリーン・パークへ行くこと自体を断わるのはとても無理だった。ドレークがどうしても自分に来てほしがっているとあってはなおのこと、みんなと一緒に出かけるしかなかった。

「気球が上昇するところがよく見える場所に案内するよ」二日前の午後遅く、紅茶を持っていったセバスチャンにドレークは言い、仕事部屋のドアを閉めて抱きしめた。「気球が上昇するのを見たことがあるかい?」

「ええ、あるわ」セバスチャンは正直に言った。

ドレークの茶褐色の眉が片方高くあがった。「ほんとうに? いつ、どこで?」

父と一緒にパリで見たのよ。セバスチャンは胸のうちで答え、黙っていればよかったと後悔した。気球の打ち上げは、どこででも行われているありふれた実験ではない。なんと説明すればいいのだろう。

「ずっと昔、まだ小さかったころに見たの」努めてさりげない口調で言った。「くわしいことは覚えてないわ。だからはじめて見るような気分よ」袖口のボタンをいじり、嘘を見抜かれないように目を伏せた。「とても楽しみ」

それ以上なにも訊かれないことを祈りながら、ドレークが口を開くのを待った。

「きみが喜ぶような、特別なことをしたかったんだ」ドレークはセバスチャンの手をとり、手首の内側のやわらかな部分にキスをした。

セバスチャンの肌が悦びでぞくぞくした。

「だから今回のことを計画したのさ」ドレークはつづけた。「ぼくとふたりきりだと、きみは出かけないだろうから」

セバスチャンはさっと顔をあげてドレークを見た。「つまり、屋敷の人たち全員を招待したのは、わたしを連れだすためだったということ？」

「見え見えだったかな」ドレークはばつが悪そうに首をかしげると、少年のような笑みを浮かべた。セバスチャンはいとしさで胸がいっぱいになった。

「ええ、少しね」そうつぶやき、ドレークが自分のためにそこまでしてくれたことに驚きを感じた。彼がこちらに欲望を覚えているのは知っているが、もしかすると、それ以上の気持ちがあるのだろうか？　そして自分は、悲しい結末が待っていることがわかっていながら、それを望んでいるのだろうか。

「ぼくの馬車で連れていきたかったんだが」ドレークはセバスチャンの動揺に気づいていないようだった。「きみがみんなと一緒の馬車に乗らなかったら変に思われるだろう。向こうで会おう。甘いお菓子やレモネードを好きなだけ買ってあげるよ」

セバスチャンの頬が思わずゆるんだ。「わたしをもてなすためじゃなくて、お友だちの手伝いをしに行くんでしょう？」

「ああ、でもぼくはたくさんの才能に恵まれている。友だちの実験を手伝いながら、きみをもてなすことぐらいなんでもないさ」

なんて素敵な一日だろう、とセバスチャンは思った。御者が馬に合図をし、馬車がグリーン・パークへ向けて動きだす。錠前屋を訪ねて合鍵を受けとる時間さえあれば、こんなに楽しい一日はない。もちろん、そもそも鍵を受けとる必要がなければ、それほど幸せなことはない。セバスチャンの夢見る世界には、バシューは存在せず、父も弟たちも命をおびやかされることなく元気に暮らしている。この危機を脱出する方法がほかにあれば、どんなによかっただろう。誰かに嘘をつきたくなどなかった。特にドレークにだけは。彼への信頼は日増しに強くなっている。だがどうしても、おそれを捨てて真実を打ち明ける勇気が出ない。

これまで何度も、ほんとうのことを知ったドレークが怒りをあらわにする場面を想像してきた。でももしドレークの反応がちがっていたら？　真実を告白しても怒らず、こちらの立場に理解を示してくれるかもしれない。そして、この窮地を脱する方法を見つけてくれるかもしれない。

だがそんなことはありえない。

そうに決まっている。

セバスチャンはざわつく胸をなだめ、パーカーとコブスのおしゃべりに耳を傾けようとした。ふたりはこれから公園でどんなものが見られるのかと、楽しそうに話している。

馬車はまもなくグリーン・パークに到着した。会場にはたくさんの見物人が集まっていた。歩いてきた人もいれば、セバスチャンたちのように馬車でやってきた人もいる。やわらかな芝生に降り立つと、晴れた六月のさわやかな空気に包まれ、不安な気持ちがいくらかなだめられた。ドレークと一緒に先に出発したジャスパーが、うれしそうに手をふりながらこちらへ駆けてくる。ジャスパーは短く挨拶をしたあと、人混みをかきわけてセバスチャンたちを気球のところへ案内した。

そのときドレークの姿が目にはいった。明るい陽射しを受け、栗色の髪が蜂蜜のような色合いを帯びて輝いている。作法を守るよりも楽に動けるほうを選んだらしく、上着を脱いでいた。巨大な気球に高温ガスを送りこんでいる装置を調整しようと、手を伸ばす。その真上で、炎が波打つように燃えている。ドレークはいったん手を止めると、真っ赤な髪のひどくやせた男性になにかを叫んだ。ドレークがなにを言ったのかは聞こえなかったが、男性はわかったというようにうなずき、気球を地面につないでいるロープの一本をたぐりよせはじめた。

セバスチャンの足が止まり、胸の鼓動が激しくなった。あの危険な装置に、ドレークはあまりに近づきすぎている。不用意に動いたら、やけどをするだろう。あるいは気球の基部でとぐろを巻いているロープにからまって、けがをするかもしれない。

だがドレークは自信に満ちた態度でありながらも、慎重に作業を進めていた。気球のことを熟知しているのはあきらかで、てきぱきと慣れた手つきで仕事をつづけている。その様子にセバスチャンの不安がやわらいだ。ドレークは今回の実験を心から楽しんでいるようだ。口もとがほころび、目尻にしわが寄っている。

こちらの視線に気づいたのか、ふいにドレークが顔をあげてセバスチャンをまっすぐ見た。その笑みがますます大きくなり、ひどく親しげな表情が浮かんだ。瞳の色が足もとの芝生よりも濃い緑になったように見える。

脈が速く打つのを感じながら、セバスチャンは微笑みかえし、それから周囲の目を意識して会釈した。

赤毛の男性にもう一度、声をかけてから、ドレークがこちらへ近づいてきた。

「来てくれたんだね」うれしそうな声だった。「みんなも」ほかの使用人たちに向かって言う。「ようこそ！　さあ、もっと近くで気球を見てごらん。勝手にさわったりしなければ、カーターも気にしない」

あの赤毛の男性はドレークの友だちで、カーターという名前らしい。

ドレークにうながされ、みなが気球のほうへ向かって歩きだした。だがセバスチャンはその場にとどまった。

「それで？　感想は？」ドレークは巨大な気球を手で示した。

セバスチャンは視線をあげ、さらに上を見あげた。「大きいわ」

ドレークは声をあげて笑った。「大きくないと、人を乗せて飛ぶことはできないからね」

セバスチャンの顔からふいに笑みが消えた。「まさか、あなたが乗るわけじゃないでしょうね」

ドレークがふたたび笑い声をあげたかと思うと、その目に真剣な表情が浮かんだ。「もしそうだとしたら、心配してくれるかい？」

「ええ」

ドレークの目に感情がこみあげるのがわかった。

「だって、もしあなたが死んでしまったら」セバスチャンは雰囲気を変えようと明るく言った。「新しい勤め先を探さなくちゃならないもの」

ドレークはくすくす笑い、セバスチャンにだけ聞こえるよう声をひそめた。「それに、新しい恋人も」

目と目が合い、セバスチャンは呼吸が乱れるのを感じた。「ええ、そうね」

ドレークは満面の笑みを浮かべ、足を一歩前に踏みだした。

ここは公園で、誰が見ているかわからない。セバスチャンはさっと手をあげた。「そろそろお友だちのところへ戻ったほうがいいんじゃないかしら。手助けが必要なように見えるわ」

ドレークは気のない顔で後ろをふりかえり、気球とそのまわりにますます多く集まっている人びとを見た。カーターは困りはてた表情を浮かべ、気球と悪戦苦闘しながらも、周囲の人だかりを気にしていた。次の瞬間、その顔が真っ赤になった。ひとりの男が群衆のなかから進みでて、気球に近づいている。どうやら乗りこもうと思っているらしい。カーターが大声で男に警告し、怒鳴りあいがはじまった。

ドレークはやれやれという顔をした。「きみの言うとおりだな。暴力沙汰になる前に、戻ったほうがよさそうだ。すぐ向こうに屋台がある」ベストのポケットに手を入れ、硬貨をとりだしてセバスチャンの手に押しつけた。「レモネードでもなんでも、好きなものを買うといい」

視線を落とすと、それはギニー金貨だった。「多すぎるわ」これだけあれば、ここにいる人の半分にレモネードが買えるだろう。

だがドレークはセバスチャンのことばを聞かず、すでに早足でカーターのところへ向かっていた。ドレークがふたりのあいだに割ってはいり、二言、三言なにかを言うと、口論はすぐにおさまった。

ふたたび平穏が訪れ、セバスチャンはドレークが無事に問題を解決したことにほっとした。だが鍵の受けとりという自分自身の問題については、いまはどうすることもできない。とりあえず気球の上昇を見物し、レモネードでも飲もう。

飲み物を買うよう渡されたギニー金貨は、今夜ドレークに返そう。きっと返さなくていいと言われるだろうが、男女の関係にあるからといって、こうして特別扱いされたり、なにかをもらったりするのはいやだ。ドレークを愛しているからこそ、自分の意思で彼に身を捧げたのだ。ふたりのあいだに、それ以外のものはなにもいらない。

もちろん、ドレークと自分のあいだには、いくつもの嘘がある。そして欺瞞が。

でも真実を打ち明けたら……。

セバスチャンは眉根を寄せて後ろを向いた。いまはそうしたむずかしい問題を考えるのはやめて、レモネードを買いに行こう。

それからしばらくして、セバスチャンは冷たいグラスを手に、〝市販品の味見〟をすることにしたミセス・トレンブルと立ち話をしていた。

「わたしのレモネードとはくらべものにならないわね」ミセス・トレンブルはまたひと口ごくりと飲み、唇を鳴らした。「砂糖が多すぎるし、果汁が少ないわ。水で薄めているのよ、きっと」

セバスチャンはなにも言わなかった。酸味があって自分の好みには合っている。だが本人の言うとおり、ミセス・トレンブルの作ったレモネードのほうがずっとおいしい。それでも太陽が頭上高くのぼり、気温がどんどん上昇しているなかにあっては、冷たい飲み物がのどに心地よく感じられる。

「肉入りパイでも食べて、この味を口から消さなくちゃ」料理人は言った。「一緒にいかが？」

セバスチャンは首を横にふり、一歩後ろに下がって大きなオークの木陰にはいった。「行ってらっしゃい。わたしはここにいるわ」

「わかったわ。もうすぐあれがあがって、大参事になるわね」ミセス・トレンブルは完全にふくらんだ気球を手で示した。「ここからだと一部始終がよく見えるでしょう」

セバスチャンは笑いを押し殺した。ミセス・トレンブルは人が空を飛ぶことに悲観的な見方をしている。哀れなミスター・カーターが、生きて地上に戻れるとは思っていないのだ。もちろんセバスチャンは、料理人の予想がはずれることを願っていた。

ミセス・トレンブルがいなくなると、木陰の奥へ進み、そこから人びとが行き交うのをながめた。少し先に、見覚えのある顔があった。名前は思いだせないが――たしかGからはじまる名前だ――肌が小麦色で肩幅が広い貴族の男性で、ドレークの晩餐会に来ていた招待客のひとりだ。

びっくりするほど美しくておしゃれな女性が、G卿の腕に手をかけている。その瞳の青さは、離れた場所からでもよくわかった。つややかな黒髪を結いあげ、その上に水兵風の麦わら帽子を優雅な角度に傾けてかぶっている。黄色いサテンの裏打ちが、淡黄色と白の縞柄《しまがら》の上品なドレスによく合っていた。彼女の透きとおるような白い肌と、隣りにいる男性の浅黒い肌が互いを引きたてあい、このうえなく素敵なカップルだ。

ふたりのそばに、弟のジュリアンと同じ年ごろの少女がいた。十二歳か十三歳ぐらいで、かわいらしい顔立ちをしている。骨格や卵形の輪郭からすると、いつか姉に負けないくらい美しくなるだろう。

あの女性と少女が姉妹であることはひと目でわかる。それにふたりとも、ドレークによく似ている。

そう、あのふたりはドレークの妹にちがいない。

セバスチャンはふと男性の名前を思いだした。ドレークの義弟のグレシャム卿だ。ドレークの家族が来ているとは知らなかった。ほかの兄弟やその妻たちも来ているのだろうか。母親のクライボーン公爵未亡人は？

さっと見まわしたところ、ほかに知った顔はなかった。それでもこれだけ混雑していれば、知り合いがいてもわからないはずだ。

そのときグレシャム卿が妻の耳になにかをささやいた。とてもおもしろいことだったらしく、女性が澄んだ声で笑った。それから夫の目を見つめた。その顔は幸福と愛できらきらと輝いている。グレシャム卿もいとしくてたまらないという表情で妻を見つめかえした。セバスチャンは見てはいけないものを見た気がして、目をそらした。

自分もティエリーを愛していたが、いまにして思うとそれは少女の幼い愛だった。いまは大人の女としてドレークを愛している。それでも、あんなふうに揺るぎのない愛を分かちあうのは、どんな感じなのだろうと思わずにいられない。失うことをおそれる必要もなく、相手を自由に愛せる世界があそこにはある。自分たちの前には何十年もの幸せな未来があると信じて疑わず、いつか生まれてくる子どもとともに、着実に人生を築いていく世界だ。

セバスチャンはそれ以上ふたりを見ていることに耐えられず、後ろを向いた。自分にはけっして手にはいらないものに憧れてもしかたがない。胸の痛みをこらえながら、さらに木陰の奥へと進み、ささくれだった太い木の幹にもたれかかった。

涼しいその場に佇み、こみあげる感情をなだめようとした。だが気がつくと、ドレークに真実を話すことをまた考えていた。すべてを失う危険を冒してでも、ドレークが助けてくれると信じて、ほんとうのことを打ち明けるべきだろうか。打ち明けることができるだろうか。ドレークの前に、自分と家族の命を投げだす覚悟を持てるのか？　ドレークの家族は社会的に大きな力を持ち、政府とも深いつながりがある。問題を解決する方法が、なにかあるかもしれない。

そしてもうひとつ、ドレークの愛を望むことはできるだろうか。ドレークが愛情ゆえに許してくれると期待するのは、図々《ずうずう》しいことなのか？　彼がこちらに特別な感情を抱いていることは感じるが、それが愛なのかどうかはわからない。仮にそうだとしても、それはすべてを受けいれられるほど強いものだろうか？

セバスチャンは嘆息し、残っていたレモネードを飲みほした。そろそろ会場へ戻ったほうがいい。オークの木のそばを離れようとしたそのとき、背後から冷たい声がした。「静かにしろ。周囲の注目を集めるのは、お互いのためにならない」

セバスチャンの背筋が凍りつき、暑い日にもかかわらず腕に鳥肌がたった。手が震え、空のグラスがやわらかな芝生の上に落ちた。

バシュー。

この男は悪魔のように、どこからともなく現われる。

21

「こんなところでなにをしているの？」セバスチャンは内心の動揺を懸命に隠し、落ち着いた声で言った。「一緒にいるところを見られてはいけないんじゃなかったかしら」

「そしてきみは、こうしてロンドンの街をほっつきあるいて見世物を楽しむのではなく、暗号の入手に全力をそそいでいるんじゃなかったかな」バシューは木の幹の向こうの、薄暗い場所から言った。

セバスチャンは後ろをふりかえりたい衝動を抑えた。「閣下が屋敷の人たち全員を招いたの。わたしだけ断わるなんてできないでしょう。不審に思われるわ」

「使用人からか？　それともドレーク卿から？　最近はやけに雇い主と親しいようだな。わたしになにか隠しているんじゃないのか」

セバスチャンはぞっとし、ふたたび鳥肌がたつのを感じた。さっきドレークと話しているところを見られたのだろうか。自分たちの親密な雰囲気に気づき、そこからなにかを読みとったのかもしれない。まさか恋人どうしだとわかったの？　セバスチャンは胃がぎゅっとねじれる感覚に襲われた。

「いいえ、なにも隠してないわ」吐き気を覚えながら言った。

バシューは笑ったが、その声は氷のように冷ややかだった。「心配しなくていい、かわいい《マ・プティ》人。ドレーク卿をたらしこんだってかまわないさ。目当てのものを手に入れるのに役立つなら、むしろそのほうがいい」

背後から衣擦《きぬず》れの音が聞こえ、セバスチャンはバシューがさらにこちらに近づいたのがわかった。「目当てのものといえば」いやに気どった声で言う。「きみが今日、とりに行くはずだったものを持ってきた」

セバスチャンが動く前に、バシューがその手首をつかんで、手のひらに硬いものを押しつけた。

鍵だわ！

「いったいどうして――」セバスチャンははっと息を呑んだ。

「きみのすることに、わたしが目を光らせてないとでも思っていたのか」バシューはセバスチャンの手首を放し、さらに身を寄せた。その不気味な息が首筋にかかる。

バシューはどこまで知っているのだろう？ きっとなにもかも知っているのだ。セバスチャンは暗い気持ちで思った。

「きみが鍵を持ちこんだと錠前屋から聞いたときはうれしかったよ」バシューはつづけた。

「きみが今朝、予定どおりとりに行けないとわかったので、僭越《せんえつ》ながらわたしが代わりを務めさせてもらった。すぐにこれを役立てるんだ。さもなければ――」

その先は聞かなくてもわかっていた。今回の任務になにがかかっているのかも、バシューが思っていたより多くの切り札を持っていることも、よくわかっている。彼は万が一にも作戦が失敗することのないよう、巧妙すぎる罠をしかけて、こちらの逃げ道をすべてふさいだのだ。

ドレークにすべてを打ち明けようと考えるなんて、自分はなんと愚かだったのだろう。ドレークがわたしを救おうとしてくれるとは思えないし、たとえその気があったとしても、それは片手のひとふりで戦争を終わらせるのと同じくらいむずかしいことだ。自分はひとりきりで、逃げられない罠にかかっている。胸が悪くなるほどいやでも、計画を実行するしかない。

バシューが最初からもくろんでいたとおりに。

セバスチャンは鍵をぎゅっと握りしめた。金属の歯が手のひらに食いこみ、心と同じように痛い。

「二日後に暗号を渡してもらう」

セバスチャンの心臓が激しく打った。たったの二日！「早すぎるわ」あわてて言った。

「部屋へ忍びこんで金庫をあけ、それから暗号を写すのに――」

「二日だ」それは命令だった。話しあう余地はまったくないということだ。「もう待ちくたびれた。コベント・ガーデンで会おう。こちらから見つけるから、心配しなくていい。わかったか?《コンプレネ・ヴ》」

セバスチャンは観念してうなずいた。

気がつくと、バシューは風のように消えていた。

セバスチャンはがっくり肩を落とした。寒気がして全身の震えがとまらない。

神様《デュ》、助けて。

「まあ、なんてすごいの」気球が空高くのぼっていくのを見て、パーカーが楽しそうに言った。「あれを見てちょうだい。空飛ぶ船なんて信じられない」

みなで集まって見物していた使用人のあいだから、いっせいに賛同の声があがった。コブスとパーカーが手をたたき、ジャスパーとライルズが口笛を吹いて歓声をあげている。御者のモートンが感慨深そうにパイプをふかすかたわらで、ストーとワックスマンが現代科学の驚異について話しあっていた。

一方、ミセス・トレンブルは危険な見世物に舌打ちし、いつ墜落して地面に激突するかわからないなどと不吉なことを言った。「もし神様が、空を飛ばせるつもりで人間をお創りになったのなら、わたしたちの体には羽があるはずでしょう」それでもやはり、気球が飛ぶのを見物せずにはいられないようで、歳を重ねた顔に驚嘆の表情を浮かべて空を見あげていた。その口もとに、かすかに笑みらしきものが浮かんでいる。

セバスチャンはみんなの話を聞くともなしに聞いていた。自分だけどこか遠く離れたところから、すべてをながめているような気分だ。バシューと会ってからもう三十分たったのに、まだ頭と心が混乱している。

バシューが立ち去った直後、セバスチャンは公園を出ようと考えた。苦悩も恐怖もない安全な場所に逃げたかった。だがきびすを返そうとしたそのとき、自分にとって安全な場所など世界のどこにもなく、この状況から逃れるすべはないのだということに思いいたった。運命はすでに決められ、受けいれる以外に選択肢はない。それにこのまま計画を進めるのであれば、ひとりで先に屋敷へ戻るわけにはいかない。そんなことをすれば、みんなにどうしたのかと心配されるだろう。それにドレークも、頭痛がしたなどという言い訳では納得しないに決まっているし、もしも問いつめられたら、いまの自分は言ってはならないことまで言ってしまいそうな気がする。

そこでセバスチャンはほかの使用人と合流し、作り笑いを浮かべながら、気球の見物を楽しんでいるふりをしていた。ドレークは甘いお菓子を買ってやると言っていたが、幸いなことに、まだこちらに近づいてきていない。いまは通りをひとつ隔てたところで家族や貴族らしき知人たちに囲まれて談笑している。その一帯だけ、アヒルやガチョウやハトの群れに交じって、優雅な白鳥が集まっているように見えた。

ミスター・カーターを乗せた気球はすでに空高く浮かびあがり、着陸予定地のドーバーへ向かっている。セバスチャンは早く見物が終わり、屋敷に戻れることを願った。鍵をどこかにしまいたかった。それはいま、苦しみと悲しみの不気味な前触れとして、ポケットのなかで熱を放っている。だが、セバスチャンは無理やり明るくふるまいつづけた。もうすぐ心が引き裂かれ、裏切りで魂が汚れることになるというのに。

「すごかったですね」フィネガンが興奮覚めやらぬ口調で言った。「こうしてわたしたちを招いてくださるとは、閣下はなんて親切なんでしょう」

みながふたたび賛同の声をあげ、主人をおおげさに褒めたたえた。

ミセス・トレンブルがウェストの前で手を組んでうなずいた。「これほど立派で優しいかたに仕えられて、わたしたちは運がいいわ。誰もがこんなにいい主人に恵まれるわけじゃない。変わった屋敷だと言う人もいるかもしれないけれど、わたしには充分すばらしい職場ですよ」

「そのとおり」ワックスマンがいつも変わらぬ尊敬の念を込めて言った。

「閣下のそばにいられて幸せだと思うかたが、どうやらもうひとり増えそうよ」ミセス・トレンブルは、家族や友人と一緒にいるドレークのほうに目をやった。「わたしはクライボーン邸の料理人と仲がいいの」

「ミセス・メイズだね」ワックスマンが言った。

「ええ。つい先日、そのミセス・メイズから聞いたんだけど、ドレーク卿は社交シーズンでロンドンに滞在中の若いレディと、馬車でお出かけになったそうよ」

　セバスチャンは一瞬にして物思いから覚め、料理人の話に耳をそばだてた。

「しかも、その若いレディは今日もここにいらしていて、いま閣下とお話ししているわ。ほら、あの桃色のドレスを着たレディよ。ミス・ヴェリティ・マニングとおっしゃるんですって。この前、公爵のお屋敷を訪ねたときに教えてもらったの」

　セバスチャンはそちらへさっと視線を向け、桃色の見事なシルクのドレスを着た若い女性に目を留めた。十七歳か十八歳ぐらいの、まだ少女と言ってもいい年頃の娘だ。美しいハート形の顔に金色の髪をしている。ドレークにそうした女性がいるとは、これまで考えたこともなかった。

「噂によると」ミセス・トレンブルはうきうきした声で言った。「ドレーク卿はとうとう花嫁を見つけたらしいわ」

　セバスチャンはしばらくのあいだ、息をすることができなかった。

い、い、い、
あの少女と結婚する？　嘘よ《ノン》！　ありえないわ《セ・タンポシイブル》！

　でも自分に異論を唱える権利はない。

　ミス・マニングはまさにドレークにふさわしい相手だ。優雅で洗練されていて、貴族の家に生まれ、上流階級の男性に嫁ぐための訓練をずっと受けてきた。それにドレークに夢中であることはひと目でわかる。彼に話しかけられ、隠しきれない喜びで顔をきらきら輝かせている。

あの娘はドレークを愛しているのだろうか。

セバスチャンはそうであることを願った。ドレークには心から愛してくれる妻を持つ資格がある。彼にはどうしても幸せになってもらいたい。

胸が張り裂けそうだったが、それが表情に出ていないことを祈りつつ、セバスチャンはふたりから目をそらした。

ドレークはなにも約束していないのだ、と胸に言い聞かせた。そして自分も、彼になにも約束していない。むしろドレークが別の相手を見つけてくれれば、それに越したことはない。あと二日たてば、自分はいなくなる。そしてドレークはこちらの名前を聞いただけで嫌悪を覚え、すぐに別の相手に気持ちを向けられるようになるだろう。ミス・マニングこそ、ドレークの心を癒やせる女性かもしれない。

足もとがふらつき、涙がこぼれそうになった。そのとき誰かが腕に触れ、セバスチャンははっとして目をしばたたいた。

「だいじょうぶですか、ミセス・グリーンウェイ」ジャスパーが小声で訊いた。

「ええ、だいじょうぶよ」セバスチャンは無理やり笑顔を作ってみせた。「日光を浴びすぎたみたい。それと興奮したせいね。今日一日で、あまりにたくさんのことが起きたから」

「——よろしいでしょうか、閣下」ミス・ヴェリティ・マニングのやわらかな声が、右の耳から左の耳へ抜けていった。

「ええ」ドレークはつぶやいたが、次の瞬間には、ヴェリティがなにを言ったか忘れていた。きちんと耳を傾けるべきだとわかっていたが、頭のなかはアンのことでいっぱいだった。ドレークはアンが、ほかの使用人たちと立ち話をしているのをこっそり見ていた。

気球の打ち上げの最終調整と準備の手伝いを終えたあと、ドレークはなんとかしてアンのところへ行こうとしていた。彼女とは打ち上げの前に二言、三言、他愛《たわい》のない会話を交わしただけだ。今日ここへ招いたのは、一緒に楽しい時間を過ごしたかったからなのに、なかなかそのチャンスがない。

気球に乗りこもうとした男とカーターの口論をおさめてから、ドレークはふたたび作業に取りかかった。

やっと準備が完了し、上着を着ようとしていたとき、また別の問題が起きたとカーターが声をかけてきた。風速があきらかに速くなったので、着陸地点を通りすぎないよう、計算と軌道を再確認してほしいという。「イギリス海峡におりてはかなわないからな」カーターは歯を見せて笑った。「最悪なのは、フランス国内に着陸することだ！」

ドレークはうなずき、友人を安心させようとさっそく作業をはじめた。

それが終わって、ようやく黄褐色の夏物のウールの上着に袖を通したとき、今度は航空科学に夢中な知人ふたりに呼びとめられた。そして気がつくと、空の旅の可能性とこれからはじまる気球上昇の実験について、長い議論に巻きこまれていた。

それから家族が到着した。最初にアダムとマロリー、それに十三歳の末の妹のエズメがやってきた。エズメはスケッチ帳を持って芝生の上にすわり、鉛筆とパステルで目に留まったものを描きはじめた。何枚か描いた絵をちらりと見たところ、公園に集まった人びとよりも、そこにいる犬や鳥に興味を引かれているようだった。エズメらしい、とドレークは思った。妹は動物が大好きなのだ。

次にケイドとメグが、まだ幼い息子と乳児の娘を連れて現われた。エドワードとクレアと十五カ月の娘もそのすぐあとにやってきた。クレアの妹のエラも一緒だった。うっとりした顔のふたりの若者にちやほやされ、とても楽しそうにしている。

子守係が三人、子どもたちの面倒を見るために同行していたが、さらにクライボーン邸の従僕のひとりも一緒に来ていた。従僕が臨月の公爵夫人のために椅子を持ち歩いているのを見て、ドレークはあっけにとられた。ほんとうならいまごろクレアは家でおとなしくしているべきだと、誰もが思っているのだ。クレアはドレークの表情に気づくと、妊婦だからといって囚人みたいに屋敷に閉じこもっているつもりはない、と言った。そして心配のあまり顔をしかめているエドワードの手を借り、椅子に腰をおろした。

「予定日まであと十日以上あるのよ」クレアはしれっとした顔で、大きなお腹の上で手を組んだ。「こんなに楽しい催しがあるのに、どうしてわたしだけ家にいなくちゃならないのかしら」

「誰もきみを屋敷に閉じこめたいなんて思ってないさ」エドワードは腰をかがめ、妻の頬にキスをした。「ただ、公園でお産をしてほしくないだけだ」

みながどっと笑い、クレアはエドワードの手をおおげさにはらいのけた。それから吹きだした。

そのときまたあらたに三人が到着し、ドレークは立ち去る機会を逃した——ヴェリティ・マニングと父親のサクソン卿、その腕に手をかけて少女のような顔をしている公爵未亡人のアヴァだ。

ドレークは眉をひそめ、サクソン卿と母が仲良さそうに話す姿に目が釘づけになった。サクソン卿が低い声でなにかを言うたび、母が軽やかな声で笑っている。サクソン卿はなんのつもりだ？ あれではまるで母を口説いているようではないか。

ドレークがあぜんとしていると、ヴェリティがそっと近づいてきて、気球の打ち上げについて尋ねはじめた。失礼にならないようにその場を去る方法を考えつかずにいるうちに、時間がどんどん過ぎていった。気球が上昇して雲のなかへ消えるのを見ているあいだも、ドレークの心は、感じはいいが退屈なヴェリティではなく、アンのことでいっぱいだった。

もうそろそろ限界だ。作法などどうでもいい。

「――じゃあ今度の水曜日、パーティへいらっしゃるんですね」ヴェリティはピンクの唇にうれしそうな笑みを浮かべて言った。

「ええ……いや、その……なんでしたっけ」

ヴェリティの顔からかすかに笑みが消えた。「パーティです。さっきからお話ししているでしょう。さっき行くとおっしゃいましたよね」

「いや、言った覚えはありません」

それとも言ったのだろうか。ほかのことに気をとられていたせいで、なにを訊かれても生返事をしていたにちがいない。

「失礼、ミス・マニング。ちゃんと聞いていませんでした」

「まあ」ヴェリティの笑みが完全に消えた。「考えごとをなさっていたんですね」

「ええ」ドレークは正直に答えた。

「数学ですか？　新しい定理のこととか」

「いいえ。でもわたしにとっては大切なことです。あなたには申し訳ないことをした」

ヴェリティは一瞬、気を悪くしたような顔をしたが、すぐにうなずいてぎこちなく微笑んだ。「気になさらないでください。閣下はとても頭がよくて、よく考えごとをなさるかただとわかっていますから」

ああ、でも女性のことで頭がいっぱいになることはない。ドレークは胸のうちでつぶやいた。特にひとりの女性のことばかり考えるなど、以前はありえなかった。

ヴェリティのがっかりした表情を見て、ドレークの良心がうずいた。いくら特別な感情を抱いていなくても、ミス・マニングを傷つけていいわけではない。

今日はなにをやってもうまくいかないようだ。

「パーティに行くとお約束はできませんが、近いうちにまたどこかでお会いできるのを楽しみにしています。あなたならエスコートしてくれる紳士がたくさんいるでしょう。ダンス・カードはいつも申しこみでいっぱいなのではありませんか」

ヴェリティは顔を輝かせ、誇らしげに背筋を伸ばした。「ええ、閣下。たくさんの紳士が誘ってくださいます」

でもあなただけはちがうのね。ヴェリティがそう心のなかで言ったのが聞こえた気がした。

「彼らの幸運を祈っています。あなたを勝ちとることができた男は幸せですね」

ヴェリティはほとんど聞こえないほど小さなため息をつき、両手を握りあわせて視線をあげた。「ドレーク卿？」

「なにか？」

「その……問題はわたしですか？」静かな声で尋ねた。「それとも、ほかに好きなかたがいらっしゃるのでしょうか」

ドレークはふと表情をやわらげ、ヴェリティにはほんとうのことを話す義務があると思った。「安心してください、ミス・マニング。あなたのことが気に入らないからではありません」

ヴェリティは興味をそそられた様子で唇を開いた。

だが相手になにか言う暇を与えず、ドレークはお辞儀をしてその場を離れた。いまならまだ、アンにお菓子を買ってやれるかもしれない。

だが五歩も進まないうちにとつぜん悲鳴が聞こえ、あわてて後ろをふりかえった。

クレアが椅子の横に立ち、背もたれをぎゅっとつかんでいた。予想もしなかったことが起きたかのように、その顔に困惑の表情が浮かんでいる。「ああ、まさか」信じられないという口ぶりで言った。

エドワードがあわてて近づき、クレアの背中に腕をまわして支えた。「どうしたんだ?」

「心配はいらないわ。でも外の世界があまりに楽しそうなせいか、あなたの息子は予定よりも早く生まれてくることにしたみたい」

エドワードの顔からさっと血の気が引いた。「陣痛がはじまったのか?」

クレアはうなずいた。「ええ。次のハーツフィールド侯爵を公園で誕生させたくなかったら、早くわたしを家に連れてって」

22

屋敷へ戻るあいだ、使用人たちの乗った馬車は公爵夫人の話で持ちきりだった。まさかドレーク卿の義理のお姉様が、グリーン・パークで産気づくなんて。夜になるころには、きっとロンドンじゅうの人たちに知れわたるわね。

だがそのおかげで、誰もセバスチャンの様子がおかしいことに気づいていないようだった。みんなすっかり興奮し、セバスチャンが今朝もいまも、いつになく口数が少ないことに注意が向いていないらしい。ドレークはというと、公爵がお腹の大きな妻を抱きかかえて馬車に駆けこんだあと、家族と一緒にクライボーン邸へ向かったようだ。

だが屋敷に戻って間もなく、セバスチャンはドレークが帰ってきていることに気づいた。仕事部屋の前を通りかかったとき、思いがけず彼がなかにいるのが見えた。分厚い機関誌やひとつかみの鉛筆など、持ち物を手早くまとめている。

「アン……いや、ミセス・グリーンウェイ」ドレークは机の向こうから言った。「なかへはいってドアを閉めてくれ」

廊下にいる従僕とストーに、ドレークが自分を姓ではなく名前で呼ぶのを聞かれたかもしれないと思い、セバスチャンは躊躇《ちゅうちょ》した。でもふたりの関係に感づかれたところで、いまさらどうということもない。どうせもうすぐこの屋敷を出ていき、みんなとは二度と会うこともないのだ。それに自分が姿をくらませば、主人と男女の仲だったのではないかという疑念よりも、みんなもっと衝撃的な事実を知ることになる。誰もがわたしの裏切りに激怒し、人格そのものを否定して忌み嫌うにちがいない。セバスチャンは暗い気持ちで部屋へはいり、ドアを閉めた。

ドレークは温かい笑みを浮かべ、集めたものを机の端に置くと、立ちあがってセバスチャンに近づいた。そして手を差しだして両手を握った。「今日はすまなかった。何度もきみのところへ行こうとしたんだが、そのたびに邪魔がはいってね」

セバスチャンは小さく肩をすくめた。「気にしないで。わかってるわ」

「そうか」ドレークはセバスチャンの手のひらにキスをした。「きみは天使だ」

二日たったら、そうは思わなくなるだろう。でもいまはそう思わせておこう。

「出かける前にきみに会いたかったんだ。バイロン家に新しい家族が仲間入りするから、みんなクライボーン邸に集まることになっている。ぼくも行かなくてはならない」

「ええ、もちろんよ。家族と一緒にいなくちゃ」

「でもその前にきみの顔を見ておきたかった。今夜は戻れないだろうから」

セバスチャンの胸がぎゅっと締めつけられた。「戻れないの？」声が震えているのが、自分でもわかった。

「赤ん坊の誕生を待って、無事に生まれたらお祝いをするから、家族はみんな向こうに泊まることになってるんだ。そのことをきみに伝えたくて」

セバスチャンの胸に、ナイフで刺されたような鋭い痛みが走った。公園でドレークが若い女性と一緒にいるのを目にし、ふたりは結婚するのかもしれないと思いはしたが、それでも夜になってベッドで抱きあえるのを心待ちにしていた。この屋敷を去る前に、最後にもう一度だけ愛しあいたかった。生涯忘れられない思い出を作るために。

でもドレークは今夜、屋敷にいないという。しかも彼が留守だということは、暗号を盗むのに今夜が絶好の機会だということだ。いったん暗号を書き写したら、すぐに逃げなければならない。あと二日どころか、今夜のうちに去らなければならないのだ。

ああ、神様《モン・デュ》、ドレークと会うのはこれが最後だなんて。

セバスチャンは手のひらに爪が食いこむほど強くこぶしを握りしめ、涙が出そうになるのをこらえた。泣く時間なら、あとでたっぷりある。ドレークを失った悲しみに、何年も涙を流しつづけることだろう。

そう、何年も。

ドレークと別れるのは、愛する人をまた亡くすようなものだが、ティエリーのときよりつらいのは、今回は去っていくのが自分だということだ。離れていくのは、ほかでもないこの自分なのだから。

危険な潮流に巻きこまれて、体が水のなかへ沈んでいくように、胸が苦しくなった。だがここで泣きくずれ、心が血を流していることをドレークに知られるわけにはいかない。

セバスチャンは、自分でもどこにそんな強さが残っていたのか不思議に思いながら、笑みを浮かべてみせた。「さびしいけれど、ひと晩のことですものね」

それでもやはり悲しみが表情ににじみでていたらしく、ドレークが指でくいとあごをあげてその目をまっすぐ見つめた。

「そんなに悲しまないでくれ。すぐに帰ってきて、たっぷり埋め合わせをさせてもらうから」

セバスチャンは片手をあげ、ドレークの顔をなでた。その形と感触を記憶に刻みこむように、こめかみからあごまでじっくりとなでおろす。「キスして、ドレーク」

ドレークは微笑み、軽くくちづけた。

「ううん、そんなのじゃなくて」セバスチャンは思いつめたような声で言った。「本物のキスをしてちょうだい。これが最後だと思って」

ドレークの目が一瞬、驚いたように見開かれたが、すぐに欲望で暗い色を帯びた。「ああ、喜んで」

ドレークは唇を重ね、抑制もためらいも捨てて息の止まるようなキスをした。

セバスチャンは目を閉じてその刹那に身をゆだねた。彼の唇と舌がすべるように動いている。豊かな髪に手を差しこみ、ドレークの顔を引き寄せた。男性のにおいに混じり、新鮮な空気と暖かなウールとさわやかな汗のにおいがする。上等のワインや香辛料よりもいいにおいだ。彼が口のなかを舌で愛撫している。セバスチャンは身震いし、欲望のおもむくままに情熱的なキスを返した。こうして抱きあっていても、一秒ごとに別れのときが近づいている。

セバスチャンは、ふたりのあいだになにもはいりこむ隙間もないほどに、ドレークを強く抱きしめて体を密着させた。いまは別れの悲しみも忘れよう。キスはだんだん濃密さを増し、心臓の鼓動と同調するように激しくなった。

このひとときを永遠に忘れない。どんなにこすってもとれない焼き印のように、抱擁の記憶が体に刻みこまれていく。これから先、誰と会ってもドレークと比較してしまうだろう。どんな男性も、ドレークとくらべたら色あせて見えるにちがいない。

もうほかの誰も愛せない。

わたしの心は彼のものだ。

いつまでも。

セバスチャンはますます濃厚なキスをし、彼の腕に抱かれている悦び以外、なにもかも忘れようとした。

〝ドレーク〟胸のうちでつぶやいた。愛《ジュ・テーム》してる。いつもこの心にいるわ。愛する人《トゥジュール・モン・クール・モナムール》。

やがてふたりはゆっくりと唇を離して息をついた。

「すごいな」ドレークは言った。「最高のキスだった。こんなにすばらしいさよならのキスができるなら、これからもっと頻繁に外出することにしよう」まだ荒い呼吸をしながら微笑んだ。

セバスチャンは、口を開くと自分でもなにを言ってしまうかわからないので黙っていた。

ドレークは首をふり、セバスチャンに笑いかけてから机の向こうへ戻った。「そろそろ出かけるよ。いま行かないと、ここを離れられなくなりそうだ。決心が鈍って、家族との約束を破ってでもきみを寝室へ連れていきたくなる」

荷物をまとめてドアへ向かった。「そんなに暗い顔をしないでくれ。あっというまに戻ってくるよ」

〝ええ、でもそのときにはもうわたしはいない。姿を消しているわ〟

「さようなら、ドレーク」セバスチャンは静かに言い、いとしいその顔を最後にもう一度見つめた。

ドレークはふたたび微笑み、ドアをあけて出ていった。

セバスチャンはとつぜん、また息ができなくなった。これまで経験したことのない痛みが走り、胸が真ん中から切り裂かれているようだ。この痛みの正体はなんだろうと考え、ふいにわかった。

これは心が壊れ、死んでいく痛みだ。

どのくらいのあいだ、その場にじっと立っていただろうか。幸いなことに、その間ずっとひとりきりだった。セバスチャンが主人の仕事部屋でなにをしているのか、誰も様子を見に来なかった。

しばらくしてようやく落ち着きを取り戻した。全身が氷のように冷たく、感覚がない。

これですべてが終わる。イギリスへやってきてからずっとおそれ、ずっと待ちつづけてきた日がようやく訪れた。今夜、暗号を書き写す。みんなが寝静まってから、家族を救うために愛する男性を裏切るのだ。イギリス海峡の向こうにいるふたりの弟と年老いた父は、誰よりもわたしを必要としている。

これほど哀れな女が、ほかにいるだろうか。

自分の様子がおかしいことをほかの使用人たちに気づかれずに、夜まで過ごす自信がなかったセバスチャンは、あることを思いついた。

廊下に誰もいなくなるのを待ってから、図書室へ向かった。そこにはドレークが、来客用に蒸留酒を用意している。女中頭用の鍵で戸棚をあけ、ウイスキーをたっぷりグラスに注いだ。一気に飲むと、のどが焼けつき、もう少しでむせそうになった。酒は骨の芯まで冷えきった体を温めることはできなかったが、笑みを浮かべてふつうに口をきける程度には気持ちを落ち着かせてくれた。

セバスチャンはグラスをきれいにふき、戸棚へ戻して鍵をかけた。ひとつ深呼吸をすると、覚悟を決めて図書室を出た。

23

「男の子だ！」翌日、朝日が昇って間もないころ、エドワードが朝食室の入口に現われて声をあげた。疲労で少し青ざめた顔を大きくほころばせている。いつもは一分の隙もない格好をしているが、今朝はシャツとベスト姿で、タイはとっくにはずして屋敷のどこかに投げ捨ててあった。

テーブルについていたドレークは、兄の満面の笑みに笑顔で応えた。ケイドとレオ、ローレンス、アダム、それに義理のいとこのクエンティンと一緒に、紅茶と卵料理の朝食をとりながら、赤ん坊誕生の一報を待っているところだった。女性陣はというと、夜通しクレアに付き添い、交代で軽食を食べたり仮眠をとったりしていた。

ドレークも夜中の三時ごろに少し眠ろうと横になったが、屋敷にいるほかの人たちと同じく、待ち遠しさと心配で、一、二時間うとうとしただけだった。しかもクレアの苦痛の叫び声が遠くから聞こえてくるとあっては、なかなか寝つけるものではなかった。だがこうして無事にお産が終わり、あらたな家族の誕生に、屋敷じゅうが喜びと平安に包まれている。

入口のいちばん近くにすわっていたレオが立ちあがり、エドワードに椅子を勧めた。エドワードはありがたく椅子に腰をおろした。みなから背中をぽんとたたかれてお祝いのことばをかけられ、またしても満面の笑みを浮かべた。

召使いが置いていった熱いコーヒーを飲み、長男が誕生したときの話をした。男が産室にはいるべきではないという因習を無視し、わが子がこの世に生まれてくるときにクレアをそばで支えられてよかった、とエドワードは言った。

自身も父親であるケイドとクエンティンが、まったくそのとおりだと同意した。アダムも、あと数カ月後にマロリーがお産をするときには、かならず立ちあうつもりだと言った。レオとローレンスが緑がかった金色の目を丸くし、うりふたつの恐怖の表情を浮かべて顔を見合わせている。ドレークは黙って朝食を食べつづけていた。

愛する女性の出産を見守るのは、どんな気分なのだろうか。アンのそばにいたら、どんな感じがするだろう。

そんなことを想像した自分に動揺した。さらに驚くことに、ドレークはアン・グリーンウェイが自分の子どもを産むことを想像しても抵抗を感じなかった。眉をひそめて、バターを塗ったトーストをかじった。

「クレアはいまぐっすり寝ている」エドワードは少し眠たそうな顔をし、コーヒーのお代わりを飲んでハムとトーストと卵料理を食べはじめた。「まもなく赤ん坊がお腹を空かせ、クレアを起こすだろう。ぼくは乳母を雇おうと提案したんだが、ロバートが最初に口にするのが他人のお乳ではいやだとクレアが言うもんでね」

ドレークは顔をあげた。「父さんの名前をつけるのかい？」

その場にいる全員が興味をそそられた顔をした。

エドワードはうなずいた。「ああ。それから、クレアの父上の名前も。ロバート・ヘンリーだ。そもそも、そのふたりがぼくたちの仲を取り持ったんだから、そうするのがふさわしい気がしてね」

みなはしばらく黙り、エドワードのことばと、ふたりが子どものころに婚約させられてからこれまでに起きたできごとについて思いをめぐらせた。

まもなく女性陣がやってきた。

メグがケイドの椅子の肘掛けに軽く腰かけ、皿に載ったベーコンを食べながら、母子ともにまだすやすや眠っていると話した。クエンティンの妻のインディアが夫の隣りの席につき、紅茶を飲む。マロリーもアダムとドレークのあいだの席にすわった。

マロリーは寝不足の目で何度もあくびをしながら、夫のアダムからもらったジャム添えのトーストを食べている。マロリーがトーストと半熟卵を食べ終えると、アダムは妻をエスコートして寝室へ向かった。

エドワードもコーヒーを飲みほし、あわただしく挨拶をしてクレアと赤ん坊のところへ戻っていった。幼いハンナがそろそろ目を覚まして母親を恋しがるだろうから、様子を見に子ども部屋にも立ち寄るとのことだった。

エドワードがいなくなると、みななんとなく手持ちぶさたになった。

「ぼくたちも少し横になろうかな」ローレンスが沈黙を破り、こぶしを口に当ててあくびをした。「昨夜はみんな、ほとんど寝てないだろう。二、三時間眠ってから、正式にお祝いをしよう。今夜は料理人が腕によりをかけてご馳走《ちそう》を作るようだから、それを逃す手はないな。それにパーティやギャンブルのために祝宴を欠席したら、母さんが激怒する」

「じゃあここでご馳走を食べてから出かけるとするか」レオが歯を見せて笑った。「真夜中の街には、楽しいことがたくさんある」

双子はなにかよからぬことを企んでいるように忍び笑いをした。

真夜中のお楽しみなら、自分にも心当たりがある。ドレークは心のなかでつぶやいた。すでにアンに会いたくてたまらず、彼女のもとへ帰るのが待ち遠しい。アンのもとへ帰る、か。とてもいい響きであるだけでなく、そうするのが正しいことのように思える。

ドレークはまだテーブルについている二組の夫婦に目をやり、その幸せそうな様子をながめた。ケイドは心と体に深い傷を負って戦場から戻ってきた。そこへメグが現われ、兄のなかの悪夢をすべて追いはらった。ケイドを破滅の瀬戸際から救ったのは、まさに愛だった。

そしていとこのインディアは、クエンティン・マーローの心を射止めた。クエンティンは皮肉屋の放蕩者として知られていたが、いったん分厚い仮面がはずれると、その下に隠れていたのは誠実で愛情深い顔だった。いまは妻のインディアに自分のすべてを捧げている。

少し前までのドレークなら、そんな感傷的でロマンティックな話を聞いても鼻白んでいただろう。でもアンと出会ってからは……。

ただの火遊びとしてはじまった情事が、いつのまにかずっと大切で意味あるものになっていた。アンはもう、たんなるベッドの相手ではない。離れているとさびしくて会いたくなる。日中は彼女のことばかり考え、夜になると一緒にベッドにはいりたいと思う。いろんなことを語りあって笑いあい、ともに幸せになりたいと思う相手だ。ひと言で言うと愛する女性で、そのことに疑いをはさむ余地はない。

アンは使用人で、自分とは属する階級もちがうが、そんなことはたいした問題ではない。聡明《そうめい》でことば遣いも美しく、知り合いの多くのレディよりもずっと作法が洗練されている。どこに出しても恥ずかしくない立派な女性だ。どんな秘密を隠そうとしているのかは知らないが、時間がたてば、自分のことを信頼して打ち明けてくれるだろう。そしていつか愛してくれるかもしれない。自分が彼女を愛しているように。

だが、そのあとは？

このままいつまでも、人目を盗んで深夜の密会をつづけるのか。

ふたりの関係の本質から目をそらし、否定しつづけるのか？

いまや世界のすべてである彼女のことを、なんでもない相手だと自分に言い聞かせつづけることはできない。

ドレークは一度、愛人にならないかとアンに持ちかけた。安楽で贅沢な暮らしをさせ、たっぷり愛情をそそぐつもりだった。ところが彼女はそれを断わった。愛人がいやなら、ただひとりの愛する女性になるのはどうだろう。

妻になってくれと言ったら、彼女は首を縦にふるだろうか。

ドレークははっとして凍りついた。

このぼくが結婚を？　まさか。

結婚などしたくない。

妻や子どもの相手をする時間はない。

自分の生活は不規則で、あらゆることがこみいっている。

そんな夫を理解して、研究に没頭したりぼんやり考えごとをしたりすることを許してくれる妻が、いったいどこにいるだろうか。きっとうるさく文句を言い、こちらを変えようとするだろう。だが混沌《こんとん》としているように見えても、自分の生活にはきちんとした秩序がある。それを乱されてはたまらない。

〝でもアンならそんなことはしない〟頭のなかで声がした。アンはこちらのことを理解してくれている。長所も短所も含めて、ドレークがどんな人間かをちゃんとわかっているのだ。

彼女となら、きっとうまくやっていけるにちがいない。アン・グリーンウェイはまさに自分にぴったりの相手だ。

「ドレーク。ドレークってば。聞いてるかい」

ドレークは目をしばたたき、テーブルの向かいの席にいるレオを見た。こちらの顔のすぐ前で手をふっている。「なんだ?」渋面を作って手をよけた。

「邪魔をして申し訳ない。ぼくたちもそろそろ寝室へ行くけど、だいじょうぶかなと思って」レオは言った。「ちょっと様子がおかしかったから。いくら兄さんでも心配でね」

テーブルをぐるりと見まわすと、全員がレオと同じことを思っているようだった。席についた誰もが、心配そうな、だがどこか愉快そうな表情でこちらを見ている。

「だいじょうぶだ」ドレークはぴしゃりと言った。「考えごとをしていただけだよ。いつものことじゃないか」

ケイドが声をあげて笑った。「啓示でも受けたんじゃないのか。〈ジェントルマン・ジャクソンズ〉でボクシングの試合に負けたような顔をしていたぞ」

そんなにおかしな様子に見えたのか、とドレークは思った。たぶんそうなのだろう。結婚という人生の根源的な問題に対する考えが百八十度変わるなど、男にとってそうそうあることではない。

ドレークは咳払いをして椅子を引いた。「まあそんなところだ。さてと、ぼくを肴《さかな》にして楽しむのはもう終わったかな。そろそろ昔使っていた寝室に行って、横になりたいんだが」

メグが小さくあくびをし、銀色がかった青い目をうるませた。「いい考えね。わたしもそうしようかしら。ケイド、準備はいい？」

「ああ、もちろん。ぼくはいつでも準備ができてるよ」

メグはわざと顔をしかめてみせた。「お行儀よくしてちょうだい、閣下」

「でもぼくが行儀よくなったら」ケイドは足をひきずりながら、妻のあとについて朝食室を出た。「きみは退屈するんじゃないか」

メグの軽やかな笑い声が廊下から聞こえてきた。ふたりが実際に仮眠をとるのはもう少し先になりそうだ、とドレークは思った。インディアとクエンティンもこっそり顔を見合わせて微笑み、朝食室を出ていった。次にレオとローレンスがいなくなった。歩きながら顔を寄せあい、夜になったらなにをして遊ぼうかと話しあっている。

ドレークはひとりになってほっとし、席を立った。寝室へ向かいながら、ふとあることを思いついた。いまはもうそれほど疲労を感じていない。自分がほんとうにしたいことは、アンのところへ行って結婚を申しこむことだ。でも、それにはまず指輪がいる。

ドレークは階段に向かい、一度に二段ずつおりた。

その日の夜、十一時を少し過ぎたころ、ドレークは自宅へ戻った。〈ランドル・アンド・

ブリッジ〉で買った指輪がポケットにはいっている。ミスター・ランドルに手伝ってもらって選んだ、情熱的なアンにぴったりの真っ赤なルビーを美しいダイヤモンドがぐるりと囲んだデザインの指輪だ。ドレークはアンが指輪を気に入ってくれることを願った。そして指輪と一緒に、プロポーズも受けてくれるといいのだが。

不安と期待で肌がぞくぞくし、少しだけ胃がもたれるのを感じた。おそらく、数時間前にクライボーン邸で食べた豪華な料理のせいだろう。

家族だけの祝宴はにぎやかだった。特に、母親とは思えないほど若々しいクレアが、長い金色の髪をリボンでひとつにまとめ、花柄のシルクのガウンを着てデザートを食べにやってきたときはみな大喜びで迎えた。クレアはおだやかな笑みを浮かべ、お産で疲れたので甘いものが欲しくなったのだと言った。それから小一時間たったころ、愛妻のまぶたが重くなってきたのを見て、エドワードが寝室へ連れていった。

それから間もなく、ドレークはまた訪ねてくると約束して屋敷をあとにした。

今度クライボーン邸に行くときには、結婚の報告ができるかもしれない。そうしたらすぐに未来の花嫁を紹介しよう。家族にはアンのことを好きになってもらいたい。兄弟のほとんどはすでに彼女と会っているが、そのときは婚約者としてではなく女中頭として紹介した。でも兄弟たちはそれほど抵抗なく、アンが女中頭から婚約者になったことを受けいれてくれるだろう。女性陣も納得してくれるだろうが、兄たちよりは少し時間がかかるかもしれない。

それでも母は、これまで義理の娘全員を、財産の有無や血筋に関係なく両手を広げて温かく迎えてきた。きっとアンのことも同じように歓迎してくれるはずだ。

だが、社交界の面々はひと筋縄ではいかない。特に大きな影響力を持った貴婦人たちは、意地悪な見方をするだろう。それでもアンならば、そうしたレディを上手にあしらい、愛顧を得るのではないかという気がする。

とにかく、まずはプロポーズをしなければ。そのあとのことはどうにでもなる。

「ただいま、ストー」ドレークは大またで玄関ドアをくぐった。

「お帰りなさいませ、閣下。ご無事に戻られてなによりです。それから、クライボーン公爵家の跡継ぎのご誕生に、心よりお祝いを申しあげます」

ドレークは微笑んだ。「ありがとう。母子ともに元気だったよ」ポケットに手を入れ、指輪のはいった宝石店の小さな箱に触れた。「ミセス・グリーンウェイはまだ起きてるかな。わたしの仕事部屋に顔を出すように伝えてくれないか」

いつもおだやかなストーが眉根をきつく寄せ、ドレークをじっと見た。「ミセス・グリーンウェイはおりません」

今度はドレークが見つめかえす番だった。「いない、いないとは?」

「今朝、閣下がいらっしゃらなかったので、ミセス・グリーンウェイはわたしに一日休みを欲しいと申しでてきました。そこでわたしは閣下に代わって許可を与え、朝の十時ごろに別れました。夕食までには戻ってくると思ったのですが、まだ姿が見えません。戻り次第、お知らせいたします」

ドレークは指輪の箱をぎゅっと握り、角を指でなぞった。アンの公休は金曜日だが、グリーン・パークへ行ったせいで今週は一日も休みがなかった。だから代休をとるのはわかるが、こんな時間にいったいどこにいるのか。夜遅くに出かけるとはアンらしくないし、今夜は自分が帰ってくることも伝えてある。なにか悪いことでもあったのだろうか。

ドレークは胃がねじれる感覚に襲われた。

まさか。きっと無事に決まっている。

いまは暖かい季節で日没も遅いので、芝居でも観に行き、終わってから外で夕食をとっているのかもしれない。いや、ひとりでそんなことはしないだろう。もっとも、それはアンがひとりであればの話だ。友だちと出かけたということもありうる。

ドレークは胸騒ぎを覚えて顔をしかめた。

「もうひとつ、お伝えすることがございます」ストーが言い、ドレークは物思いから引き戻された。

執事の目を見た。「なんだ?」

ストーの唇がかすかにゆがんだ。「閣下にお目にかかりたいという男性がお見えです……たしか、ミスター・アジーズとかいうお名前でした。こんな時間ですから、どうしようか迷ったのですが、閣下とお話しするまではどうしても帰らないとおっしゃいまして」

アジーズが？　今夜ここに？　アジーズとはエドワードが使っている元警吏の男で、この屋敷を監視し、前にドレークが目撃した不審な人物に目を光らせていた。なにかおかしな動きがあったら、すぐにこちらに報告することになっている。そのアジーズが夜更けに訪ねてくるとしたら、悪い知らせを持ってきたとしか考えられない。

「なぜそれをもっと早く言わない」ドレークはいやな予感がし、ついとげとげしい口調になった。「どこにいる？」

「小売商を通す部屋です。ほかにどこへご案内すればいいか、思いつきませんでしたので」

小売商用の部屋は物置とたいして変わらない広さで、なかには椅子が二脚だけ置かれている。だがアジーズはつまらないことにこだわる男ではないので、そこで待たされても特に不満はないだろう。

「仕事部屋に案内してくれないか」ドレークは言った。「それから、ミセス・グリーンウェイが戻ってきたらすぐに知らせてくれ。いくらなんでも遅すぎる」

ふたたび胸騒ぎがした。

「かしこまりました、閣下」ストーは急いでその場を立ち去った。

ドレークはまた指輪の箱を握りしめ、廊下を大またに進んだ。

それから五分もしないうちに、アジーズが帽子を手に持ってやってきた。小柄で痩せた細面の男で、ドレークは見るたびに毛のない猟犬を連想した。禿《は》げた頭がろうそくの明かりのなかで鈍く光っている。

「なにかあったのか」ドレークは前置きなしに尋ね、机の向こうの椅子に腰をおろした。軽く手をひとふりし、アジーズにもすわるよう勧めた。

だがアジーズは椅子にかけようとせず、早足で何歩か進んでから立ち止まった。「はい、閣下。すぐに知らせたほうがいいと思いまして」

「きみと仲間がずっと追ってきた男のことか？　見つけたのか」

「はい、最低の野郎です。どうせ本名じゃないでしょうが、ジョーンズと名乗ってるらしいですよ。コベント・ガーデンで働いている女から聞きました。そいつに気を失うまでこっぴどく殴られ、ひどいことをされたそうです」

アジーズは嫌悪感もあらわに口もとをゆがめた。いまにもつばを吐きそうに見えたが、ここがどこかを思いだしたようだった。

「もっと悪い話は」苦々しい口調でつづける。「わたしが使ってる密告屋のことです。たまに人様の懐に手を突っこんだりしてるようですが、優秀なやつでしてね。そいつにジョーンズを追わせました。いまじゃそのことを後悔してますよ。一週間前から行方不明になりました。スマイリーという男なんですが、ときどき姿をくらますことがあるんで、今回もそうかもしれません。でも身のまわりの物をほとんど置いていってるんで、なんか悪い予感がしまして。最悪なのは、もしテムズ川に浮かびあがっても、腐ってて顔がわからないだろうということです。あそこには身元不明の死体がしょっちゅうあがってますからね」

ドレークは眉をひそめ、指で机をたたいた。「おそろしい世のなかだな。きみの友人が無事であることを祈ろう」

アジーズは神妙な面持ちでうなずいた。

その話にドレークは、ロンドンの街にはさまざまな危険があることに、あらためて思いをはせた。特に夜は危ない。それなのに、アンはまだ戻ってきていない。帰ってきたのなら、ストーが伝えに来ているはずだ。

いったいどこにいるのか。もうすぐ真夜中になろうというのに。

ドレークは不安な気持ちをふりはらい、アジーズの報告に集中しようとした。

「姿を消す前、スマイリーはスパイの密会があることを嗅ぎつけ、チープサイドのとある家の住所を手に入れたと言ってました。そこそこ品のいい場所なんで、そんな目的で使われるとは意外でしたがね。ともかく、仲間にその家を見張らせました。住人はごくふつうの夫婦と子どもふたりだそうです。おかしなことが起きたのは今日でした」

ドレークはアジーズの目を見た。「ジョーンズが現われたのか」

アジーズは首を横にふった。「いいえ、別の人物です」

ドレークは、アジーズが落ち着かない様子で、しきりに帽子のつばをいじっていることに気づいた。

「それで？」早く話を終わらせ、アンを捜しに行きたい一心で先をうながした。

アジーズはごくりとのどを鳴らし、帽子をいじるのをやめた。「閣下も知ってる相手ですよ。誰もがまさかと思う人物です。女中頭のミセス・グリーンウェイでした」

24

ドレークはわけがわからず、長いあいだじっとアジーズの顔を見ていた。「いまなんと、言った？」声にならない声で訊いた。

「女中頭ですよ。閣下のすぐそばで仕えていた使用人が、敵とつながっていたなんて、誰が想像できます？」

奇妙な耳鳴りがしはじめ、心臓がぎゅっと縮んで血液が全身に行きわたらなくなったような気がした。

嘘だ。なにかのまちがいに決まっている。アジーズはきっと勘違いしているのだろう。

「ミセス・グリーンウェイと誰かを見まちがえたんじゃないのか」

アジーズは禿げた頭を横にふった。「いえ、たしかに彼女でした。あんなにいろんな色の髪が交じっていて、しかもきれいな女性を見まちがえるわけがありませんよ。かわいいナンシーは別として」

ドレークの心臓がまたひとつ大きく打った。「なにか別の理由でその家を訪ねたのかもしれない。きみはさっき、住んでいるのはごくふつうの家族だと言ったな。その家族とミセス・グリーンウェイは知り合いで、たまたま今日訪ねたのだということもありうる」

アジーズは哀れむような目でドレークを見た。「ええ、ミセス・グリーンウェイが現われてすぐ、そこの子どものひとりが手紙のようなものを持って家を駆けだしていかなければ、わたしもそう思っていたでしょうね。少年は二時間ちかくたってから帰ってきました。それから五分もしないうちに、女中頭が険しい顔をして出てきましたよ」

「つづけてくれ」ドレークは言い、無理やり深呼吸をした。

「あとをつけたところ、ミセス・グリーンウェイはコベント・ガーデンのセント・ポール教会にまっすぐはいっていきました。信者席にすわって誰かを待っているようでしたね。そのときあの男、そう、ジョーンズが現われたんです。ジョーンズは女中頭のすぐ隣りに腰かけました。ふたりが知り合いであることはひと目でわかりましたよ。ただし、ミセス・グリーンウェイはジョーンズのことが好きではなさそうでした。不快そうな顔をしていましたから」

ドレークは椅子の肘掛けをつかんだ。その場面を想像しようとすると、彼女の美しい顔が脳裏に浮かんだ。「それから?」感情のない声で訊いた。

「しばらくふたりで話をしていましたが、ジョーンズもあまり愉快そうではありませんでしたね。まるで、ミセス・グリーンウェイがしてはいけないことをしたみたいな険悪な雰囲気でした。でもそのうち彼女が紙を渡すと、とたんにやつの顔がぱっと明るくなりましてね。王室に伝わる宝石でももらったみたいに、歯を見せてにっこり笑いやがった」

ドレークは眉根を寄せて考えた。アンがジョーンズに紙を渡し、ジョーンズはそれを受けとって喜んでいたという。思いあたるものはひとつしかない。フランス軍——ジョーンズを使っているのは連中にまちがいない——が、のどから手が出るほど欲しがっているものだ。暗号だ。

しかし、そんなことはありえない。アンがなんらかの方法で隠し金庫を見つけたのだとしても、鍵がなければどうしようもない。その鍵は自分が二十四時間、首にかけて肌身離さず持っている。もっとも、このところ夜はいつもアンと一緒だった。そしてはじめて結ばれた夜、自分はどういうわけか意識が朦朧《もうろう》としていた。

ドレークの眉間に刻まれたしわが深くなった。

「いまどこに?」ドレークは低い声を絞りだすようにして訊いた。「勾留したんだろう? ジョーンズも一緒か?」

アジーズは手に持った帽子をくしゃくしゃに丸めた。「あの、そのことなんですが……もう少しでつかまえられるところだったのに、ジョーンズのやつはそういうことに関しては鼻がきくらしく、見張られていると感づいたようなんです。われわれが動く前に、女中頭を立たせて祭壇の後ろの扉を抜けて裏通りへ逃げました。闇夜の黒猫のように見えなくなっちまったんです」目をそらして頭をなでる。「何時間も捜してたもんで、ここへ報告に来るのが遅くなりました。はっきり言って、あのふたりがいまどこにいたとしても驚きません。フランスにいることもありうる」

フランスに？

だがアンはイギリス人だ。少なくとも、ドレークはこれまでそう信じていた。しかしいまは、彼女がほんとうは何者なのか、わからなくなっている。この屋敷にやってきた理由が嘘だったのだから、何者であったとしてもおかしくない。しかも彼女は、ドレークの人生にもはいってきた。それもいつわりだったというのか。鍵を盗むため、こちらの心のことなどおかまいなしに、ベッドをともにしていたというのか？

ドレークはこぶしをぐっと握りしめた。とつぜん湧きあがった怒りで体がかっと熱くなり、さっきまでの胃もたれが吹き飛んだ。

そんな彼女のことを心配していたとは、われながらお笑い種《ぐさ》だ。彼女はほかになにを知っているのだろうか。

「ミスター・アジーズ、ちょっと席をはずしてもらえるだろうか。ストーに言って酒を用意してもらい、少し待っててくれ。あとでまた訊きたいことがある」

「はい、閣下。ありがとうございます。大変な夜だったんで、ちょうど一杯やりたい気分でした」

ドレークはアジーズが部屋を出てドアを閉めるまで待った。それから立ちあがり、金庫を後ろに隠した絵に近づいた。彼女が金庫をあけて暗号を盗んだ可能性はかぎりなく低いが、いちおう確かめておこう。首にかかった鎖に手をかけ、タイの下に隠れた鍵ごと頭からはずした。錠に差しこみ、金庫をあける。

暗号は小さな革のケースにしまい、いつも庫内の右側に置いてあった。胸が焼けるように熱くなるのを感じながら、ドレークはケースをとりだして留め具をはずした。

暗号は前にたたんで戻したとおり、ちゃんとそこにあった。まばたきもせずにしばしその場に佇み、やはりすべてアジーズの勘違いではないかと考えた。アンが――本名かどうかはわからないが――ジョーンズと会ったのは、自分たちが思っているのとはまったく別の理由だったのかもしれない。とはいえ、それがどんな理由であるかは、さっぱり見当がつかない。

ドレークは紙を開き、まぎれもなく自分の筆跡で書かれた黒い数字と記号の列をながめた。ひととおり目を通したところ、数式は以前とまったく同じだった。困惑を覚えながらも、それがすりかえられていなかったことに安堵し、ケースを金庫に戻そうとした。

そのときだった。こちらをあざけるかのようなにおいを鼻がかすかにとらえ、全身の血が煮えたぎると同時に冷たくなった。

それはスミレのにおいだった。

アンのにおいだ。

夜のとばりがセバスチャンを包み、海水と汗と腐った魚のにおいが、フランスへ向かう小さな帆船のなかにただよっていた。計画ではル・アーヴルからこっそり上陸することになっている。イギリスからヨーロッパ大陸に渡るならカレーのほうが近いので、英国軍はそちらをずっと警戒するはずだからだ。

骨の芯まで疲れ、寒さで凍えそうになりながら、セバスチャンは自分がなにを——誰を——あとに残してきたのかを考えまいとした。昨日の朝遅く、オードリー・ストリートの屋敷を出てから、自分を奮い立たせてなんとかここまでやってきた。ポケットにはいったドレークの暗号が、焼き印のように熱く感じられてならなかった。

裏切り者、泥棒、内通者。チープサイドの連絡所へ歩いていくあいだ、それらのことばが頭のなかに鳴りひびいていた。約束どおり翌日まで待たなかったことに、バシューが怒るのはわかっていたが、それでもいいと思った。ただ、その場を離れたかった。その家は緊急のとき以外、行ってはならないことになっていたが、バシューに連絡をとるにはそこしか思いつかなかった。それにセバスチャンにとって、その状況は緊急と呼べるものだった。ドレークの屋敷にとどまることはできないし、ホテルに泊まったりしたら、なにが起きるかわからない。

ドレーク卿の屋敷の女中頭——元女中頭——の顔を知っている人がそうたくさんいるとは

思えないが、万が一ということもある。評判のいいきちんとしたホテルならなおさらだ。だからといって、バシューを満足させるために、評判の芳しくない宿に泊まって身を危険にさらすつもりもなかった。

そこでセバスチャンはチープサイドの連絡所へ行き、バシューに手紙を届けさせた。

思ったとおり、バシューは激怒していた。

「明日、こちらからお前を見つけると言わなかったか？」教会の信者席にすわるセバスチャンの隣りに、ヘビのように体をすべりこませながらバシューは怒鳴った。

それでも暗号の写しを受けとると、とたんに満足げな顔になった。その唇に魂のこもらない不気味な笑みが浮かぶのを見て、セバスチャンはぞっとした。

やがてバシューが、誰かが教会までつけてきてこちらを見張っていると言い、セバスチャンは鼓動が激しくなるのを感じた。暗号を盗んだいまとなっては、バシューよりもイギリス人に捕らえられることのほうがおそろしく、うながされるまま教会を出て、いくつもの細い路地を抜けて安全な場所まで逃げた。もちろんバシューが守ろうとしたのはセバスチャンではなく、自分たちの計画だということはわかっていた。セバスチャンがつかまれば、陸軍省はただちに警戒態勢をとり、バシューはイギリス国内で活動するのはおろか、無事にフランスに戻ることすらむずかしくなるだろう。

バシューはセバスチャンをサウサンプトン行きの馬車に乗せた。サウサンプトンについたらオランダ国旗を掲げた漁船に乗り、こっそりフランスに戻れとのことだった。馬車から船への乗り換えは驚くほどうまくいったが、毛布と食べ物を手に入れるため、船員に賄賂を渡さなければならなかった。パンとチーズとワインという質素な食事だったが、空腹を満たすには充分だった。けれども毛布はお粗末で、虫食いのあとがあるうえにかび臭かった。

体は冷えきっていたが、そのこともあまり気にならなかった。セバスチャンは氷になってしまうのを防ぐにはこれしかないというように、毛布にしっかりくるまっていた。イギリス海峡の冷たい海水が船体を打つ規則的な音も、慰めにはならない。深い霧のような悲しみが心を暗く覆っている。

ドレークとさよならのキスをしてからというもの、セバスチャンの心はずっと泣いていた。心臓はまだ動いているが、魂の大切な一部が死んでしまったようだ。そのせいで、いつまでたっても体が温まらないのかもしれない。自分のなかにあるのは氷の塊だけだ。

ドレークはどこでなにをしているのだろう。いまごろはもう赤ん坊が生まれ、屋敷に戻ってきているにちがいない。誕生したのは男の子だろうか、女の子だろうか。でも自分がそれを知ることはない。そしてドレークについても、数学の分野で偉業を達成して新聞か機関誌に記事でも載らないかぎり、消息を知ることはないだろう。

自分が姿を消したことを知り、彼はどう思っただろうか。もともとの予定では、本人に直接、辞表を手渡して屋敷を去るつもりだった。でも急に女中頭の仕事を辞めて、ふたりの関係もこれきりにしたいなどと言ったら、ドレークはこちらを質問攻めにしたにちがいない。

そこでセバスチャンは卑怯《ひきよう》だと思いつつも、自室に辞表を置いてきた。そこには、とつぜん気が変わって都会に住むのがいやになったので、田舎に新しい職を見つけた、とだけ書いておいた。それはまったくの嘘ではない。これから田舎に住むというのは事実だ。ただ、それがフランスの田舎で、家族の面倒を見るのが新しい仕事だということを書かなかっただけだ。

持ち物はほんとうに大切なものだけを持ってきた。背面が銀のブラシとくし、スミレの香水、そしてフランスの家から持ってきた小さなブローチが、バッグにおさまっている。服や靴、そのほかの身のまわりの品はすべてドレークの屋敷に置いてきた。どれも芝居を演じるためのものだったので、いまはもう必要ない。それに屋敷のみんなに気づかれずに旅行かばんを持ちだし、ロンドンの街中をひきずりながら、人目につかないように逃げるのはどう考えても無理だった。

ほんとうはもっと書きたいことがあった。ドレークに謝りたかった。あなたのことも、みんなのことも、傷つけるつもりはなかったのだ、と。

自分に選択肢はなかった。

やらなければならないことをやっただけだ。

でもドレークがそんな言い分を聞いてくれるわけがない。こちらがしたことを知ったらなおさらだ。女中頭として屋敷にもぐりこんだ真の目的に、彼は気づくだろうか。自分が暗号を金庫から盗んだことに。

セバスチャンは細心の注意をはらい、暗号を正確に書き写して原本をもとの位置に戻しておいた。痕跡を残したつもりはないが、どんなことにも常に失敗の可能性はつきまとう。自分もなにかあやまちを犯したかもしれない。

だが、いまさらそんなことはどうでもいいではないか。暗号を盗まれたことに気づいたとしても、それがフランス軍の手に渡るのを阻止するために、ドレークができることはなにもない。昨日、バシューに渡した暗号は、すでにフランス軍の手に落ちている。少なくとも、ドレークはそう考えるだろう。

しかし真実は、かならずしも見た目どおりであるとはかぎらない。

狡猾で残忍なバシューを、セバスチャンは一瞬たりとも信用したことがなかった。バシューは彼女を脅迫して無理やり今回の計画にひきずりこみ、任務を成功させたら家族には手を出さないと請けあった。だがセバスチャンはそのことばを信じていなかったし、ふたたび利用されることをおそれてもいた。いったんフランスに戻ったら、約束を反故《ほご》にして、また〝ちょっとした仕事〟をやれと言ってくるかもしれない。そもそも暗号を渡してしまったら、バシューやその上にいる人びとにさらになにかを命じられたとき、こちらにはどうすることもできないのだ。

そこでセバスチャンは相手にわからないよう、数式の一部分だけを渡した。暗号を解読するために必要な部分は、手もとに残しておいた。もちろんバシューがそのことを知ったら、自分と家族の身はふたたび危険にさらされるだろう。もしかすると、命さえあやうくなるかもしれない。

だがバシューがそれに気づいたときには、暗号の解読に必要な数式はすでに彼の手の届かないところにある。セバスチャンは、バシューにはぜったいにわからない場所に暗号を隠し、どんなことがあってもそのありかを明かさないつもりだった。それは自分たち家族が自由を得るための保険であり、交渉の切り札でもある。

暗号と引きかえに、相手に要求するものは決めている。

セバスチャン一家の自由な移動と自主を約束する、ナポレオンの署名入りの文書だ。皇帝の誓約書があれば、誰も自分たちに手を出そうなどとは考えないだろう。万が一、また愛する家族の安全がおびやかされるようなことがあれば、フランスを捨てて逃げてもいい。

イタリアかギリシャへ行こう。

暖かい国は暮らしやすくて気に入るはずだ。エーゲ海にふりそそぐ太陽の光なら、硬い氷と化したこの心と体をきっと溶かしてくれるにちがいない。

ドレークはいまごろなにをしているだろう、とセバスチャンはまたしても思った。自分がいなくなったことを残念がっているだろうか、それとも名前を思い浮かべただけで、不愉快になっているだろうか。

辞表を置いていくとは！

ドレークは女中頭の流暢な字で書かれた書類にもう一度目を通すと、それをくしゃくしゃに丸め、三階の彼女の寝室にある火の消えた暖炉めがけて投げた。紙は目標をはずれ、洗面台の下へ転がっていった。

たんすにつかつかと歩み寄り、扉をあけて女中頭が残していった服をつかむと、きれいに整えられたベッドの上へほうった。次に靴を乱暴に床へ投げた。

なにもない。

ネグリジェや下着類を入れてある小さな棚をあけ、一枚一枚ベッドにほうってなかを調べた。

ここにもなにもない。

これといって重要そうなものはなく、仕事用の服とスミレの残り香があるだけだ。

スミレのにおいにドレークのあごがこわばり、頰の筋肉がぴくりと動いた。彼女は自分の目の前でしゃあしゃあと暗号を盗んだのだ。あの裏切り者の泥棒をつかまえたら——かならずつかまえてみせる——いちばん暗くて深いところにある監獄にほうりこんでやろう。

彼女が監獄にいるところを想像した。涙を流しながら、どうか許してほしい、あなたを愛している、などと言うかもしれない。

ドレークはベッドにどさりと腰をおろし、胸の痛みと闘った。コルセットを一枚拾いあげ、薄い綿の生地に顔をうずめて彼女のにおいを吸いこんだ。

ああ、どうしてさよならのひと言も言わずに立ち去ったんだ？　せめて別れを惜しむことばぐらいは欲しかった。彼女にとって自分は、たんなるカモにすぎなかったというのか。

胃がねじれそうになるのを感じながら、ドレークは屋根窓越しに東雲《しののめ》の空を見あげた。今夜は一睡もできなかった。愛する女性にだまされていたことがわかったのだから、眠れるはずがない。彼女は一流の女優で、血も涙もないぺてん師だった。

それが彼女の正体だ。

このことはエドワードに話し、エドワードから陸軍省に報告してもらわなければならない。たしかに大きな失態ではあるが、取りかえしがつかないというほどのものでもない。ドレークはすでに盗まれた暗号に代わる、より高度な暗号を開発中だった。全力を尽くせば完成も早くなる。それでも短期的には、イギリスとその同盟国のこうむる痛手はけっして小さくないだろう。

いや、暗号を盗まれたのは自分のせいなのだから、それを取り戻す責任がある。せめて被害を最小限にとどめるため、打てる手をすべて打たなければならない。まずはアン・グリーンウェイの居場所を突きとめよう。

もっとも、それが本名かどうかはわからない。

ドレークののどに苦いものがこみあげてきた。自分は彼女と理解しあえていると信じていた。しかも、もう少しで結婚を申しこむところだったのだ。独身主義を押しとおしていたこの自分が、彼女の策略にまんまとひっかかったうえ、とんでもない喜劇を演じるところだった。その前に相手が出ていってくれてよかったと思うしかない。

それにしても、彼女はどこに行ったのか。

アジーズは、北へ向かったのだろうと言っていた。おそらくスコットランドだろう、と。推薦状に書かれていた最後の職場はスカイ島だった。とはいえ、それもまた彼女がついていた数多くの嘘のひとつかもしれない。

もうひとつ可能性が高いと思われる行き先はフランスだ。暗号が目的だったのなら、彼女をこの屋敷へ送りこんだのがフランス軍であることは明白だ。目的のものを手に入れたいま、ひそかにイギリスを出国していたとしてもおかしくない。だが戦時のフランスに忍びこみ、敵につかまることなく彼女を捜しだせる確率はかぎりなくゼロに近い。

それでも必要とあらば喜んでそうしよう。危険を冒すだけの価値はある。

ドレークが行き先について考えをめぐらせているとき、〝アン〟との会話がふと脳裏によみがえった。

〝ご家族はどこに住んでいるんだ？〟

〝アンブルサイドなの〟彼女は歌うような美しい声で答えた。〝きれいなところよ。木々が豊かに生い茂り、真っ青な湖があって、どこまでも丘がつづいているの〟

アンブルサイド。

いまふりかえると、あのときの彼女は仮面をはずし、ほんとうのことを話していたように思える。あれほど具体的な風景の描写を、思いつきでとっさに口にできるものではない。彼女がついたであろう多くの嘘のなかに、真実を示すものも交じっていたのではないだろうか。

馬を走らせれば、二日か三日で湖水地方につく。まずはそこから捜索を開始しよう。運がよければ本人が見つかるかもしれない。もし見つからなかったら、そのままスカイ島へ行ってみよう。その間、アジーズとその仲間を南岸の港に行かせるのだ。誰かが元女中頭の特徴に合う女性を目撃しているかもしれない。

自分の恋人でもあった女性を。

ドレークはふと、彼女の言うとおりにふたりの仲を秘密にしておいてよかった、と思った。そのときはどちらでもよかったが、いまとなっては助かったという思いだ。さらに安堵すべきは、家族にまだ彼女と結婚するつもりだと話していなかったことだ。

ポケットにいまわしい指輪がはいっていることを思いだし、ドレークは箱をとりだしてふたをあけた。しばらくのあいだ、指輪をじっと見つめ、失われた愛と彼女の裏切りを嘆いた。彼女と一緒にいるうちに、自分はそれまで考えたこともなかったものが欲しくなった。それは彼女とともに歩く人生だ。独身を貫くつもりだった自分が、ふたりで未来を築きたいと思うようになった。

それなのに彼女はこちらの心を奪ったまま、姿を消した。

だがわが身の不幸を嘆くのはこれでおしまいだ。もうこれ以上、彼女に想《おも》いを寄せるのはやめよう。自分は論理的な人間だ。いつか立ちなおれることはわかっている。あとはただ、それに一生かからないことを願うしかない。

真っ赤なルビーを見ているうちに、体が冷たくなってきた。ドレークは箱のふたとともに、夢見た未来の扉を閉めた。

セバスチャンは頭のてっぺんから足の先までくたくたになって歩いていた。モンソロー村の近郊のわが家まで、あともう少しだ。灰色の石造りのこぢんまりした田舎家が目にはいり、心臓がひとつ大きく打った。西の空に傾きかけた太陽が家を照らし、小さな窓ガラスを無数の金の星のように輝かせている。古びたオーク材の玄関ドアは、相変わらず白いペンキが色あせて最後に見たときのままだ。家全体が昔とまったく変わっていない。

でも自分は変わってしまった。セバスチャンは暗いため息をついた。ドレークのことを考えなくなる日は来るのだろうか？　いつか忘れられるのだろうか。

その答えが頭に浮かび、セバスチャンは眉根を寄せた。

でもとにかく、こうして家に戻ってくることができた。家族は両手を広げて歓迎してくれるだろう。いまほど家族の温《ぬく》もりが欲しいときはない。

甘いにおいに鼻をくすぐられながら、野生のピンクのバラの茂みの横を通りすぎ、小石敷きの小道を進んだ。玄関ドアの前にたどりついて足を止め、取っ手に手をかけて迷った。なにも言わずにはいってみんなを驚かせようか、それともノックしたほうがいいだろうか。前もって手紙を出すことができなかったので、みんな自分が帰ってくることを知らない。それでも家族の住む家に帰るのに、ドアをノックするのもおかしなことだ。そこでセバスチャンはふたたび手を伸ばし、ドアを押しあけた。

てっきり喜びと興奮の叫び声で迎えられるものだとばかり思っていたが、家のなかはしんと静まりかえっていた。台所と居間を兼ねたいちばん大きな部屋には誰もいない。石造りの暖炉は冷えきり、傷のついたマツ材の架台式テーブルに食べ物や食器類も載っていなかった。暖炉の上のごつごつした木の梁《はり》にかかった銅の深鍋や平鍋は、記憶にあるより多くの緑青がついているようだ。家を出る直前に束にしておいた香草やラベンダーは、使った形跡もなく、ほこりをかぶって逆さに梁に吊るされている。

みんなはどこにいるのだろう。セバスチャンの胃がぎゅっと縮んだ。暗号のことをバシューに気づかれ、先を越されたのだろうか？　いや、そんなことはありえない。自分は四日前にロンドンを発《た》ってから、途中で休むことなく旅をつづけてきたのだ。でも彼が仲間をここに寄越《よこ》したのだとしたら？　イギリスから手紙を出すことなどできるはずもなく、家族がここにいるのかどうか、事前に確かめるすべはなかった。もしかするとバシューは最初からわたしをだますつもりで、ずっと前に家族を連れ去ったのかもしれない。

そんなことを考えてはいけない。そう自分に言い聞かせた。のどにこぶしほど大きなものがつかえているような気がして、ごくりとつばを飲んだ。根拠もないのに、最悪の事態を想像してどうするの。

村まで歩いていき、父や弟たちがいないか見てみよう。たぶんみんな村へ出かけているのだ。もしそこにいなくても、村人たちはわたしのことを知っている。家族になにが起きたのであれ、きっと真実を話してくれるだろう。

セバスチャンはくるりときびすを返し、出口へ向かおうとした。そのとき外からきしむような音がした。部屋の中央でセバスチャンは凍りつき、ドアノブがまわるのを見ていた。

ドアが開いたかと思うと、痩せた少年がそこに立っていた。ぼうぼうに伸びた赤茶色の髪と、黄褐色のくぼんだ目をしている。その目が驚きで大きく見開かれ、口があんぐりとあいた。

「セバ、ス、チャ、ン！」少年は叫び、まっしぐらに駆けてきた。

セバスチャンは少年の体を受けとめ、バランスを崩しそうになった。細い腕が、鉄のようにしっかり背中にまわされる。「帰ってきたんだね！」

「ええ《ウィ》、そうよ、リュック」セバスチャンは涙で声を詰まらせ、弟を抱きしめた。

顔をあげると、すぐ下の弟のジュリアンと目が合った。セバスチャンがいないあいだに誕生日を迎えたので、いまはもう十三歳だ。ジュリアンは身じろぎもせず、真剣な表情で姉をじっと見ていた。

セバスチャンはリュックを片手で抱いたまま、もう片方の手を差しだしてジュリアンに微笑みかけた。弟が葛藤しているのが、表情からうかがえた。自分たちを置いていったことをなじりたい大人びた気持ちと、帰ってきてくれたことがうれしくて、すぐにでも許したい少年の気持ちとが闘っている。ジュリアンはぎくしゃくした足どりで一歩前に進んだ。体もこわばり、まだ迷っているらしい。

やがてなにかが体のなかではじけたように、いきなりこちらへ向かって駆けだしたかと思うと、セバスチャンの腕に飛びこんだ。

セバスチャンは涙を流しながら、ふたりの弟を抱きしめた。しばらくのあいだ三人で抱きあい、ふたたび会えた喜びと安堵に浸った。弟たちにおそれていたようなことは起きていなかった。

「あなたたちがいないから心配したのよ」セバスチャンは早口のフランス語で言った。そのことばは自分の耳にもどこか奇妙で、ぎこちなく聞こえた。「どこかへ行ったのかと思ったわ。台所もしばらく使っていないように見えたし」

「そうなんだ」ジュリアンの顔に、昔の笑みが戻ってきた。「知ってのとおり父さんは料理ができないし、リュックとぼくはなんでも焦がしてしまう。前にスープを作ろうとしたとき、もう少しで火事になるところだったよ。料理は簡単じゃない」

セバスチャンは笑った。「家もあなたたちも無事でよかったわ。ところで、お父様はどこ？」

「すぐに帰ってくるよ。みんなでマダム・ブレトンの家に夕食をご馳走になりに行ってたんだ。マダムが言うには、旦那さんが戦争で死んでから、料理がいつも余ってしまうんだって。だからぼくたちを誘ってくれる。たぶんひとりだとさびしくて、誰かと一緒に食べたいんじゃないかな。特に父さんと」

セバスチャンはふたりを抱いていた腕をほどき、ジュリアンの言ったことについて考えた。リュックはまだ姉と離れたくないらしく、手をつないできた。

セバスチャンはその手をぎゅっと握りかえした。

「これからはまたわたしが料理をするわ」セバスチャンは言い、部屋のなかをもう一度ぐるりと見まわして、大掃除もしたほうがよさそうだと思った。

ジュリアンが真剣なまなざしでセバスチャンを見た。「じゃあずっとここにいるんだね。もうどこにも行かない？」

「ええ、行かないわ」セバスチャンは、そのことばを嘘にするまいと心に誓った。

ジュリアンの表情がふとやわらぎ、痩せた体から力が抜けたのが傍目《はため》にもわかった。ほっとした弟は、まだ十三歳の少年らしくあどけなく見えた。

玄関からまたきしむ音が聞こえ、セバスチャンはさっとドアに目を向けた。そこに立っていたのは、ほっそりした中年の男性だった。円い縁の眼鏡をかけているせいで、どこかフクロウのように見える。後ろでひとつに編まれたもじゃもじゃの長い銀髪が、古臭い印象を与えていた。血と暴力で奪い去られた古い時代をしのばせる髪形だ。

「娘《マ・フィーユ》よ」うなるような声で言う。「帰ってきたのか」

「ええ《ウィ》、お父様」

「パリの親戚は？　もうよくなったのかい？」

セバスチャンは目を伏せ、家を出る前についた嘘のことを考えた。家族みんなにつかざるをえなかった嘘だ。重荷をおろし、すべてを打ち明けたい衝動に駆られた。だがドレークを愛してしまったことは別だ。それだけは誰にも話すことはないだろう。失ったものがあまりに大きすぎて、口に出すことさえできないときもある。

「ポーレットは元気になったわ」セバスチャンは答え、嘘をつきつづけなければならないことを呪った。もう嘘にはうんざりだ。

セバスチャンの顔に苦悩の表情が浮かんでいるのがわかったのか、父が気遣うような優しい目をした。「病人の世話は大変なものだ。お前がいなくてさびしかったよ。この子たちもそうだ」両手を大きく広げて言った。

今度はセバスチャンが走りだす番だった。

リュックの手を放して部屋を横切り、父の力強く温かな腕に飛びこんだ。

ようやく家へ帰ってこられた。

25

ロンドンを出発して三日後、ドレークはアンブルサイドに到着した。市《いち》が開かれる町で、その歴史ははるかローマ時代やヴァイキング時代までさかのぼる。のどかな田舎の風情と、急速に発展する産業主義が入り混じったところだ。

ドレークはまず町の中心部へ行き、アンの一家を覚えているかもしれない年配の村人に焦点を絞って話を聞くことにした。もっとも、かつてここに住んでいたという本人の話が嘘だったとしたら、すべては無駄になる。酒場の外に腰かけているごま塩頭の老人を見つけて近づいた。

「失礼」ドレークは声をかけた。「ちょっと聞きたいことがあります。女性を捜しているんですが」

老人は灰色の目に好奇の色を浮かべてドレークを見た。柄の長いパイプを口の片側にくわえている。「女性だと? そりゃあ男は誰だって探しているもんだろう」自分の言ったことがおかしかったらしく、咳をするように笑い、パイプを口の反対側にくわえなおした。

ドレークはいらだちを抑えた。「いや、そういう意味ではない。ある女性を捜している」帳面をとりだし、前に劇場で描いたアンの似顔絵のページを開いた。その鉛筆画に目を落とすと、ナイフで切り裂かれたような痛みが胸に走った。われながら驚くほどよく描けている。まるで生き写しだ。ドレークはつらい気持ちをふりはらい、老人に視線を戻した。

帳面を差しだして尋ねた。「この人を見たことは？　家族を知らないだろうか。彼女はこの地域の出身だと聞いている。姓はグリーンウェイだ」

老人は絵を凝視した。「知らないな。こんな女の人は見たことがないし、グリーンウェイという名前もこのあたりじゃ聞いたことがない」

「それはたしかかい？」ドレークはポケットに手を入れてシリング硬貨を二枚とりだし、老人の前でちらつかせた。

だが変わり者の老人は手を伸ばそうとせず、黙ってそれを見ていた。「そいつはしまったほうがいい。わしはあんたの力にはなれん。さっきも言ったとおり、その人のことも家族のことも知らないからな。その女はいったいなにをしでかしたんだ？　なんで捜してる？」

ドレークはなんと答えるべきか迷った。「わたしのところで働いていたんだが、とつぜんいなくなった。だから居場所を探している」

老人のふさふさした白い眉毛が高くあがった。驚いているのか、おもしろがっているのか、ドレークにはわからなかった。おそらくその両方なのだろう。「銀器に傷でもつけられたんだな」

「いや、そういうわけじゃない」

「ま、いずれにしてもわしには関係のないことだ」老人は言い、やにで汚れた歯にパイプの柄を軽く打ちつけた。「治安判事に訊いてみるといい。あんたのような紳士だ。でもたぶん、なにも知らないだろうな。気が向いたときにしかここに来ないし、あんまし気が向くこともないみたいなんでね」

ドレークはあきらめて帳面を閉じた。「わかった。いろいろ親切にありがとう」親切とは言いがたかったが、と心のなかでぼやいた。

「どういたしまして」立ち去ろうとするドレークに老人は言った。にっこり笑うと、上体を前にかがめてつばを吐き、甲高い声で笑いながらふたたびパイプをくわえた。

ドレークはそのまま歩きつづけた。町の中心部には、品物を売り買いしに来た人たちがおぜいいた。人混みのなかを縫うように歩いて辛抱強く聞きこみをつづけ、アンに関する情報を求めた。

彼女の父親と弟がこの地域の住民ではないことは、すぐにわかった。誰もがアンの絵を見ても知らないと言った。やはりこれも嘘だったのだ。はるばる北部へやってきたのも無駄足だったらしい。そのことは最初からうすうすわかっていたものの、やってみる価値はあると思った。

やがてドレークは、親切な果物売りの女性への質問を終えた。甘いサクランボを一ペニーウェイトぶん買うと、相手はうれしそうな顔をした。今日のところは負けを認めるしかないと思い、帳面を上着のポケットに戻した。朝になったらスカイ島へ出発し、また一からはじめよう。

「グリーンウェイ一家のことを調べていると聞いたんですが」右肩のすぐ後ろから、女性の小さな声がした。ふりかえると、小柄で腰のあたりがふっくらした女性が立っていた。仕立てはいいが、あせた茶色の綿の服をまとい、野菜のはいった籠を腕にかけている。ささいなことも見逃さないような、鋭い薄青の目でドレークを見ていた。

「ええ、そうです。なにかご存じなんですか」

女性がうなずくと、帽子の縁取りのレースが揺れた。「はい。だけど一族で最後に残っていたかたも、ずいぶん前に引っ越していきました。たしか十五年近く前です」

十五年前！

ドレークがまだそのことについて考えていると、女性は先をつづけた。「郷士はその何年も前に亡くなりました。奥様もそれからすぐ天に召されたんです。ご夫婦が立てつづけに亡くなるなんて、悲しい話ですわ。屋敷と土地は遠い親戚の人が相続しました。それがまた大変な守銭奴で、親族が埋葬されてからまだ間もないというのに、さっさと屋敷と土地を売ってしまったんですよ。だからこのあたりの人たちは、グリーンウェイの家名をあまり覚えていないんです。もう二十年以上前のことですからね」

女性の話はいまひとつ要領を得なかったが、ドレークは念のためにアンの似顔絵を見せることにした。

「絵があるんですが」ドレークは帳面を出そうと、上着のポケットに手を入れた。「ちょっと見てもらえませんか」

女性は期待で目を輝かせた。「ええ、喜んで。でも話のつづきはお茶を飲みながらにしませんか？　こんな広場で立ち話をするより、そのほうがずっと楽しいですわ。今日は暑いので、あなたのような立派な紳士はのどが渇いているでしょうし、わたしも椅子にすわったほうが楽ですから。関節痛ですよ。ときどきひどく痛むんです。こんなふうに買い物をしたあとは特につらくて。それに、わたしの家はすぐそこですよ」

ドレークは顔をしかめそうになるのをこらえた。「ご親切にありがとう。でもあまり時間がないものでね。いまここで見てもらえたら――」帳面をめくり、絵の描かれたページを開いた。

だが女性はそれを無視し、にっこり笑った。「ホテルにいるピートから聞いたんですが、ひと晩ここにお泊まりになるそうですね……バイロン卿でしたっけ？」

ドレークは眉根を寄せた。ピートとやらが誰かは知らないが、口の軽い男だ。「いや、わたしはドレーク卿といいます。バイロンというのは家名です」

女性は興奮で頬を上気させた。「バイロン。詩人の？　あのかたのご親戚ですか？」

「いいえ。詩人とはまったく関係ありません」

「ああ、ほっとしました」女性はがっかりしたようなため息をついた。「あのかたには、ぎょっとするようなスキャンダルの話がつきものですから」

こちらのバイロン家も、そういう噂をたてられることがある。ドレークは胸のうちでつぶやいてにやりとした。そのことを教えれば彼女は大喜びするだろうが、黙っておくことにしよう。

「ミスター・ワーズワースのほうがずっと立派ですわ」女性はつづけた。「ご存じでしたか？　この近くに住んでいらっしゃるんですよ。今年の春、ライダル・マウントに引っ越してきたんです。もしかして、お知り合いとか？」

「いいえ、残念ながら」ドレークは辛抱強く答えた。だが軽率な従業員のいる二流ホテルに泊まるぐらいなら、今晩はワーズワース夫妻の屋敷で世話になったほうがいいかもしれない。

「ところで、早く絵を見ていただけませんか」

「ええ、ええ、拝見しますとも。でもお茶が先ですよ。さあ、行きましょう、閣下」女性はくるりと向きを変え、関節痛を患っているとはとても思えない軽やかな足どりで歩きだした。相手の言うとおりにしなければ、これ以上情報を得られそうにないと観念し、ドレークもそのあとにつづいた。

二十分後、女性の家のなかでいちばんいい客間で、ドレークは低い馬巣織《ばすお》りの長椅子にすわり、相手がせわしなくお茶の準備をするのを見ていた。ミス・プルーイットと名乗ったこの女性は、どうやら噂話が生きがいのようで、ドレークはいわば釣った大物といったところらしい。これから一年ほど、毎週日曜日に教会へ行くたび、貴族をお茶に招いたことを自慢しつづけるのだろう。でもそういう人物だからこそ、近隣の人びとのことも、町で起きたできごとも、よく知っているはずだ。

アンのことを知っているだろうか。

ドレークは笑みを浮かべて磁器のカップを受けとり、優雅なしぐさで紅茶をひと口飲んだ。

ミス・プルーイットは顔をぱっと輝かせ、クッキーを二度勧めてから、お菓子の皿をドレークのほうへ押しやった。

「おいしいですね」

ドレークは一枚手にとったが、そのままカップの受け皿に置いた。「広場での話に戻りますが、グリーンウェイ一家をご存じだとか。さっきお願いしたとおり、この絵を見てもらえますか」カップと受け皿を脇へよけ、ふたたび帳面をとりだした。アンの似顔絵が描かれたページを、慎重な手つきで開く。「この女性を見たことはありますか」

これ以上、時間稼ぎをすることはできないとあきらめたらしく、ミス・プルーイットは小さなため息をついて身を乗りだした。しばらくのあいだ絵をながめてから言った。「いいえ、閣下。知らない人です」

ドレークはうめき声をあげそうになるのを我慢し、グリーンウェイ一家を知っているというのは、自分を家に誘うための作り話だったのではないかと考えた。

「でもどことなく見覚えがあるような」ミス・プルーイットは言い、唇を指で軽くたたきながら思案顔をした。「この絵を見ていると、クララを思いだします」

ドレークははっとした。「クララ？　それは誰だ？」

「クララ・グリーンウェイです。郷士のひとり娘で、遠縁の男性の結婚の申しこみを断わって大騒ぎになりました。ほら、さっきお話しした守銭奴のことですよ」

ドレークはとたんに興味をそそられてうなずいた。「ああ、覚えている。つづけてください」

ミス・プルーイットはひとつ息を吸うと、嬉々《きき》として話しつづけた。「郷士が早死にしたとたん、その男性は骨を狙うハゲワシみたいにやってきたそうですよ。そしてミス・クララに、自分と結婚するなら屋敷に残ってもいいと言ったんですって。分別のある娘なら申し出を受けていたんでしょうけれど、ミス・クララはちがいました」

ミス・プルーイットは、感心しているともあきれているともつかない口調で言った。「フランス人の男性と激しい恋に落ちていたんです。フランス革命のときに亡命してきた貴族だと聞きました。生まれは高貴でも、一文無しだったとか。あの野蛮な国から逃れてきた多くのフランス人がそうですけどね。あんなふうに人間の首をはねるんですから！」おびえた表情を浮かべ、目を大きく見開いた。

ドレークは、フランスがかつて文明の中心だと見なされていたことを指摘するのはやめておいた。それにイギリスの歴史も血にまみれ、つい最近まで、男女問わず多くの人びとが、斧《おの》で首を斬られていたことについても触れないでおくことにした。

「つまり、ミス・グリーンウェイは禁断の恋をしていたんですね」

「そうなんです！」ミス・プルーイットは、ドレークが自分の話を熱心に聞いてくれることがうれしくてたまらないらしく、大きくうなずいた。「お茶のお代わりはいかがですか」

ドレークは首を横にふった。「いいえ、結構です。ミス・グリーンウェイとこの絵の女性との関係はわかりますか」

「最近ですか？　この絵が描かれたのは」

「ええ、つい最近です」

ミス・プルーイットはもう一度、似顔絵に目をやった。「はっきりしたことは言えませんが、顔の特徴、特に目のあたりがよく似ていることからすると、お嬢さんかもしれません。結婚後、クララとそのフランス人男性のあいだには、女の子が生まれました。一家は何年間か、ここアンブルサイドに住んでいましたが、やがて引っ越していきました。でも子どもは成長とともに顔が変わりますから、この女性がクララのお嬢さんだと断言はできません」

ドレークの鼓動が速くなった。「その子の名前は？　覚えてますか？」

「ええと、ちょっと待ってください。めずらしい名前だったような気がします。フランス風の名前だったかも」ミス・プルーイットはティーカップに手を伸ばし、記憶をたどりながら紅茶をひと口飲んだ。「Sからはじまって、語尾があまり英語らしくない発音の名前だったような。ああ、なんだったかしら」

ドレークは片手をぐっと握りしめた。

「セバスティン」ミス・プルーイットは言った。「いいえ、ちがう。セバ、スチャン、。そう、それだわ。セバスチャンよ！　やっと思いだしました。わたしはいつも、ミス・アニーと呼んでいたんです」

い、い、セバスチャン……ア、ニー……彼女なのか？　ミス・プルーイットが覚えている少女は、ぼくのアンだろうか。

いや、もうお前のアンじゃない。ドレークはひそかに自分を叱った。彼女は嘘をついてこちらをだまし、とつぜん姿を消したのだ。

本人は知らなかっただろうし、たとえ知っていても気にもしなかっただろうが、彼女は自分の心を奪って粘土のようにひねりつぶした。だがその心もすっかり回復し、以前よりも強くなった。自分にとって彼女はいまや、正体不明の泥棒にすぎない。かならず見つけだし、今回したことの責任をとってもらうつもりだ。

でもどのようなかたちで責任をとらせるか、それはまだ決めていない。

ドレークは手にはいった力をゆるめようとした。「名字を覚えていますか。さっき、クララ・グリーンウェイは結婚し、しばらくここに住んでいたと言いましたね。結婚後の姓は？」

「ああ、なにもかも思いだしました」ミス・プルーイットは微笑み、指を一本ふってみせた。「ミス・クララの結婚後の姓はカルヴィエールでした。ミセス・クララ・カルヴィエールです。とても優雅な名前だと思いませんか？」

「ええ、そうですね」ドレークは暗い声で返事をした。

つまり、自分が捜しているのはセバスチャン・カルヴィエールという人物なのか。だが結婚していたという話が嘘でなければ、彼女は新しい姓を名乗っているはずだ。

もしかすると、夫はそもそも死んでなどいないのかもしれない。その話も嘘だったということもありうる。

ドレークの体にふたたび力がはいり、知らず知らずのうちに両手をこぶしに握っていた。目の前の老女に様子がおかしいことを悟られないよう、落ち着くのだと自分に言い聞かせた。

ドレークは微笑んだ。「グリーンウェイ家の最後のひとりが、十五年前にこの地を去ったということでしたね。マダム・カルヴィエールとそのご家族はどこへ行ったんでしょう」

「マダム・カルヴィエール……ああ、ミス・クララのことですね。荷物をまとめて、一家でフランスへ引っ越しました。あの国はまだ混乱しているから、行かないほうがいいとみんなで止めたんですけれど。でも、ご主人がどうしても帰りたかったみたいですよ。ナポレオンも外国へ移住した人たちの帰国を歓迎しているし、故郷が恋しくなったとおっしゃって。家族にフランスの美しさを見せてやりたい、子どももそこで育てたい、と言ったそうです。クララはご主人が大好きでしたから、言うとおりにしたんです」

ミス・プルーイットはふと口をつぐみ、かすかに眉根を寄せた。「しばらくのあいだは手紙が届いていました。ミス・クララは親切で礼儀正しく、目上の人への敬いを忘れませんでした。わたしみたいな愚かな女にさえもね。六年近く手紙を出してくれていたんですけど、あるときからぱたりと来なくなったんです。もしかして亡くなったんでしょうか」

ドレークは相手の悲しそうな目を見た。「わからない。そうじゃないことを祈りましょう」

ミス・プルーイットは一瞬、小さく唇を震わせて視線をそらした。「ええ、そうですね」

「手紙には、どこに住んでいるか書いてありましたか」

ミス・プルーイットは顔をあげた。「しばらくパリにいたことはたしかです。でも住んでいた部屋が火事にあい、たくさんの持ち物と一緒に燃えてしまったそうです。それから、子どもがふたり増えたことも教えてくれました。どちらも男の子ですって」

弟か、とドレークは思った。アン……いや、セバスチャンは、弟がふたりいると言っていた。話を聞けば聞くほど、パズルのピースがはまっていく気がする。

「一家はずっとパリに?」

ドレークはそうでないことを願った。敵に気づかれずにパリへはいるのは、不可能とは言わないまでも、至難の業であることはまちがいない。

ミス・プルーイットが首をふると、帽子の縁取りのレースがまた揺れた。「いいえ、最後に届いた手紙には、田舎に引っ越したと書いてありました。でもごめんなさい、どこだったか思いだせなくて」

ちくしょう、住んでいる町がわからなければ、彼女を捜しだせる見込みはないに等しい。しかもそこは敵国フランスなのだ。フランス語は流暢に話せるが、母国語のようにというほどではない。それに田舎で標準的なフランス語を話していれば、目立つに決まっている。それでもなにか方法はあるはずだ。とにかく、彼女を見つけることに全力をそそぐしかない。

「お役にたつかどうかわかりませんが、まだ手紙を持っています」ミス・プルーイットが言った。

ドレークは相手を凝視した。「なんだって?」

「手紙ですよ。ミス・クララから最後に届いた手紙です。ご覧になりますか?」

ドレークの口もとに笑みが浮かんだ。「ええ、助かります。ぜひ見せてください」

26

フランスへ帰国してから八日たち、セバスチャンは以前と同じ生活を送っていた。少なくとも、表面上はそうだった。だが心のなかは、以前とはまったく変わっていた。日中はにこやかな表情を絶やさず、ほがらかに笑い、優しく愛情深い娘であり姉であろうとした。でも夜になって寝室へ下がり、まわりに誰もいなくなると、どうしようもないむなしさに襲われた。苦しくて声をあげそうになることもあったが、そんなときはこぶしを口に当ててこらえた。

涙はほとんど出なかった。悲しみがあまりに深すぎると、泣くことすらできないときがある。それでも心は常にうずき、夢のなかでは涙を流していた。泣きながらドレークに手を差しだすが、返ってくるのは憎しみに満ちたまなざしと怒りのことばだけだった。

もうひとつ、バシューのことがいつも心に重くのしかかっていた。自分がしたことに、バシューはいつ気づくだろうか。いつここへやってきて、暗号の残りの部分を渡せと要求するだろうか？

家へ戻ってきた翌朝、セバスチャンは村へ買い物に出かけた。だが買い物の前にまわり道をし、その一帯に点在しているたくさんの洞窟のひとつへ行った。それは自宅からそれほど遠くない峻険《しゅんけん》な崖にうがたれた横穴で、長いあいだ人がはいった形跡はなく、セバスチャンが子どものころによく探検していたところだった。入口は密集した野生のバラの茂みと蔓《つる》植物《しょくぶつ》の後ろに隠れ、人を寄せつけない。だがその奥には、化石だらけの石灰岩でできた見事な太古の横道があり、なにかを隠す場所にはこと欠かなかった。セバスチャンは数多くあるそうした穴のひとつを選び、油布で丁寧に包んだ暗号をひそませた。

それから待った。

しばらく待ちつづけた。

でもバシューは現われなかった。セバスチャンは心の奥底で、彼が永遠に姿を見せないことを願っていた。家族には自分のしたことを話さないほうが安全だと思い、父にさえもなにも教えなかった。父はなにも知らずに読書と研究に没頭していた。セバスチャンは毎日、仕事場兼図書室である離れ家に向かう父を笑顔で見送った。いまは村にある小さな学校が休みなので、弟たちはセバスチャンと一緒にほとんど家にいた。

「お腹いっぱいだ」ジュリアンが言い、空の朝食の皿にフォークを置いた。「マークの家に遊びに行ってもいい？」

マーク・ランクールは近所に住む農夫の息子で、ジュリアンの親友だった。

「ぼくも行く！」リュックが言った。置いてけぼりにされるのはまっぴらごめんらしい。

ジュリアンはうめき声をあげ、目をぐるりとまわした。

セバスチャンは弟に優しくしなさいというように、ジュリアンをにらんだ。ほんとうは家に鍵をかけて弟たちを閉じこめ、常に自分の目の届くところに置いておきたかった。だがセバスチャンの願いがどうであれ、成長期の元気な男の子を囚人のように閉じこめておくことはできない。それに、もしだめだと言えば、理由を説明しなければならなくなる。それだけはしたくない。これまでバシューが家族に手を出したことはないし、近所の人のところに一日遊びに行かせるぐらい、どうということもないだろう。

「ええ《ウィ》、ふたりで行ってらっしゃい」セバスチャンは言った。「でも寄り道してはだめよ。それから、マークの家からあまり離れたところへ行かないで。ふらふら遠くまで出歩いたり、面倒なことに巻きこまれたりしないように気をつけてね。そしてもうひとつ、知らない人と話さないこと」

「知らない人？」ジュリアンが言った。「このあたりにそんな人いないよ」

セバスチャンは眉根を寄せ、ずっとそうであればいいのだが、と思った。「とにかく、もし知らない人に会っても口をきかないで、すぐにマダム・ランクールを捜すのよ。いい？」

ジュリアンはセバスチャンの顔をしげしげとながめ、肩をすくめた。「うん、気をつけるよ。知らない人とは話さない。もう行ってもいいかな？」

セバスチャンは内心の不安を押し隠し、笑みを浮かべてうなずいた。

ジュリアンは椅子を後ろに押しやって勢いよく立ちあがった。リュックもそれにつづき、ふたりはまるで風に吹かれたように、あっというまに家を飛びだしていった。

セバスチャンは腕を組んだまま、長いあいだその場に佇んでいたが、やがて身を乗りだしてテーブルの上の皿を片づけはじめた。

それからしばらくして食器を洗い終え、エプロンで手をふいた。台所の隣りにある食品室へ行き、今夜のスープに使う予定のタマネギとニンジン、ジャガイモを集めた。

その前日、セバスチャンは村の肉屋に勧められて、上等の牛肉と、スープに風味とこくを出す牛骨を手に入れていた。肉屋は日曜日に教会の礼拝が終わったあと、一緒に散歩をしないかとも誘ってきた。セバスチャンは牛骨をありがたく頂戴し、牛肉のぶんの代金を払ったが、誘いはやんわりと断わった。どんな男性にも興味はないので、気を持たせるようなことは慎まなければならない。誰とも結婚する気がないことを、はっきりさせておかなければ。

もちろん、ドレークにプロポーズされていたら……。セバスチャンの胸が締めつけられた。でも二度とあの人に会うことはないし、ましてや結婚を申しこまれることなどありえない。

家の裏手のこぢんまりした畑で育てている香草とトマトをとりに行こうと、セバスチャンは小ぶりなナイフをエプロンのポケットにすべりこませた。質素な麦わら帽子をかぶり、籐籠を腕にかけて家を出た。もし父が離れ家から戻ってきても、自分の居場所はすぐわかるはずだ。

七月の強い陽射しがじりじりと地面に照りつけている。帽子をかぶってきてよかったと思いながら、ひざをついて今夜の献立に必要な香草を摘みとった。小さな緑の葉のついたタイムをナイフで切って籐籠に入れると、繊細な甘い香りが広がった。次に香ばしいマージョラムと、葉が房状に生えたパセリを摘んだ。

それからトマトの熟れ具合を確かめ、こぶし大の真っ赤なものをふたつもいだ。サヤインゲンが育っていたら牛肉料理に添えようと思い、畑を先に進んだ。

そのときとつぜん、耕された土壌にぬっと影が落ち、日食でも起きたように暗くなった。帽子のつばの下から見あげると、ぞっとする視線とぶつかり、セバスチャンの全身に震えが走った。そこにいたのは、いつか現われることをおそれていた男だった。

ナイフを握る手に自然と力がはいった。最後の審判の日が、ついにやってきた。

「どこにある?」バシューは開口一番に言った。セバスチャンの上腕をつかみ、乱暴に揺する。「わたしにわからないとでも思ったのか。もっと早く逃げなかったのは失敗だったな。さっさと行方をくらましておけばよかったものを。お前はもうすぐ、どこかのほら穴の奥にでも隠れていればよかったと後悔するだろう」

セバスチャンはひるむことなく、バシューの目をまっすぐ見すえた。「逃げるつもりも隠れるつもりもなかったわ。どうせ見つかると思っていたもの。あなたが来ることはわかってた」

バシューは驚きで目を見開いた。「ほう。お前はわたしが思うほど利口ではなかったようだな」

「わたしを脅しているの？　だとしたら、もっとうまくやることね。さあ、その汚い手を早くどけてちょうだい。ナイフで切れるのは、香草やトマトだけじゃないのよ」セバスチャンは手に持ったナイフを高く掲げてみせた。

バシューはセバスチャンをしばらくにらんでいたが、ふいに手を放した。のどから笑い声がもれ、口角があがったが、感情のない暗い目は笑っていなかった。

サメの目だ。

セバスチャンは震えそうになるのをこらえ、内心の動揺を隠した。

「前回会ったときよりも度胸がすわったようだな。盗みを働いて大胆になったというわけか。それとも、もう家族のことはどうでもよくなったのかい？」

「家族のことはなによりも大切よ。だからぜったいに近づかないで」

バシューはまたもや笑った。

「笑っていられる余裕はないと思うけど」セバスチャンは冷静に言った。「あなたが捜しているものを持ってるのは、このわたしだけなのよ。弟や父に指一本でも触れたら、ぜったいに渡さないわ。あなたが手ぶらで戻ったら、上の人たちはいい顔をしないでしょうね」

バシューはあごをこわばらせた。すでに上層部の不興を買っているのはあきらかだった。

い場所にね。このあたりには、大切なものを隠せる場所が無数にあるのよ。あなたひとりでその場所を探し当てられる確率は、いったいどれくらいあるかしら」

「お前を痛めつけて吐きださせるさ」

セバスチャンは恐怖で吐き気を覚えたが、表情を変えずに肩をすくめてみせた。「やってみるといいわ。でも無駄に終わるわよ。必要なものを手に入れたら、あなたがわたしたち家族をみな殺しにすることぐらいわかってる。だからほんとうのことを打ち明けたところで、わたしにはなんの得もない」

「弟たちは？　父親は？　はたしてお前と同じように耐えられるだろうか……拷問を」

「いいえ、耐えられないと思うわ。だからあの三人にはなにも話してないの。わたしが暗号を盗んだことも隠したことも知らないから、痛めつけたところで情報はなにも得られない」

「お前は嘘をついている」バシューは歯をぎりぎりと噛んだ。

「そうかもね」セバスチャンはヘビのような目をまっすぐ見た。「でも嘘じゃないわ」

バシューは怒りに燃えたおそろしい目でセバスチャンをにらんだ。「お前の望みはなんだ。わたしを脅して、なにを得ようとしている？」

自由よ。セバスチャンは胸のうちで答えた。わたしたち家族の自由な暮らし。

「わたしたちの安全な通行を保証する皇帝自身の署名つきの誓約書よ。わたしたちに自由で平穏な暮らしを約束し、もし望むときには、なんの制約もなく無条件で国を離れられることを保証する、ナポレオン直筆の誓約書を用意してちょうだい」

バシューはまた声をあげて笑ったが、今回は心からの笑いだった。「皇帝ご自身が書いた誓約書だと？　ずいぶんささやかな望みだな」

「大変なことだとはわかってる」セバスチャンは真剣な顔で言った。「でもこれがわたしの条件よ。皇帝の誓約書と引きかえに、暗号の残りの部分を渡すわ。それとももう一度、自分でやってみる？　言っておくけれど、ドレーク卿の屋敷にふたたびスパイを送りこむのはまず無理よ。一度はうまくいったかもしれないけど……あとは言わなくてもわかるでしょう」

バシューは体の脇で両手をぐっと握りしめた。まるでセバスチャンの首を絞めるところを想像しているようだった。「お前を殺してやりたい」

「そんなことをしても暗号は手にはいらないわよ」

バシューは怒りに青筋をたて、わなわなと体を震わせた。「また来る」

「わたしは逃げも隠れもしないわ」

バシューは死神のようにおそろしい目をし、くるりときびすを返して歩きだした。

セバスチャンは身じろぎもせず、バシューが視界から消えても長いあいだその場に立っていた。それから家のそばにある木のベンチに近づいた。どさりと腰をおろし、感覚の失われた手で籐籠を持ったまま、がたがた震えだした。

それから四日後、ドレークはモンソローのはずれについた。フランスにひそかに入国してからここまで来るあいだ、地元民しかいないような集落には極力近寄らず、いまも村の中心部を避けて旅をつづけていた。もちろん、道中で農夫や宿屋の主人と顔を合わせることはあった。だがいくらフランス語を話せるとはいえ、よけいな詮索を受けないに越したことはない。すでにこれまで一度ならず、〝パリの方言〟を話すのはなぜなのかと訊かれ、その都度ごまかさなければならなかった。自分のしぐさや言動が地元の人たちとちがい、土地に不慣れであるのは、遠方に住む病気の伯母を見舞いに行く途中だからだと説明した。

幸運なことに、まだ当局の人間とは出くわしていない。でも一度だけ、ある日の午後、馬車宿で食事をしているときに兵士の一団がはいってきたことがあった。ドレークは急いで外に出て厩舎へ行き、馬の用意ができるやいなや、相手に気づかれないうちに立ち去った。

そしていま、こうしてモンソローにたどりついた。クララ・グリーンウェイが手紙で知らせてきた引っ越し先だ。一家がまだこの地に住んでいることをドレークは願った。そして娘のセバスチャンが〝ぼくのアン〟であることも。

でも、もしそうだったらどうするのか。彼女と会ってどうするつもりなのか？

それはそのときに決めよう。彼女の顔を直接見てから、どういう報いを受けさせるかを決めるのだ。

嘘の報い。

盗みの報い。

裏切りの報い。

ドレークは村のはずれの小道を進んだ。あたりには木が立ちならび、ブーツで踏みしめるたびに砂利が小さな音をたてる。小鳥が軽やかにさえずり、二匹のミツバチが耳に心地いい羽音をたてながら、花から花へとのんびり飛びまわっている。もし置かれた状況がちがえば、ドレークも晴れた七月のおだやかなひとときを楽しんでいただろう。だが戦時下のフランスに極秘で入国した理由を考えたら、とても楽しむ気にはなれない。イギリスを出てから、ドレークは一瞬たりとも警戒を怠ったことがなかった。寝ているときでさえそうだった。ここでも気をゆるめてはならない。もうすぐどこかの民家に立ち寄り、道を尋ねなければならないのだ。

それから少し歩いたところで、近くの茂みからがさがさという奇妙な音が聞こえてきた。茂みの奥のほうで九歳か十歳ぐらいの少年が、ぶらぶら歩きながら草や葉を棒でたたいている。赤茶色の髪が太陽の光を浴びて輝いていた。誰かに見られていることに気づいていないらしく、腹立たしそうになにかをつぶやき、また茂みを勢いよくたたいた。

「こんにちは《ボンジュール》」ドレークはできるだけくだけた口調のフランス語で言った。「なにか探しているのかい？　それともやぶが邪魔だから棒でよけているのかな」

少年は動きを止め、棒を手に持ったままドレークを見た。頭のてっぺんから足の先まで、値踏みするような視線だ。「ううん《ノン》、やぶなんかどうでもいいんだ。腹がたってしかたがなくて」

「そうか。いやなことがあったんだね」ドレークは同情を示すように言った。

少年はうなずき、下唇を突きだした。「ジュリアンとマークが、崖をのぼるのについてきちゃだめだと言うんだ。ぼくがけがをしたら、面倒なことになるから、だってさ。でもぼくはけがなんかしない！　崖のぼりは得意なんだよ」棒を高くあげ、茂みに打ちおろした。

「あのふたりだってほんとうはやっちゃだめなんだ」負けん気たっぷりの口調で言った。「崖をのぼっちゃいけないことになってるんだから」

「お兄さんたちかい？」ドレークは訊き、親指をポケットに入れた。

「ジュリアンは兄さんだよ。マークはその親友。ふたりともぼくがそばにいると邪魔だと言うんだ。楽しみが台なしになるって。ぼくは邪魔なんかしないし、告げ口もしないのに」

ドレークは口もとがゆるみそうになるのを隠した。「兄とその友だちのいやな点はそこだね。ときどき意地悪で不公平なことをする。ぼくにも兄が三人いるからよくわかるよ」

少年はやぶを打つ手を止めた。「三人？　へえ」掘りかえした地面を足でこすり、靴底で踏みつける。「村に行って友だちに会いたいんだけど、それもだめだと言われてる」

「そうなのかい？　どうして？」

「姉さんが危ないと言うんだ。いまは戦争中だから、村には悪い人たちがいるんだって」

「お姉さんは賢い人のようだね」ドレークは興味をかきたてられた。この少年はアンの弟だろうか。彼女は弟がふたりいると言っていた。もしかすると、幸運の女神が微笑んでくれたのかもしれない。

少年はうなずいた。「家のそばを離れず、知らない人と話しちゃだめだって」そこではっとしたように目を丸くし、口に手を当てた。自分が姉の言いつけを破ったことに気がついたらしい。

「心配しなくていい」ドレークはなだめるように言った。「お姉さんとは知り合いだから、だいじょうぶだよ」

「ほんとうに?」少年は手を脇におろした。

ドレークはうなずいた。たぶんそうだ、と心のなかでつけくわえ、確かめてみることにした。「お姉さんはセバスチャンという名前だろう?」

思ったとおり、少年はうなずいた。

とうとう見つけた。でもそのセバスチャンという女性は、自分が知っているアン・グリーンウェイと同一人物なのだろうか。

「じゃあきみはムッシュ・カルヴィエールだね」ドレークは思いきって言った。

少年はくすくす笑った。「リュックだよ!」

「ドレークといいます」ドレークは上体をかがめて手を差しだした。「お会いできて光栄です、リュック」

リュックは大人のようにあつかわれたことがうれしくてたまらない様子で、満面の笑みを浮かべた。「こちらこそ」ドレークと握手をした。

「さあ、正式に自己紹介したんだから、きみとぼくはもう他人どうしじゃないだろう」

リュックは一瞬、考えこむような顔をしたが、すぐに表情をやわらげた。まるでドレークとは、生まれたときからの知り合いであるかのように。「家はすぐ近くだよ。セバスチャンに会いに行く？」

「ああ」ドレークは答えた。「そうさせてもらえるかな」

リュックは家まで案内する道すがら、家族のことを熱心に話した。ドレークは注意深く耳を傾けながら、リュックのあとにつづいた。

27

セバスチャンは井戸で水を汲《く》み、濡れた木のバケツの、縄でできた取っ手をつかむと、こぼさないよう注意しながら家へ向かって歩きだした。今夜の夕食の支度に使うつもりだったが、水は少しばかりこぼれてセバスチャンの歩いたあとをきれいにした。

その日の午後は家にひとりきりだった。弟たちは夕食まで外で遊んでくるらしい。いくらセバスチャンがそうしたくても、元気なふたりをずっと家に閉じこめておくことはできなかった。父はというと、いつものように仕事部屋で山のような本や機関誌を読みながら、次の定理について考えている。

平穏に暮らす家族の姿にセバスチャンは安堵していた。みんなセバスチャンが悪魔の取引をしたことも、自分たちの身が危険にさらされていることも知らないが、そのほうが好都合だった。父や弟たちにできることはなにもないし、真実を知っても心配で眠れなくなるだけだ。一か八《ばち》かの賭けに出たのは自分の責任なのだから、恐怖という重荷を背負うのは自分ひとりでいい。

セバスチャンも不安な気持ちをできるだけ忘れようと努めた。まわりに家族がいるときは特に明るくふるまおうとした。あれ以来、バシューからはなにも連絡がない。でもこちらの要求の大胆さを考えたら、しばらく連絡がないのも当然のことだろう。

バシューが歯嚙みしているにちがいないと思うと、セバスチャンはほんの少し胸がすっとした。

だからといって心が安らぐはずもなく、眠っているときでさえおびえていた。すべてが終わり、家族全員が自由になれたときにはじめて重荷をおろすことができる。そして自分がしたこと、失ったものを思って嘆くのだ。

失った人を思って。

あの人のことを考えるのはやめるのよ。セバスチャンは自分を叱った。だが現実には、ドレークのことが一瞬たりとも頭から離れたことはなかった。

バケツをおろし、風の当たらない場所に置いたパン生地の具合を確かめに行った。順調に発酵が進んでいることがわかり、布に包まれたさやつきのグリーンピースを手にとった。その日の朝、マダム・ブレトンからもらったものだ。お礼に今度の日曜日の夕食に招待すると、マダム・ブレトンは喜んで誘いを受けた。

でもめったに手にはいらない新鮮なグリーンピースは、今夜のうちに家族で食べてしまうつもりだった。それにゆでた鶏肉とジャガイモ、バターを添えた焼きたてのパンが夕食の献立だ。セバスチャンは大きなテーブルにつき、グリーンピースのさやをむいて豆を陶器の鉢に入れはじめた。

黙って手を動かしているうちに、一分がたち、やがて二分、三分が過ぎた。背を丸めてさやをむきながら、また考えてはいけないことを考えていた。そのとき誰かが駆けてくる足音が静寂を破った。

「玄関の敷物でちゃんと靴の泥を落として」すぐに弟の足音だとわかり、セバスチャンは顔をあげずに言った。弟たちはいつも泥やごみを家に持ちこんでくる。外で遊んできたあとは特にそうだ。そして自分は、掃除と片づけに延々と追われるはめになる。

「この靴もふいたほうがいいかな」聞き覚えのある低い声がした。

セバスチャンがさっと顔をあげると、さやからはずれた豆が床に飛び散った。全身の血が逆流し、心臓が痛いほど強く打った。

まさか、ありえないわ。セバスチャンは自分の目が信じられなかった。

ド、ド、ドレーク。

記憶のなかの彼がそこにいた。圧倒的な存在感が狭い部屋を満たし、ほかのものがすべてかすんで見える。質素な黄褐色の上着に白いシャツとズボンを着けたその姿は、長旅で疲れているせいか、貴族の優雅さに欠けていた。栗色の髪は乱れ、伸びはじめたひげで引き締まったあごの線が黒ずんでいる。それでも端整な顔立ちは変わらず、セバスチャンはいとおしさで胸が苦しくなり、いますぐ駆け寄って腕のなかに飛びこみたい衝動に駆られた。

だが体が凍りつき、動くことも口を開くこともできなかった。

ドレークはセバスチャンの茫然《ぼうぜん》とした顔を見つめた。その緑色の瞳は炎のように燃えていた。「こんにちは、アン」流暢なフランス語で言う。「それともセバスチャンと呼んだほうがいいのかな」

セバスチャンの顔から血の気が引き、肌が冷たくなって指先の感覚が失われた。

ああ、どうしよう、ドレークに見つかってしまった。ここを探しあてたのだ。でも、なぜわかったのだろう。

リュックがさっと近づいてきて、床に散らばった豆を手のひらいっぱいに拾い集めて鉢へ入れた。そんな状況にもかかわらず、セバスチャンはふと、どうせ料理の前に洗うからいいだろうと思った。

「道でばったり会ったんだ」リュックが明るく無邪気に言った。「お友だちのムッシュ・ドレークが訪ねてきてくれたんだよ」

セバスチャンは無理やり笑みを浮かべた。「ええ、そのようね」

弟とどうやって会い、なにを話したのだろうか、ムッシュ・ドレークは！

「リュック、鶏小屋に行くのを忘れてしまったの。籐籠を持って、卵があるかどうか見てきてくれないかしら」

　リュックは不満そうな表情をちらりと浮かべた。せっかく楽しい話が聞けるかもしれない機会を逃したくないようだった。それでも弟はもともと優しい性格で、内心ではいやだと思っていても、セバスチャンに逆らうことをしなかった。

「わかった《メ・ウィ》、いいよ《ビアン・シュール》」そう言うと卵用の籠をとりに行った。玄関に向かう途中で足を止め、ドレークのほうをふりかえる。「ぼくが戻るまでいるよね？」

「ああ」ドレークは言った。

「どうかしら」セバスチャンが同時に言った。

　リュックはドレークの返事に安心したらしく、急いで家を出ていった。弟がいなくなったとたん、セバスチャンはドレークとふたりきりであることを強く意識し、卵をとりに行ってほしいなどと頼まなければよかったと後悔した。椅子にすわっているのがせめてもの救いだ。脚が震えて、とてもまっすぐ立っていられなかっただろう。

「なぜ来たの？」蚊の鳴くような声で訊いた。「ど――どうしてここが？」

　ドレークは腕を組んだ。「最初の質問の答えはお互いにわかっているはずだが、それはひとまず置いておこう。ここがわかったのは、きみの母上のおかげだ」

　セバスチャンはあぜんとした。「わたしの母《マ・メール》の？　でも……どういうこと？」

「ぼくにアンブルサイドの出身だと明かしたのは失敗だったな。実際にその地を訪ねてみたところ、とても興味深い話をある住人から聞くことができた。ミス・プルーイットという女性だ」

セバスチャンは眉根を寄せて首をふった。

「覚えていないのかい？　向こうはきみのこともご家族のことも覚えていたぞ。きみの母上と手紙のやりとりをしていて、そのうちの一通にこの村の住所が書かれていた。それを見せてもらったあとは簡単だった」

ああ、お墓のなかにいる母が彼をここへ導いたなんて。

セバスチャンはドレークのことばについて考えをめぐらせた。それと同時に、彼がいてはいけない場所にいることに気がついた。フランスにいては、ドレークの身が危ない。

セバスチャンはふいに立ちあがり、両手を強く握りあわせた。「どうして来たりしたの、ドレーク。まさか知らないわけじゃないでしょうけれど、あなたの国とわたしの国は戦争をしているのよ。つかまったらどうするつもり？」

「ぼくはつかまったりしない」ドレークはぶっきらぼうに言った。「それからここへ来たのは、きみを連れ戻すためだ」

セバスチャンの鼓動が速くなり、ほんのつかのま、ドレークは自分のことが恋しくてたまらずに、危険を冒してフランスへやってきたのだと想像した。

だが相手を恋しく思っているのは自分のほうだけだ。ドレークにそんな気持ちはない。

彼がここへ来た理由はたったひとつしかない。

復讐だ。

ドレークはセバスチャンの両腕をつかんでその体を引き寄せ、冷たい声でささやいた。

「どうしてあんなことができたんだ。きみは盗みを働いた。そしてぼくをだまして裏切った。そこまでされて、ぼくが黙っていると思ったか？　きみを見逃してやるとでも？　ぼくがけっして泣き寝入りなどしない人間であることを、どうやら知らなかったようだな。きみを世界の果てまで追いかけ、連れ戻そうと心に誓った」

セバスチャンは自分の考えが甘かったことに気づいた。自分がほんとうは何者であるか、手がかりがない以上、居場所を探しだすことなどできないと思っていた。ところがほかでもないこの自分が、愚かにもその手がかりを彼に与えていたのだ。もしかすると、無意識のうちにわざと手がかりを残していたのだろうか。たとえどういう結末になろうとも、心のどこかで、ドレークに見つけてほしいと願っていたのかもしれない。

「あなたはわかってないわ、ドレーク。ああするしかなかったのよ」セバスチャンは訴えた。

「ああするしかなかった？　おもしろい言い訳だな。きみは嘘つきのスパイだ。ちゃんと裁きを受けてもらう」

「お願い、話を聞いて」

「なんの話を？　ぼくを利用してだました理由でも説明するつもりか？　きみの言うことはすべてでたらめだったじゃないか。名前でさえそうだった。そうだろう、ミセス・グリーンウェイ」ドレークはあざけるように言った。

「正体を明かすことは許されなかったの」

「許されなかった？　誰に？　きみの夫かい？　そもそも、きみはほんとうに未亡人なのか？　あるいはそれも嘘だったのか」

セバスチャンの顔がまた蒼白《そうはく》になった。「わたしは未亡人よ。でも今回のことに夫は関係ないわ」

「ほう、ずいぶん都合のいい話じゃないか。ところで、きみの本名はなんだ？　グリーンウェイというのは母親の旧姓だろう」

「デュモンよ」セバスチャンはつぶやいた。「わたしはマダム・デュモン」

「マダム・デュモン、きみの最後の審判の日がやってきた」

セバスチャンは悲しみと後悔で胸が締めつけられた。「今年の春、この家を出た瞬間からその日ははじまっていたわ。あのときからわたしの運命は決まっていたの。お願い、放して、ドレーク。あなたに打ち明けなくちゃならないことがたくさんあるの」

「どんなことだ？　また嘘をつく気か？　適当なことを言ってごまかそうというわけか」ドレークがセバスチャンの体をさらに引き寄せると、乳房が胸に押しつけられた。「もうきみの嘘にはうんざりだ」片手をあげてセバスチャンの頰に当て、その目をじっとのぞきこむ。

「あれもすべていつわりだったのか？　ぼくに体を許したのも計画の一部だったと？」

「ちがうわ」セバスチャンは身を震わせた。「あなたと男女の仲になるなんて考えてもみなかった。でも……気がついたらそうなっていた」

ドレークはセバスチャンの唇に視線を落とした。まるでキスをしたいと思っているようだ。いつわりと憎しみの壁がふたりのあいだに立ちはだかっているにもかかわらず、セバスチャンの全身で脈が激しく打ち、愛とせつなさで胸がいっぱいになった。

ドレークが頭をかがめた。

「誰だ。姉になにをしている?」怒りに満ちた声がした。

セバスチャンははっとし、声のしたほうへ顔を向けた。ジュリアンが戸口に立ち、両手を体の脇で握りしめている。ドレークは手の力をゆるめたが、セバスチャンを放そうとはせずに玄関のほうを見た。

「あんたに訊いてるんだ、ムッシュ」ジュリアンは十三歳の少年とは思えないほど大人びた声音で言った。「人の家にはいってきて、ぼくの姉に手を出すとは、いったいどういうつもりかと訊いている」

セバスチャンはドレークに身を寄せてささやいた。「なにも言わないで。あの子には関係のないことだし、わたしがどこでなにをしていたのかも知らないの。お願いだから、あの子にもリュックにも言わないでちょうだい。ふたりともまだ子どもなのよ」

ふたりの視線が合い、セバスチャンは目で訴えた。ドレークは彼女にだけわかるようかすかにうなずくと、ゆっくり手を離した。

セバスチャンは安堵の息をついて脇へよけ、笑顔を作ってみせた。「ジュリアン、なにを言ってるの？　あなたは勘違いしているわ。こちらの紳士はお友だちで、挨拶をしていただけよ」

ジュリアンは納得していないようだった。

「さあ、こっちへ来て挨拶なさい」セバスチャンは言った。「それから、そのこわい顔はやめてちょうだい。お客様に失礼よ。ジュリアン、こちらはお友だちのロ――いえ……その――」

「バイロン」ドレークは、うっかり〝卿《ロード》〟をつけて呼びそうになったセバスチャンのことばを、さりげなく引き継いだ。「ドレーク・バイロンです」

恐怖時代のように迫害されたり嘲罵されたりすることこそないものの、フランスでは貴族はまだ不安定な立場に置かれていた。高貴な生まれの父でさえ、いまはもう肩書きを使わずに〝ムッシュ・カルヴィエール〟と名乗っている。

ドレークはジュリアンに歩み寄って手を差しだした。「会えてうれしいよ。セバスチャンからきみたちご家族のことは聞いている」

ジュリアンはドレークの手をとろうとしなかった。「セバスチャンからあんたの話を聞いたことはないな。あんたは誰なんだ？　どこで姉と知りあった？」

「パリよ」セバスチャンはあわてて言った。「ムッシュ・バイロンとは、今年の春、ポーレットの看病をしているときに知りあったの。とても親切にしていただいたのよ。一度なんて、わたしたちを気球の打ち上げの実験に招待してくださったこともあったわ」

ドレークの顔をちらりと見ると、事実を適当にふくらませたセバスチャンの話に、かすかに愉快そうな表情を浮かべているのがわかった。

ジュリアンは握りしめたこぶしを少しだけゆるめ、うらやましそうな顔をした。「気球の打ち上げを見たなんて、教えてくれなかったじゃないか」なかば責めるような口調だった。

「ぼくも見てみたいな」

「友人が気球を持ってるんだ」ドレークは言った。「いつかきみも乗せてもらえるかもしれない」

ジュリアンは夢のような話に、とたんに興奮した面持ちになった。

「パリはそう簡単に行けるところじゃないのよ」セバスチャンは言った。「とにかく手を洗っていらっしゃい。いまお茶とおやつを用意するから」

「卵を持ってきたよ」リュックがつむじ風のように勢いよく家へ駆けこんできた。「いま、おやつって言った？　ぼくも食べたいな。お腹がぺこぺこだ」

「あなたも手を洗ってきなさい。夕食の前だから、なにか軽いものを作るわね」

「ジャム・サンドイッチは？」リュックは期待を込めて言った。

セバスチャンは微笑み、卵のはいった籐籠を受けとった。「ええ、そうしましょうか」

「ムッシュ・ドレークにも作ってあげて」リュックはにっこり笑った。「ずっと旅してきて疲れたでしょ？」

ドレークはたしかに疲れた顔をしていた。「きみのお姉さんさえよければ、ご馳走になろうかな」

「なにか食べるのかい？」あらたな声がし、父が仕事部屋のある裏庭につづくドアからはいってきた。「朝食を食べたのが、はるか昔のことのようだ」

セバスチャンがふりかえると、父はちょうどドレークの存在に気がついたところだった。

「どちら様でしょうか、ムッシュ」灰白色の頭を傾けて尋ねる。「お目にかかったことはないと存じますが」

「ムッシュ・ドレークだよ」リュックが言った。

「ドレークじゃなくて、ムッシュ・バイロンだろう」ジュリアンが年上らしい口ぶりで言った。「ドレークは姓じゃなくて名前だ」

リュックは兄をにらんで文句を言いかけた。

だが、それより先に父が口を開いた。その目はドレークにまっすぐそそがれている。「バイロン？　ドレーク・バイロンですと？」

「ええ、そうです」

「あの数学者で発明家の?」父はさっと両手を伸ばしてドレークの片方の手を握り、力強く上下にふった。「オーギュスト・カルヴィエールと申します。あなたのように立派なかたがわが家にお越しくださったとは光栄です」

「カルヴィエール? 理論家の? ああ、お名前を聞いてすぐに気がつくべきでした。なるほど、それですべて合点がいきます」

父はまた微笑んだ。「そうですか。それならよかった。さあ、いろいろお話ししましょう。セバスチャン、お茶を淹れてくれないか」そう言うと、ドレークのひじに手をかけ、テーブルのところへ連れていった。「ところで、こんなところでなにをなさっているんです? いまは戦争中ですよ。お聞きになっていませんか?」

28

それから一時間近くたち、軽食を食べ終えると、セバスチャンは弟たちに用を言いつけた。父はまたすぐに戻るとドレークに言い残して、ふたたび仕事部屋へ行った。ドレークはテーブルに残っていた皿やカップを集め、洗剤のはいった湯で食器を洗っているセバスチャンのところへ持っていった。

「父上はいつからあんなふうなんだ？」食器を手渡し、声をひそめて英語で訊いた。

セバスチャンは聞こえなかったふりをせず、皿を布でこすりながら英語で答えた。「母が亡くなってからよ。といっても、少しずつ変わっていったの。ほとんどの面では正常なんだけど、ときどき……自分の世界にこもりたくなることがあるみたい。現実の世界を直視するのは、父には過酷すぎるんだと思う。特にこの一年ばかりは」

ドレークはしばらくセバスチャンの言ったことについて考えた。「かつては才気煥発《かんぱつ》な学者だった。大学で父上の著作を読んだことを覚えている」

セバスチャンはドレークを一瞥すると、きれいな水のはいったバケツに食器を浸した。

「父はいまでも才気煥発よ。ただ、昔ほど集中していないというだけ。いまは素数定理に取り組んでいるわ。もしよかったら、父の相談に乗ってあげてもらえないかしら。そうすれば……きっと喜ぶと思うから」

「素数定理？　そのことばを知っているところを見ると、きみもまったくの素人じゃなさそうだな」

セバスチャンは肩をすくめてカップをすすいだ。「父に教わったから、数学はある程度わかるわ。でも理論数学は苦手なの。忍耐力もないし、ものごとを一途《いちず》に思いつめる性格でもないから」

ドレークは思わず吹きだした。「そういう見方もあるのか。家族からはぼうっとして注意力散漫だと言われるよ」

「でもあなたは、ご家族はもちろん、いろんな人に気を配っているわ」

セバスチャンが笑みを浮かべ、ドレークも微笑みかえした。

ドレークの胸がどきりとし、ふいに全身が熱くなった。色あせた茶色の綿の服を身に着け、髪を適当にピンで留めているにもかかわらず、彼女はとても美しい。琥珀色の瞳に吸いこまれてしまいそうだ。このイチゴのような甘いピンクの唇を味わえるなら、なにを失ってもかまわない。

ドレークは渋面を作り、視線をそらした。あんなことをされたのに、なぜまだ彼女を欲しいと思えるのか。なにごともなかったかのように、ふたりで笑いながら話をしているとは、われながら驚きだ。彼女は自分をだまして裏切り、心を引き裂いたのだ。

「どうしてわかったのか教えてくれ」ぶっきらぼうに言った。

セバスチャンは食器を洗う手を止めた。「なにを？」

「金庫には数式が書かれた紙がほかにもあったのに、なぜあれだとわかったんだ」

セバスチャンは大切なものをあつかうように、ゆっくりとカップを洗ってすすぎ、脇へ置いた。「言ったでしょう。目の前の数式がなにを示しているのかがわかる程度には、わたしは数学を理解しているの。ただ、自分では書けないだけ」また別の食器を洗った。「今度はわたしが訊く番よ。どうしてわかったの？」

「なにを？」

「わたしが暗号を書き写したことを。細心の注意をはらって、もとあった場所に戻したのに」

ドレークは、今度は苦笑いを浮かべた。「ああ、そうだろうな。あれさえなければ、ぼくもわからなかっただろう」

セバスチャンは手を止めてドレークの顔を見た。「あれって？」

「スミレだ。紙からスミレのにおいがした。きみのにおいが」

セバスチャンは驚き、やがてゆっくりと唇に笑みを浮かべた。「わたしにはスパイのまねごとは無理だということね。でももしかしたら、心のどこかで見つかることを望んでいたのかもしれない。あんなことをするのは、ほんとうにいやだったから」

　ドレークの胸がまたどきりとした。「そうなのか？　だったらどうしてあういうまねをしたんだ」厳しい口調で訊いた。「金のためか？」

　セバスチャンはうつろな笑い声をあげると、食器の最後の一枚を脇に置き、タオルで手をふいた。「お金ですって？　わたしがここで豪勢な暮らしをしているように見える？　もしお金があったら、いまごろ食器を洗ったりなんかしていないでしょうね」

　ドレークはあごを引き締めた。「じゃあなんのために？　ナポレオンの信念に共感でもしているのか？」

　セバスチャンは嫌悪感もあらわにタオルをほうった。「あの人の信念がなんだか知らないけど、そんなものどうだっていいわ。わたしにわかっているのは、ナポレオンがこの国を戦争に巻きこんで破壊をもたらしたということだけよ。男も女も子どもも、みんなの人生をめちゃくちゃにした。祖国のことは愛しているけれど、あなたと同じくらいわたしも皇帝を憎んでる」

「イギリスもきみの祖国だろう。少なくとも母上はイギリス人だった」

「そうね《ダコー》、でも母は天に召され、父はこの国で生きているの。弟たちはここ以外知らないわ。この場所があの子たちの故郷なのよ。どうしてわたしがあんなことをしたのか知りたい？

家族のためよ。すべて家族のためだった。さあ、尋問がすんだなら、そろそろ夕食の支度をはじめていいかしら」

「アン――」ドレークは手を伸ばし、セバスチャンの腕をつかんだ。

セバスチャンはその手をふりはらった。「セバスチャンよ。ちゃんと本名で呼んでちょうだい」

「わかった、セバスチャン」

「父のところへ行ってきたら？　父ならあなたを歓迎すると思うわ。今夜は畜舎に寝床を用意するわね。村の宿屋に泊まるのは危険よ。たとえ外国人じゃなくても、見かけない人がいると噂になるでしょうから。朝になったら出てって」

ドレークが足を前に進めると、セバスチャンの甘くさわやかなにおいが鼻腔をくすぐった。

「きみを置いて出ていくつもりはない」

「残念ながら、あなたと一緒に出ていく気はないわ。無理やり連れていこうとしても無駄よ。村の人たちに、家にイギリスのスパイがいると言えば、あなたはすぐにとらえられるでしょう」

「そうしたいならすればいいさ」ドレークは言った。「でもきみにはできない」

セバスチャンはあごをあげた。「どうしてそんなことが言えるの？　わたしは一度あなたを欺いたのよ。また同じことをしても不思議じゃないわ」

ドレークはセバスチャンの金色の瞳を見つめ、その真意を探ろうとした。たしかに彼女の言うとおりだ。一度自分を欺いた人間を、どうして信じられるだろうか。

「ぼくを当局に突きだすつもりなら」ドレークは言った。「きみはとっくにそうしていたはずだ」セバスチャンの首の後ろに手を当て、髪の下に親指を差しこんで肌をなでた。

セバスチャンのまぶたが閉じかけた。「時間がなかっただけよ。あなたが父の仕事部屋に行ったら、すぐに村へ出かけてみんなに知らせるわ」

賢明な男なら、そのことばを額面どおりに受けとるだろう。彼女がまた裏切らないと思うほうがおかしい。だがセバスチャンがあんなことをした裏には、自分が知らないなにかがある。彼女は家族のために暗号を盗んだと言った。それを命じたのは誰なのか。誰かが彼女を屋敷に送りこんだのはまちがいない。力を持った人物が、セバスチャンが女中頭として雇われるように手をまわしたのだ。その連中は目的をはたすため、ほかにどんなことをしたのだろうか。ドレークはとつぜん、復讐するよりも真実を知りたくなった。

手にそっと力を入れ、セバスチャンをその場にとどめた。「いや、きみは密告したりしない」

セバスチャンはぞくりとし、浅い息をついた。「ええ、しないわ」

ドレークはセバスチャンのことばを信じた。

「それからぼくの寝床のことだが」微笑みながら言う。「もっと快適な場所があるんじゃないか」

セバスチャンは顔を赤らめ、ドレークの手から逃れようともがいた。「わたしの寝室ならお断わりよ」

ドレークは親指を首筋にはわせた。「本気かい？」

「ええ」セバスチャンはきっぱりと言った。だが次の瞬間、また肌がぞくぞくした。「もう行って、ドレーク」

ドレークは大きな笑みを浮かべた。「いいだろう。でも話はこれで終わりじゃない。まだ聞きたいことがたくさんある」

「わかってる。さあ、放してちょうだい。弟たちが帰ってくるわ」

ドレークは手をおろして後ろに下がった。

ムッシュ・カルヴィエールの仕事部屋を訪ねて、セバスチャンから聞いたことについてじっくり考えよう。そして自分が、愚かにもまだ彼女を欲しいと思っていることについても。

「すばらしい《ヴゼツトウ・ブリヤン》、ドレーク卿！」オーギュスト・カルヴィエールが仕事部屋の机の向こうで言った。「まさにこうした助言が欲しかったんです」

ドレークは会釈を返した。心は現実から逃避しているものの、頭の切れは衰えていないカルヴィエールの役にたててうれしく思った。

「あなたに来ていただけるとは、なんという幸運でしょう」カルヴィエールは立ちあがり、部屋の反対側にある戸棚に向かった。戸棚の扉をあけ、酒瓶と小さなグラスをふたつとりだした。「最近は仲間と話をする機会などめったにありません」酒瓶とグラスを手に、はずんだ足どりで机に戻る。「手紙のやりとりもまともにできませんからね。すべての書簡に目を通すんですから、軍《ラ・ミリテール》は。人のことをなんでも嗅ぎまわって、イタチみたいな連中です。そう思いませんか、ムッシュ。あなたのお国でもそうではありませんか？」

たしかにそうだ、とドレークは思った。海外にいる数学者や科学者と連絡をとろうとすると、時間がかかるうえに面倒なことが多い。ただ、手紙の検閲については、軍に自分の書簡を開封する時間と勇気があるとも思えない。なにしろこちらは陸軍省と関係があるのだ。だが仮に下級兵士が気まぐれを起こし、数学や科学に関するドレークの書簡をのぞいたとしても、三行のうち一行でも理解できればいいほうではないだろうか。

カルヴィエールが瓶の栓をはずし、グラスふたつに中身を注いだ。ブランデーだ。机の上をすべらすようにして、ひとつをドレークの前に差しだした。「娘が無事に戻ってきてほっとしています。病気の親戚とふたりきりでパリにいるあいだは、とても心配でした」灰色の薄い眉をひそめる。「おかしな話なのですが、ポーレットという娘が親戚にいた記憶がないんです。でもセバスチャンがいると言うのなら、きっといるのでしょう」

そう言うとにっこり笑い、まっすぐだが、加齢でやや黄ばんだ歯を口もとからのぞかせた。

「セバスチャンはわたしの誇りであり喜びです。あんないい子はほかにいません。頭がよくて数字に強い。男に生まれなかったのがつくづく残念です。きっとひとかどの人物になっていたでしょうに。ジュリアンとリュックには、姉のような才能はありません。数学の才能は人並みです。もっとも、世のなかのほとんどの人がそうですが」

カルヴィエールはやれやれというように首を横にふった。それを見ながらドレークは、セバスチャンはたしかに聡明で有能だが、男に生まれなくてよかったとふと思った。いまのままの彼女のほうがいい。

「さあ、どうぞ」カルヴィエールがドレークの前に置かれた手つかずのグラスを手で示した。「特別なときのためにとっておいたんです」

ドレークはいまが〝特別なとき〟だとは考えてもみなかった。だがおそらくカルヴィエールの言うとおりなのだろう。極秘で敵国に渡り、かつて崇拝していた相手とこうして向きあっているのだから。グラスを手にとってひと口飲んでみると、極上のブランデーだった。

「娘とはパリでお会いになったんでしたね」

ドレークは一瞬間を置き、ほんとうはセバスチャンとどこでどうして知りあったのかに思いをめぐらせた。「ええ、都会で会いました」

「あなたのようなかたが娘のそばにいてくださってよかった。あんな男じゃなくて」カルヴィエールの唇がゆがんだ。「あれはろくでもない男です。セバスチャンが親戚の面倒を見るためにパリへ発つ直前に、このあたりをうろうろしていました」

グラスを握るドレークの手に力がはいった。「どんな男ですか」努めて冷静な口調で尋ねた。

「数日前にも現われました」カルヴィエールは眉をひそめた。「セバスチャンが庭で野菜をとり、息子たちが外へ遊びに行っているときのことです。セバスチャンとその男が言い争っている声が静寂を破りました。話の内容は断片的にしか聞きとれませんでしたが、それで充分でした」

「ふたりはなにを話していましたか」

「男はなにかを要求していました。セバスチャンはそれを相手に渡すことになっていたようです。ですが娘は、誰にもわからない場所に隠した、あるものと引きかえにしか渡さない、と言っていました」

「あるものとは?」

「わかりません」カルヴィエールはドレークの顔をしばらく見つめ、ゆっくり視線をそらした。「その部分は聞きとれませんでした。でも男がセバスチャンを脅し、また来ると言っていたのはたしかです。あの男には二度と来てほしくない。家族に近づけたくありません。あれは下劣で邪悪な人間です。どこかへ消えてもらいたい。ここに近づかないでほしい」傍目にもわかるほどがたがた震えだし、ブランデーをこぼしそうになった。

ドレークは手を伸ばしてグラスを安全な場所に置いた。

カルヴィエールはひざに乗せた手を開いたり閉じたりし、なにかをつぶやきながら、まだ震えている。

そのときドレークは、なぜセバスチャンが父親にほんとうのことを打ち明けず、作り話をしたのかを理解した。理由がなんであれ、娘がイギリスへ行くことを知ったら、この父親はおそらく耐えられなかっただろう。カルヴィエールのなかでなにかが壊れてしまっているのはたしかだ。それが妻の死によるものか、革命と戦争という過酷な時代に翻弄《ほんろう》されてきたことによるものなのか、それはわからない。ただ彼は、もはや現実を直視することができなくなった。そしてつらいことのない空想の世界に住み、数学の研究に没頭している。セバスチャンがそんな父親になにも言わず、黙って見守っているのは賢明な判断だ。

弟たちは相談相手としてはまだ幼すぎる。もっとも、ジュリアンは見かけよりもずっと多くのことがわかっているはずだ。姉がこの春を過ごしたのがパリではないことも知っているのだろうか。彼女を脅している男がいることも？　ドレークが家のなかにいるのを見たとき、ジュリアンは迷わず姉を守るために立ちむかおうとした。セバスチャンがいないあいだ、青年になりかけのあの少年は、どれほどの重荷を背負ってきたのだろう。

「落ち着いてください、ムッシュ」ドレークはなだめるように言った。「あなたのご家族はわたしが守ります」

カルヴィエールはさっと顔をあげ、希望と安堵の色が浮かんだ目でドレークを見た。「ほんとうですか？　あの子たちを守ってくださると？」

「ええ、ほんとうです」ドレークは答えた。セバスチャンをはるばるここまで追ってきた理由がなんであれ、そんなことはもうどうでもいい。彼女はいま窮地に陥っている。過去になにをされたにせよ、助けなければならない。

カルヴィエールはかすかに赤くなった目をしばたたいた。「なんて善良なかたなんだ。閣下こそ本物の紳士です。フランス人でなかったのが惜しまれます」

ドレークは思わず吹きだした。

カルヴィエールは落ち着きを取り戻し、ブランデーを飲んで満足げなため息をついた。

相手がふたたび動揺するかもしれないと思ってためらったが、ドレークにはどうしても聞いておかなければならないことがあった。「素数の話に戻る前に、もうひとつだけお訊きしてもいいでしょうか」

数学のことを思いだし、カルヴィエールは興奮で目を輝かせた。ドレークは素数の話に触れたのは失敗だったのではないか、相手の関心がすっかりそちらに移ってしまうのではないか、と不安になった。

「その男の名前は聞こえませんでしたか」

カルヴィエールは立ちあがって部屋を横切り、上体をかがめて書類の山をめくりはじめた。

「誰の名前でしょう?」心ここにあらずといった様子で言う。

「庭に現われた男です。なんと呼ばれていましたか」

カルヴィエールの手の動きが遅くなり、顔にふたたび険しい表情が浮かんだ。ドレークはしばらく待ったが、答えが返ってこないことも覚悟していた。

「バシュー」カルヴィエールはかすかに身震いした。「悪党の名前はバシューです」

29

セバスチャンはいつもどおりの午後を過ごした——少なくとも、表面上はそうだった。家を掃除して片づけ、庭で香草を摘み、予定どおりパンをかまどで焼いて鶏肉をゆでた。弟たちは雑用を終えて手と顔を洗い、食卓の準備を手伝った。

夕食ができたことを知らせに行こうとしていたとき、ちょうど父とドレークが仕事部屋から戻ってきた。整数論についてまだ熱心に話しこんでいる。セバスチャンはドレークに赤ワインの瓶とコルク栓抜きを渡して、あとをまかせた。テーブルにならんだ鉢や皿からおいしそうなにおいの湯気が立ちのぼり、全員が席についた。

食事のあいだ、セバスチャンはほとんどしゃべらず、ドレークが弟たちにおもしろい話を披露し、ふたりが夢中で聞きいっているのを微笑ましく見ていた。ジュリアンもすっかり警戒を解き、好奇心で目をきらきらさせている。

夕食が終わると、みなをテーブルに残して、セバスチャンは後片づけに立った。ドレークが手伝おうと声をかけてくれたが断わった。ひとりで考えごとをしたかった。ドレークが自分の家に、そしてフランスにいることはあまりに重大な問題だ。家族がまたたくまに彼に魅了されたのはうれしいことだが、同時につらくもある。明日の朝になったら、出ていってもらわなければならないからだ。

でも本人が拒否したら？

そのときは無理にでも出ていかせなければならない。ドレークがここにいては危険すぎる。万が一バシューが現われてドレークがいるのを見たら……なにが起きるかを考えると、寒気がして鳥肌がたつ。

やはりひと晩だけここに泊まり、明日には帰ってもらわなければならない。

そう、夜が明けたら、ドレークはここを立ち去るのだ。

セバスチャンの胸がぎゅっと締めつけられた。以前ドレークと別れたときは、心から血が流れた。もう一度失ったら……その痛みに耐えられるかどうかわからない。だがドレークがここに来たのは、自分に求愛するためではなく、報いを受けさせるためなのだ。そのことを忘れてはいけない。

「父の仕事部屋を使うといいわ」それから一時間以上たったころ、セバスチャンはドレークに言った。父と弟たちはおやすみの挨拶をし、それぞれの寝室へ向かった。「ソファで寝られるようにしておいたから。あなたには粗末すぎるでしょうけれど、ひと晩のことだから我慢してね」

セバスチャンはドレークが抗議し、ベッドをともにしたいとまた言ってくるだろうと思っていた。だがドレークは微笑んで食事と宿の礼を言い、額にキスをして立ち去った。

セバスチャンは困惑と落胆の入り交じった気持ちを覚えた。屋根裏にある弟たちの寝室へ行き、もう一度おやすみを言ってから、階段をおりて家の後部にある自室へ向かった。

その夜は蒸し暑く、窓をあけて寝ることにした。さわやかな夜風が、草とツルバラのにおいを部屋へ運んできた。閉じたカーテン越しに、虫の合唱が聞こえてくる。そこにときおりカエルの低くしわがれた声が交じった。

セバスチャンは服を脱いでたんすにかけ、薄い綿のネグリジェを頭からかぶった。洗面台の前に行って顔を洗い、硬い歯ブラシとロンドンから持ってきた貴重な歯磨き粉を使って歯を磨く。次にヘアブラシを手にとり、長い髪を丁寧にとかした。ブラシを置いてベッドにはいり、ろうそくの火を吹き消した。

うとうとしていたとき、誰かに口をふさがれるのを感じた。恐怖に駆られ、くぐもった叫び声をあげてもがいた。

「ぼくだ」聞きなれた低い声が耳もとでささやいた。「きみの悲鳴でほかの人たちが起きてしまうといけないと思ってね」

セバスチャンは心臓が早鐘のように打つのを感じながら、暗闇のなかでドレークを見つめた。にらみつけて口を開いたが、手のひらが邪魔をしているせいで、ちゃんとしたことばにならない。困ったセバスチャンは、軽く手を噛んだ。

「痛いな！」ドレークは手をひっこめた。「噛むことはないだろう」

「そうかしら」セバスチャンが上体を起こすと、シーツがすべり落ちた。「こんなところでなにをしているの？」

「話をしに来たんだ。ところで、きみの父上のソファはあまり寝心地がよくないな」

「寝心地がよくても悪くても、早く戻ってちょうだい。話なら明日の朝しましょう」朝になったら、彼をこの家から追いだして永遠に別れなければならない。その勇気が自分にあればいいのだけれど、とセバスチャンは思った。

「だめだ」ドレークはおだやかだが、きっぱりとした口調で言った。まるでセバスチャンの心のうちを読んでいるかのようだ。「いま話そう」

「疲れてるの、ドレーク」そう言ったとき、セバスチャンは体だけでなく心も疲れきっていることに気づいた。「出てって」

「質問の答えを聞くまで出ていくわけにはいかない」ドレークは窓辺に行ってカーテンをあけた。月明かりが窓から差しこみ、お互いの顔が見えるようになった。セバスチャンを軽く押すようにして、ベッドに腰をおろす。「バシューのことを教えてくれ」

セバスチャンの目が大きく見開かれ、のどが締めつけられた。「どこでその名前を？」

「父上から聞いた。彼はきみが思っているより、ずっと多くのことを知っている」

セバスチャンはうめき声を呑みこんだ。

「数日前に、きみとその男が言い争っているのを耳にしたそうだ。そいつはきみを脅していたようだな。きみが持っているものを、のどから手が出るほど欲しがっていたそうじゃないか。それは暗号だろう、セバスチャン？　もうとっくに渡したのかと思っていた。そうじゃなかったのか？」

セバスチャンは視線をあげ、薄明かりのなかでもよくわかる深い緑色の目をのぞきこんだ。ゆっくりとうなずく。「一部分しか渡さなかったわ」

「一部分とは？」

セバスチャンはどこか誇らしげに、つんとあごをあげた。「数式に少し変更を加えて、重要な部分がわからないようにしておいたの。あの人は数学が苦手みたいで、わたしがしたことにも、暗号が基本的に使いものにならないことにも気がつかなかった」

「かついだのか」ドレークは吹きだした。「まったく、きみという人は」そしてすぐに真顔に戻った。「でもいまは、その男も気づいているんだろう」

セバスチャンは身震いしそうになるのをこらえた。「ええ。本物の暗号を渡せと言われたわ」

ドレークは手で髪をすき、心配そうに眉をひそめた。「いつか相手が気づくとわかっていながら、どうしてそんなことをしたんだ。そもそも、あれだけ苦労して手に入れた暗号と引きかえに、いったいなにを要求したのか？」

「バシューはわたしが計画に協力すれば、家族に手を出さないと言ったわ。でもそんな約束をあの人が守るとは思えなかった。だからそう簡単にはわたしを裏切れないよう、一種の保険をかけることにしたの。これで信じてくれるかしら？　わたしにはほかにどうすることもできなかったのだと」

「ああ、われながら不思議だが、きみを信じはじめている」ドレークは言った。「最初から全部話してくれないか。なにを信じてなにを信じないかは、それから決める」

セバスチャンは枕を胸に抱きしめ、なにもかもドレークに打ち明けた。昨年の秋、バシューがはじめてここにやってきたときのことから、フランスへ戻ってくるときのことまで、包み隠さずに話した。ただひとつ黙っていたのは、ドレークへの気持ちだった。彼が自分をどう思っているかはわかっている。それに、計画を実行しているときに恋に落ちるという致命的なあやまちを犯してしまったことを、認めたくもなかった。

セバスチャンが話を終えるころ、ドレークはベッドの足板にもたれかかって腕を組み、なかば懐疑的で、なかば怒ったような表情を浮かべていた。「ちょっと整理させてくれ。つまりきみは、本物の暗号をこのあたりの洞窟に隠し、それを材料にバシューに取引を持ちかけた。ナポレオンの署名入りの誓約書を持ってくるように言ったと？」

「ええ、手短に言うとそういうことよ」

ドレークはまた髪を手ですいた。「そんなことをするなんて常軌を逸している。まさか相手がきみの言うとおりにすると、本気で思ってるわけじゃないだろう？」

「あの人にほかに選択肢はないわ」セバスチャンは反論した。「暗号が欲しかったら、誓約書を持ってくるしかないでしょう」

「そして暗号を手に入れたとたん、きみを殺すはずだ。そういう男は倫理観も良心も持ちあわせていない。きみたち家族を自由になどさせるものか。ぜったいにあきらめないぞ」

セバスチャンはドレークの言うとおりだと思い、暗澹《あんたん》たる気持ちになった。奇跡でも起きないかぎり、悪魔から魂を守ることはできない。「ほかにどうすればよかったというの？ただ黙って暗号を渡すなんてできなかったわ。そんなことをしたら、こちらにはなにも切り札がなくなってしまう。また利用されるのが落ちだったでしょうね」

長い沈黙があった。いつのまにか、虫の音も聞こえなくなっている。

「どうしてもっと早く話してくれなかったんだ」ドレークは低い声で言った。「ぼくにすべてを告白して、助けを求めればよかっただろう」

セバスチャンは枕をきつく抱きしめた。「ロンドンを発つ直前の数日、それも考えたわ。でもあのとき打ち明けたら、あなたはどうしていたかしら。わたしがあなたの屋敷に雇われたのはもともと仕組まれていたことで、暗号を盗んでフランス軍に渡すことになっていたと言ったら？　あなたはわたしに同情して助けようとしてくれたかもしれない。でも反対に、すぐさま逮捕されてニューゲート監獄に送られることだってありえたわ」

枕を脇にほうり、身を乗りだした。「家族の身の安全を考えたら、そんな危険を冒すわけにはいかなかった。あなたは、今日ここへ来たときのような憎しみに満ちた目をわたしに向けていたかもしれない。そしてその場で屋敷を追いだされるか、当局に突きだされるかしたでしょうね」

「きみを憎んではいない」ドレークはかすれた声で言った。「たしかにきみのしたことを知ったときはひどく腹がたったさ。でも嫌いにはなれなかった」

「ほんとうに？　あなたがあんな目でわたしを見たのははじめてだったわ」

「それを言うなら、ぼくは愛……いや、ベッドをともにしてさまざまなことを分かちあった女性に、あんなかたちで裏切られたのははじめてだった。実を言うと、ここへ来た目的はきみをさらうことだったんだよ」

セバスチャンははっと息を呑んだ。

「きみを捜しだして、後ろで糸を引いている人間から引き離すつもりだった。そしてイギリスへ連れ戻そうと思っていた」

セバスチャンはごくりとのどを鳴らした。「そのあとは？　投獄して罰を受けさせ、屈辱を与えるつもりだった？」

ドレークは薄闇のなかでセバスチャンの目を見つめた。「正直言ってわからない。自分では正義を求めているつもりだったが、いまとなってはもうわからないんだ。きみを連れ戻して報いを受けさせようと思ったのは、暗号を盗んだからなのか、それともぼくに嘘をついて、ひと言もなしにいなくなったからなのか」

「ごめんなさい、ドレーク。申し訳ないことをしたと思っているわ。あなたのことも誰のことも、傷つけるつもりはなかったの。脅されてあんなことをしたけれど、ずっと苦しかった。あなたをだましたりなんかしたくなかったわ。お願い、信じてちょうだい」

長い沈黙ののち、ドレークは口を開いた。「ああ、信じるよ」

セバスチャンは安堵に包まれた。「いまはなにも嘘をついてないわ。もう二度とつかないと約束する」

「誓えるかい？」

「ええ。家族の名誉にかけて」

ドレークはうなずいた。「わかった。そのことばを信じよう」

「もうひとつ、言っておかなくちゃならないことがあるわ」セバスチャンは壁に踊る光と影の織りなす模様をぼんやりと見た。「あなたはここにいてはいけない」

「なんだって？」

ふたたびドレークの目を見た。「どれほど危険だかわかるでしょう？　いまならまだ間に合うわ。誰かに見つかって、フランス人じゃないとわかったら大変なことになる」

ドレークはおそろしい顔でセバスチャンをにらんだ。「ぼくがきみたちを見捨てると本気で思っているのか？　自分だけ尻尾を巻いて逃げだし、きみたちを悪党の餌食にするとでも？　ぼくはどこにも行かないぞ、セバスチャン」

「いいえ、帰って。それがみんなのためなのよ」

「バシューがまたきみを裏切るのがわかっているのに？　やつはいったん暗号を手にしたら、約束をあっさり反故《ほご》にしてきみののどをかき切るだろう」

セバスチャンはその場面を想像して身震いし、思わずのどに手をあてた。ドレークが言ったとおりになる可能性は高い。

「だめだ」ドレークは断固とした口調で言った。「ぼくはきみたちのそばに残って助ける。反対しても無駄だ」

セバスチャンはドレークを見た。「でもドレーク――」

「でも、はもうなしだ。朝になったら、必要なものをまとめてくれ。みんなでここを出よう」

「逃げるの？　家を捨てるということ？」

ドレークはうなずいた。「ああ、そうだ。この人数で、人目につかずに旅をするのは簡単なことではないが、なんとかするしかない」

「どこへ行くの？」

「イギリスだ」

セバスチャンは一瞬、息ができなくなった。「でもイギリスに戻るなんてできないわ。暗号が盗まれたことも、わたしがその犯人であることも、誰かに話したでしょう。いくらあなたが反対しても、当局はわたしを罰しようとするかもしれない」セバスチャンは首を大きく横にふった。「いやよ、どこにも行きたくない。ここはわたしの家、わたしたち家族の家なの。捨てるなんてできないわ」

もう二度とここを離れたくない。セバスチャンは思った。ついこのあいだ帰ってきたばかりなのに、またすぐに出ていくなんて。弟たちは落胆し、仲のいい友だちや生まれ育った家と別れることを悲しむだろう。それに父は一度イギリスへ逃げたにもかかわらず、フランスが恋しくてたまらずに、危険を顧みず戻ってきたのだ。またイギリスへ行こうと説き伏せるのは……至難の業にちがいない。

「アン——セバスチャン、きみの気持ちはわかるが、もはやここに残るという選択肢はないんだよ」ドレークは言った。「バシューは暗号を求めて現われる。いったん渡してしまったら、きみにもう切り札はない。助かるためには、一刻も早く逃げるしかないんだ」

室内は蒸し暑かったが、セバスチャンはふいに寒気を覚えてシーツを引きあげた。

「ぼくは自分の持てる力をすべて使い、きみを守るつもりだ」ドレークはつづけた。「だがこの国では、ぼくは無力だ。母国に戻ったら、きみも家族も守ってあげられる。兄のエドワードには強い影響力があるから、きみたちのことをいいように取り計らってくれるだろう」

「でももし、それができなかったらどうなるの。というより、公爵にその気がなかったら？　以前お目にかかったとき、良心にしたがうかただという印象を受けたわ。周囲がなんと言おうと、自分が正しいと信じることをするかたよ。たとえ弟に頼まれたとしても」

「エドワードは公平な人間だ。きみの言い分を聞けば、あんなことをしたのにはやむをえない事情があったと理解してくれるさ」

「でもやっぱり安心できない」セバスチャンの頭にあらたな考えが浮かび、胃がぎゅっと縮んだ。「そもそも、イギリスに到着したとたん、あなたがわたしを当局に突きださないという保証はないわ。あなたはわたしに報いを受けさせたかったと言ったわね。あなた自身がわたしを裏切らないとは言いきれないもの」

弱い月明かりのなかで、ドレークの瞳がエメラルドのように光った。「たしかに保証はないさ」淡々と言う。「ただぼくを信じてくれと言うしかない。ぼくがきみを信じることにしたように。それに、バシューのことも忘れてはいけない。ここに残ったら、やつになにをされるだろうか。フランスに残って命を落とすより、イギリスに亡命したほうがずっといいはずだ」

ええ、利用されたあげくに殺されるより、投獄されてでも生きていたほうがずっといいわ。セバスチャンは心のなかでつぶやいた。たとえどんなに絶望的な状況でも、選択肢はかならずあるものだ。もっとも、いまの自分にはひとつも思いつかないが。

「もしあなたと一緒に行くと言ったら」静かに言った。「わたしの身がどうなろうと、家族の面倒を見ると約束してくれる？　弟たちにはなんの罪もないし、父はあのとおりよ。誰にも危害は加えないわ」

ドレークは身を乗りだしてセバスチャンの手をとった。「きみが心配しているようなことにはならないだろうが、でも約束しよう。ぼくは紳士としての名誉にかけて、きみの家族の面倒を見ることを誓う」

セバスチャンの体から力が抜け、心に不思議な静けさが広がった。結論はくだされた。もうあともどりはできない。これからどうなるかはわからないが、運命に身をゆだねるしかないのだ。

「わかったわ」セバスチャンは言った。「でも明日の朝、発つのは無理よ。準備に最低でも一日はかかるわ。弟たちは友だちにお別れを言いたいだろうし、父も本を持っていきたいはずだから」

ドレークは首を横にふった。「本を持って旅する余裕はない。でも父上さえよければ、イギリスに着いてから、ここに残していった本と同じものをぼくがそろえよう。それから弟たちのことだが、誰にも別れの挨拶をさせてはいけない。ここを出ていくことを知られないようにしなければ」

セバスチャンははっとした。「あなたの言うとおりね。家族の気持ちばかり考えて、それがもたらす危険のことを忘れていたわ。でもみんなになんて説明すればいいの？　家族はバシューのことを知らないのよ」

「はたしてジュリアンもそうかな」

セバスチャンは胃がねじれる感覚を覚えた。

「だがもしきみがそうしたければ」ドレークは急いで言いそえた。「みんなには旅に出ることにしたとだけ伝えよう。行き先は、いったん危険を脱してから教えればいい」

「うまくいくかどうかわからないけれど、とにかくやってみましょう。それでもやはり、一日は必要だわ。朝では早すぎる」

「できるだけ早く出発したほうがいいが、どうしてもと言うなら午後にしよう」

「ええ、わかったわ」

セバスチャンはあきらめにも似た静けさがふたたび心に広がるのを待ったが、それは訪れなかった。「そうと決まったら、今夜はできるだけ早く寝たほうがいいわね。食べ物とか服とか、最低限必要なものを荷造りしなくちゃならないし……」

夜が明けたら待ち受けていることを思い、セバスチャンの声が次第に小さくなった。すでにたくさんのものを失った自分たちだが、家を捨て、大切にしてきたものをほぼすべて置いていくなんて、考えただけで胸が苦しくなる。

どうしてみんなにここを出ていこうと言えるだろう。

それでも、そうするしかないのだ。

家や持ち物より、人の命のほうが大切であることは言うまでもない。自分にとって、愛する人たちの命以上に大事なものなどなにもない。

セバスチャンは視線をあげてドレークの顔を見つめた。彼もまた愛する人だ。どんなことがあろうと、ドレーク・バイロンを愛している。これからもずっと。

「そうだな、もう夜も遅い。そろそろきみがソファと呼ぶあの寝床に戻ることにしよう」ドレークはそう言いながらも、その場を動こうとしなかった。そして身を前に乗りだし、ゆっくり手を伸ばした。

止めることもできたが、セバスチャンはそうしなかった。じっと動かずに、彼が髪をなで、指をからませてはほどくのにまかせた。次に指先で頬とのどをなでられ、全身がぞくぞくした。だんだんまぶたが閉じ、唇が開いていく。ドレークがセバスチャンの首の後ろに手を当て、のどもとの脈打つ部分に親指で触れた。心臓が激しく打っていることがわかったにちがいない。

「あれはほんとうかい？」甘くかすれた声でささやく。

「なんのこと？」

「ぼくに申し訳ないことをしたと思っていると言っただろう。あれは本心だったのかな」

「ええ」セバスチャンは言い、はっと息を呑んだ。「ほんとうに申し訳ないと思ってるわ」

「よかった。じゃあ今夜ぼくが寝る場所について、考えを変えてもらおうか」

セバスチャンはぱっと目をあけた。

「追いかえさないでくれ、セバスチャン」ドレークはささやいた。身を寄せて唇を重ね、とろけるようなキスをする。「うんと言うんだ。たったひと言でいい。さあ」

30

ドレークと唇が触れあった瞬間、セバスチャンの胸に熱い想いがこみあげてきた。最後にキスをしたときのこと、最後に愛しあった夜のことを心と体が覚えている。

ああ、このキスをどれだけ恋しく思ったことだろう。

彼が恋しくてたまらなかった。

ドレークの唇、肌のにおいや感触ほどいとおしいものはほかにない。腕に抱かれていると天国にいるようだ。いや、この背徳の悦びを考えると、地獄と言うべきなのかもしれない。

セバスチャンは欲望と愛に命じられるまま、ドレークの官能的なキスに合わせて唇と舌を動かした。だがどんなにそうしたくとも、これ以上つづけるわけにはいかない。彼が自分のものではないことを忘れてはいけない。

「ドレーク、だめよ」セバスチャンは息を切らして言い、唇を離した。

「どうしてだ」ドレークは低い声でささやき、首筋にキスの雨を降らせながら、ネグリジェの薄い生地越しに片方の乳房を手で包んだ。

セバスチャンの体が火照った。「こ——この家は狭いから、父や弟たちが起きてしまうわ」

ドレークはネグリジェの前にならんだボタンをはずそうと、セバスチャンの背中に腕をまわして支えた。「ジュリアンとリュックの部屋は屋根裏だから、なにも聞こえないだろう。それにさっきここへ来るとき、父上の大きないびきが聞こえた。地震でも起きないかぎり、目を覚ますとは思えないな」

たしかに父は眠りが深い。でも……。

「や——やっぱりだめよ。明日は早く起きて、やらなくてはならないことがたくさんあるわ。眠らなくちゃ」

「ああ、眠るさ」ドレークはゆっくりと言った。「あとで」

ネグリジェの前を開かれ、生ぬるい空気がむきだしの乳房に触れた。セバスチャンは身震いし、脚のあいだに熱いものがあふれるのを感じた。だがドレークがふたたび胸に触れると、その手首をつかんで止めた。

「だめよ、ドレーク。やめて」

ドレークは顔をあげ、春の若草のような緑の瞳でセバスチャンの目を見た。「だめ？　どうしてだ？　以前ぼくに感じていた欲望は、暗号を手に入れたら消えたとでも？　ぼくはもう用ずみということかな」

「ちがう！　そんなんじゃないわ。わたしはただ……」

「ただ？」

それまで自分でもはっきりしなかったほんとうの理由が、とつぜんわかった。「彼女と結婚するの？　婚約しているんでしょう？　ロンドンであの人が待ってるんじゃない？」

ドレークは困惑しきった表情を浮かべた。「誰のことだろう。きみはなにを言っているんだ？」

セバスチャンはごくりとつばを飲み、気持ちを奮い立たせてつづけた。「あの若い女性よ。あなたが公園でずっと相手をしていたレディのこと。あの人と結婚するの？　ミセス・トレンブルが言ってたけど――」

「うん？」ドレークの眉が片方高くあがった。「ミセス・トレンブルはなんと言ってたのかい？」

「あなたが彼女に結婚を申しこむにちがいないって……たしか、ミス・マニングという名前だったと思うけど」

「マニング？　ヴェリティ・マニングのことか？」

「ふうん、ヴェリティという名前なのね」セバスチャンは身をよじったが、ドレークは背中にまわした腕をほどこうとしなかった。

セバスチャンの顔を一瞬まじまじと見ると、首を後ろに倒して笑った。

「静かにしてちょうだい。みんなが起きるわ」

ドレークは懸命に笑いをこらえたが、口もとはゆるんだままだった。「つまりきみは、ぼくがミス・マニングと結婚することを心配していたというわけか」

セバスチャンはドレークをにらみつけた。こんなふうにからかうなんてひどすぎる。胸にぽっかり空いた穴を、さらにえぐられた気分だ。もしかするとこれがドレークの復讐なのかもしれない。きみはただのおもちゃで、自分にとってはどうでもいい存在だ、と言っているのではないだろうか。

「きみがこんなに嫉妬するとは思ってもみなかった」ドレークは陽気に言った。「きみにやきもちを焼かれるのは悪くない気分だ」

セバスチャンは今度こそドレークの手から逃れようと、激しく身をよじった。

「落ち着いて」ドレークはセバスチャンを強く抱きしめた。「ぼくは婚約などしていない」

そのことばに、セバスチャンは抵抗をやめた。「ほんとうに？」

「ああ。でもこれまできみがしてきたことを考えたら、もう少しやきもきさせてやってもよかったかな。きみがかりかりするところを、もっと見ていたかった気もする」

「じゃあ、あの人と結婚する予定はないのね？」

ドレークはうなずいた。「ああ、そんな予定はない。ミセス・トレンブルの観察眼はなかなかのものだが、今回ばかりは大きな勘違いだったな。ヴェリティ・マニングにまったく興味はない」

「でもあの日、あなたは社交界にデビューしたてのミス・マニングに、とても優しくしていたわ」

「ぼくだってデビューしたての若いレディに気を配ることぐらいするさ。社交界で言うところの〝礼儀正しいふるまい〟だよ。でもだからといって、そのなかの誰かと結婚しようなどという気はさらさらない。まっぴらごめんだ」

「まあ」セバスチャンは言った。

「そういうことだ」ドレークはセバスチャンの頬をなで、あごの下に手の甲を当てた。「ぼくが欲しい女性はひとりしかいない。それはきみだ」

「まあ」セバスチャンはかすれた声でまた言った。ドレークが〝愛する〟ではなく〝欲しい〟と表現したことがひっかかった。だが愛しているということばを聞きたいと思うのは、あまりに高望みというものだろう。彼が婚約しておらず、自分のことをほかのどんな女性よりも欲しいと思ってくれているだけで、充分すぎるほどだ。

そう、それで充分よ。セバスチャンは自分に言い聞かせた。今夜はそれでいい。ドレークがわたしを求めてくれるかぎりは。

常識的に考えれば、ドレークをいますぐ父の仕事部屋に追いかえすべきなのだろう。でも一緒にいられる時間はいつ終わるかわからない。それに目の前にいるのは、いつも腕に抱かれていたいと思うほど愛する人なのだ。セバスチャンの体からふっと力が抜けた。

「つづきをしようか」ドレークが優しく言い、額とこめかみと頬にくちづけた。

セバスチャンのまぶたが閉じかけた。「ええ《ウィ》、でも静かにするよう気をつけなくちゃ」

ドレークの顔にゆっくり笑みが浮かんだ。「そうしようと思えば、ぼくはネズミのように静かにできる」セバスチャンのネグリジェの前を開き、ふたたび乳房を包んで親指で先端をさすった。「きみはどうかな」

セバスチャンは唇を嚙み、声が出そうになるのをこらえた。全身が燃えあがるのを感じながらまぶたを閉じる。ドレークが濃厚で官能的なキスをし、セバスチャンにも同じ情熱で応えるよう求めた。

イギリスにいるあいだ、ふたりは恋人どうしだった。こうしてふたたび抱きあっていると、時計の針が巻き戻され、離れていた時間などなかったかのように思えてくる。セバスチャンは両腕をドレークの背中にしっかりまわし、がっしりした肩や引き締まった広い背中をなでた。肌に直接触れたくて、手を下へ進め、上質なリネンのシャツのすそをズボンから引きだした。

シャツの下へ手をすべりこませ、よく知っている体にじっくり手をはわせながら、甘い吐息をついた。ドレークも唇を重ねたまま満足げな声を出すと、指先で彼女の敏感な部分を愛撫した。

シーツに仰向けに横たえ、今度は手の代わりに唇と舌でさいなんだ。禁断のくちづけに、セバスチャンの体に魔法がかかっていく。背中を弓なりにそらしながら、声を出してはいけないことをぼんやりと思いだした。上腕を口に当て、すすり泣くような声を押さえた。

ああ、なんて素敵なの。いままでドレークなしで、どうやって生きてこられたのだろう。これから先、彼がいなくては生きていけそうにない。

ドレークがネグリジェを脱がせた。月明かりのなかで、お腹を空かせた人間がご馳走を見るときのように、その瞳がぎらぎら光っているのがわかる。まるでセバスチャンがルビーや真珠よりも貴重な、かけがえのない宝物であるかのようなまなざしだ。

やがてドレークが上体を起こして服を脱ぎ、またすぐに彼女の隣りに横たわった。太ももを開かせ、そのあいだに体を割りいれる。股間から突きでたものが激しい欲望を物語っているにもかかわらず、すぐに奪おうとはしなかった。

その代わりにふたたびキスをはじめた。唇からはじめ、次に頬やあごやのどにくちづけると、だんだん下へ向かっていった。セバスチャンは身もだえし、もう少しで絶頂に達しそうになった。そのときドレークがひと突きで腰を奥まで沈め、彼女の体を深く貫いた。

セバスチャンは天上にいるような悦びに包まれたが、口を覆うことは忘れなかった。そうでなければ、家族全員を起こすほどの大きな声をあげていただろう。もしかすると近所の人たちも起こしていたかもしれない。激しい快感が体の隅々まで広がっていく。思考が停止し、全身が情熱の炎に包まれた。

次の瞬間、ふわりと浮きあがったような感覚を覚えた。このすばらしい官能の世界に自分を連れていってくれるのは、ドレークただひとりしかいない。快感が波となって押し寄せ、震えるセバスチャンを流木のように翻弄した。そのせつなげな声をドレークが呑みこみながら、強く深く彼女を突いてクライマックスへと導いた。

彼女がすっかり満たされてから、ドレークも絶頂を迎えた。

セバスチャンは彼の背中と腰に手脚をしっかりからませ、離れようとしなかった。ひとつになったまま乱れたシーツに横たわり、自分のなかにはいった彼の温かく濡れた体の感触と、魅惑的なにおいを味わった。早く寝るべきだと頭ではわかっていたが、どういうわけか、もっと愛しあいたくなった。

彼女の心のうちを読んだかのように、ドレークの体が反応しはじめた。「もう一度?」そう訊いた。

セバスチャンが口をきけずにうなずいて答えると、ドレークがすぐにその願いを聞いてくれた。

それからしばらくして、ふたりはくたくたになってベッドに横たわった。まるで一秒でも離れていたくないというように、手脚はからませたままだ。

ドレークはセバスチャンの顔にかかった髪をなでつけ、優しくくちづけてささやいた。

「眠るんだ。明日は長い一日になる。心配しなくても、ぼくがちゃんと起こしてあげるから」

セバスチャンは愛するドレークを信じて目を閉じ、すぐに眠りに落ちた。

翌朝早く、ドレークは約束どおりセバスチャンを起こした。もうすぐ昇る朝日を待ちわびているように、小鳥がさえずっている。セバスチャンは寝起きでぼんやりし、一瞬そこがオードリー・ストリートにあるドレークの寝室だと勘違いして、早く屋根裏部屋へ戻って仕事をはじめる準備をしなければ、と思った。

でもすぐに、自分がとっくにロンドンを離れたこと、昨夜はドレークが自分の寝室で寝たことを思いだした。ぱっちり目をあけると、天井の木の梁が見え、記憶が一気によみがえってきた。

「静かに」ドレークが耳に唇をつけ、そっと腕をなでた。「驚かせるつもりはなかったんだ。もう少し寝ていてもいい」

だがこれ以上眠るわけにはいかない。これから家族全員で家を出ていくのだから、しなければならないことが山のようにある。

もうここへは戻れないのだと思うと、セバスチャンの胃がぎゅっと縮んだ。父や弟たちに、自分たちの計画をどう説明すればいいのだろう。一緒に逃げようと説得するのには、どれくらい骨が折れるだろうか。

ドレークはもう一度、短いキスをすると、服を着て部屋を出ていった。父の仕事部屋に戻る途中で、誰にも会わなければいいのだけれど、とセバスチャンは思った。

急いで体を洗い、服をざっとながめながら、どれを着てどれを持っていこうかと考えた。持っていける着替えはせいぜいひと揃《そろ》いだ。持ち物については、ほぼすべてを置いていかなければならない。

母が亡くなったとき、セバスチャンは見事な宝石や貴金属をいくつか譲り受けた。ダイヤモンドのブローチ、上品な真珠のネックレス、銀の櫛《くし》ふたつだ。ほんとうはもっとあったのだが、ずいぶん前に売ってしまった。でもこれらはどうしても手放す気になれなかった。セバスチャンは手もとに残った宝石を、着替えの服のすそに縫いこむことにした。そうすれば逃げる途中で運悪く見つかっても、奪われずにすむかもしれない。それに万が一のときには、賄賂として使うこともできる。

もうひとつ、大切にとっていた貴金属があった。それは結婚指輪で、セバスチャンとティエリーの名前が内側に彫られていた。木の箱からそれをとりだし、長いあいだ見つめていた。かつてこの指輪は、愛と希望、輝かしい幸せな未来の象徴だった。でもいまは、失われた人生と夢を思いださせるものでしかない。

ティエリーは天に召された。彼を忘れることも、一緒に過ごした日々を後悔することもけっしてないが、自分は人生の大きな転機を迎えた。これから先、なにが起ころうとも、ドレークを愛している。彼が愛してくれなくても、イギリスへ着いて——無事に到着できればの話だが——もっともおそれていたことが現実のものとなっても、いちばんに考えるべきことは家族の安全だ。だが港へたどりつくには、馬と、全員が乗れるだけの大きさの馬車が必要だ。うちに馬はいないが、心当たりはある。

セバスチャンはもう一度指輪を見つめ、心を決めた。

弟たちを説得するのは、思ったより簡単だった。着替えをすませ、覚悟を決めて部屋を出ると、ジュリアンとリュックがテーブルについていた。まだあどけない顔に、固い決意が浮かんでいる。

セバスチャンがいないあいだに、この家は危険なので出ていかなければならないと、ドレークが説明したらしい。だが具体的な行き先については、なにも話していないようだ。

「ムッシュ・ドレークから、とても悪い男の人が姉さんを傷つけようとしてるから、みんなでしばらくのあいだどこかへ行ったほうがいいと言われたよ」リュックが確認するようにセバスチャンを見た。

セバスチャンはしかたなくうなずいた。

「以前ここに来たやつだろう？」ジュリアンが驚くほど大人びた口調で言った。「姉さんが親戚の面倒を見るためパリへ行く前に、この家にやってきた男だ」

そのときセバスチャンは、自分がパリへ行ったという話を弟は信じていないのではないかという気がした。ジュリアンはいったい、なにをどこまで知っているのだろう。

「念のためよ」セバスチャンは弟たちをおびえさせまいとした。「何週間か家を離れて、危険が去ったら戻ってきましょう」

嘘をついている顔を見られたくなくて、ドレークのほうは向かなかった。

「リュックとぼくが持っていくものはそんなに多くない」ドレークがどう話したのかは知らないが、ジュリアンは説得を受けいれたらしかった。「荷造りをしてくるよ」弟たちは立ちあがり、階段を駆けあがって屋根裏部屋へ向かった。ふたりの靴音が狭い階段に響いている。

ジュリアンとリュックがいなくなると、セバスチャンはドレークに向きなおった。「父にも話したの？」

「ああ、真っ先に話したよ。いま仕事部屋で、本を二冊選んでいる。それだけしか持っていけないと話したんだ」

「父はそれで納得したの？」セバスチャンは信じがたい思いだった。

「父上が好きに利用できる専用の図書室の話をしたら、乗り気になってくれた」

セバスチャンはドレークをまじまじと見た。笑いたいのか泣きたいのか、自分でもよくわからなかった。

「そう。話がついたのなら」しばらくしてから言った。「なにか食べるものを用意するわ。お腹が空いたまま旅はできないから」

だが朝食を作りながら、セバスチャンは不安で胃がむかむかした。テーブルについてからも、なんとか食べ物を口に運んだものの、吐き気がしてほんとうは残したかった。

食事がすむと、セバスチャンはリュックとジュリアンに卵をとりに行かせ、台所を片づけた。おそらくこれが最後になるであろう片づけを終え、ドレークを捜しに行った。

「マダム・ブレトンに会ってくるわ。今週の日曜日に夕食へ招待していたの。お断わりしてこなくちゃ」

ドレークは心配そうに眉をひそめた。「そんなことをしてだいじょうぶなのか。信用できる相手かい？」

セバスチャンはフランス人らしく手をひとふりした。「家をこのままにしておくことはできないでしょう。ニワトリの世話だってあるし、庭で育てている野菜を腐らせるのももったいないもの。パリにいるいとこから手紙が届き、家族全員でしばらく来てほしいと頼まれたと言うわ。彼女なら留守宅の面倒を見てくれるだろうし、いつまでたってもわたしたちが戻らなければ、それなりに対処してくれるはずよ。なんといっても、いまは戦争中ですもの。わたしたちがいなくなったって、あやしまれることはないでしょう。放浪者の一団みたいに、誰にもなにも告げずにこそこそ出ていくほうが、よほどおかしいと思われるんじゃないかしら」

ドレークは無言で考えこんでいた。「わかった。行ってくるといい。たしかにきみの言うとおり、黙っていなくなるほうが周囲は不審に思うだろう。ぼくは村の蹄鉄工《ていてつこう》を訪ねて、乗り物を手に入れてくる」

セバスチャンは首を横にふった。「いいえ、ここにいたほうがいいわ。よそ者のあなたが村へ行くのは危険すぎる」

「でも旅には馬が必要だ。きみのところにはいないだろう」

「マダム・ブレトンのところにならいるわ」セバスチャンはポケットに手を入れ、さっきすべりこませておいた指輪に触れた。金の指輪が体温で温まっている。「村に残っている数少ない馬と馬車をマダムは持っているの。貸してほしいと頼んでくる」

ドレークはセバスチャンの顔をしげしげとながめた。「貸してもらえそうなのか？　ぼくも一緒に行くよ。現金や宝石を持ってきたから、それを謝礼として渡せばいい」

それならセバスチャンも結婚指輪を手放さずにすむ。だがすでにドレークには充分すぎるほどのことをしてもらっているのに、これ以上甘えるわけにはいかない。指輪と別れるのは悲しいが、でも……。

「いいの」セバスチャンは言った。「港にたどりついて無事にイギリスへ渡るまで、どれほどの困難が待ちうけているかわからないのよ。硬貨の一枚、宝石のひとつだって無駄にするわけにはいかないわ。マダムにはわたしが頼みこむからだいじょうぶよ。あなたはここに残って、みんなの荷造りを手伝ってちょうだい」

ドレークは反論したそうに口を開きかけたが、すぐに閉じた。「わかった。でも気をつけて」

セバスチャンは微笑んだ。「わたしはいつだって気をつけているわ」

それから一時間半近くたったころ、セバスチャンはマダム・ブレトンの小さいが居心地のいい家をあとにした。

紅茶を飲み、マダムが貴重な砂糖を使って作ったビスケットを食べながら、パリのいとこの作り話をした。マダム・ブレトンはすぐに同情を示し、そういう事情ならもちろん行ってあげたほうがいいと言った。そして留守のあいだ、家とニワトリの面倒を見ることを快く引き受けた。

馬と馬車のことはなかなか言いだせなかった。マダムが毎週日曜日、馬車で教会に通うことをどれほど誇らしく思っているか、わかっていたからだ。馬車は亡き夫からの贈り物で、彼が天に召される前に買ったもののひとつだった。セバスチャンとマダムには未亡人という共通点があり、そのためふたりは、ずっと前からたんなる隣人以上の絆で結ばれていた。セバスチャンはポケットから指輪をとりだし、年長の未亡人にとうとう馬車のことを切りだした。

最初のうちマダム・ブレトンは、指輪は受けとれないと遠慮した。だがセバスチャンは、当然の対価だから受けとってほしいと言って譲らなかった。

「じゃあこれは担保として預かっておくわね」マダムは言い、指輪をハンカチで大事そうに包んだ。「馬と馬車はお貸しするから、いらなくなったら送りかえしてちょうだい」

「ええ、そうするわ」セバスチャンはどんなことをしてでも、かならずマダム・ブレトンに借りたものを返そうと心に誓った。ドレークは現金や宝石を持ってきたと言っていた。運がよければ、信頼できそうな御者を雇って馬と馬車をモンソローへ送り届けるぐらいのお金は残るだろう。

「さようなら《アデュー》、マダム」頬にキスをして涙を流しながら、セバスチャンは心の底から別れを惜しんだ。マダム・ブレトンはわかっていないだろうが、自分たちが会うことはおそらくもう二度とない。

予想していた以上に悲しい気持ちでマダムの家を出て、自宅へ向かった。馬と馬車は、二時間後ぐらいに父とジュリアンにとりに来させることにした。セバスチャンは袖で涙をぬぐって慣れ親しんだ道を歩いた。地面は土なので靴音は聞こえない。物思いにふけっていたせいで、数ヤード前方の茂みがかさかさ音をたてていることに気がつかなかった。

とつぜん前方に人影が現われた。

陽射しをさえぎろうと額に手をかざした瞬間、セバスチャンはさっと血の気が引くのを感じた。

「おはよう《ボンジュール》、マダム・デュモン」バシューが言った。「また来たよ」上着の内ポケットに手を入れると、折りたたまれた分厚い紙をとりだし、目の前に掲げて揺らした。「所望のものを持ってきたぞ。皇帝ご自身の署名入りだ」

恐怖と希望でセバスチャンの胸が締めつけられた。あれは誓約書だろうか。バシューはほんとうに手に入れられたの？　もし本物の誓約書だとしたら、自分たちは自由になれる――ドレークも含めて。

でもそのためには、バシューと駆け引きしてあの書類を手にし、無事に家へ戻らなければならない。

「さあ」バシューはぞっとする声で言った。「こちらは約束を守ったぞ。今度はお前の番だ」

31

遅すぎる、とドレークは思った。黒ずんだ金属の取っ手をひねって暖炉の煙道を閉めると、背筋を伸ばしてポケットからハンカチをとりだした。

とっくに戻ってきていてもおかしくないころだ。ドレークは手についたすすをハンカチでぬぐった。会うのはこれで最後だからと、つい話しこんでいるだけかもしれないが、ほんとうにそうだろうか。第六感が働くときはいつもそうなるように、筋肉がこわばった。そしてその直感は、なにかが変だと告げていた。

あと五分待って、それでも帰ってこなかったら捜しに行こう。

だが二分が過ぎたところで、ドレークはそれ以上待てなくなった。

「リュック」階段の下から屋根裏部屋に向かって叫んだ。リュックは荷物の最終確認をしているところだった。

しばらくして赤茶色の髪の少年が手すりの上から顔をのぞかせた。「なに、ムッシュ《ウィ》？」

「もし父上にぼくのことを訊かれたら」ドレークはフランス語で言った。「姉上を迎えに行ったと伝えてくれ。すぐに戻ってくる。それまでは家を出ないように」

「はい《ウィ》、ムッシュ」リュックは言った。「ジュリアンにも教えたほうがいい？」

「いや、自分で言うよ」

ジュリアンの姿は見当たらなかったが、ドレークが家を出てから一分もしないうちに、彼が全速力でこちらへ向かって駆けてくるのが見えた。小石を蹴散らし、ドレークの前で勢いよく止まる。

「どこへ行ってたんだ」ドレークは、セバスチャンが弟たちに家の敷地から出ないように命じたことを知っていた。「家を離れちゃだめだと言われただろう」

ジュリアンはまだ胸を大きく上下させながら、一瞬、後ろめたそうな顔をした。「でも出かけてよかったよ」息を切らして言う。「マークに会いに行ったんだけど、帰りにあいつを見た」

ドレークの筋肉がまたこわばった。「あいつ？　誰のことだ？」

「あの男だよ。去年の秋、セバスチャンがまだここにいるときに来た男。セバスチャンを脅してるやつだ。こっそりあとをつけたんだけど、そしたら……」

「そしたら？」ドレークは先をうながした。不安のあまり心臓が激しく打ちはじめた。

「家に帰る途中のセバスチャンに声をかけていた。なにを話してるか、全部は聞きとれなかったけど、あいつはなにかを欲しがっていて、今度はそっちが約束を守る番だとか言ってた」

ジュリアンの話が意味するところはたったひとつだ。バシューがふたたび現われて、暗号を奪おうとしている。

ドレークは悪態をつき、何歩かさっと前へ進んだ。やはり午後まで待ったりせずに、夜が明けたらすぐに発つべきだった。細かいことを片づけて隣人に別れを告げたいというセバスチャンの望みを、なぜ聞きいれてしまったのだろう。身のまわりの品だけを持ち、朝日が昇ると同時に出発しておけば、こんなことにはならなかったものを。

「セバスチャンはどこだ」ドレークは勢いこんで尋ねた。「やつと一緒か？」

ジュリアンはうなずいた。「洞窟のほうに行ったよ。行き先を見届けてから、走って戻ってきたんだ」

「よくやった。場所はわかるかい？　このあたりには洞窟がたくさんあるだろう」

「このへんの崖や洞窟はしょっちゅう探検してるから、もちろん――」ジュリアンははっとして口をつぐんだ。「あの――セバスチャンには黙っててくれるよね？」

「ああ、ひと言も言わないと約束するよ。とにかくいまは、きみが崖を何回のぼったかということより、セバスチャンを捜しだして助けるのが重要だ。あの畜――」

「畜生から？」ジュリアンが言った。

ドレークは細めた目で相手を見た。「きみはほんとうにまだ十三歳なのかい？」

ジュリアンがにやりとし、ふたりは心から打ち解けた。

「さあ」ドレークは言った。「行こう。ぐずぐずしている暇はない。でも向こうについたら、きみはまっすぐ家へ戻ると約束してほしい。父上とリュックがふたりきりで家にいるのに、ぼくたちふたりが洞窟にいるのはまずいだろう。きみは家でふたりの面倒を見てくれ」

　ジュリアンは眉根を寄せ、肝心な場面に立ちあえないことに不満そうな顔をした。だがすぐに背筋をまっすぐ伸ばした。家族を守るという、大人の男としての役割を与えられ、誇らしそうだった。「わかった、ぼくは家に戻る。でもセバスチャンと一緒にいる男のことはどうする？　ひとりでだいじょうぶ？　向こうはたぶん銃を持ってるよ」

「こっちも持ってるさ」ドレークは上着のポケット越しに小ぶりの武器を軽くたたいた。

「心配しなくていい。姉上を無事に連れ戻して、やつが二度と近寄れないようにするから」


　しばらく歩いたのち、セバスチャンは高い崖の下で立ち止まった。服の背中が汗で湿っているのは、体を動かしたからではない。この道はずっと前から数えきれないほど歩いているが、これまで汗をかいたことなど一度もなかった――今日までは。

「ここが隠し場所よ」

　バシューはあたりを見まわし、視線を上へ向けた。岩肌の高い位置にいくつかある開口部をながめながら、唇の端をあげる。「ここか。植物と岩しか見えないが」

「あの洞窟のひとつに暗号を隠したの。どこにあるか教えるわ。その前に取引をしましょう」

バシューはネズミを見るヘビのように目をすがめ、小さく含み笑いをした。「お前には驚かされるよ、マダム・デュモン。いやはや、実に愉快だ。だが暗号を手に入れる前にそっちになにかを渡すほど、わたしは愚かではない。本物の暗号をな」

威嚇するようにセバスチャンに銃を向けた。「行け。暗号のある洞窟へ案内しろ」

セバスチャンは吐き気をこらえて首を横にふると、指が震えないよう気をつけながら手を差しだした。「誓約書が先よ。中身を確認させてちょうだい。見ないことには、本物かどうかわからないでしょう」

バシューは険しい表情を浮かべ、あごをぴくりとさせた。「本物に決まってるだろう。これを作るのに、上層部はひどく難色を示していたんだぞ」

「それであなたは彼らの不興を買ったというわけね」

「なんだと、このあま――」

「わたしをののしっても、欲しいものは手にはいらないわよ」セバスチャンは言ったが、自分でもどこにそんな勇気があったのか不思議だった。

「銃弾を食らわせるのはどうだ」

「残念ながら、それも無駄ね。前にも言ったとおり、もしもわたしや家族に手を出したら、隠し場所はぜったいに教えないわ。秘密は墓場まで持っていく覚悟よ」

しかしどれだけ相手の裏をかこうとしても、最後には墓場に行くことになるかもしれない。たったひとつ希望があるとしたら、ドレークが助けに来るまで時間を引き延ばすことだ。でもドレークはこちらの居場所を知らない。見つけたときにはきっともう手遅れだろう。あとはただ、最悪の状況になって自分が殺されても、父と弟たちの面倒を見るという約束をドレークが守ってくれることを祈るしかない。

「誓約書を渡して」セバスチャンは手を伸ばした。「そうしたら暗号のありかを教えるわ」

銃の引き金にかけたバシューの指にぐっと力がはいったのがわかり、一瞬ほんとうに撃たれるのではないかと思った。だがバシューはののしりのことばを吐くと、上着の内側に手を入れた。もう一度、悪態をつき、書類をセバスチャンの足もとへほうった。

セバスチャンはバシューの気が変わる前に、さっと身をかがめて書類を拾いあげた。折りたたまれた紙を開き、不気味な凝った文字で書かれた文書に目を通した。上部に陸軍省と大きく記されている。長々としたいかにも役所らしい文言の下に、ほとんど判読不可能な走り書きがあった。セバスチャンはじっと目を凝らし、ナポレオンのものとおぼしき署名を見た。

「もういいだろう」バシューは耳ざわりな声で言った。「誓約書を渡したんだから、さっさと暗号のところへ案内しろ。もし今回も偽物だったら、どこまでもお前を追いかける。この地球上に隠れられる場所はないと覚悟するんだな」

「本物よ」セバスチャンは言い、なんとか渡さずにすむ方法がないものかと考えた。バシューにそれを渡したら、自分は母の故国とドレークの両方を裏切ることになる。でもほかに選択肢はない。いくら口では威勢のいいことを言っても、まだ死にたくはない。

「野生のバラと蔓《つる》の茂みの後ろに洞窟があるわ。暗号はそこよ」それは事実だった。「崖路をのぼっていけば、入口があるから」

バシューは銃でセバスチャンをせかした。「お前が先に行くんだ。わたしはあとからついていく。さあ、わたしが考えを変えて引き金を引く前に早く行け」

全身の震えが止まらなかったが、セバスチャンはひとつ大きく息を吸うと、足を前へ踏みだした。


ドレークは崖の下につき、ジュリアンをちょうど家に送りかえしたところで、セバスチャンとバシューらしき男がはるか上方の崖路に立っているのを見つけた。ひそかに観察していると、ふたりは茂みの後ろに消えた。あの後ろに洞窟の入口があり、そこへはいっていったにちがいない。

セバスチャンが言っていた暗号の隠し場所だ。彼女がバシューとふたりきりであること、あの男がいったん暗号を手に入れたらなにをするかわからないことを思うと、ドレークの胃がぎゅっと縮んだ。

それまで身を潜めていた場所を出て、崖路へ走った。相手に見つからないようにできるだけ岩肌に沿いながら、上を目指した。

洞窟の入口からそう遠くないところにあるバラのにおいがただよってくる。その甘い香りは、この場所にも状況にもふさわしくない感じがした。ドレークは上着のポケットから銃をとりだしてさらに崖路をのぼり、相手に気づかれることなくセバスチャンのあとを追うにはどうするべきか考えた。武器を持ったバシューが待ちかまえているかもしれないので、いきなり洞窟に突入するのは得策ではない。

だがまもなく、迷う必要はなくなった。バシューが洞窟から出てきて、髪や肩にまつわりついた蔓をひきちぎっている。

セバスチャンの姿はない。

ドレークの心臓がひとつ激しく打った。不吉な予感をふりはらって足を前へ進め、銃口をバシューの胸の真ん中にまっすぐ向けた。「どこにいる？　セバスチャンはどこだ？」

バシューはドレークを見ると、驚愕の表情を浮かべた。「バイロン？　きみなのか？」流暢な英語で言う。「これは驚いたな。きみとはなぜか古い友人のような気がするから、こうして会えて光栄だ。きみのことはよく知っているよ」

「こちらはお前のことをなにも知らないも同然だが、嘘つきでスパイで人殺しだということだけはわかっている」

思いがけず獲物に出くわした猫のように、バシューはゆっくりと笑みを浮かべた。「それなら、きみは自分で思う以上に、わたしのことをよく知っていることになる。感激だな」

「ふざけるな」

「それにしても、きみがこんなところにいるとは」バシューはつづけた。「よくフランスへ忍びこめたな。われわれの諜報部門は、政府が思うほどうまく機能していないらしい」

「その点については同感だ」ドレークは言った。「お前たちフランス人に少しでも脳みそがあれば、そもそもわたしの暗号を盗むなどといった手段には訴えなかっただろう」

バシューの黒い目が険しくなったが、口もとの笑みは消えなかった。

「マダム・デュモンになにをした？　暗号を渡すよう無理強いしたのか？」

バシューは舌打ちをした。「〝無理強い〟とはおだやかじゃないな」荒々しい口調で言った。「〝依頼〟したと言ってもらいたい。この銃を使って頼んだんだよ」

ドレークの心臓が一瞬、動きを止めた。息ができなくなり、無意識のうちに銃を強く握りしめていた。まさか、セバスチャンは死んだのか？　この悪党が殺したのか？

もしそうなら、こいつにもすぐに同じ運命をたどらせてやる。

「正直に言って、きみがマダム・デュモンのことをそんなに気にかけていたとは意外だよ。それとも、ミセス・グリーンウェイと呼ぶべきかな。ロンドンではそう名乗っていただろう」バシューは言った。「きみたちは恋人どうしだったのか？　前からそうじゃないかという気がしていた。きみの信頼を勝ちとるため、あの女はそこまでしたのかい？」

ドレークはなにも答えず、相手のゲームに付き合ってはいけないと自分に言い聞かせた。

バシューはまだ微笑んでいた。「あんなかたちでこけにされておきながら、復讐するどころか、助けようとするとは驚きだな」

「お前もこけにされたくちじゃないのか。暗号を渡すことになっていたのに、彼女はそうしなかった。少なくとも、本物の暗号は」

「ああ、だがもう手に入れた」

「ほう。はたしてそうかな」ドレークはこちらからゲームをしかけることにした。バシューの注意をそらすことができれば、武器をとりあげられるかもしれない。そうすればセバスチャンを助けに行ける。

「わたしはもちろん、元女中頭――そして元恋人――に復讐するつもりだ。だがわざわざフランスまで彼女を追ってきたのは、それだけが目的ではない。暗号を取り戻すのがもうひとつの目的だったが、おかげでお前を出し抜くことができた。暗号の隠し場所を彼女から聞きだして、すでに手を打ったよ。彼女がお前になにを渡したか知らないが、それは使いものにならない」

バシューのすがめた目が、怒りと不信で光った。「嘘をつくな。あの女が暗号の隠し場所をお前に教えるわけがない」

「そうかな。色じかけで目的を達成するのは、なにも彼女だけができることじゃない。甘いことばをささやいてやったら、暗号のこともお前のこともあっさり話してくれたよ。ところで、お前は数学がからきし苦手で、等号と負号のちがいもほとんどわからないそうだな。彼女から最初に渡された暗号でころりとだまされたとすれば、それはほんとうのことなんだろう」

バシューはのどの奥で低くうなり、銃を持った手を震わせた。ふいに横を向き、洞窟の入口に目をやる。

ドレークはいましかないと思い、バシューに跳びかかって銃をつかもうとした。ところが相手はコブラのようにすばやく反応し、逆にドレークの銃を地面にたたき落とした。銃は手の届かないところへ転がっていった。

バシューは背筋をまっすぐ伸ばし、銃をかまえて引き金を引こうとした。

そのとき女性の悲鳴があたりに響いた。ふたりの注意がそれ、バシューの撃った弾丸は大きく狙いをはずれた。

ドレークが声のしたほうを見ると、洞窟の入口の少し奥で、岩壁にぴたりと身を寄せるようにしてセバスチャンが立っていた。

彼女が無事だったとわかり、ドレークの胸が喜びで高鳴った。でもそのこめかみや頬に細い血の筋がついているのを見て、ふたたび心が沈んだ。セバスチャンはけがをしている。傷はどれくらい深いのだろうか。

ドレークが気をとられているあいだに、バシューが体勢を立てなおしてふたたび銃をかまえた。ドレークはとっさに身をかわした。

次の銃弾が発射され、ドレークの頭をかすめた。銃弾が空気を切り裂く音が聞こえ、その熱が感じられるほどだ。頭上の岩が粉々に砕けて飛び散り、ドレークの頭にふりそそいだ。ちょうどそのとき一陣の風が吹き、岩粉が風に乗って敵の顔を直撃した。バシューはとつぜんふさがれた目をやみくもにこすりながら、よろけて後ろへ下がった。

ドレークは本能的に警告の叫びをあげた。バシューが崖路の外縁にかぎりなく近づき、足もとの小石が五十フィート下の地面に落下している。

バシューは涙の溜まった目でドレークを見ると、口もとから歯をのぞかせてあざけるような笑みを浮かべた。「惜しかったな、バイロン。わたしをまただませるとでも思っているのか？ あの女と手を組んで？ 洞窟のなかでさっさと殺しておくべきだったよ」

自分が崖路の端に立っていることに気づいていない様子で、わずかに体を動かした。「でも彼女には、もともと予定していた罰を与えてやるのがふさわしいと思ってね。あの頭のいかれた父親を監獄へ送り、弟たちを軍隊に入れて戦死させるのさ。自分が死ぬよりも、家族が悲惨な運命をたどるのを見るほうが、あの女にはこたえるはずだ。そもそもわたしが、どうやって今回の任務を引き受けるよう説得したか聞いたか？ 彼女が家族への情に流されなければ、われわれはきみに近づくことすらできなかっただろう。でも上層部にも進言したが、案の定こんなことになった。男の仕事を女にやらせるものじゃないな」

バシューは残酷な表情を浮かべた。「さあ、本物の暗号とやらを渡してもらおうか。手ぶらで帰るわけにはいかない。これ以上、失態を演じれば、わたしの命が危なくなる」

上着の内側に手を入れ、別の銃をとりだした。「出かけるときはかならず予備の武器を持ち歩いていることは言わなかったかな？　いつ役にたつかわからないだろう」そう言うと、笑いながら銃をかまえた。だが次の瞬間、足もとの地面が崩れた。

バシューは叫びながら落ち、視界から消えた。

ドレークが駆け寄ると、驚いたことにバシューはまだ生きていた。かろうじて残った崖の端に片手でぶらさがっている。銃はもう持っていなかった。

このままほうっておけば勝手に死んでくれるだろう、とドレークは思った。でもバシューとちがい、自分は人殺しではない。その場に腹ばいになって身を乗りだし、手を差しだした。

「つかめ」

バシューは視線をあげ、邪悪な目でドレークをじっと見た。永遠とも思えるほど長いあいだためらったのち、もう片方の手を伸ばした。ドレークはその手をつかみ、相手を引きあげようとした。

だがバシューはつかんだ手にぐっと体重をかけて、ドレークをひきずり落とそうとした。

「わたしにはもう失うものはない」バシューは叫んだ。「どうせ死ぬのなら、せめて祖国の

ために お前を道連れにしてやる」

「ばかなことを言うんじゃない。暗号のことは嘘だ。お前が持っているのが本物なんだ。さあ、あがってこい」

バシューの目が光った。「そんな話は信じないぞ。まだだますつもりだろう」

しかし、仮にバシューがドレークの話を信じたとしても、すでに自分の体を引きあげる力は残っていなかった。力の抜けつつある手で必死にドレークの手をつかんだまま、ずるずると落ちていく。ドレークは崖の縁へとひきずられ、心臓が激しく鼓動する音を耳の奥で聞きながら、懸命にバランスを保っていた。時間の流れが遅くなったように感じられるなか、死にもの狂いで地面にしがみつき、体がそれ以上、下へひきずられないようにした。

とつぜん二本の腕が後ろから伸びてきて、ドレークの体にしっかりまわされた。セバスチャンだ。満身の力でしがみつき、自分の命を犠牲にしてでも助けようとしている。

激しいうめき声とともに、バシューの手がすべりはじめた。ドレークの腕と肩に激痛が走った。汗で濡れた手が、少しずつ離れていく。最後にもう一度、ふたりの目が合い、バシューは崖下へ落ちていった。

ドレークは目を閉じた。

そして全力を込めて身を起こし、セバスチャンをかばうようにして崖の縁から離れた。

32

セバスチャンはドレークの腕のなかで、力強く鼓動する温かい胸に顔を押し当てた。彼は生きている。そして奇跡的に自分も助かった。

ドレークが崖から落ちそうになっているのを見たとき、とっさに助けなければと思って駆け寄った。長くおそろしい時間が流れ、ふたりで懸命に地面にしがみつきながら、バシューが勝つかもしれないという不安と闘った。自分たちを道連れにすることで、最後の復讐をはたすのではないかと思ったのだ。

でもどうにか自分たちが勝ち、命拾いすることができた。

ドレークがゆっくり慎重に上体を起こし、崖の縁から離れた安全な場所へ移った。そのあいだずっと、セバスチャンをしっかり抱いたままだった。

「だいじょうぶかい？」優しく抱きしめてささやく。

セバスチャンはうなずいたが、頭に鋭い痛みが走って顔をしかめた。知らないうちにうめき声もあげたらしく、ドレークが心配そうに眉根を寄せている。

「あいつになにをされたんだ？　顔が血だらけじゃないか」セバスチャンの顔にかかった髪をそっとはらい、傷口を探した。

「ほんとうに？　気がつかなかったわ」セバスチャンは言い、ドレークがハンカチで傷口をふくのにまかせた。「暗号を渡したら、銃身で頭を殴られて気絶してしまったの。気がついたらまわりは暗かったわ。バシューがろうそくを持っていってしまったのよ。でもわたしは、この洞窟の内部をよく知っていたから助かったの。そうでなければ、永遠になかで迷っていたでしょうね」

セバスチャンは恐怖と痛みと動揺で身震いした。「あなたの声が聞こえたから、そちらの方向へ進んだの。そうしたらバラの茂み越しに明かりが見え、あなたとバシューの声がして、それから……」あらたな記憶がよみがえり、声が次第に小さくなった。

「こめかみに深い切り傷ができている」ドレークは出血を止めようと、傷口をハンカチで押さえた。「それほどひどくないようだが、早く家へ帰ろう」

「あれは本気だったの？」セバスチャンはぽそりと言った。

「なんのことだい？」

「フランスへ来たのは、暗号を取り戻すことと、わたしに復讐することが目的だとバシューに言ってたでしょう。目的を達成するため、わたしをだまして情報を聞きだしたと言ってたわ。自分の真の目的は、フランス側に暗号を渡さないことだけだ、と」

ドレークの手が止まった。「きみはそれがほんとうだと考えているのか?」

セバスチャンは顔をあげ、ドレークの目を見た。「もうなにをどう考えていいのかわからない」

「その話を信じたのなら、どうしてぼくを助けたんだ。バシューと一緒に崖下へ落ちるのを、黙って見ていればよかったじゃないか。きみは自由の身になれた。誓約書と暗号を持って、どこへでも行けたのに」

セバスチャンの頰をひと筋の涙が伝った。「あなたを見殺しになんかできなかった。だってわたしは……」

「だってきみは?」ドレークは小声で先をうながした。

「あなたを愛してるから。あなたがわたしをどう思っていて、どんな罰を与えるつもりなのか、それはわからない。でもわたしの気持ちは変わらないわ。あなたは命よりも大切な人よ。わたしにとっては、この世界でなによりも大切なの」

ドレークはセバスチャンにそれ以上なにか言う暇を与えず、唇を重ねて優しくじらすようなキスをした。傷口を気遣いながら彼女の頭を肩にもたせかけ、情熱的にくちづけた。

セバスチャンはまぶたを閉じ、悦びの海に溺れた。ここはまだ洞窟のなかで、自分は夢を見ているのだろうか。あるいはほんとうに崖から落ちて、天国へ来てしまったのかもしれない。ドレークといっときも離れたくなくて、心を込めたキスを返し、愛の深さと強さを伝えた。

しばらくしてドレークが唇を離し、セバスチャンを抱いたまま、頰をゆっくりとなでた。

「ぼくも愛してる」かすれた声で言う。「いつのまにか、きみのことを愛していた。たとえきみが極秘の暗号を盗み、そのせいでふたりともあやうく命を落としそうになったのだとしても、この気持ちは変わらない。なにがあってもきみを愛している」

「ドレーク」セバスチャンは驚きのあまりあえいだ。彼の口からこんなことばが聞けるなんて、まるで夢のようだ。

「きみが望もうと望むまいと、もう二度と離さない。このイギリス人の男は、愛する女性を置いてフランスを出ていく気はないということだ。きみと家族を一緒に連れていく。いやとは言わせない」

セバスチャンは信じられない思いで笑った。「仰せのとおりに、閣下。逆らう気はないわ」

「いいだろう」ドレークはいかにも貴族らしい口ぶりで言ったあと、にっこり笑った。

セバスチャンの心にふと迷いが生じた。それまでただよっていた幸福の海に、小さなさざ波がたった。「英国政府は？　スパイだったわたしに、なんの罰も与えないなどということがあるかしら」

「暗号は取り戻したし、実害はなにもなかった。第一、きみを裁判にかけるにはぼくの証言が必要だ。ぼくはそんなことをするつもりはない」

「でも証言を強要されたら？」セバスチャンはまだ不安をぬぐえなかった。

ドレークは首をふった。「たしかに、ぼくがきみの夫じゃなかったら、そうなるかもしれないな。でも配偶者には証言の強要ができないことを、きみは知らないのかい」

セバスチャンの胸の鼓動が激しくなった。「配偶者？　夫と妻ということ？　でも――」

「でも、なんだい？」ドレークは射抜くような目でセバスチャンを見た。「ぼくが一緒にイギリスへ戻ろうと言ったのは、どういう意味だと思ったのかな」

「あの……つまり……前に言われたでしょう……あなたの……その――」

「うん？」

「愛人になってほしいのかと思ったの」

ドレークの瞳が森のように深い緑になった。「もしそうだとしたら、今回は首を縦にふるつもりだったのか？」

セバスチャンはうなずいた。「前回のときも、心のどこかではそうしたいと思っていたわ。でも自分の置かれた状況を考えるとできなかった――」

ドレークはまた唇を重ね、甘く濃厚なキスをした。顔を離すころには、セバスチャンはすっかり息が切れていた。

「きみはぼくの妻になるんだ。すでに指輪も買ってある。オードリー・ストリートの屋敷できみを待っているよ」

セバスチャンの胸がどきりとした。「わたしが向こうにいるときから、結婚したいと思っていたの？」

「ああ」ドレークは誓いのことばを口にするときのように、真剣な表情で答えた。「そうだ」

セバスチャンはドレークに抱きついた。「ああ、ドレーク。愛してる《ジュ・テーム》わ」

「〝ああ、ドレーク〟はいいから、イエスと言ってくれ」

セバスチャンは声をあげて笑い、次の瞬間、傷口に走った痛みにうめきそうになるのをこらえた。「ええ！　もちろん《ウィ》！　ほんとうにわたしでいいの？」

「ぼくが欲しい女性はきみだけだと言ったのを忘れたのか」

セバスチャンはそのことを思いだした。

「さあ」ドレークは満ち足りた表情で言った。「そろそろこんな場所を出て家へ帰ろう」

セバスチャンはうなずき、ドレークの手を借りて立ちあがった。

一時間近くたったころ、ふたりは家の前についた。歩くあいだ、ドレークがセバスチャンの体に腕をまわして、しっかり支えていた。頭やこめかみの傷がまだ痛むだろうから、抱きかかえて運んでやろうとも言われたが、セバスチャンは断わった。

「父も弟たちも、わたしの顔に血がついているのを見ただけで驚くでしょう。あなたに抱えられていたら、動けないほどひどいけがを負ったのかと思われるわ。歩けるからだいじょうぶよ」

ドレークは反論したそうな顔をしたが、なにも言わなかった。崖の上でバシューと格闘し、彼自身も体が痛むのだろう。ドレークのことを思うなら、自分で歩いたほうがいい。

家路につく前、ふたりは崖の下で立ち止まった。バシューの無残な遺体が数ヤード先に横たわっている。あまり目にしたくなかったので、セバスチャンは少し離れたところにある岩に腰をおろし、ドレークがひとりで遺体へ近づくのを見ていた。暗号と誓約書が必要だが、あいにくどちらもバシューの上着のポケットのなかにある。

「埋めたほうがいいだろうな」岩に腰かけたセバスチャンにドレークが言った。「夜になったら、シャベルを持って戻ってくるよ」

セバスチャンは首をふった。「いいえ、そのままにしておいたほうがいいんじゃないかしら。じきに誰かが見つけるだろうけど、きっと事故だと思うでしょう。崖の上で足をすべらせて落ちたと考えるにちがいないわ。それは事実だもの」

それからふたりで少し話しあい、ドレークもセバスチャンの言うとおりにすることにした。たしかに、わざわざバシューの死の真相をあやしまれる危険を冒す必要はないだろう。よけいなことをすれば、自分たちが彼の死に関係があると疑われないともかぎらない。

ポケットから暗号と誓約書をとりだし、バシューが落とした銃を拾いあげると、ドレークはセバスチャンのところへ戻った。ウェストに腕をまわし、その体を支えながら家へ向かって歩きだした。

家の前の小道にさしかかったとき、ジュリアンが駆け寄ってきた。「なにがあったの？　だいじょうぶ？」早口のフランス語で尋ねる。「セバスチャン、けがをしているじゃないか。あの男だろう？　どこにいる？」

ドレークはジュリアンと目を見合わせた。弟の顔に浮かんだ大人びた表情に、セバスチャンが驚いているのがわかった。「姉上は今日一日、大変な目にあったけれど、すぐに元気になる。それからあの男のことだが、もう二度とぼくたちの前には現われないとだけ言っておこう」

ジュリアンはほっとした顔でうなずいた。それを見てセバスチャンは、バシューと暗号のことを弟はどこまで知っているのだろう、とまた考えた。

だがセバスチャンが口を開く前に、ジュリアンが切りだした。「ムッシュ・ドレーク、言わなくちゃならないことがある。男の人がふたり訪ねてきた。ふたりとも……その……家のなかで待ってるんだ。帰ってもらおうとしたんだけど、どうしても帰らなくて」腹立たしそうにあごをこわばらせた。

セバスチャンは不安で胸が締めつけられるのを感じた。

ドレークは眉をひそめた。「誰だ？」

「わからない。でもふたりとも、ムッシュ・ドレークのことを知っていると言ってた。帰ってくるまで待つって」

ドレークは反射的にポケットから銃をとりだし、鋭い視線をセバスチャンと交わした。

「きみとジュリアンはここにいるんだ」静かに言った。「ぼくが行ってくる」

「だめよ、ひとりで行かせられないわ」

「いいからここにいてくれ」ドレークは、これで話は終わりだというようにきっぱりと言った。「ジュリアン、姉上を頼むよ。ところで、リュックと父上はどこにいる?」

ジュリアンは顔をしかめた。「台所でその人たちと、ワインを飲んでチーズを食べている。いつもお客さんをもてなすときみたいにね。父さんはふたりとおしゃべりをしているんだよ!」

「よかった。それならその男たちも油断しているだろう」

「気をつけて」セバスチャンは言った。

「ああ」ドレークは頭をかがめ、びっくりしているジュリアンの前で、セバスチャンにくちづけた。

それから足音を忍ばせて家へ近づいた。

「何者だか知らないが、ゆっくりこっちを向け」ドレークは銃をかまえ、勢いよく家のなかにはいった。

暗い金色の髪をした男がふりかえり、もうひとりがそれにつづいた。二組の緑がかった金色の目が、驚いたようにこちらを見ている。「やあ、ドレーク」最初にふりかえった男が言った。「まさかとは思うが、撃たないでくれよ」

「そうだ」もうひとりが言った。「弟への挨拶としてはいただけないな」

リュックとムッシュ・カルヴィエールが目を丸くして見ているなか、ドレークは銃を脇に下ろした。「レオ？　ローレンス？　こんなところでなにをしているんだ？」

双子の顔にうりふたつの笑みが浮かんだ。

「助けに来たに決まってるだろう」レオが言った。

「手助けが必要かと思ってね」とローレンス。「ドレークが極秘の仕事でフランスへ行ったようだから、あとを追わなければと、ネッドとケイドが話しているのを偶然聞いたんだ」

「だからぼくたちが代わりに行くと申しでた」レオがつづけた。

「あのふたりがそれを許したのか？」ドレークは信じられなかった。

双子は顔を見合わせた。「ああ。ぼくたちが行くのがいちばんいいとわかってくれたよ」

ドレークは腕組みした。「どういうことだ」

ローレンスが得意げに笑った。「ぼくが思うに、家庭の平和を守ることと関係があるんじゃないかな。これからなにをしようとしているのか、クレアやメグに知られずに、こっそり家を出る方法を思いつかなかったらしい」

「ベッドで殺されるかもしれないぞと、一、二度、警告もしたっけ」レオは椅子から立ちあがった。「それで、ぼくたちが名乗りをあげた」

ドレークは銃をしまった。「わざわざ来なくてもよかったのに。すべて順調に進んでいる」

「そうか」レオとローレンスは同時に言った。「この国を脱出するのに、手助けがあったほうがいいと思ってね」

「これだけ人数が増えては、たしかに手助けが必要になりそうだ」ドレークはふたりを鋭く一瞥した。「まあ、どうするかはあとで考えよう。それよりも、どうしてここがわかったんだ？　手がかりを残さないよう、充分気をつけていたつもりだったが」

レオとローレンスはまた笑顔になった。「兄さんは気をつけていたつもりだろうが、ぼくたちはしかるべき相手から情報を聞きだすすべを心得ている」

「しかるべき相手？」ドレークは言った。「誰のことだ」

「宿屋や居酒屋の女給たちさ」ローレンスが答えた。

レオがうなずいた。「彼女たちは周囲をよく観察していて、起きたことや見かけた人間のことをすべて覚えている。少しばかりの硬貨や贈り物を渡せば、なんでも話してくれるんだよ」

「少なくともぼくたちにはね」ローレンスが言った。

リュックがふたりのあいだに立ち、興味津々の顔で聞いている。イギリスに戻ったらリュックをこのふたりに近づけないようにしなければ、とドレークは思った。教育上よくない。最悪だ。

「ちょっと待っててくれ、すぐに戻る」ドレークは大またで玄関に向かって外へ出た。

セバスチャンとジュリアンを連れて戻ってきたとき、双子とムッシュ・カルヴィエールは声をあげて笑いあい、リュックは楽しそうにチーズを食べていた。

セバスチャンを見た瞬間、全員が大きく目を見開いた。

「わたしならだいじょうぶよ」セバスチャンは傷ついた自分の姿に、みなが声をあげそうになるのを片手で制した。「たいしたことはないわ」部屋の向こうにいるレオとローレンスに会釈する。「こんにちは、閣下《ボンジュール》。またお目にかかれて光栄です」

双子は立ちあがり、口をあんぐりあけた。「ミセス・グリーンウェイ、こんなところでなにを?」レオが先に口を開いた。

「本名はデュモンです」セバスチャンはふいに強い疲労感に襲われ、けだるい声で言った。「申し訳ないのですが、少し横にならせてください。お兄様がすべて説明してくださると思います。数学の分野だけじゃなく、すばらしい才能をたくさん持ったお兄様ですね」その瞳は、あふれる愛できらきら輝いていた。

エピローグ

イングランド、ロンドン
一八一三年八月

「これでだいじょうぶかしら?」セバスチャンは丁寧に結いあげた髪に手をやり、スカートをなでつけた。その空色のサーセネットの美しいドレスは、ドレークがどうしてもと言って買ってくれたものだ。

「とてもきれいだよ」ドレークはなだめるように言った。セバスチャンの手をとり、震える手のひらにくちづける。「ぼくの屋敷にまんまともぐりこんで、極秘の暗号を盗み、凶悪なスパイの裏をかいた女性とは思えないほど緊張しているな」

「緊張するに決まってるでしょう」セバスチャンは言い、クライボーン邸の居間の豪華さに怖《お》じ気づくまいとした。壁には金のシルク壁紙が張られ、洗練されたチッペンデール様式の家具がならんでいる。天井画は古典派の巨匠が描いたものではないだろうか。「これからお母様にお目にかかるのよ。緊張せずにはいられないわ」

「だいじょうぶだよ。きっと気に入ってもらえる」

「もしそうならなかったら？　わたしのことがお気に召さず、結婚を認めていただけなかったらどうしよう。なんといっても、わたしはあなたの女中頭だったのよ。貴族の息子が使用人と結婚するなんて、あまり喜ばしいことではないと思うけど」

「でもほんとうのきみは、使用人じゃなかっただろう。しかも、領地と爵位を失ったとはいえ、父上は貴族だった。母方の祖父上もイギリスの郷士だったのなら、立派な血筋だ」

「ふつうの人から見ればそうかもしれない。でも公爵夫人という立場のかたなら、そうは思わないでしょうね」セバスチャンはまたドレスをなでつけ、両手を強く握りあわせた。「正式な作法をまったく身につけてないわけじゃないけれど、貴族の妻になるための訓練は受けていないわ。みんなを失望させたくないの。特にあなたを」

ドレークは、ドレスのしわを心配するセバスチャンの声を無視し、その体を両手で抱いた。「ぼくがきみに失望などするわけないだろう」真剣な口調で言う。「そのままのきみを愛している。そしてどういうわけか、きみもぼくを愛していると言ってくれた。ぼくの短所も風変わりな性格もすべてわかったうえで、それでも好きでいてくれる」

セバスチャンはドレークの澄んだ緑の瞳を見た。「もちろんよ。あなたを愛さずになんていられない」

「世のなかにはそうじゃない女性がごまんといるだろう。仕事に没頭し、昼も夜も関係なく、しょっちゅう考えごとをしている男などごめんだという女性が」ドレークはセバスチャンを抱きしめてキスをした。「きみ以外に、誰が進んでそんな男と一生をともにしたいと思うだろうか」

「何人か思いあたる女性はいるけれど、数学者の気質に慣れているのはわたしぐらいかしら」

「きみも数学者のひとりだろう。おもしろい定理を一緒にたてることを、楽しみにしているよ」

セバスチャンの口もとがゆるんだ。「ふうん、あなたがわたしと結婚して一緒にしようと思っているのは――定理をたてることなのね」

「ほかにもあるさ」ドレークはかすれた声で言い、セバスチャンの腰をなでた。

「やめてちょうだい、閣下」セバスチャンはささやいた。「お母様がはいってきてこんなところを見られたら、なんと思われるかしら」

「なんとも思わないさ。なにしろ八人の子どもの母親なんだから、男と女がすることならよく承知しているはずだ」

「ドレーク！」セバスチャンは怒ろうとしたができなかった。

ドレークは忍び笑いをした。「たしかに母は公爵未亡人かもしれないが、ものの見方が公平で、一部の貴族のように偉ぶったりしていない。たとえばぼくの義姉のグレースの父親は、まったくの平民で、貴族の血は一滴も流れていなかった。それでも母は、両手を広げてグレースを歓迎した。たぶんジャックが結婚してくれただけで、ほっとしたんじゃないかな。だから心配しなくていい。母はきみを満面の笑みで迎えてくれるさ」

満面の笑みですって！　セバスチャンは胸のうちでつぶやいた。

「ミセス・トレンブルはそうじゃなかったわ」セバスチャンは自分が戻ってきたときの料理人の反応を思いだし、さびしげな口調になった。

ドレークの使用人は、セバスチャンの送ってきた人生や、女中頭として屋敷で働いていたほんとうの理由を知らなかった。そのため、父とふたりの弟を連れて屋敷に戻ると、全員があっけにとられた顔をした。父も弟たちも早口のフランス語で話し、イギリスの出身ではないことが誰の目にもあきらかだったからだ。

それに使用人たちは、セバスチャンがとつぜん姿を消したことを、忘れても許してもいなかった。みなそのときは夜も眠れないほど心配したので、裏切られた気分になったらしい。しかも悪いことに、セバスチャンは自分の本名が〝ミセス・グリーンウェイ〟ではないこと、そのほかにもいくつか嘘をついていたことを打ち明けなければならなかった。

「じゃあ実際はいくつなの？」ドレークが使用人全員を居間に集め、ほんとうのことを話せるかぎり話した日、ミセス・トレンブルは尋ねた。

「二十二歳で、もうすぐ二十三歳になるわ」セバスチャンは正直に答えた。

「やっぱり！　最初からおかしいと思っていたのよ」ミセス・トレンブルは太ももをたたい

て言った。

ドレークもほかの人たち同様、そのときはじめてセバスチャンの実年齢を知り、驚愕の表情を浮かべた。だがすぐに平静を取り戻し、このことはあとでゆっくり話そうというような目でセバスチャンを見た。そして騒然としたその場を丸くおさめようと、自分たちが婚約していることを発表した。

使用人たちはまずは驚きの声を、次に喜びの声をあげ、さっきまでの怒りをすっかり忘れたようだった。ミセス・トレンブルでさえ、すべてを水に流してくれそうだった。ところが結婚するまでのあいだも、セバスチャンがドレークの屋敷に住むことがわかると、ふたたび渋面になった。

「それは作法に反しますよ。上流階級のかたと結婚するんだから、きちんとしなくちゃ。お父様や弟さんたちが一緒でもだめです。みなさんに会ったけど、とてもお目付け役にはなれないわ。すごく素敵な人たちではあるけれど」

「もうすぐ母が来る」ドレークが言い、セバスチャンを現実に引き戻した。「ミセス・トレンブルはこだわりの強い人だが、そのうちわかってくれるよ。きみは一度、彼女を魅了した。またそうなるさ」

「そうだといいんだけれど。父と弟たちを連れて、ホテルに滞在できないことは理解してほしいわ」クライボーン邸、ましてやブラエボーンの屋敷は論外だ。セバスチャンは心のうちでひそかにつけくわえた。ドレークの母親に会うだけでもこれだけ緊張しているのに、一緒に暮らすことを考えると……いや、それならミセス・トレンブルのとがめるような視線に耐えるほうがいい。そもそも自分の評判はすでに傷ついているのだから、あと一カ月間どこに住もうが、いまさらどうということもないだろう。

ドレークはセバスチャンを抱く腕を少しゆるめた。「住むところといえば、いまの屋敷は五人家族には少し手狭じゃないかと思ってね。市内の西側にいい土地を見つけたんだ。そこに家を建てるのはどうだろう」

「家？　わたしたち全員の？」セバスチャンは驚いた。「でも結婚したら、あなたは父と弟たちが住むところを別に用意するものだとばかり思っていたわ」

「いや。家族がいなかったらきみはさびしいだろうし、それにぼくはどういうわけか、父上と毎日話すのが楽しみになっているんだ。きみの父上は魅力的な人だよ。そしてジュリアンとリュックは……」

「なに？」

「すばらしい少年たちだ。いつかぼくたちに子どもが生まれたら、いい叔父になってくれるだろう」

セバスチャンはドレークへのいとおしさで胸がいっぱいになった。身を乗りだし、甘くとろけるようなキスをした。

「ええ、ぜひ建てましょう」そうささやいた。「大きな家にして、たくさん部屋を作るの」

ドレークはうなずき、セバスチャンに軽くくちづけた。「ああ、そうしよう。家族を増やすことならまかせてくれ」

セバスチャンがもう一度キスをしようとしたとき、スカートの衣擦れの音が聞こえた。

「あら」優しい女性の声がした。「お邪魔してごめんなさい。あとで来たほうがいいかしら」

セバスチャンはあわてて離れようとしたが、ドレークはその手をとって自分の腕にかけた。

「いいや、だいじょうぶだよ。待っているあいだ、これから住むところの相談をしていただけだから」

公爵未亡人は微笑んだ。「そうだったの」

「こちらがぼくの未来の花嫁、マダム・セバスチャン・デュモンだ」

アヴァ・バイロンはやわらかな緑色の目でセバスチャンを見つめた。ドレークとそっくりの目だ。「はじめまして」

セバスチャンは短くお辞儀をした。「お目にかかれて光栄です、奥方様。本日はお招きいただきましてありがとうございます」

公爵未亡人はドレークに視線を移した。「あなたが彼女を選んだ理由がわかるわ。とてもきれいなかたね」

それからセバスチャンに近づき、華奢な手を差しだした。「息子の心を射止めるなんて、あなたは特別な女性にちがいないわ。一生結婚しないいんじゃないかと、ずっと心配だったの。ほら、ドレークはときどき自分の世界にこもってしまうでしょう」

「ええ。でもとても立派で興味深く、優しいかたですわ。たまに考えごとに夢中になるくらい、欠点だとも思いません」セバスチャンは言った。「少なくとも、わたしにとっては」

公爵未亡人は温かく愛情のこもった目でセバスチャンを見た。「ええ、わたしもよ」そう言うと頬にキスをし、手をぎゅっと握った。「バイロン家へようこそ。型破りな一族だけれど、あなたを迎えられてうれしいわ」

ドレークはセバスチャンをちらりと見た。その目は、ほらごらん、と言っているようだった。

セバスチャンは緊張が解けるのを感じた。

「わたしからも報告したいことがあるの」公爵未亡人はふいに少女のように顔を輝かせた。

「い、い、い、二組同時に結婚式を挙げるのはどうかしら？」

「二組同時に？」ドレークは困惑した。「もうひと組は？」

「わたしよ！　サクソン卿だって！」ドレークは目を丸くした。「サクソン卿に結婚を申しこまれて、イエスと答えたの」

「そのとおりよ。あなたがお嬢さんとうまくいかなかったからといって、わたしがお父様をあきらめなくちゃいけない道理はないでしょう」

ドレークはのどが詰まったような声を出した。

「さあ、こっちへ来て」公爵未亡人はふたりに言い、セバスチャンの手を引いてダマスク織りのソファのところへ連れていった。「くわしい話はお茶を飲みながらするわ。もうすぐクロフトが持ってきてくれるはずよ。ところで」セバスチャンの隣りに腰をおろす。「まだお若いけれど、あなたも未亡人だそうね。ふたりで白いウェディングドレスを着るのはどう思う？」

ドレークに目をやると、青ざめた顔に驚愕の表情が浮かんでいる。セバスチャンは吹きだし、バイロン家の一員になることは楽しそうだ、と思った。

訳者あとがき

お待たせしました。バイロン・シリーズの最終話『スミレの香りに魅せられて』をお届けいたします。

バイロン家の四男であるドレークは、数学と科学と発明をこよなく愛する天才的な頭脳の持ち主です。気軽な恋愛を楽しむことはありますが、結婚にはさらさら興味がなく、研究に一生を捧げることを固く心に誓っています。

一方、ヒロインのセバスチャン・デュモンは、数学者であるフランス人の父とイギリス人の母とのあいだにイギリスの湖水地方で生まれました。子どものころ、祖国が恋しくなった父の意向でフランスに移り住むものの、不幸なことにまもなく母が病気で他界します。年頃になったセバスチャンはティエリーという男性と結婚しますが、軍人だった夫は、ほどなくして戦場で命を落としました。おまけに父も、妻を亡くした悲しみと戦争という過酷な現実に押しつぶされてしまったのか、徐々に心のバランスを失います。それからというもの、セバスチャンはフランスの片田舎で、父とふたりの弟を支えながら懸命に生きてきました。英語を母国語としてあやつり、父の影響で数学にも明るい彼女のもとを、ある日ひとりの男が訪ねてきます。男はフランス軍のスパイでした。そしてセバスチャンを脅し、極秘の任務を命じます。それは敵国イギリスの天才数学者、ドレーク・バイロン卿の屋敷に使用人としてもぐりこみ、彼が英国軍の依頼で開発した暗号を盗みだせというものでした。拒めば父と弟たちの身が危ない——セバスチャンは愛する家族を守るため、危険を覚悟でイギリスへ渡る決心をします。

フランス軍の工作がまんまと成功し、セバスチャンは女中頭としてドレークの屋敷で働くことになりました。屋敷の誰にも心を許さず、任務の遂行に集中しようと決めていた彼女ですが、優しくて魅力的なドレークに少しずつ惹かれていきます。それに同僚である使用人も、みな温かい人たちばかりでした。自分はそんな人たちをだましているのだという罪悪感と、家族への愛のあいだでセバスチャンは苦悩します。そんなある日、暗号がはいった金庫の鍵を手に入れる機会がついにおとずれました。飲み物にこっそり仕込んだ薬でドレークを眠らせ、計画を実行しようとするセバスチャン。ところがドレークは目を覚まし、朦朧とした意識のまま、はじめて会ったときからひそかに欲望を感じていた彼女を抱きしめるのでした。セバスチャンも最初こそ抵抗するものの、情熱的なドレークのキスと抱擁にすべてを忘れてしまいます。こうしてふたりは結ばれますが、愛人にならないかというドレークの申し出を、セバスチャンは女中頭のままでいたいと言って断わります。大好きな男性の恋人として社交界にも出入りし、なんの苦労もない生活を送る……。夢のような申し出ですが、もとよりそんなことができるはずもありません。それに相手が誰であれ、所有物のように囲われたくもなかったのです。それでもドレークへの気持ちを消し去ることはできず、秘密の恋人として関係をつづけようと提案します。

暗号を入手するまでと自分に言い聞かせながら、毎夜ドレークの寝室を訪ねて甘くせつないひとときにおぼれるセバスチャン。でも体だけでなく、少しずつ心を通わせあうふたりをあざ笑うかのように、残酷な運命が牙をむく日がついにやってくるのでした――。

シリーズの前作をお読みになったかたならご存じのとおり、ドレークは個性豊かなバイロン家の兄弟のなかでもひときわ変わった存在です。恵まれた貴族でありながら、派手な社交界にも娯楽にもほとんど興味がなく、学問の道を究めることだけが唯一の関心事といってもいいかもしれません。一日の大半を研究に費やし、誰かと一緒にいるときも、すぐに自分の世界にはいってしまいます。そんな彼がいったいどんな相手と恋に落ちるのか、訳者も興味津々で原書を読み進めましたが、ヒロインのセバスチャンは強くて健気なうえにとても聡明な女性で、これなら独身主義者であるヒーローが心を奪われるのも無理はないという気になりました。自分の心境の変化にとまどうドレークと、彼への愛と任務のはざまで苦しむセバスチャン。作者はふたりの揺れ動く気持ちを丁寧にすくいあげ、読者を極上のロマンスの世界に引きこんでくれます。まさにシリーズ最終話にふさわしく、細かい心理描写が得意な作者の面目躍如たる作品といえるでしょう。

さて、五作にわたってお付き合いいただいたバイロン・シリーズも、本作が最後となります。愛すべきバイロン家の面々とお別れするのは訳者としてもさびしい思いですが、本国ではすでに新しいシリーズが発表されており、日本でも二見書房からの刊行が決まっています。これまでのシリーズとは一味ちがう、ヨーロッパの小国の王女がヒロインの「プリンセス・シリーズ」をどうぞ楽しみにお待ちください。

最後になりましたが、本作の訳出にあたり、二見書房の渡邉悠佳子さんにお世話になりました。この場をお借りしてお礼を申しあげます。どうもありがとうございました。

二〇一四年一月

ザ・ミステリ・コレクション

すみれの香《かお》りに魅《み》せられて

著者　トレイシー・アン・ウォレン

訳者　久野郁子《くのいくこ》

発行所　株式会社 二見書房
東京都千代田区三崎町2-18-11
電話 03(3515)2311［営業］
03(3515)2313［編集］
振替 00170-4-2639

印刷　株式会社 堀内印刷所
製本　株式会社 関川製本所

落丁・乱丁本はお取り替えいたします。
定価は、カバーに表示してあります。

ISBN978-4-576-14019-3
http://www.futami.co.jp/